HEYNE <

Sylvia Day

DARK NIGHTS

Ewiges Begehren

Roman

WILHELM HEYNE VERLAG
MÜNCHEN

Titel der amerikanischen Originalausgabe
A TOUCH OF CRIMSON – RENEGADE'S ANGELS 1
Deutsche Übersetzung von Sabine Schilasky

MIX
Papier aus verantwortungsvollen Quellen
FSC® C014496

Verlagsgruppe Random House FSC® N001967
Das für dieses Buch verwendete FSC®-zertifizierte
Papier *Holmen Book Cream* liefert
Holmen Paper, Hallstavik, Schweden.

2. Auflage
Deutsche Erstausgabe 12/2015
Redaktion: Uta Dahnke

Printed in Germany
Umschlaggestaltung: Nele Schütz Design, München
Satz: KompetenzCenter, Mönchengladbach
Druck und Bindung: GGP Media GmbH, Pößneck

ISBN: 978-3-453-54584-7

www.heyne.de

Für alle, die meine Eve-Serie gelesen haben.
Ich hoffe, es gefällt euch.

Geh, verkünde den Wächtern des Himmels, die den hohen Himmel, die heilige ewige Stätte verlassen, mit den Weibern sich verderbt, wie die Menschenkinder tun, getan, sich Weiber genommen und sich in großes Verderben auf der Erde gestürzt haben: Sie werden keinen Frieden noch Vergebung finden. Sooft sie sich über ihre Kinder freuen, werden sie die Ermordung ihrer geliebten Söhne sehen und über den Untergang ihrer Kinder seufzen; sie werden immerdar bitten, aber weder Barmherzigkeit noch Frieden erlangen.

Buch Henoch, 12, 5-7

1

»Phineas ist tot.«

Die Nachricht traf Adrian Mitchell wie ein Hieb. Er hielt sich am Treppengeländer fest, um sein Gleichgewicht zu wahren, umrundete die nächste Biegung und sah den Seraph an, der mit ihm die Treppe erklomm. Mit der Überbringung dieser Nachricht rückte Jason Taylor in Phineas' vormaligen Rang als Adrians Stellvertreter auf. »Wann … und wie ist er gestorben?«

Jason hielt mühelos mit Adrians unmenschlichem Tempo mit, während sie sich dem Dach näherten. »Vor ungefähr einer Stunde. Es wurde als Vampirangriff gemeldet.«

»Und keiner hatte einen Vampir in Reichweite bemerkt? Wie kann das verdammt noch mal sein?«

»Das war auch meine Frage. Ich habe Damien hingeschickt, damit er nachforscht.«

Sie erreichten den obersten Treppenabsatz. Der Lykaner vor ihnen stieß die schwere Eisentür auf, und Adrian setzte seine Sonnenbrille auf, bevor er in die Sonne von Arizona hinaustrat. Er sah, wie der Wachmann vor der sengenden Hitze zurückschrak, dann hörte er das Knurren des zweiten Lykaners, der das Schlusslicht ihres kleinen Trupps bildete. Niedere, instinktgesteuerte Kreaturen, die sie waren, sprachen die Lykaner auf physische Reize in einer Weise an, die Seraphim und Vampiren fremd war. Adrian fühlte die Temperatur überhaupt nicht; die Nachricht von Phineas' Tod hatte ihm das Blut in den Adern gefrieren lassen.

Ein Hubschrauber wartete auf dem Landeplatz vor ihnen. Die Rotorblätter schnitten durch die trockene, staubige Luft. Auf dem Bauch des Helikopters stand MITCHELL AERONAUTICS, flankiert von Adrians Logo, den Flügeln.

»Du hast Zweifel.« Er konzentrierte sich auf die Details, weil er es sich nicht erlauben konnte, jetzt seinem Zorn nachzugeben. Innerlich war er erschüttert vor Trauer über den Verlust des besten Freundes und vertrauenswürdigen Stellvertreters. Doch als Anführer der Hüter durfte er keine Schwäche zeigen. Phineas' Tod würde für Unruhe in seiner Eliteeinheit von Seraphim sorgen. Und die Hüter würden sich auf der Suche nach Kraft und Orientierung an ihn wenden.

»Einer seiner Lykaner hat den Angriff überlebt.« Trotz des Dröhnens des Helikopters musste Jason seine Stimme nicht erheben, um gehört zu werden. Er schirmte auch seine engelsblauen Augen nicht ab, obwohl eine Designer-Sonnenbrille in seinem goldenen Haar steckte. »Ich finde es ein wenig … *seltsam*, dass Phineas das gesamte Navajo-Lake-Rudel überprüft, dann auf dem Rückweg durch einen Hinterhalt ums Leben kommt, und nur einer seiner Hunde überlebt, um das Ganze als Vampirüberfall zu melden.«

Adrian nutzte die Lykaner seit Jahrhunderten als Wachen für die Hüter wie auch als Herdenhunde, um Vampire in bestimmte Gebiete zu treiben. Doch die jüngsten Hinweise auf Unruhen unter den Lykanern verlangten nach einer Überprüfung der Situation. Die Lykaner waren eigens zu dem Zweck geschaffen worden, seiner Einheit zu dienen. Falls nötig, würde Adrian sie an den Pakt erinnern, den ihre

Vorfahren geschlossen hatten. Sie hätten allesamt zur Strafe für ihre Missetaten in seelenlose blutsaugende Vampire verwandelt werden können. Doch Adrian verschonte sie im Gegenzug für ihre vertraglich zugesicherte Treue. Einige Lykaner glaubten allerdings, ihre Schuld wäre bereits von ihren Vorfahren abgegolten worden. Sie begriffen nicht, dass diese Welt für Sterbliche gemacht war und dass sie niemals unter Menschen leben könnten. Ihr einziger Platz war der, den Adrian ihnen eingeräumt hatte.

Eine seiner Wachen duckte sich in den wirbelnden Luftstrom der Rotorblätter und hielt die Tür des Helikopters auf.

Adrians Kraft machte ihn für den Luftstrom unangreifbar, sodass er sich vollkommen normal auf den Hubschrauber zubewegte. Er sah Jason an. »Ich muss den Lykaner befragen, der den Angriff überlebt hat.«

»Ich sage Damien Bescheid.« Der Wind peitschte durch Jasons blonde Locken und trug die Sonnenbrille davon.

Adrian fing sie blitzschnell auf, stieg in die Kabine und setzte sich auf einen der beiden Schalensitze entgegen der Flugrichtung.

Jason nahm den zweiten Sitz. »Aber was ich dich fragen muss: Ist ein Wachhund, der über seinen Herrn nicht richtig wacht, überhaupt etwas wert? Vielleicht solltest du ihn töten, schon um ein Exempel zu statuieren.«

»Falls er schuldig ist, wird er um den Tod betteln.« Adrian warf Jason seine Sonnenbrille zu. »Doch solange ich nichts Gegenteiliges weiß, ist er ein Opfer und mein einziger Zeuge. Ich brauche ihn, um die Täter zu finden und zu bestrafen.«

Die beiden Lykaner sanken auf die Sitze ihnen gegenüber. Der eine war ein untersetztes Kraftpaket, der andere beinahe so groß wie Adrian.

Der größere legte seinen Sitzgurt an und sagte: »Die Gefährtin dieses Lykaners ist bei dem Versuch, Phineas zu schützen, gestorben. Wäre der Lykaner in der Lage gewesen, etwas zu tun, hätte er es getan.«

Jason öffnete den Mund, doch Adrian hob eine Hand. »Du bist Elijah.«

Der Lykaner nickte. Er war dunkelhaarig und hatte die leuchtend grünen Augen einer Kreatur, in deren Adern Dämonenblut floss. Es war einer der Punkte jener Abmachung zwischen Adrian und den Lykanern, dass er ihren Engelsvorfahren Dämonenblut übertrug, nachdem sie sich verpflichtet hatten, den Hütern zu dienen. Dieser Hauch von Dämon machte sie zu einer Mischung aus Mensch und Bestie und hatte einst verhindert, dass ihre Seelen mit der Amputation ihrer Flügel starben. Außerdem machte es sie sterblich und begrenzte ihre Lebenserwartung, was viele von ihnen Adrian übel nahmen.

»Du scheinst mehr über den Vorfall zu wissen als Jason«, bemerkte Adrian und betrachtete den Lykaner prüfend. Elijah war zur Beobachtung zu Adrians Rudel geschickt worden, weil er einige inakzeptable Alpha-Allüren bewiesen hatte. Die Lykaner waren zum Gehorsam gegenüber den Hütern abgerichtet. Sollte sich jemals einer von ihnen als besondere Autorität hervortun, könnte das die Loyalität aller gefährden und Gedanken an eine Rebellion wecken. Diesem Problem steuerte man am besten entgegen, indem man es gar nicht erst aufkommen ließ.

Elijah blickte aus dem Fenster auf das Dach, das rasch kleiner wurde, als der Hubschrauber in den wolkenlosen Himmel über Phoenix aufstieg. Seine geballten Fäuste verrieten die seiner Art angeborene Furcht vor dem Fliegen.

»Wir alle wissen, dass bei einem Lykanerpaar einer nicht ohne den anderen leben kann. Kein Lykaner würde je tatenlos zusehen, wie seine Gefährtin stirbt. Unter keinen Umständen.«

Adrian lehnte sich zurück und versuchte die Spannung in sich zu bändigen, die verlangte, dass er seine Flügel ausbreitete, um seiner Rage Luft zu machen. Es stimmte, was Elijah sagte, und deshalb musste Adrian die Möglichkeit, dass es sich tatsächlich um einen Vampirangriff gehandelt hatte, in Betracht ziehen. Sein Kopf sank gegen die Rücklehne. Der Wunsch nach Rache brannte wie Säure in ihm. Viel zu viel hatten ihm die Vampire bereits genommen – die Frau, die er liebte, Freunde und Hüter, die ihm nahe waren. Der Verlust seines Stellvertreters Phineas war, als hätte man Adrian den rechten Arm abgeschlagen. Demjenigen, der hierfür verantwortlich war, würde Adrian noch ganz anderes abtrennen.

Da seine Sonnenbrille seine flammende Iris nicht verbergen würde, senkte er die Lider, um die Gefühle, die in ihm tobten, nicht zu verraten …

… und hätte beinahe das plötzliche Aufblitzen von Silber im Sonnenlicht übersehen.

Instinktiv warf er sich zur Seite und wich knapp einem Dolch aus, der auf seinen Hals zuschnellte.

Er begriff sofort. *Der Pilot.*

Adrian packte den Arm, der sich um seine Rückenlehne schlang, und brach den Knochen. Der Schrei eines weiblichen Wesens gellte durch die Kabine. Der gebrochene Arm der Pilotin sank in einem unnatürlichen Winkel gegen das Leder, und ihr Dolch fiel geräuschvoll zu Boden. Adrian löste seinen Gurt, fuhr herum und entblößte die Krallen. Die Lykaner schossen zu beiden Seiten Adrians nach vorn.

Da niemand mehr den Steuerknüppel bediente, schlingerte und sank der Hubschrauber. Aus dem Cockpit war ein wildes Piepen zu hören.

Die Pilotin ignorierte ihren unbrauchbaren Arm und stieß mit der anderen Hand einen zweiten Silberdolch durch die Lücke zwischen den beiden Sitzen.

Gebleckte Reißzähne. Schaum vor dem Mund. Blutunterlaufene Augen.

Ein gottverdammter kranker Vampir. Abgelenkt von Phineas' Tod, hatte Adrian nicht aufgepasst. Was ein riesiger Fehler war.

Die Lykaner verwandelten sich teils, ließen angesichts der Bedrohung die Bestien in sich frei. Ihr aggressives Brüllen hallte durch den engen Raum. Elijah stand notgedrungen geduckt, als er mit der Faust ausholte und zuschlug. Die Pilotin knallte auf den Steuerknüppel, wobei sie ihn nach vorn stieß. Der Helikopter senkte die Nase und wirbelte gen Erde.

Die heulenden Alarmtöne waren ohrenbetäubend.

Adrian sprang nach vorn, packte die Vampirin um die Taille und schleuderte sie durch das Cockpitfenster. Im freien Fall rangen sie miteinander.

»Nur eine Kostprobe, Hüter«, rief sie in einem blubbernden Singsang durch den Schaum vor ihren Lippen. Ihre Augen blickten irre, als sie versuchte, ihm ihre nadelspitzen Zähne in die Haut zu rammen.

Adrian hieb ihr gegen den Brustkorb, sodass die Haut einriss und die Knochen splitterten. Mit der Faust umfing er ihr pochendes Herz und entblößte die Zähne zu einem Lächeln.

Seine Flügel öffneten sich in einer Explosion von strahlendem Weiß mit blutroten Spitzen. Wie ein Fallschirm, der sich aufblähte, stoppten sie Adrians Sturz mit einem heftigen Ruck, bei dem das klopfende Organ der Vampirin herausgerissen wurde. Sie fiel zur Erde und löste sich in einen Schweif aus Rauch und Asche auf. Das Herz in Adrians Hand schlug noch und sprühte giftiges Blut, bevor alles Leben aus ihm wich und es in Flammen aufging. Adrian zerquetschte es zu rotem Matsch und warf es beiseite. Es fiel in einem Funkenregen nach unten und wurde als glitzernde Wolke fortgeweht.

Der Helikopter trudelte heulend auf den Wüstenboden zu.

Die Flügel dicht an sich gezogen, flog Adrian auf den Hubschrauber zu. Ein Lykaner starrte aus dem fensterlosen Cockpit; er war kreidebleich, und seine Augen glühten grün.

Jason schoss wie eine Kugel aus dem beschädigten Hubschrauber hervor. Seine dunkelgrauen und bordeauxroten Flügel waren wie ein rauschender Schatten am Himmel. »Was tun wir, Captain?«

»Wir retten die Lykaner.«

»Warum?«

Adrians grimmiger Blick war alles, was er an Antwort für nötig erachtete. Und Jason war so klug, sich nicht zu widersetzen.

Wohl wissend, dass die Bestien dazu bewegt werden mussten, ihre ausgeprägte Höhenangst zu überwinden, forderte Adrian zunächst den Lykaner im Cockpit auf: *»Spring!«*

Seine hallende Engelsstimme rumpelte wie Donnergrollen über die Wüste und verlangte absoluten Gehorsam. Willenlos purzelte der Lykaner in den freien Himmel. Wie ein Pfeil kam Jason auf ihn zu und fing ihn auf.

Bei Elijah brauchte es keinen Zwang. Mit bemerkenswertem Mut vollführte er einen eleganten Hechtsprung aus dem trudelnden Hubschrauber.

Adrian flog unter ihn und ächzte, als der schwere Lykaner auf seinem Rücken aufschlug. Sie waren kurz über dem Boden, so nah, dass Adrian mit jedem Flügelschlag Sandwolken aufwirbelte.

Gleich darauf traf der Helikopter auf dem Wüstenboden auf, wo er sofort in Flammen aufging, die so hoch aufschossen, dass sie über Meilen zu sehen sein würden.

2

Er sah aus wie ein wandelnder feuchter Traum am Sky Harbour International Airport von Phoenix.

Lindsay Gibson entdeckte ihn an ihrem Gate, als sie sich flüchtig umsah. Seine schier überwältigende Sinnlichkeit bewirkte, dass sie unvermittelt stehen blieb und ihr ein leiser Pfiff entfuhr. Vielleicht sollte sich ihr Geschick endlich doch wenden. Auf jeden Fall hätte sie nichts gegen einen Silberstreif am Horizont, nach dem Tag, den sie bisher gehabt hatte. Ihr Abflug in Raleigh war fast eine Stunde verspätet gewesen, sodass sie ihren geplanten Anschluss verpasst hatte. Und der Menschenmenge nach zu urteilen, die an diesem Gate wartete, hatte sie ihn nur knapp umbuchen können.

Nachdem sie sich kurz umgeschaut hatte, kehrte Lindsays Blick zurück zu dem dekadentesten Mann, den sie jemals gesehen hatte.

Er schritt am Rande der Wartezone auf und ab, und die langen Beine in der Jeans ließen seine Schritte besonders gemessen aussehen. Dichtes schwarzes, ein wenig zu langes Haar umrahmte sein strenges, maskulines Gesicht. Ein cremeweißes T-Shirt mit V-Ausschnitt spannte sich über seinen muskulösen Schultern und deutete einen Körper an, der den ersten Eindruck sehr reizvoll vervollkommnete.

Lindsay strich sich das regenfeuchte Haar aus der Stirn und musterte ihn gründlich. Dieser Typ besaß unverfälschten Sexappeal. Von der Sorte, die man weder vortäuschen noch kaufen konnte und bei der gutes Aussehen zu einem Bonus wurde.

Er bewegte sich, ohne hinzusehen, und dennoch wich er sicher einem Mann aus, der ihm in den Weg lief. Seine Aufmerksamkeit wurde von einem Blackberry gefesselt, auf dem sein Daumen auf eine Weise tanzte, dass sich Stellen tief in Lindsays Bauch zusammenkrampften.

Ein Regentropfen glitt ihr über den Hals. Das kühle Rinnsal steigerte ihre körperliche Wahrnehmung des Mannes noch, den sie mit ihren Augen verschlang. Hinter ihm peitschte Regen gegen die großen Glasscheiben, durch den man nichts als düster grauen Himmel sah. Das Wetter war nicht bloß deshalb überraschend, weil in der Vorhersage mit keiner Silbe heftige Schauer erwähnt worden waren. Nein, Lindsay hatte ein sehr treffsicheres Gespür für klimatische Bedingungen, und sie hatte nichts von einem drohenden Gewitter gefühlt. Bei ihrer Landung war es sonnig gewesen, und auf einmal schüttete es wie aus Eimern.

Normalerweise mochte sie Regen, und es hätte ihr nichts ausgemacht, den Terminalbus zu ihrem Anschlussgate zu nehmen. Heute aber hatte dieses Wetter etwas Finsteres. Es hatte eine Note von Melancholie oder Trauer. Und die fühlte Lindsay.

Solange sie sich erinnern konnte, sprach der Wind zu ihr. Sei es, dass er sie in Form eines Sturms anschrie oder dass er ihr in der Stille etwas zuflüsterte – immer sagte er ihr etwas. Nicht in Worten, sondern mittels Gefühlen. Ihr Dad nannte es ihren sechsten Sinn. Und er gab sich reichlich Mühe, es als eine coole Begabung hinzustellen, nicht als etwas Irres.

Derselbe innere Radar zog sie zu dem faszinierenden Mann an ihrem Gate – nicht bloß sein Aussehen. Da war etwas Grüblerisches an ihm, das Lindsay an ein aufziehendes Gewitter erinnerte. Und genau das reizte sie sehr an ihm … neben dem fehlenden Ehering an seinem Finger.

Lindsay drehte sich um und starrte ihn direkt an. Im Geiste beschwor sie ihn, sie anzusehen.

Und tatsächlich hob er den Kopf, und sein Blick begegnete ihrem.

Lindsay hatte das Gefühl, von einer Windböe erwischt zu werden, glaubte sogar zu spüren, wie sie an ihrem Haar riss. Nur war sie überhaupt nicht kühl. Da war nichts als Hitze und verführerische Feuchtigkeit. Lindsay erwiderte seinen Blick einen endlosen Moment lang, gebannt von dem leuchtenden Blau seiner Augen und jener besonderen Unruhe in seinem Gesichtsausdruck, die so urgewaltig wirkte wie das Wetter draußen.

Dann holte sie tief Luft, drehte sich um und ging zu einem Gourmet-Stand, der Laugengebäck anbot. So hatte er die Chance, auf ihr offensichtliches Interesse einzugehen … oder auch nicht. Instinktiv wusste sie, dass er ein Mann war, der selbst die Initiative ergreifen wollte.

Sie erreichte den Stand und blickte hinauf zur Tafel. Bei dem Duft von Hefe und geschmolzener Butter lief ihr das Wasser im Mund zusammen. Das Letzte, was sie brauchte, war, noch eine Stunde stramm auf ihrem Hintern zu sitzen und dazu noch eine Kohlehydratbombe wie solch eine gigantische Brezel zu vertilgen. Andererseits würde der Serotoninrausch vielleicht ihre Nerven beruhigen, denn die vielen Menschen um sie herum strapazierten sie mit einem Sinnenbombardement.

Lindsay bestellte: »Brezel-Sticks, bitte, mit Marinara-Sauce und eine Cola light.«

Der Mitarbeiter nannte ihr die Summe, und Lindsay kramte in ihrer Handtasche nach dem Portemonnaie.

»Erlauben Sie?«

Gott, diese Stimme! Verlockend sonor. Lindsay wusste, dass *er* es war.

Er streckte seinen Arm an ihr vorbei, und sie atmete seinen exotischen Duft ein. Kein Eau de Cologne, sondern eine erdige, maskuline Note. Frisch und klar wie die Luft nach einem Gewitter.

Er schob einen Zwanzigdollarschein über den Tresen. Lächelnd ließ Lindsay ihn übernehmen.

Es war zu schade, dass sie ihre älteste Jeans, ein weites T-Shirt und Army-Stiefel trug. Ein idealer Aufzug, wollte man möglichst viel Bewegungsfreiheit, aber für diesen Mann hätte Lindsay lieber scharf ausgesehen. Er spielte eindeutig in einer völlig anderen Liga, so unglaublich gut aussehend, wie er war. Und dann noch die Vacheron-Constantin-Armbanduhr.

Lindsay drehte sich zu ihm um und reichte ihm die Hand. »Vielen Dank, Mr. …«

»Adrian Mitchell.« Er schüttelte ihr die Hand und strich dabei mit dem Daumen über ihre Fingerknöchel.

Lindsay wurde ganz flau von seiner Berührung. Ihr stockte der Atem, und ihr Herz schlug schneller. Aus nächster Nähe war er umwerfend, sehr maskulin und geradezu beängstigend schön. Makellos. »Hi, Adrian Mitchell.«

Er griff mit langen, eleganten Fingern nach ihrem Kofferanhänger. »Freut mich sehr, Lindsay Gibson … aus Raleigh? Oder auf dem Rückweg dorthin?«

»Ich reise in Ihre Richtung. Wir sitzen im selben Flieger.«

Seine Augen waren von einem sehr ungewöhnlichen Blau. Ähnlich dem intensiven Blau im Herzen einer Flamme. Und sein olivfarbener Teint sowie die dichten schwarzen Wimpern machten sie erst recht faszinierend.

Zudem waren sie auf Lindsay fixiert, als könnte er gar nicht genug davon bekommen, sie anzusehen.

Er musterte sie von oben bis unten, sodass Lindsay sich wie entblößt fühlte, ausgezogen von seinem Blick. Ihr Körper reagierte prompt auf die Provokation; ihre Brustwarzen wurden hart, alles andere weich.

Was bei ihm auch offensichtlich jede Frau werden musste, denn an ihm schien nichts auch nur entfernt nachgiebig. Angefangen bei den muskulösen Schultern und Armen bis hin zu den gemeißelten Gesichtszügen war alles klar konturiert und kantig.

Er streckte den Arm wieder an ihr vorbei, um sein Wechselgeld zu nehmen. Seine Bewegungen waren geschmeidig und von einer ursprünglichen Anmut.

Ich wette, der bumst wie ein Tier.

Bei dem Gedanken wurde Lindsay noch heißer, und sie packte den Ausziehgriff ihres Koffers. »Und sind Sie in Orange County zu Hause? Oder fliegen Sie geschäftlich hin?«

»Nein, ich fliege nach Hause. Nach Anaheim. Und Sie?«

Lindsay ging zum Ausgabetresen. Adrian folgte ihr etwas langsamer, auch wenn die Art, wie er ihr nachging, durchaus etwas Entschlossenes hatte und Lindsay wohlige Schauer über den Leib jagte. Ihr Geschick hatte sich definitiv gewendet, denn auch sie wollte nach Anaheim.

»Für mich wird Orange County erst mein Zuhause. Ich

ziehe wegen eines neuen Jobs hin.« Sie hatte nicht vor, mehr zu verraten, indem sie eine Stadt nannte. Schließlich wusste sie, wie sie sich selbst schützte, und sie wollte sich nicht noch mehr Probleme aufhalsen, als sie bereits hatte.

»Das ist ein ziemlich großer Schritt. Von einer Seite des Landes auf die andere zu ziehen.«

»Es wurde Zeit für eine Veränderung.«

Seine Lippen verzogen sich zu einem trägen Lächeln. »Essen Sie mit mir zu Abend.«

Die samtige Resonanz seiner Stimme steigerte Lindsays Interesse. Er war charismatisch und anziehend – zwei Eigenschaften, die kurze Begegnungen erinnerungswürdig machten.

Lindsay nahm die Tüte und das Getränk von dem Mitarbeiter hinter dem Tresen entgegen. »Sie kommen direkt zur Sache. Das gefällt mir.«

Der Aufruf ihrer Flugnummer lenkte Lindsays Aufmerksamkeit zum Gate zurück. Eine leichte Verspätung wurde angekündigt, was die wartenden Passagiere unruhig machte. Adrians Blick wich keine Sekunde von Lindsay.

Er wies auf die Stuhlreihe, vor der er vorhin auf und ab gegangen war. »Wir haben Zeit, uns kennenzulernen.«

Lindsay ging mit ihm zu den Stühlen. Wieder sah sie sich um und bemerkte, dass zahlreiche Frauen Adrian beobachteten. Und er fühlte sich nicht mehr ganz so sehr wie ein entfesseltes Unwetter an. Auch draußen hatte sich der Sturzregen zu einem dichteren Nieseln beruhigt. Dass beides zusammentraf, war erstaunlich.

Lindsays heftige Reaktion auf Adrian Mitchell und seine einzigartige Fähigkeit, ihren inneren Wetterradar zu aktivieren, zementierten ihre Entscheidung, ihm näherzukommen.

In ihrem Leben verlangten Anomalien stets nach gründlicher Erkundung.

Er wartete, bis sie sich hingesetzt hatte, ehe er fragte: »Werden Sie am Flughafen abgeholt? Von Freunden oder Angehörigen?«

Keiner wartete dort auf sie. Lindsay hatte einen Transfer zu ihrem Hotel gebucht, wo sie wohnen würde, bis sie ein passendes Apartment gefunden hatte. »Es ist unklug, solche Informationen mit einem Fremden auszutauschen.«

»Dann lassen Sie mich das Risiko eingrenzen.« Er griff in seine Gesäßtasche und zog seine Brieftasche heraus. Aus der nahm er eine Visitenkarte und reichte sie ihr. »Rufen Sie diejenigen an, die Sie erwarten. Sagen Sie ihnen, wer ich bin und wie man mich erreicht.«

»Sie sind aber sehr entschlossen.« Und es offensichtlich gewohnt, Befehle zu erteilen. Was Lindsay nicht störte. Sie hatte selbst eine starke Persönlichkeit und brauchte die auch bei anderen, sonst übernahm sie gleich das Kommando. Gefügige Männer mochten in bestimmten Situationen prima sein, aber nicht in Lindsays Privatleben.

»Bin ich«, bestätigte er gelassen.

Lindsay nahm die Karte. Dabei berührten seine Finger ihre, und es fuhr Lindsay wie ein Stromschlag den Arm hinauf.

Seine Nasenflügel weiteten sich. Dann ergriff er ihre Hand. Seine Fingerspitzen kitzelten in ihrer Handfläche, und so erregt, wie Lindsay von dieser simplen Berührung war, hätte er sie ebenso gut zwischen den Beinen streicheln können. Er betrachtete sie mit einer fast greifbaren Sinnlichkeit, dunkel und durchdringend. Als wüsste er, wo ihre heißen Stellen waren … oder als hätte er zumindest die feste Absicht, sie zu entdecken.

»Ich merke schon, dass Sie mich in Schwierigkeiten bringen«, murmelte sie und drückte seine Hand, um seine Finger zu stoppen.

»Dinner. Reden. Ich verspreche, dass ich mich benehmen werde.«

Da sie ihn nicht loslassen wollte, nahm sie seine Visitenkarte mit der freien Hand. Ihr Puls raste, befeuert von dieser unmittelbaren, ungeheuren Anziehung. »Mitchell Aeronautics«, las sie. »Und Sie fliegen Linie?«

»Ich hatte andere Pläne«, antwortete er mit einem ironischen Unterton. »Aber mein Pilot fiel unerwartet aus.«

Sein Pilot. Lindsay grinste. »Ist das nicht immer wieder ärgerlich?«

»Eigentlich ja ... Bis Sie erschienen.« Er zog sein Blackberry aus der Tasche. »Benutzen Sie mein Telefon, dann haben diejenigen, die Sie anrufen müssen, gleich meine Nummer.«

Widerwillig ließ Lindsay ihn los und nahm sein Telefon, obwohl sie ein eigenes dabeihatte. Nachdem sie ihren Becher auf den Boden gestellt hatte, stand sie auf. Adrian erhob sich mit ihr. Er war lässig, elegant, wohlerzogen, höflich und umwerfend. Doch so vornehm seine Manieren auch sein mochten, war etwas Gefährliches an ihm, das die niedersten Instinkte einer Frau ansprach. Vielleicht überforderte der volle Terminal aber auch bloß Lindsays hypersensible Sinne. Oder sie beide waren einfach auf Anhieb völlig aufeinander eingestimmt. Wie auch immer, sie beklagte sich nicht.

Sie ließ ihre Tüte mit den Brezel-Sticks auf dem Stuhl liegen, ging einige Schritte auf Abstand und wählte die Nummer der Autowerkstatt ihres Vaters. Und während sie nun beschäftigt war, ging Adrian zum Gate-Schalter.

»Linds. Bist du schon da?«

Sie wunderte sich über die Begrüßung. »Woher weißt du, dass ich es bin?«

»Anruferkennung. Da stand ein 714er-Vorwahl.«

»Ich bin noch in Phoenix und warte auf meinen Anschlussflug. Und ich benutze das Handy eines anderen Passagiers.«

»Was ist mit deinem? Und warum bist du noch in Phoenix?« Eddie Gibson war seit zwanzig Jahren alleinerziehender Vater mit einem sehr starken Beschützerinstinkt, was angesichts der entsetzlichen Todesumstände von Regina Gibson nicht verwunderlich war.

»Mit meinem Telefon ist alles in Ordnung, aber ich hatte meinen Anschlussflug verpasst. Außerdem habe ich jemanden kennengelernt.« Lindsay erzählte ihm von Adrian und gab ihm die Informationen von der Visitenkarte. »Ich mache mir keine Sorgen. Er scheint mir bloß jemand zu sein, der ein wenig Widerstand braucht. Ich glaube nämlich nicht, dass er oft ein Nein hört.«

»Wahrscheinlich nicht. Mitchell ist wie Howard Hughes.«

Lindsay merkte auf. »Wie das? Geld, Filme, Starlets? Alles auf einmal?«

Sie musterte Adrian von hinten und nutzte die Gelegenheit, ihn eingehender zu betrachten, solange er abgelenkt war. Die rückwärtige Ansicht war genauso eindrucksvoll wie die von vorn. Und er hatte einen tollen Hintern.

»Würdest du mal länger als fünf Minuten stillsitzen, wüsstest du es«, sagte ihr Vater.

Tatsächlich erinnerte sie sich nicht, wann sie das letzte Mal eine Zeitschrift gelesen hatte, und sie hatte schon vor Jahren aufgehört, Geld fürs Kabelfernsehen herauszuwerfen.

Filme und Serien lieh sie sich, wenn sie wollte, denn sogar die Werbepausen waren ein Luxus, für den sie keine Zeit erübrigen konnte. »Ich kriege kaum mein eigenes Leben auf die Reihe, Dad. Woher soll ich die Zeit nehmen, mich auch noch mit dem anderer zu beschäftigen?«

»Na, in meines mischst du dich dauernd ein«, scherzte er.

»Dich kenne ich, und ich liebe dich. Aber Berühmtheiten? Eher nicht.«

»Er ist keine Berühmtheit. Vielmehr schirmt er sein Privatleben ziemlich strikt ab. Er wohnt auf einer Art Anwesen in Orange County. Das habe ich mal in einem Special gesehen. Es soll so was wie ein architektonisches Wunder sein. Mitchell ähnelt insofern Howard Hughes, als er ein sehr zurückgezogen lebender Milliardär ist, der Flugzeuge mag. Die Medien berichten gern über ihn, weil die Leute ein Faible für Flieger haben. Das war immer schon so. Und er ist angeblich attraktiv. Das kann ich aber nicht beurteilen.«

Ausgerechnet den hatte sie sich ausgesucht? »Danke für die Info. Ich rufe dich an, wenn ich angekommen bin.«

»Ich weiß, dass du auf dich aufpassen kannst, doch sei trotzdem vorsichtig.«

»Bin ich immer. Und kein Fast Food zum Abendessen! Koch dir etwas Gesundes. Oder noch besser: Such dir eine nette Frau, die für dich kocht.«

»Linds!«, warnte er sie im Scherz.

Lachend beendete sie das Gespräch und löschte die Nummer aus dem Speicher des Blackberrys.

Adrian kam mit der Andeutung eines Lächelns auf sie zu. Er bewegte sich fließend und strahlte eine Macht und Selbstsicherheit aus, die Lindsay sogar noch attraktiver fand als sein Aussehen. »Alles okay?«

»Oh ja.«

Er hielt ihr einen Boarding Pass hin. Lindsay sah ihren Namen und runzelte die Stirn.

»Ich war so frei, uns Sitze nebeneinander geben zu lassen«, erklärte er.

Sie nahm das Ticket. Erste Klasse, Sitznummer zwei, was mehr als zwanzig Reihen weiter vorn war, als sie ursprünglich sitzen sollte. »Das kann ich nicht bezahlen.«

»Als würde ich erwarten, dass Sie die Rechnung für eine Änderung übernehmen, um die Sie nicht gebeten haben.«

»Man muss den Ausweis vorlegen, um ein Ticket umzuschreiben.«

»Na ja, ich habe ein paar Fäden gezogen.« Er nahm das Telefon zurück, das sie ihm reichte. »Ist das okay?«

Sie nickte, allerdings schrillten sämtliche Alarmglocken in ihrem Kopf. Angesichts der strengen Reglements im Flugverkehr kam es schon einem göttlichen Akt gleich, ihr Ticket ohne ihre explizite Erlaubnis zu ändern. Vielleicht war die Frau am Gate-Schalter schlicht Adrians Charme erlegen, oder er hatte sie kräftig geschmiert. So oder so ignorierte Lindsay derartige Warnsignale nie. Sie müsste ein wenig gründlicher nachforschen, was ihn betraf, und sich wahrlich gut überlegen, ob sie diese kurze heiße Affäre, auf die sie gehofft hatte, ernsthaft wollte.

Offen gesagt, war es für jemanden wie Adrian überflüssig, größere Anstrengungen auf sich zu nehmen, um eine Frau wie Lindsay herumzukriegen. Jede Frau am Terminal beäugte ihn, und nicht wenige von ihnen mit diesem Blick, der sagte: *Gib mir das kleinste Zeichen, und ich gehöre dir.* Im Ernst, sogar einige der Männer sahen ihn so an! Und er überging dieses lüsterne Interesse mit einer Nonchalance, aus der

Lindsay nur folgern konnte, dass ihm das dauernd passiert. Er ließ seinen Blick umherschweifen, nirgends verharren, und trug seine Gleichgültigkeit wie einen Schutzschild vor sich her. Den hatte Lindsay mit ihrem direkten Komm-und-hol's-dir-Augenkontakt durchdrungen. Doch im Grunde ergab es keinen Sinn, dass er ihren Köder geschluckt hatte. Sie war klatschnass vom Regen und alles andere als gut gekleidet. Zugegeben, mächtige Männer fühlten sich von Selbstbewusstsein angezogen, und das besaß sie. Trotzdem erklärte das nicht, warum sie sich fühlte, als wäre sie geködert worden.

»Nur damit das klar ist«, begann sie, »ich wurde dazu erzogen, von Männern zu erwarten, dass sie mir Türen aufhalten, Stühle hinrücken und in Restaurants die Rechnung übernehmen. Im Gegenzug ziehe ich mich hübsch an und versuche charmant zu sein. Aber mehr ist nicht drin. Man kann mich nicht zwecks Sex kaufen. Ist das okay für Sie?«

Wieder erschien das inzwischen vertraute träge Lächeln. »Perfekt. Wir haben eine Stunde Flugzeit, während der wir uns unterhalten können. Sollten Sie sich danach nicht vollends wohl mit mir fühlen, gebe ich mich mit einem Austausch von Telefonnummern zufrieden. Andernfalls habe ich einen Wagen, der mich abholt, und wir können zusammen vom Flughafen aus weiterfahren.«

»Abgemacht.«

Da war ein Anflug von Selbstzufriedenheit in seinem Blick. Lindsay bemühte sich, nicht ganz so siegesgewiss zu erscheinen. Ungeachtet dessen, was er sonst noch sein oder was ihn motivieren mochte, war Adrian Mitchell eine Herausforderung, die sie jetzt schon genoss.

3

Ich habe sie. Adrian kostete diesen Triumph aus.

Wüsste Lindsay Gibson, von welcher erotischen Habgier sein Sinn für Eroberung geprägt war, würde sie es sich zweifellos noch mal überlegen, ob sie mit ihm zu Abend essen wollte. Sein erster Impuls, als er sie gesehen hatte, war gewesen, sie gegen die nächste geeignete Oberfläche zu pressen und schnell und hart zu nehmen. Für sie begegneten sie sich zum ersten Mal. In Wahrheit aber waren sie nach zweihundert Jahren endlich wieder vereint. Nach zwei höllischen Jahrhunderten des Wartens und des Sehnens.

Und das ausgerechnet heute! Das Leben hatte fürwahr eine seltsame Art, ihn zu den unpassendsten Zeiten bei den Eiern zu packen. Dennoch würde er sich hierüber nicht beschweren – nein, niemals.

Shadoe, meine Liebe.

Nie zuvor waren sie so lange getrennt gewesen. Ihre Wiedersehen waren von jeher willkürlich und unvorhersehbar gewesen, aber unvermeidlich. Ihre Seelen zogen einander an, ganz gleich, in welch gegensätzliche Richtungen ihre Wege sie führen mochten.

Der endlose Kreislauf ihres Sterbens und ihre Unfähigkeit, sich zu erinnern, was sie einander bedeuteten, waren seine Strafe, weil er jenes Gesetz gebrochen hatte, das zu vollstrecken er geschaffen wurde. Und es war eine quälend wirksame

Vergeltungsmaßnahme. Adrian starb sozusagen in Zeitlupe; seine Seele – der Kern seiner Engelsexistenz – war verwüstet von Trauer, Zorn und Rachsucht. Jedes Mal, wenn er Shadoe verlor, und jeder Tag, den er ohne sie leben musste, beeinträchtigten seine Fähigkeit, seinen Auftrag zu erfüllen. Ihr Verlust schadete seinem Pflichtbewusstsein, dem Fundament all dessen, was er war – Soldat, Anführer und Kerkermeister jener Wesen, die genauso mächtig waren wie er.

Zweihundert verdammte Jahre. Sie war lange genug fort gewesen, dass Adrian gefährlich wurde. Ein Seraph, dessen Herz in Eis gefangen war, stellte eine Gefahr für alles und jeden um sich herum dar. Er war auch eine Gefahr für *sie*, denn sein Verlangen nach ihr war derart überbordend, dass er nicht wusste, ob er sich zügeln könnte. Wenn sie fort war, war die Welt für ihn tot und die Stille in ihm ohrenbetäubend. Dann kehrte sie zurück, und überall um ihn explodierten die Sinneseindrücke – das Pochen seines Herzens, die Hitze ihrer Berührung, die Wucht seines Verlangens. *Leben*. Für ihn endete es jedes Mal, wenn er sie verlor.

Als sie wieder zu ihren Stühlen gingen, sagte Lindsay: »Mein Dad meinte, Sie seien der Howard Hughes meiner Generation.«

Ungeduld nagte an ihm. Nach den heutigen Ereignissen empfand er es als pervers und qualvoll, über seine notwendige, aber bedeutungslose Fassade zu sprechen. Er war mehr als aufgewühlt und erhitzt von Zorn und Gier.

»Ich bilde mir gern ein, weniger exzentrisch zu sein«, entgegnete er in einem Tonfall, der nichts von seiner Unruhe preisgab. Jede Faser seines Seins war auf Lindsay Gibson eingestimmt – das Gefäß der Seele, die er liebte. Die verbotenen körperlichen Gelüste seiner menschlichen Hülle nahmen bedenkliche Ausmaße an und erinnerten ihn daran, wie lange es her war, dass sie das letzte Mal in seinen Armen gelegen hatte. Nie könnte er vergessen, wie gut es mit ihnen beiden war. Ein einziger sengender Blick des jeweils anderen konnte ein Verlangen in ihnen entzünden, das zu stillen Stunden dauerte.

Er lechzte nach diesen intimen Stunden mit ihr. Lechzte nach *ihr*.

Obwohl Shadoes physische Gestalt die genetischen Anlagen von Lindsays Familie spiegelte, fühlte und erkannte er sie doch mit absoluter Sicherheit, egal, in welchem Körper sie geboren wurde. Im Laufe der Jahre hatte ihre Erscheinung und ethnische Zugehörigkeit immer wieder stark variiert; Adrians Liebe aber brannte jedes Mal gleich stark. Ihn zog die Verbundenheit mit ihr an, das Gefühl, in ihr die andere Hälfte seiner selbst gefunden zu haben.

Lindsay zuckte mit den Schultern. »Mich stört Exzentrik nicht. Vielmehr macht sie die Dinge interessanter.«

Regentropfen glitzerten in ihrem Haar. In dieser Inkarnation war sie blond mit krausen Locken, die höllisch sexy waren. Sie waren nicht besonders lang, vielleicht zehn Zentimeter. Adrian ballte seine Hände gegen den Drang, in ihre Haarpracht zu greifen und sie zu halten, während sein Mund ihren einnahm und seinem verzweifelten Wunsch nachgab, sie zu schmecken.

Er liebte Shadoes Seele, doch Lindsay Gibson entfachte seine Lust. Die daraus resultierende Reaktion war zerstörerisch und überwältigte ihn in einem Moment, in dem er ohnehin schon sehr angespannt war. Ein unruhiges Kribbeln in seinem Rücken zwang ihn, seine Flügel zu bändigen, die sich vor lauter Freude über Lindsays Anblick und Duft ausbreiten wollten. Neben ihr im Flugzeug zu sitzen würde Himmel und Hölle zugleich sein.

Er hatte den Vorteil, sich an jede ihrer früheren Beziehungen zu erinnern; Lindsay hingegen konnte allein ihrem Instinkt folgen, und der signalisierte ihr eindeutig, dass sie nicht sicher war, wie es weitergehen sollte. Ihre Nasenflügel bebten leicht, ihre Pupillen waren geweitet, und ihre Körpersprache bestätigte, dass die Anziehung gegenseitig war. Sie war kein bisschen schüchtern, sondern forsch und selbstsicher. Und sie fühlte sich ganz offensichtlich wohl in ihrer Haut. Er mochte sie jetzt schon sehr, und das ungeachtet seiner Geschichte mit Shadoe.

»Wohin wollen Sie in Orange County?«, fragte er. »Und was lockt Sie dort so sehr, dass Sie dafür Ihre Zelte abbrechen und weit fortziehen?«

Obwohl Adrian sie so gut kannte, wie ein Mann seine Frau nur kennen konnte, fing er größtenteils immer wieder bei null an, wenn er sie fand. Lindsays Vorlieben und Abneigungen, ihre Persönlichkeit und ihr Naturell, ihre *Erinnerungen* waren einzigartig und nur ihre. Jede Wiedervereinigung war eine Neuentdeckung.

Lindsay zog den dünnen Plastikdeckel von ihrem Getränkebecher und trank einen Schluck. »Anaheim. Ich arbeite im Hotel- und Gaststättengewerbe, daher ist der Tourismus in Südkalifornien genau meine Branche.«

Er tat, als wollte er in seine Gesäßtasche greifen. Mit der Hand auf dem Rücken beschwor er einen Strohhalm herbei und reichte ihn ihr. »Restaurants oder Hotels?«

Wie trank sie ihren Kaffee? Mochte sie überhaupt Kaffee? Schlief sie auf dem Rücken oder auf dem Bauch? Wo mochte sie berührt werden? War sie eine Nachteule oder eine Frühaufsteherin?

Lindsay starrte auf den Strohhalm, bevor sie ihn fragend ansah. Dann nahm sie den Trinkhalm und zog die Plastikhülle ab. Doch es war nicht zu übersehen, dass sie sich wunderte, woher Adrian den hatte. »Danke.«

»Ist mir ein Vergnügen.«

Es gab so vieles zu erfahren, und Adrian konnte unmöglich wissen, wie viel Zeit ihm blieb. Einmal war sie nur für zwanzig Minuten zu ihm zurückgekommen, ein anderes Mal für zwanzig Jahre. Ihr Vater fand sie immer. Den Anführer der Vampire zog es ebenso sicher zu ihr wie Adrian, und Syre war entschlossen, zu beenden, was er begonnen hatte. Er wollte seine Tochter mittels Vampirismus unsterblich machen, wodurch die Seele sterben würde, die sie mit Adrian verband.

Aber das sollte garantiert nicht passieren, solange Adrian noch atmete.

»Hotels«, antwortete sie auf seine Frage. »Ich mag diese Energie, die in ihnen herrscht. Sie schlafen nie, schließen nie. Der endlose Strom von Reisenden sorgt für ständig neue Herausforderungen, die gemeistert werden wollen.«

»Welches Hotel?«

»Das Belladonna. Es ist ein neues in der Nähe von Disneyland.«

»Das gehört Gadara Enterprises.« Raguel Gadara war ein Immobilientycoon, der in direkter Konkurrenz zu Steve Wynn und Donald Trump stand. Für seine neuen Projekte wurde jeweils kräftig geworben, doch an der Publicity lag es nicht, dass Adrian ihn gut kannte. Und das nicht nur im irdischen Leben. Er kannte Raguel aus ihrem gemeinsamen himmlischen Leben, denn Raguel war einer der sieben Erzengel auf Erden, die mehrere Ränge unter Adrian als Seraph in der Engelshierarchie standen.

Lindsays dunkle Augen leuchteten. »Sie haben davon gehört!«

»Raguel ist ein alter Bekannter.« Im Geiste plante er schon die nötigen Schritte, um ihre Geschichte von ihrer Geburt bis zu diesem Moment zu recherchieren. In seiner Welt gab es keine Zufälle. Er hatte Shadoe nicht zufällig in jeder Inkarnation getroffen, sondern weil es ihnen bestimmt war, dass sich ihre Wege kreuzten. Aber dass sie so in die Nähe seiner Zentrale zog und auch noch bei einem Engel arbeiten sollte ... Raguel besaß Immobilien überall auf der Welt, einschließlich eines Hotelkomplexes unweit der Ostküste, wo Lindsay herkam. Es konnte kein Zufall sein, dass die Umstände sie nach Orange County führten.

Adrian musste herausfinden, welche Entscheidungen sie so direkt in sein Leben geführt hatten. Solche Nachforschungen stellte er grundsätzlich an, wenn sie zurückkehrte. Er suchte nach Mustern und Abläufen, die sich wiederholten, eignete sich Wissen an, mit dem er ihr Vertrauen und ihre Zuneigung gewinnen konnte. Und er suchte nach irgendwelchen Hinweisen, dass sie manipuliert wurden, denn bald würde es so weit sein, und er würde für seine Überheblichkeit zahlen müssen. Er hatte sich eine Übertretung zuschulden kommen lassen, für die er andere scharf verurteilte: Er hatte sich in Shadoe verliebt – eine Naphil, das Kind einer sterblichen Frau und des Engels, der ihr Vater einst gewesen war –, und er war unzählige Male den Verlockungen der fleischlichen Lust erlegen.

Er selbst hatte ihren Vater für denselben Regelverstoß bestraft und dem gefallenen Engel die Flügel abgetrennt. Dabei hatte Syre seine Seele verloren und war zum ersten Vampir geworden.

Irgendwann würden Adrian die Folgen seiner Doppelmoral einholen; längst hatte er akzeptiert, dass es unvermeidlich war. Falls Raguel vom Schöpfer ausgewählt wurde, um ihn zu strafen, musste Adrian es wissen und vorbereitet sein. Er musste sicherstellen, dass für Shadoe gesorgt war, wenn seine Zeit kam.

Er blickte zu seinen Lykaner-Wachen, die zu beiden Seiten wenige Reihen entfernt saßen. Sie beobachteten ihn neugierig. Und ihnen entging nicht, dass er auf Lindsay anders reagierte als auf andere Frauen. Das letzte Mal, dass Shadoes Seele bei ihm gewesen war, waren die beiden Lykaner noch nicht geboren gewesen, aber sie kannten Adrians Privatleben. Sie wussten, wie wenig er das andere Geschlecht beachtete.

Nun würde er mehr als zwei Leibwächter brauchen, damit er seine Jagd nach Syre wiederaufnehmen konnte, und Lindsay bräuchte ihre eigenen Bodyguards. Adrian war klar, dass er es vorsichtig in die Wege leiten musste. Sie war jung – höchstens fünfundzwanzig – und fing allein an einem neuen Ort an. Dies war eine Zeit, in der sie ihren Horizont erweitern sollte, und nicht bei einem neuen Liebhaber landen, der die völlige Kontrolle über ihr Leben an sich riss.

Lindsay drehte den Strohhalm zwischen ihren Fingern, und für einen Moment verharrten ihre Lippen über dem Halm, bevor sie den Mund leicht öffnete und trank.

Eine Hitzewelle durchfuhr Adrian. Nicht einmal das Wissen, dass er sie wieder verlieren würde, dass er abermals seine Pflicht vernachlässigte, konnte das rauschhafte Verlangen bändigen, das seinen Puls beschleunigte. Er wollte diese Lippen auf seiner Haut, musste fühlen, wie sie über seinen

Körper glitten, grobe und zärtliche Worte flüsterten, während sie ihn erbarmungslos erregten. Obwohl es den Hütern verboten war, sich mit Sterblichen zu vereinen, konnte Adrian nichts davon überzeugen, dass Shadoe nicht geboren worden war, um ihm zu gehören.

Sie hatte mit ihrem Dad telefoniert …

Adrian wurde sehr still.

Er ließ sich nichts anmerken, doch alle seine Sinne waren konzentriert. Shadoes unterschiedliche Inkarnationen waren immer mit einer alleinstehenden Mutter aufgewachsen, nie nur mit einem Vater. Es war, als hätte Syre ihre Seele zu Beginn jener Verwandlung gezeichnet, die sie zu einem Vampir machen würde, auf dass kein anderer Mann jemals seine Vaterrolle in ihrem Leben einnehmen konnte. »Wohnen Ihre Eltern in Raleigh?«

Ein Schatten huschte über ihre Züge. »Nur mein Dad. Meine Mutter starb, als ich fünf war.«

Adrians Finger zuckten unruhig. Die Reihenfolge, in der ihre Eltern starben, hatte noch nie variiert.

Seine stets stabile Welt war an diesem Morgen aus dem Gleichgewicht geraten, und Lindsay Gibson gefährdete dieses Gleichgewicht noch weiter, sodass alles um ihn herum langsam von seinem vorbestimmten Platz zu kippen schien. Die Lykaner wurden täglich unruhiger, die Vampire hatten mit Phineas' Ermordung und dem Angriff im Hubschrauber eine gefährliche Grenze überschritten, und nun kehrte Shadoe nach endloser Abwesenheit zurück, und dabei waren die Grundmuster ihrer Reinkarnation völlig verändert.

»Das tut mir leid«, murmelte er. Es war eine gängige Bemerkung gegenüber trauernden Sterblichen, die den Tod so oft als jammervolles Ende betrachteten.

»Danke. Was ist mit Ihnen? Haben Sie eine große oder eine kleine Familie?«

»Eine sehr große mit reichlich Geschwistern.«

»Da beneide ich Sie. Ich habe gar keine Geschwister. Mein Dad hat nicht wieder geheiratet, weil er nie über den Tod meiner Mom hinweggekommen ist.«

Adrian war mittlerweile geschult darin, Mütter für sich zu gewinnen. Männer hingegen machten eher einen großen Bogen um ihn, egal, wie sehr er sich bemühte, sie zu beschwichtigen. Instinktiv spürten sie die Macht in ihm; in jedem Bereich durfte es jeweils nur einen Alpha geben, und der war Adrian. Es könnte also mühsam werden, sich die Anerkennung von Lindsays Vater zu sichern, aber es wäre die Zeit und Mühe wert. Familiäre Unterstützung war einer der vielen Wege, über die Adrian erreichte, dass seine Gefährtin sich ihm vollkommen unterwarf. Und das musste sie. Koste es, was es wolle.

Er berührte ihre Hand, die locker auf der Armlehne ruhte, und kostete die elektrische Ladung aus, die ihm bei dem einfachen Kontakt den Arm hinauf in den Körper fuhr. Gleichzeitig hörte er Lindsays Herzschlag so deutlich, als wäre sein Ohr an ihren Busen gepresst. Durch die Lautsprecherdurchsagen mit Fluginformationen, Boarding-Aufrufen und Gate-Änderungen hindurch war der feste, gleichmäßige Takt ihres Herzschlags für ihn kristallklar vernehmbar. »Manche Frauen sind unvergesslich.«

»Sie klingen wie ein Romantiker.«

»Überrascht Sie das?«

Sie lächelte verhalten. »Mich überrascht gar nichts.«

Sein Herz schmerzte beim Anblick dieses Lächelns. Er war zu lange ohne sie gewesen, und das Warten war noch lange nicht vorbei. Auch wenn sie die Anziehung zwischen ihnen spüren musste, liebte sie ihn nicht. Und er hätte ihren Körper nur für eine begrenzte Zeit, sodass sein Verlangen zwar ein wenig gelindert, nicht jedoch gestillt werden würde.

Seine Aufmerksamkeit wurde von Elijah abgelenkt, der aufgestanden war und den mit Teppichboden ausgelegten Wartebereich verlassen hatte, um sich in den Hauptgang zu begeben. Lykaner hielten sich ungern in engen, überfüllten Räumen auf. Adrian hätte ein Flugzeug chartern oder auf eines seiner eigenen warten können. Beides hätte seinen Leibwachen diese Situation erspart. Aber er musste jedem Vampir, der dumm genug war zu glauben, der Verlust seines Stellvertreters oder der Hinterhalt in der Luft könnten Adrian geschwächt haben, in aller Schärfe demonstrieren: *Kommt ruhig, und versucht es wieder!*

»Sie mögen Überraschungen«, mutmaßte Lindsay.

Adrian sah wieder zu ihr. »Nein, ich kann sie nicht ausstehen. Es sei denn, es handelt sich um Sie.«

Lindsay lachte leise, und eine längst vergessene Wärme regte sich in Adrians Brust.

Eine junge Frau schob einen Kinderwagen und trug ein quengelndes Baby direkt an ihnen vorbei zum Gate-Schalter. Während sie mit einem Kleinkind stritt, das einen kleinen Trolley zog, klingelte Adrians Telefon. Er entschuldigte sich bei Lindsay und ging ein Stück beiseite.

Das Display zeigte eine Nummer, aber keinen Namen. »Mitchell«, meldete Adrian sich.

»Adrian.« Die eisige Stimme erkannte er sofort.

Pure, urwüchsige Aggressivität beschleunigte Adrians Puls. Prompt zuckte ein Doppelblitz über den Himmel, gefolgt von einem lauten Donnerkrachen. »Syre.«

»Du hast etwas, was mir gehört.«

4

Betont lässig blickte Adrian sich um. Könnte Syre seine Tochter zuerst gefunden haben und ihr gefolgt sein? »Und das wäre?«

»Nur nicht so zurückhaltend, Adrian. Das passt nicht zu dir. Reizende Brünette, zierlich. Du gibst sie zurück – unversehrt.«

Adrian entspannte sich. »Falls du auf die tollwütige Kuh mit dem Schaum vorm Mund anspielst, die mich heute angriff, der brach ich das Herz. Ich zerquetschte es in meiner Faust, um genau zu sein.«

Für eine entsetzlich lange Zeit herrschte Stille am anderen Ende. »Nikki war die netteste Frau, die mir je begegnet ist.«

»Falls das deine Definition von ›nett‹ ist, war ich wohl zu nachsichtig. Versuch noch mal so eine Nummer, und ich bringe euch alle zur Strecke«, warnte er Syre gelassen.

»Dazu besitzt du weder die Befehlsgewalt noch das Recht. Halt deinen Größenwahn im Zaum, Adrian, oder du endest wie ich.«

Adrian wandte sich von Lindsays wachsamem Blick ab und atmete ruhig, um seinen rasenden Zorn zu bändigen. Er war ein Seraph, ein Hüter, und sollte über menschliche Regungen erhaben sein. Durch seinen Tonfall oder sein Handeln zu verraten, dass er es nicht war, würde ihn extrem verwundbar machen. Was geschehen war, ließ sich nicht mehr ungeschehen machen; seine sterbliche Liebe hatte ihn an die Erde gebunden, fernab himmlischer Abgeklärtheit.

»Du hast keine Ahnung, wozu ich autorisiert bin«, erwiderte er. »Sie griff mich am helllichten Tag an und bewies damit, dass einer von deinen Gefallenen – oder vielleicht sogar *du selbst* – sie in den letzten achtundvierzig Stunden nährte. Womit es mir freisteht, mich und meine Hüter auf jede Weise zu verteidigen, die ich für angemessen halte. Überleg es dir gut, bevor du noch einen lebensmüden Untergebenen zu mir schickst. Ich bin nicht Phineas. Du und ich, wir wissen bereits, dass du einen Kampf gegen mich nicht gewinnen kannst.«

Alles in allem entsprach das der Wahrheit. Syre mangelte es an dem Nahkampftraining, wie es die Hüter absolviert hatten; doch er hatte Jahrhunderte Zeit gehabt, seine Guerillataktiken zu verfeinern. Außerdem hatte er aus seinen Fehlern gelernt und gebärdete sich ebenso rastlos wie die Lykaner. Seine Vampire würden ihm in die Hölle folgen, wenn er es ihnen befahl. All das machte ihn außerordentlich gefährlich. Obwohl Adrian wusste, dass er Syre wieder besiegen konnte, würde es beim nächsten Mal nicht mehr so einfach werden.

Und Lindsay Gibson könnte mittendrin stecken.

»Vielleicht ist Gewinnen nicht das Ziel«, sagte Syre hämisch.

Adrian blickte zu Lindsay und wurde sich grausam bewusst, welches Elend er in ihr Leben bringen würde. Aber er konnte auch nicht von ihr lassen, zumal er im Vergleich zu Syre noch das kleinere zweier Übel war.

»Falls du von einem Todeswunsch beseelt bist, nur zu«, sagte Adrian, als ein weiteres Donnergrollen über den Himmel zog. »Komm zu mir, und ich helfe dir mit Freuden.«

Lindsay runzelte die Stirn über etwas, und Adrian folgte

ihrem Blick. Die Frau mit den beiden kleinen Kindern stritt nach wie vor mit dem älteren. Und der kleine Junge wurde so laut, dass alle in Hörweite hinsahen.

Der Anführer der Vampire lachte. »Nicht, ehe ich sicher bin, dass meine Tochter von dir befreit ist.«

»Dafür wird dein Tod sorgen.«

Bis in alle Ewigkeit würde Adrian die Schwäche verfluchen, die ihn zu Syre trieb, als Shadoe tödlich verwundet wurde. Er hatte irrtümlich geglaubt, der Anführer der Gefallenen liebte seine Tochter so sehr, dass er in ihrem Interesse handeln würde. Doch Syres Rachsucht überwog alles andere – zusammen mit seinem Durst nach Blut. Ihm war jedes Mittel recht, um zu verhindern, dass seine Tochter dem Hüter Glück brachte, der ihn, Syre, einst bestrafte. Er hatte versucht, sie in einen Vampir zu verwandeln, in eine seelenlose, blutsaugende Kreatur, die auf ewig in Dunkelheit leben musste, statt zuzulassen, dass sie Adrian mit ihrer sterblichen Seele liebte.

Sobald Adrian begriff, was Syre vorhatte, hatte er ihre Verwandlung in eine Vampirin gestoppt. Das wiederum hatte unvorhersehbare Folgen gehabt, denn ihr Körper war gestorben, ihre Naphil-Seele hingegen wurde unsterblich. Die unvollständige Verwandlung hatte bewirkt, dass Shadoe in einem endlosen Kreislauf zurückkehrte, weil ihre Seele, anders als eine sterbliche, zur Hälfte die eines Engels war, und das unabhängig von den Flügeln. Sterbliche Seelen überlebten die Verwandlung nicht, und Engelsseelen starben mit dem Verlust der Flügel, doch für Nephalim galt weder das eine noch das andere. Als Shadoes Körper die Verwandlung nicht abschließen konnte, überlebte ihre Naphil-Seele, allerdings gebunden an den, der begonnen hatte, sie zur Vampirin zu machen. Wenn Adrian ihren Vater tötete, sollte das Syre alle Macht über ihre Seele nehmen und sie befreien. Einzig der Vampir, der eine Verwandlung ausgelöst hatte, konnte sie auch zum Abschluss bringen.

Leider war die Zeit Adrians Feind. Er hatte nur Lindsays ungewisse Lebensspanne, mit der er arbeiten konnte. Für einen Unsterblichen war das ein schrecklich kleines Zeitfenster.

»Egoistischer Schweinehund«, fauchte der Vampir. »Du würdest Shadoe lieber sterben sehen, als sie ewig leben zu lassen.«

»Und du lässt sie lieber unter deiner Strafe leiden, obwohl sie die nicht verdient. Du hattest das Gesetz gebrochen, nicht sie.«

»Hatte sie das wirklich nicht, Adrian? Immerhin hat sie dich mit sich in den Abgrund gelockt.«

»Das war meine Entscheidung. Folglich ist es auch meine Schuld.«

»Dennoch leidest du nicht so wie wir.«

»Ach ja?«, fragte Adrian leise. »Woher willst du wissen, ob ich leide, Syre?«

Er sah wieder zu Lindsay. Sie beobachtete ihn von ihrem Platz aus mit diesen dunklen Augen, denen nichts zu entgehen schien. Für jemanden ihres Alters wirkten sie viel zu erfahren.

Fragend zog sie die Brauen ein wenig hoch.

Adrian warf ihr ein Lächeln zu. Sie war genauso auf ihn eingestimmt wie er auf sie, mit dem Unterschied, dass sie keinerlei Erinnerung an die Geschichte dieser Zuneigung hatte. Er musste achtgeben, um sie nicht zu verschrecken oder zu ängstigen. Seine starken Emotionen waren ein Zeichen dafür, wie tief er gesunken war, wie menschlich seine

Liebe zu ihr ihn gemacht hatte. Der Himmel beklagte seine Sterblichenschwäche und äußerte es über das Wetter – Regen, wenn er trauerte, Donner, wenn er wütend war, Temperaturschwankungen je nach seinen Stimmungen.

»Du begehrst ihre Seele, weil sie das Einzige ist, was sie an dich bindet«, schnurrte Syre.

»Und an dich.«

»Dennoch lässt du sie mich nicht zur vollen Reife bringen. Warum nicht, Adrian? Fürchtest du dich davor, dass sie dich wieder schwach machen könnte?«

Der trotzige kleine Junge trat seiner Mutter gegen das Schienbein. Sie schrie auf. Das erschrockene Baby auf ihrem Arm kippte nach hinten. Aus dem Gleichgewicht geraten und sichtlich am Ende ihrer Kräfte, konnte die junge Frau das Baby nicht länger halten, und es entglitt ihr.

Adrian eilte zu ihr, wobei er sich zwang, ein natürliches menschliches Tempo einzuhalten …

… da fing Lindsay das Kind auf. Zu schnell. So verdammt schnell, dass es schien, als hätte das Baby nie in Gefahr geschwebt, auf den Boden zu fallen. Die Mutter blinzelte mit offenem Mund, unübersehbar verblüfft, dass Lindsay direkt vor ihr stand. Eben hatte sie noch mehrere Schritte entfernt von ihr gesessen.

»Vergiss nicht«, fuhr Syre fort, »dass die von dir so geschätzte Seele mit jeder Inkarnation wieder an die Oberfläche dringt, ob ich nachhelfe oder nicht. Kannst du mich kriegen, bevor meine Tochter ihre Empfindungen zurückgewinnt? Was wird Shadoe von dir halten, wenn alles wieder hochkommt und sie sich an den Schmerz der vielen Leben erinnert, die du sie gekostet hast? Wird sie dich dann immer noch lieben?«

»Ich vergesse nichts. Und ganz sicher werde ich nicht vergessen, was du mir für die Verluste schuldest, die ich heute erlitten habe.« Adrian beendete das Gespräch und konzentrierte sich auf die Frau, deren soeben bewiesene übernatürliche Schnelligkeit auf eine kolossale Komplikation hinwies. Dass Shadoes Naphil-Gaben bei Lindsay so ausgeprägt waren, ließ eine tiefere Verflechtung beider Frauen vermuten, als sie bei früheren Inkarnationen erkennbar gewesen war.

Adrian rannte die Zeit davon. Seelen gewannen mit Alter und Erfahrung an Kraft. Es war eine unumstößliche Tatsache, dass Shadoes Seele eines Tages stärker als die des Körpers sein würde, den sie einnahm.

Und auf den Moment war keiner von ihnen vorbereitet.

Adrian steckte sein Telefon ein und eilte zu Lindsay.

Adrian hatte makellose Füße.

Von ihrem super bequemen Sitz in der ersten Klasse aus ließ Lindsay ihren Blick Adrians lange, ausgestreckte Beine entlangwandern und stellte fest, dass sie noch nie besonders auf die Füße eines Mannes geachtet hatte. Normalerweise fand sie die auch eher hässlich: raue Haut, krumme Zehen, grob gekürzte und gelbliche Zehennägel. Nicht so Adrians. Seine Füße waren in jeder Hinsicht makellos. Wie überhaupt alles an ihm perfekt symmetrisch und wunderbar gestaltet war. Er war geradezu atemberaubend *vollkommen*.

Als sie aufsah, begegnete ihr Blick seinem, und sie lächelte. Sie erklärte nicht, warum sie seine Füße in den Sandalen betrachtet hatte, denn es schien unnötig, so wie er sie ansah. Die körperliche Anziehung zwischen ihnen war nicht zu leugnen. Sie sprach von Hitze und Spannung und sorgte dafür, dass Lindsays Körper ein bisschen durcheinandergeriet.

Von Adrians Seite her nahm sie allerdings auch noch etwas Sanfteres wahr, etwas Zärtliches, beinahe Vertrautes. Und darauf reagierte sie mit einem übertriebenen Besitzdenken. Ein primitiver Teil von ihr knurrte: *Er ist mein!*

»Sie essen Ihre Brezel-Sticks ja gar nicht«, bemerkte er mit dieser sonoren Stimme, an die sie sich sofort anschmiegen wollte.

Er war so eisern beherrscht, absolut kontrolliert. Obwohl sie die Unruhe in ihm deutlich spürte, ließ er sich äußerlich nichts anmerken. Seine Stimme blieb ruhig, seine Haltung entspannt und selbstsicher. Sogar als er auf und ab gelaufen war, hatte er es lässig getan. Die Kombination dieser vollkommenen Beherrschtheit mit seiner ungezügelten Sexualität war verdammt reizvoll.

Es entsprach Lindsays Natur, Wellen zu schlagen und andere in Aufruhr zu versetzen, und das würde sie mit ihm tun. Sie würde unter die ruhige Oberfläche tauchen, weil sie ziemlich sicher war, dass in seinem Fall die stillen Wasser sehr tief waren.

»Wollen Sie denn?«, bot sie an. »Ich möchte mir nicht den Appetit verderben.«

Seine Augen blitzten amüsiert, und erst jetzt wurde ihr bewusst, dass er bisher noch nicht richtig gelacht hatte. Lindsays Leben war schon finster genug, deshalb stand sie gewöhnlich auf unbekümmerte Männer, die gern Spaß hatten. Adrians Sexappeal sorgte jedoch dafür, dass seine verhaltene Intensität ihr Interesse nicht dämpfen konnte.

»Was hätten Sie gern zum Abendessen?«, fragte er.

»Irgendwas. Ich bin eigentlich für alles zu haben.« Kaum hatte sie die Worte ausgesprochen, bereute Lindsay sie. »Das kam falsch raus.«

»Sie müssen sich nie wegen etwas sorgen, was Sie in meiner Gegenwart sagen, solange Sie ehrlich sind.«

»Das bin ich grundsätzlich, und es bringt mich oft in Schwierigkeiten.«

»Manche Schwierigkeiten sind durchaus lohnenswert.«

Nach wie vor angeschnallt, wandte sie ihren Oberkörper Adrian zu. »In was für Schwierigkeiten bringen Sie sich?«

»In solche epischen Ausmaßes«, gestand er trocken.

Dieser Anflug von Humor weckte ihr Interesse. »Jetzt bin ich neugierig. Erzählen Sie mir mehr.«

»Nein, das ist Stoff für das dritte Date. Da müssen Sie sich also noch öfter mit mir verabreden.«

Wie wäre es, mit einem Mann wie Adrian ernsthaft zusammen zu sein? *Nur für eine kleine Weile …* »Das ist Erpressung.«

Er schien kein bisschen reumütig. »Ich bin skrupellos, wenn es darum geht zu bekommen, was ich will. Womit ich wieder beim Thema wäre, was ich zum Abendessen koche. Was ist Ihre sündige Leibspeise?«

»Sie kochen?«

»Es sei denn, Sie haben etwas dagegen.«

Sie schmunzelte. Adrian war es eindeutig gewohnt, alles zu bekommen, was er wollte. »Irgendwann sollte ich Sie wohl mal abweisen, damit Sie nicht zu übermütig werden.«

Sein Blick war glühend. »Und an welchem Punkt genau wäre ich Ihrer Meinung nach zu übermütig?«

»Wenn Sie glauben, Sie könnten das Tempo vorgeben, wo ich es bestimmen will.«

»Das gefällt mir jetzt schon.«

»Schön.« Lindsay nickte zustimmend. Er wurde von Minute zu Minute zugänglicher. Greifbarer. »Was das Essen bei

Ihnen betrifft, habe ich nichts dagegen. Aber ich möchte, dass Sie das Menü bestimmen. Beeindrucken Sie mich.«

»Keine Allergien? Keine Tabus?«

»Ich bin kein Fan von Leber, Insekten und blutigem Fleisch.« Sie rümpfte die Nase. »Ansonsten geht alles.«

Ihre Aufzählung entlockte ihm das erste richtige Lächeln. »Ich bin ebenfalls kein Fan von Blut.«

Seine sinnlich geschwungenen Lippen bewirkten, dass sich eine Wärme von Lindsays Bauch aus in ihren Körper ausbreitete und sie herrlich entspannte, während ihr zugleich ein wenig duselig wurde. Sie fühlte sich erhitzt und völlig hingerissen.

Es war ja klar, dass dieser Mann, der sie abgehen ließ wie eine Rakete, ganz offensichtlich einiges mehr zu bieten hatte, als man auf den ersten Blick vermutete.

Als wäre das, was man auf den ersten Blick sah, nicht genug …

»Wozu brauchst du Bodyguards?«

Adrian zuckte mit der Schulter, während seine Augen weiter Lindsay fixierten, wie sie es schon taten, seit sie seinen Lieblings-Bioladen betreten hatten. Sie war groß, schlank und sportlich. Ihr Körper war ein Geschenk des Schöpfers, und sie hielt ihn bestens in Form und bewegte sich mit der anmutigen Geschmeidigkeit einer Wildkatze. Äußerlich wirkte sie entspannt, doch Adrian fühlte die Anspannung in ihr. Seine Stimmung übertrug sich sehr stark auf sie, doch hatte sie sich bewundernswert unter Kontrolle.

Lindsay war in weit besserer Verfassung als er.

Shadoes Rückkehr hatte seine Selbstbeherrschung in ihren Grundfesten erschüttert. Zutaten für ein Abendessen einzukaufen kam Adrian angesichts des überwältigenden Verlangens, das seinen gesamten Körper unter Hochspannung setzte, absurd vor. Hier war endlich die Frau, die ihn begehren, sehnen und *fühlen* lassen konnte wie keine andere. Die Frau, bei der er jede Sekunde seines zweihundertjährigen Zölibats spürte … und er konnte sie nicht haben. Noch nicht.

»Bekanntheit zieht bisweilen unerwünschte Aufmerksamkeit nach sich«, erklärte er betont gleichgültig.

Deshalb vermied er es, sich in der Öffentlichkeit zu bewegen, wenn Shadoe nicht bei ihm war. Jetzt tat er es, weil es einer Vielzahl von Zwecken diente: Er zeigte, dass ihm der Angriff am Morgen nichts hatte anhaben können, stellte Normalität und Vertrautheit mit Lindsay her und gab ihr Gelegenheit, die Zutaten auszusuchen, die sie mochte.

Sie blickte zu den Lykanern an beiden Enden des Gangs. »Gefährliche Aufmerksamkeit? Deine Kugelfänger sind ganz schöne Kleiderschränke.«

»Manchmal, aber nichts, worum du dir Gedanken machen musst. Ich sorge für deine Sicherheit.«

»Würde ich mich leicht ängstigen«, Lindsay nahm eine Süßkartoffel und steckte sie in eine Gemüsetüte, »hätte ich den Flughafen in einer fremden Stadt nicht mit einem Mann verlassen, den ich nicht kenne.«

Sie kannte ihn, auch wenn ihr nicht klar war, warum oder wie. Es war offensichtlich, dass sie sich eher auf ihr Gefühl verließ als auf rationale Überlegungen, und diese Intuition füllte die Leerstellen, was ihn betraf. Sie hatte ihn gesehen und sofort ins Visier genommen. Ohne zu zögern, hatte sie ihn mit jenem *Ich-will-dich*-Blick bedacht und ihm den Ball zugespielt – mit Schnellfeuerwucht.

Lindsay wies auf den beinahe überquellenden Einkaufskorb, den er trug. »Ich freue mich schon darauf zu sehen, wie du all das kochst. Vielleicht kannst du mir sogar ein paar Tricks beibringen, wie man Tempura zubereitet. Das ist nämlich eines meiner Lieblingsgerichte.«

»Du kochst?«

Die Frage brachte sie zum Lachen. »Was man eben so auf einer Kochplatte zustande bringt. Mit einem alleinerziehenden Dad und einem wahnwitzigen College-Stundenplan blieb nicht viel Zeit. Ich dürfte mehr außer Haus als zu Hause gegessen haben.«

»Das werden wir ändern.« Er griff nach einer Zwiebel, die er absichtlich fallen ließ.

Lindsay fing sie mit annähernd derselben Geschwindigkeit aus der Luft, mit der Adrian morgens Jasons davonfliegende Sonnenbrille gefangen hatte.

»Hier«, sagte sie und warf ihm die Zwiebel zu, bevor sie sich umdrehte, als wäre nichts gewesen.

Adrian ballte die Hand zur Faust, sodass die Zwiebel in seiner Hand barst wie ein rohes Ei. Als der aromatische Saft durch seine Finger rann, fluchte er und warf die Reste mittels Gedankenkraft in einen Abfalleimer auf der anderen Seite des Ladens.

Auf das Geräusch hin drehte Lindsay sich blitzschnell wieder so fließend zu ihm um, dass sich ihre Umhängetasche aus Leinen überhaupt nicht bewegte. Sie hatte die Tasche aus ihrem Koffer geholt, sobald sie ihn vom Gepäckband gezogen hatte. Ihre Eile hatte Adrians Neugier geweckt. Warum hatte sie die Tasche mit dem Koffer aufgegeben, wenn sie deren Inhalt so dringend brauchte?

Adrian musterte sie. Ihre Beweglichkeit war eindrucksvoll. Und besorgniserregend. »Du hast großartige Reflexe.«

Lindsay senkte den Blick. »Danke.«

»Damit hättest du Profisportlerin werden können.«

»Ich hatte es mal überlegt.« Sie nahm einen Beutel Karotten und legte sie in seinen Korb. »Aber mir fehlt das Durchhaltevermögen.«

Er wusste auch, warum. Lindsays sterblicher Körper war nicht dazu gemacht, Shadoes Naphil-Gaben zu fassen. Was er noch nicht wusste, war, ob sie nur die Schnelligkeit oder auch andere Talente von ihr hatte.

Was bedeutete, dass er unbedingt Syre ausschalten musste, und zwar so bald wie möglich.

Nicht einmal das Wissen, wie drastisch, ja, katastrophal sich die Welt verändern würde, wenn er den Anführer der Vampire tötete, konnte Adrian schrecken. Shadoe hatte absolute Priorität. Einmal hatte er den Fehler begangen, sich selbst an erste Stelle zu setzen; das war in der Nacht, als er versuchte, ihren Tod zu verhindern. So selbstsüchtig wäre er kein zweites Mal.

Der Preis jedoch würde hoch sein.

Sein Auftrag lautete, die Gefallenen im Zaum zu halten, nicht, sie hinzurichten. Wenn er Syres Leben beendete, würde er dieser Verfehlung wegen von der Erde abberufen werden, und die Hüter würden ohne den Anführer zurückbleiben, dem sie seit Beginn ihres Einsatzes dienten. Beide Fraktionen – die Vampire und die Engel – wären für einige Zeit ohne Führung, was die Welt vorübergehend in Chaos stürzen würde. Aber Shadoes Seele wäre von den Fesseln ihres Vaters befreit, und Adrians Heuchelei hätte ein Ende. Der Fehler, den er vor so langer Zeit gemacht hatte, wäre endlich korrigiert.

Sein Handeln würde das Gleichgewicht in vielerlei Hinsicht neu herstellen. Syre und er hatte sich beide als unwürdige Anführer erwiesen. Sowohl die Gefallenen als auch die

Hüter brauchten Anführer, die über jeden Vorwurf erhaben waren und ihnen mit tadellosem Beispiel vorangingen.

Sein Telefon klingelte. Er holte es aus der Tasche und sah auf dem Display, dass es Jason war. Als er sich bei Lindsay entschuldigte, dass er das Gespräch annehmen müsse, winkte sie ab und schlenderte ohne ihn weiter durch den Gang.

»Mitchell«, meldete er sich.

»Damiens Maschine soll gleich starten. Er wird in ein paar Stunden zu Hause sein.«

Jeder beeilte sich nach Kräften, was Adrians Ungeduld leider um nichts minderte. Phineas' Tod verlangte nach rascher Vergeltung, doch zunächst brauchte Adrian genauere Informationen. Damien war der erste Hüter vor Ort gewesen, und er brachte den überlebenden Lykaner mit. Die beiden würden Adrian möglicherweise einen Hinweis geben können, wo er beginnen sollte. »Ich habe Shadoe.«

Eine Pause trat ein, gefolgt von einem leisen Pfiff. »Perfektes Timing. Das gibt uns ein Druckmittel, sollte Syre endgültig überschnappen.«

»Ja.« Adrians Rücken wurde steif vor Anspannung. So geschmacklos es wäre, Lindsay als Lockvogel zu benutzen, um an Syre heranzukommen, ließ sich nicht leugnen, dass sie das beste Mittel war, wollten sie ihren Vampirvater in eine angreifbare Position bringen. »Wir sind jetzt in der Öffentlichkeit.«

»Soll ich Damien sagen, dass er dir morgen früh im Büro Bericht erstatten soll?«

»Nein, ich will ihn sofort sehen, wenn er hier ist. Die Sache hat Priorität, bis wir den Verantwortlichen haben.«

»Verstanden.«

»Und der Pilot? Wissen wir, was da passiert war?«

»Er wurde vom Dach gestoßen, bevor wir oben ankamen. Es ist gerade in sämtlichen Nachrichten in Phoenix.«

Mist! Adrian ließ die Schultern kreisen. »Die Personalabteilung soll mir seine Akte schicken. Ich möchte, dass man sich gut um seine Familie kümmert. Und die PR-Abteilung soll für Schadensbegrenzung sorgen. Seine nächsten Angehörigen brauchen jetzt keine Belagerung durch die Medien.«

»Bin schon dran, Captain. Ich melde mich wieder.«

Nun wollte Adrian erst recht so schnell wie möglich mit Lindsay nach Angels' Point. Als er sich nach ihr umsah, stellte er fest, dass sie nicht mehr in dem Gang war. Er ging zu dem zweiten Lykaner. »Warum hast du sie nicht im Blick?«

»Elijah ist bei ihr.«

»Hol den Wagen und warte vorn.«

Der Lykaner nickte und verschwand. Adrian schritt den vorderen Gang entlang und sah in sämtliche Seitengänge, auf der Suche nach kurzen, goldenen Locken und einer schlanken Gestalt. Schließlich entdeckte er Elijah an einer der hinteren Wände, recht eindrucksvoll aufgebaut mit leicht ausgestellten Füßen und verschränkten Armen. Lindsay war nicht bei ihm.

Adrian war schneller neben dem Lykaner, als ein Sterblicher blinzeln konnte. »Wo ist sie?«

»Auf der Damentoilette. Wo ist Trent?«

Adrian stutzte wieder einmal, mit welcher Selbstsicherheit dieser Lykaner auftrat. Dieselbe Selbstsicherheit hatte ihn befähigt, trotz seiner großen Höhenangst einen Hechtsprung aus dem abstürzenden Helikopter zu wagen. Und sie brachte ihn als möglichen Alpha der Lykaner ins Spiel.

Adrian stellte ihn auf die Probe, indem er absichtlich vage antwortete: »Er führt Befehle aus.«

Elijah nickte kurz und verbarg jeden Unmut, den die ausweichende Antwort in ihm hervorrufen mochte. »Es ist ein Dämon im Laden. Einer der Mitarbeiter der Abendschicht.«

»Das ist nicht unser Problem.« Nordamerika war Raguels Territorium, und es fiel den sieben Erzengeln zu, die Dämonen zu überwachen. Adrian war zu dem einzigen Zweck geschaffen worden, abtrünnige Engel zu jagen. Abgesehen von Sammael – oder Satan, wie die Sterblichen ihn nannten –, waren die meisten Dämonen unter der Würde eines Hüters.

»Ich glaube, dieser könnte ein Problem sein. Er ist der Frau durch den Laden gefolgt.«

»Dann behalte ihn im Auge, und bring Lindsay zu mir, sobald sie wieder draußen ist.«

»Ich soll sie bewachen? Was ist mit dir?«

Adrian trat dichter neben ihn, sodass sie Schulter an Schulter standen, und wandte den Kopf zu ihm, um den Lykaner anzusehen. Ihm war klar, dass Elijah weniger um sein Wohlergehen besorgt als neugierig war, warum Lindsay ihm so wichtig war. »Ich komme schon einige Minuten allein zurecht.«

Er ging weiter zu den Regalen mit asiatischen Lebensmitteln, bevor er in den nächsten Gang wechselte. Er war schon zur Hälfte durch die Backwaren, als Lindsay am Ende des Gangs erschien. Elijah war direkt hinter ihr.

»Wir haben alles, was wir brauchen«, sagte Adrian. »Es sei denn, du möchtest noch etwas anderes.«

Sie blieb stehen. Ihre Haltung wirkte gelassen, doch Adrian spürte, dass sie sehr angespannt war. Ein unerklärlicher Windhauch wehte eine blonde Locke aus ihrer Stirn.

Und dann fühlte Adrian den Dämon hinter sich, noch ehe Lindsay ein Wort gesagt hatte.

Ihre braunen Augen wurden dunkel und hart wie schwarzer Onyx. »Weiche von ihm, du Arschloch!«

Ein Energieschwall durchzuckte Adrians Rückgrat, trat aus und schloss sämtliche Sicherheitskameras im Laden kurz. Elijah bleckte seine Reißzähne mit einem wilden Knurren.

»Pfeif deinen Hund und die Schlampe zurück, Seraph!«, fauchte der Dämon hinter ihm. »Ich will keinen Ärger.«

»Schwachsinn«, konterte Lindsay scharf. »Ich kann das *Böse* in dir fühlen.«

Adrian machte eine Vierteldrehung, die es ihm erlaubte, gleichzeitig Lindsay und die Kreatur im Blick zu behalten, die sie so anfuhr. Es war ein Drache, der seine Hände neben seinen Oberschenkeln abwechselnd spreizte und zu Fäusten ballte. Er bereitete sich darauf vor, die nicht unbeachtliche Feuerkraft freizusetzen, die Adrian in ihm wahrnahm. Für jemanden von Adrians Alter und Macht war ein Drache seiner Klasse eher nur lästig, doch die Raubgier, mit der er Lindsay ansah und seine Respektlosigkeit ihr gegenüber durften nicht toleriert werden.

»Wenn du dich bei der Dame für dein ungezogenes Gebaren entschuldigst«, sagte Adrian leise, »könnte ich davon absehen, dich auszuweiden.«

»Oh Scheiße!« Der Drache hob beide Hände und blickte sich hektisch um. »Tut mir leid, Lady. Sag ihr bitte, dass sie wieder runterkommen soll, Seraph, und ich bin nichts wie raus hier!«

Der Blendzauber des Drachen war ein hellhaariger Teenager mit Zopf und in schlabberiger Kleidung, auf dessen Namensschild SAM stand. Die reptilientypische Kälte seines Blicks verriet allerdings ein weit dunkleres Inneres. Drachen waren eine scheußliche Dämonenklasse, die dazu neigte,

Sterbliche zum Spaß zu quälen und dann zu verspeisen. Aber dieser Kerl war Raguels Problem; Adrian hatte Unholde eines anderen Kalibers zu jagen.

Adrian schwenkte abfällig die Hand, weil ihn die Verzögerung bereits zu langweilen begann. »Verschwinde.«

»Ich denke nicht«, knurrte Lindsay.

Ein Silberstrahl rauschte an Adrian vorbei. Seine Augen folgten mit derselben Geschwindigkeit.

Für einen Moment schwankte der Dämon. Ein Silberdolch ragte ihm aus der Stirn, und er hatte den Mund mit einem ungläubigen Gesichtsausdruck weit aufgerissen. Dann löste er sich in glühende Asche auf, die rasch in sich zusammenfiel und erlosch. Die Silberklinge, die nun ihren Halt verloren hatte, landete scheppernd auf dem Fliesenboden.

Adrian bückte sich und hob das kleine Messer auf. Niemand hätte dazu imstande sein sollen, damit einen Drachen auszulöschen, denn die Haut der Drachen war undurchdringlich. Hätte »Sam« auch nur einen Moment geahnt, dass er angegriffen werden würde, hätte er seine Gestalt gewechselt, um sich zu schützen. Aber Lindsay hatte sowohl ihn als auch Adrian getäuscht.

Adrian erstarrte, hingerissen von einem sengenden Verlangen, das jedoch sogleich dem Zorn eines Mannes wich, der soeben begriffen hatte, dass sich der Grund seines Daseins in eine unkalkulierbare Gefahr begeben hatte. Er stand da und sah sie an.

Sie erwiderte seinen Blick mit einem angespannten Lächeln. »Wie es aussieht, haben wir beide einiges zu erklären.«

5

»Hast du vor, das zu benutzen?«

Lindsay strich über eines der Wurfmesser, die sie in ihrer Umhängetasche bei sich trug. Als sie am John Wayne Airport ausstiegen und sie Adrians Bodyguards sah, hatte sie erkannt, dass die beiden keine Menschen waren. Sie waren nicht teuflisch oder böse, denn das hätte sie gefühlt – genau wie bei dem Mitarbeiter in dem Lebensmittelladen, der ihr so deutlich auffiel wie eine Neonreklame. Sicherheitshalber hatte sie trotzdem ihr Arsenal an sich genommen, sobald ihr Gepäck auf dem Transportband erschien.

Sie zuckte mit den Schultern, um dieselbe Nonchalance zu beweisen, wie er sie an den Tag legte. »Ich finde es beruhigend, es in der Hand zu halten.«

Sie tötete bösartige, nicht menschliche … *Wesen* schon, seit sie sechzehn war, und hatte längst keine schlaflosen Nächte mehr deshalb. Was jetzt an ihr nagte, war die Frage nach Adrian. Dieses fiese Wesen in dem Laden hatte ihn gekannt – sich ihm *unterworfen*, sogar *Angst* gezeigt, als Adrian ihm drohte. Während sie, total bekloppt, wie sie war, festgestellt hatte, dass sie sich in Adrians Nähe so sicher fühlte, wie sie sich nicht mehr gefühlt hatte, seit sie fünf Jahre alt war.

Oh Gott … Sie wusste doch, wie man wegsah und auf eine bessere Gelegenheit wartete. Da sie wusste, wo Sam arbeitete, hätte sie zu einem günstigeren Zeitpunkt wiederkommen und ihn ohne Publikum ausschalten können. Stattdessen hatte sie sich bloßgestellt, und zwar ebenso effektiv, als hätte sie sich die Klamotten vom Leib gerissen.

Sie hatte es getan, weil sie es nicht hatte unterlassen können. Sie war zu jung gewesen, um ihre Mutter zu retten, aber in den Jahren danach hatte sie sich geschworen, nie wieder tatenlos dabei zu stehen und einen Unschuldigen sterben zu sehen. Sams Blick, als er zurückwich, war ihr nur allzu vertraut gewesen: Er hatte Ärger machen wollen. Und auf keinen Fall hätte sie ihn so davonkommen lassen können. Sie hätte sich sonst ewig gefragt, an wem er sein Gefühl der Erniedrigung und der Frustration wohl abreagiert hatte und ob sie es hätte verhindern können.

»Es beruhigt dich, eine Waffe bei dir zu tragen«, wiederholte Adrian, der neben ihr auf der Rückbank saß, und musterte sie. Sein schwarzer Maybach fuhr eine gewundene Straße entlang einen Hügel hinauf und ließ die Stadt hinter sich.

»Was bist du?« Ihr Herz klopfte so schnell, dass sie nicht anders konnte, als preiszugeben, wie aufgewühlt sie war. Mit aller Kraft zwang sie ihren Verstand, sich nicht wie wild um das zu drehen, was sie nicht begriff.

Sie konnte sich nicht in die dunklen Nischen ihres Denkens zurückziehen, in denen der Irrsinn, einem Geliebten gleich, ihr Unterbewusstsein umschmeichelte. Ihr Kindertherapeut hielt sie für einen seiner größten Erfolge. Er glaubte, dass sie sich erstaunlich gut angepasst hatte für ein Mädchen, das im zarten Alter von fünf Jahren den brutalen Mord an der eigenen Mutter bezeugt hatte. Er ahnte ja nicht, dass sie sich, als das Fundament ihrer Realität in Trümmer gelegt wurde, ein neues geschaffen hatte. Und seither eine Existenz führte, in der Kreaturen mit unerklärlichen Kräften in kleinen Supermärkten arbeiteten und Eltern vor den Augen ihrer Kinder die Kehle aufrissen. Sie war eine Kämpferin in jener Welt von Schwarz und Weiß geworden, in jener Welt von Menschen und bösartigen Unmenschen.

Trotzdem machten Adrian und seine Kugelfänger eine Unwahrheit aus dem, was sie als Wahrheit zu akzeptieren gelernt hatte. Was war er? Was war *sie*? Wie passte sie in ein Weltbild, in dem Wesen, die keine Menschen waren, dennoch nicht böse waren?

Lindsay schluckte den Kloß herunter, den sie vor lauter Unsicherheit und Verwirrung in der Kehle hatte.

Adrian schürzte die Lippen so leicht, dass es kaum wahrzunehmen war. Die heiße, pulsierende Energie um ihn herum stand im krassen Widerspruch zu seiner unverschämt lässigen Pose. Er saß zurückgelehnt da, elegant und definitiv tödlich. Als Adrian die ruhige Drohung gegen Sam aussprach, hatte Lindsay es diesem Wesen – was auch immer es war – nicht verübelt, dass es aussah, als würde es sich gleich in die Hose pieseln. Zwar hatte Adrian vollkommen gelassen und cool gewirkt, doch für Lindsay hatte er sich wie ein Tornado angefühlt, eine brutale, unaufhaltsame, zerstörerische Naturgewalt.

Hätte der Tod ein Gesicht, wäre es Adrians, wenn er richtig angepisst war, und seine unglaubliche Schönheit machte es umso entsetzlicher.

»Du weißt nicht, was ich bin«, sagte er mit dieser einzigartig volltönenden Stimme, »aber du wusstest, was der Ladenmitarbeiter war?«

»Was ich in der Hinterhand habe, gebe ich am liebsten erst dann preis, wenn es sich um ein fliegendes Messer handelt.«

Es ging so schnell. Eben war er noch eine Armlänge entfernt gewesen; im nächsten Augenblick hatte er sie auf dem Sitz fixiert. Ihre Hand mit dem Messer hatte er gepackt und auf den Sitz gedrückt, während er die andere mit eisernem Griff an der Rückenlehne festhielt. Seine blauen Augen waren entflammt. Sie glühten buchstäblich in der Dunkelheit.

Ihr Herz raste vor Ehrfurcht und irrer Angst. Lindsay hatte keine Ahnung, was er war, doch sie wusste, dass er sie allzu leicht vernichten könnte. Kraft strömte wie eine Hitzewelle von ihm aus, erhitzte Lindsays Haut und brannte in ihren Augen. »Lass mich los.«

Adrians Blick glühte vor Zorn und Erregung. »Du wirst feststellen, dass ich erstaunlich nachsichtig mit dir bin, Lindsay. Ich mache dir Zugeständnisse und mir Umstände deinetwegen, wie ich es für niemanden sonst täte. Aber was deine Sicherheit angeht, darf es keine Spiele oder Ausflüchte geben. Du hast eben einen Drachen ausgeschaltet, der dich nicht angegriffen hatte. Warum?«

»Einen Drachen?« Ihr stockte der Atem vor Schreck. »Soll das ein Witz sein?«

»Du hast nicht mal gewusst, was er war, und bringst ihn um?«

Lindsay wurde klar, dass er es ernst meinte, und sie sackte auf dem Sitz zusammen. Sämtlicher Kampfgeist und Widerstand in ihr erlosch. »Ich wusste, dass er böse war. Und definitiv kein Mensch.«

So wie sie wusste, dass Adrian kein Mensch war, aber dennoch nicht böse. Er konnte Angst einflößend sein, doch er löste nicht jene kalte, lähmende Furcht in ihr aus, die sie empfunden hatte, als ihre Mutter getötet wurde. Lindsay suchte nach dieser Furcht, wartete, dass sie sich bemerkbar machte und sie fast erstickte. Aber das geschah nicht. Der Sturm, den sie in ihm fühlte, war frei von jeder Gewalt, und auch das – seine Wirkung auf ihren inneren Radar – war einzigartig. Sie las ihn wie das Wetter, als wäre er eins mit dem Wind, der schon zu ihr sprach, solange sie denken konnte. Es war etwas Vertrautes an ihm, das sie so wenig erklären wie leugnen konnte. Und obwohl er sie gepackt hielt, tat er es mit sanftem Griff, während sich in seinem Gesicht Sehnsucht und Qual spiegelten ... Alles an der Art, wie er sie behandelte, machte ihn menschlich.

Was er auch sein mochte, sie sah ihn als Mann, nicht als Monster.

Adrians Züge waren verhärtet, als er sie betrachtete. Über ihnen gab das Panorama-Glasdach den Blick frei auf den Nachthimmel und die Sterne. Der Moment zog sich in die Länge, und keiner von ihnen konnte wegsehen. Schließlich flüsterte Adrian etwas in einer Sprache, die Lindsay nicht erkannte. Seine Stimme war von einem Gefühl aufgeladen, das Lindsay einen warmen Schauer bescherte. Er neigte den Kopf, sodass seine Schläfe ihre berührte. Seine Lippen streiften ihr Ohr, und sein Haar strich wie Seide über ihre Stirn. Sein Duft – eine erdige, wilde Note wie nach einem Gewitter – umfing sie. Unwillkürlich öffnete sie den Mund ein wenig, um nach Luft zu ringen, und suchte blind nach seinem Mund, überwältigt von einer unerklärlichen Gier, ihn zu kosten.

Er wich zurück und setzte sich wieder auf die Rückbank. Nun war sein Kopf von ihr abgewandt, und er fragte sehr ruhig: »Woher hast du es gewusst?«

Lindsay rührte sich nicht. Sie war verstört von dem zärtlichen Moment und diesem besonderen Sehnen. Es war so flüchtig gewesen, dass sie sich fragte, ob sie es sich nur eingebildet hatte. Mühsam nahm sie sich zusammen und schluckte, bevor sie antwortete: »Ich kann es fühlen. So wie ich weiß, dass auch du kein Mensch bist.«

»Hast du vor, mich ebenfalls umzubringen?«

Bei seinem drohenden Flüsterton spannte sich alles in Lindsay an. Sie setzte sich auf. »Wenn ich muss.«

»Worauf wartest du?«

»Auf mehr Informationen.« Sie wog ihr kleines Messer in der Hand. Sie versuchte ihr inneres Gleichgewicht wiederzufinden, indem sie etwas Vertrautes tat. Natürlich würde sie ihm nichts von dem Wind erzählen, der zu ihr sprach. Soweit sie wusste, könnte sie damit eine große Schwäche offenbaren, die er ausnutzen würde. »Du bist … anders. Nicht wie die anderen.«

»Und was genau sind diese ›anderen‹?«

»Vampire.«

»Vampire«, wiederholte er.

»Ja. Spitze Zähne, Krallen, Blutsauger. Böse.«

»Wie lange bringst du schon Vampire um?«

»Zehn Jahre.«

Erst nach längerem Schweigen fragte er: »Warum?«

»Es reicht mit den Fragen«, erwiderte sie. »Was bist du?«

»Ich kann dein Herz rasen hören«, sagte er leise. »Es ist klug von dir, misstrauisch zu sein. Du weißt ja nicht, was ich bin oder wozu ich fähig bin. Und du hast die Überraschung nicht mehr auf deiner Seite. Jetzt weiß ich, wozu du imstande bist.«

Lindsay lächelte zynisch. Er war in einer labilen Stimmung, was sie so deutlich spürte wie das Peitschen eines Tropenregens auf ihrer Haut. »Du hast *keine Ahnung*, was ich tun kann. Noch hast du nichts gesehen.« Sie neigte sich zu ihm und wiederholte: »Was bist du?«

Er blickte nach vorn. »Wenn wir im Haus sind, zeige ich es dir.«

Lindsay starrte ihn an und spielte mit ihrem Messer. Er hatte sie eben erst überwältigt, sie vollkommen unvorbereitet außer Gefecht gesetzt, und nicht mal das versetzte sie in höchste Alarmbereitschaft. Er entwaffnete sie in jeder erdenklichen Weise, obwohl ihr klar war, wie gefährlich er war.

Egal, was sie sonst noch über Adrian Mitchell herausfinden sollte, es stand einwandfrei fest, dass er alle täuschte. Und das erschien Lindsay weit heikler als Krallen, Reißzähne oder Schuppen. Und weit unheimlicher sowieso.

Sie konzentrierte sich auf sein fantastisches Profil. Auch nach Stunden, in denen sie seine volle Aufmerksamkeit genossen hatte, staunte sie noch über seine gemeißelten Züge und die aristokratische Nase. Und sie liebte seine Lippen, deren Form und Fülle sie zu einem wahren Kunstwerk machten …

Vor Lindsays geistigem Auge erschienen Bilder von diesem verführerischen Mund, der über ihre Haut strich, der heiße, erotische Worte murmelte und sich zu einem Lächeln verzog, das Lindsay mitten ins Herz fuhr. In ihrer Fantasie gab es eine ganze Reihe von intimen, schemenhaften Bildern, die sie so berührten, als handelte es sich um echte Erinnerungen. Vor Erregung wurde ihr heiß, spannten sich ihre Brüste und fühlte sie Feuchtigkeit zwischen ihren Beinen.

Sie wandte ihren Blick ab, sah aus dem Seitenfenster und bemühte sich, ruhiger zu atmen. *Mist!* Was stimmte mit ihr nicht? Sie war völlig hinüber: zittrig, genervt, erregt und unruhig.

Die Entfernung zwischen den einzelnen Anwesen auf den Hügeln wurde größer, je weiter sie nach oben kamen. Bald verschwanden auch die letzten Straßenlaternen, und die Nacht verschluckte sie, bis auf den Lichtkegel der Scheinwerfer vorn, vollständig. Lindsay sagte sich, dass Adrian eine Berühmtheit war und dass ihr Vater wusste, wo sie war, doch leider konnte weder das eine noch das andere etwas gegen den Teil ihres Verstandes ausrichten, der lauthals schrie: *Er ist kein Mensch!*

Der Wagen wurde langsamer, als sie ein großes Eisentor erreichten. Lindsay sah sich um, und ihr Blick verharrte auf einer grob gehauenen Granittafel, in die der Name ANGELS' POINT gemeißelt war. Ein leichter Schauer lief ihr über den Rücken.

Aus einem Wachhäuschen kam ein bulliger Mann, der zu Adrians Fahrer sah – Elijah – und nickte, bevor er sich wieder ins Häuschen zurückzog, um das Tor zu öffnen. Der Maybach fuhr noch ungefähr eine halbe Meile, ehe das Haus vor ihnen auftauchte. So dunkel es hier oben auch fernab der Lichtverschmutzung durch die Stadt war, hatte Lindsay keine Probleme, das Gebäude zu sehen. Es wurde von derart viel Flutlicht angestrahlt, dass es drum herum taghell war. Unmöglich könnte sich jemand unbemerkt dem Haus nähern.

Es erstreckte sich am Hang des Hügels über drei Ebenen, jede mit einer eigenen umlaufenden Veranda. Die verwitterte Holzfassade, die Felsenterrassen und die vorstehenden Holzbalken ließen es beinahe wie einen Teil der Natur wirken. Lindsay hatte keine Ahnung von Architektur, aber Angels' Point zeugte von immensem Reichtum – wie alles an Adrian.

Der Wagen blieb stehen, und ein anderer Wachmann öffnete Lindsay die Tür. Sie wollte gerade aussteigen, da war plötzlich Adrian vor ihr und streckte ihr die Hand hin. Offensichtlich hielt er es nicht mehr für nötig, seine gespenstische Schnelligkeit zu verbergen, doch Lindsay sagte nichts. Im Grunde war sie froh, dass er nicht mehr vorgab, ein Mensch zu sein – wofür sie ihn allerdings nicht loben würde.

Ihre Schritte knirschten auf dem Kiesbelag der Einfahrt. Lindsay war noch dabei, die Pracht des Hauses in sich aufzunehmen, als sie aus dem Augenwinkel eine Bewegung wahrnahm und hinsah. Ein riesiger Wolf näherte sich.

Mit einem stummen Aufschrei presste Lindsay sich dicht an die Seite des Wagens. Adrian umfing ihre Ellbogen und schirmte sie so mit seinem Körper ab, was auf sie befremdlich beruhigend wirkte. Die Bestie schnupperte an einem Reifen, dann hob sie den majestätischen Kopf und betrachtete Lindsay mit eindeutig klugen Augen. Lindsays schockierte Sinne schalteten sämtlich auf Alarmbereitschaft, und ihr Körper ging in den Verteidigungsmodus.

»Das brauchst du nicht«, murmelte Adrian, und erst jetzt bemerkte sie, dass sie ihr Messer wurfbereit hielt.

Elijah kam vorn um die Motorhaube herum. Ein Knurren erklang aus der Tiefe seines Brustkorbs, als er den Wolf ansah. Die Bestie trat zurück und senkte den Blick.

Mehr Wölfe erschienen. Ein ganzes Rudel, vielleicht sogar zwei. Lindsay wusste nicht, wie viele Wölfe normalerweise zu einem Rudel gehörten, aber es waren mindestens ein Dutzend Tiere unterschiedlicher Fellfärbung, die in der Einfahrt umherliefen. Und ihre Größe war einschüchternd. Jeder der Wölfe sah aus, als würde er allein eine Kuh pro Tag verdrücken.

Blitze zuckten über den Himmel, die perfekt die elektrische Spannung spiegelten, die von Adrian ausging.

Oh Mann! Lindsay atmete leise aus.

Das Unwirkliche des Anwesens sowie des Mannes vor ihr ließ sie erschaudern. Der Wind streichelte sie, zerzauste ihr Haar, gab jedoch weder Warnung noch Entwarnung. Sie war auf sich gestellt und hatte das Gefühl, soeben in ein Kaninchenloch gerutscht zu sein – verwirrt, fasziniert, berauscht.

Adrian wies zum Haus. »Komm rein.«

Sie ging mit ihm durch eine große Flügeltür in eine mit Schiefer ausgelegte Diele und von dort in ein riesiges Wohnzimmer. Ein gigantischer Kamin nahm beinahe eine ganze Wand ein; Lindsay war ziemlich sicher, dass ihr Prius da locker reinpassen würde.

»Gefällt es dir?«, fragte Adrian, ließ sie los und beobachtete sie aufmerksam, als wäre ihm ihre Reaktion wichtig.

Adrians Zuhause war sehr maskulin eingerichtet: viele Braun- und Grautöne mit roten Akzenten, deren Farbe an Rost erinnerte. Es waren reichlich nachwachsende Materialien verwandt worden – geschnitzte Hölzer, dicke Baumwollstoffe, getrocknete Gräser. Gleich gegenüber der Tür lag eine Fensterwand mit Blick auf die kleineren Hügel und Täler unten. In der Ferne glitzerten die Lichter der Stadt, die allerdings Welten von diesem unwirklichen Anwesen trennten. Es erstaunlich zu nennen wäre schamlos untertrieben gewesen. Und es passte so gut zu Adrian. Bei aller großstädtischen Gewandtheit spürte Lindsay eine erdige Naturverbundenheit in ihm.

Sie hielt ihre Tasche dicht an ihrer Seite und drehte sich zu ihm. »Was kann einem daran nicht gefallen?«

»Gut.« Er nickte kurz. »Du wirst bis auf Weiteres hier wohnen.«

Diese Art der Bevormundung machte sie sprachlos. »Wie bitte?«

»Ich muss dich an einem Ort wissen, wo du sicher bist.«

Ich muss … Als hätte er das Recht! »Vielleicht will ich ja nicht.«

»Das hättest du dir überlegen sollen, bevor du in aller Öffentlichkeit einen Drachen getötet hast.«

»Du warst es, der mich verraten hat. Oder deine Leibwächter. Wärt ihr nicht gewesen, hätte er mich niemals weiter beachtet. Falls ich also gefährdet bin, ist es deine Schuld.«

»Ganz gleich, wessen Schuld es ist«, erwiderte er ruhig, »Elijah hat bemerkt, dass du verfolgt wurdest. Es gab eine kurze Zeitspanne, in der du auf der Damentoilette warst und wir nicht wussten, wo Sam sich aufhielt. Möglicherweise hat er jemanden benachrichtigt, dass er dich mit uns gesehen hat. Wenn dem so ist, wird sein Verschwinden Misstrauen erregen. Dann sucht man ihn als Erstes bei uns.«

Sie runzelte die Stirn. »Warum sollte ihn oder sonst jemanden die Frau interessieren, die bei dir ist? Du bist reich und höllisch scharf. Garantiert sieht man dich dauernd mit Frauen. Meinst du, er könnte die Paparazzi gerufen haben? Oder noch mehr Drachen?«

Adrian wies mit einer eleganten Geste zum Flur. »Lass mich dir dein Zimmer zeigen. Du kannst dich frischmachen, und danach reden wir.«

»*Du* redest«, korrigierte Lindsay. »Ich höre zu.«

Sie fühlte seine Hand in ihrem Rücken, und wieder spürte sie die Kraft in ihm – eine ungeheure Energie, die von einer enormen Willensstärke gebändigt wurde.

Hier in diesem Haus war er anders. Die Macht, die Lindsay von Anfang an wahrgenommen hatte, fühlte sich hier ausgeprägter, konzentrierter an. Oder sie war schlicht offensichtlicher. Vielleicht war es auch Absicht. So oder so war die Unruhe, die er im Maybach ausgestrahlt hatte, nun sorgfältig gezügelt. Warum sollte er sie ihr, einer Fremden gegenüber, in der Öffentlichkeit zeigen, sie in seinem Zuhause hingegen, wo er sich doch am wohlsten fühlen müsste, so angestrengt bändigen?

Lindsay blickte sich um und stellte fest, dass sie nicht allein waren. Es waren noch mehr Muskelmänner da, nebst einigen, die so elegant gebaut waren wie Adrian. Auch einige Frauen waren in dem Haus – und allesamt so umwerfend, dass sich Eifersucht in Lindsay regte. Insgesamt waren es an die zwölf Leute, die Lindsay prüfend und irgendwie feindselig musterten.

Automatisch schob Lindsay eine Hand in ihre Tasche und umfasste den Griff ihres zweiten Messers. Nur war sie allein und als Mensch definitiv im Nachteil. Ihr Puls raste.

»Lindsay.« Adrians Hand umfing ihr anderes Handgelenk, und prompt schlug ihr Herz langsamer, und Ruhe strömte von der Stelle aus, an der er sie berührte. »Du brauchst das nicht. Dies ist der sicherste Ort auf Erden für dich. Niemand tut dir hier etwas.«

»Ich würde es demjenigen auch so schwer wie möglich machen«, versprach sie, womit sie alle um sich herum meinte. Es dürfte eine leere Drohung sein, bedachte man, dass sie keinen Schimmer hatte, mit wem zur Hölle sie es hier zu tun hatte.

»Sei vorsichtig. Du bist sterblich. Zerbrechlich.«

Sie warf ihm einen fragenden Blick zu. Gegen andere

Sterbliche konnte sie sich behaupten, sogar gegen Männer, die dreimal so groß waren wie sie. Dass Adrian sie als zerbrechlich bezeichnete, bestätigte ihr nur, dass er – was er auch sein mochte – eine Macht besaß, von deren Existenz sie bisher nicht mal gewusst hatte. »Wir haben immer noch nicht geklärt, was *du* bist.«

Er atmete langsam aus. »Du sprachst von Vampiren. Welche anderen Wesen kennst du noch?«

»Drachen. Dank dir.«

Er ließ sie los und trat einen Schritt zurück. »Gäbe es Engel, zählten sie dann zu den Guten oder zu den Bösen?«

Lindsays Gedanken überschlugen sich. Engel waren biblische Wesen, und Lindsay hatte sich vor langer Zeit von der Religion verabschiedet. Das war unvermeidlich gewesen. Sie wurde unsagbar wütend, wenn sie sich jemanden vorstellte, der die Macht gehabt hätte, den Tod ihrer Mutter zu verhindern, es aber nicht getan hatte.

Sie zwang sich, ihre verkrampften Schultern zu entspannen. »Kommt drauf an, ob sie aktiv Vampire und Drachen töten oder nicht.«

Schmale Rauchfäden stiegen hinter ihm auf, wurden breiter und nahmen den Umriss von Flügeln an, bis der Rauch strahlend weißen Federn mit blutroten Spitzen wich, als hätte er sie in frisch vergossenes Blut getunkt.

Lindsay stolperte rückwärts und schaffte es noch knapp, sich mit einer Hand an der Wand abzufangen. Die Klarheit seiner wahren Gestalt blendete sie, und die Macht, die mit diesem warmen Strahlen einherging, war greifbar. Es kam Lindsay vor, als würde sie sich in der Mittagssonne aalen.

Tränen brannten in ihren Augen, und sie bekam weiche Knie. Der Raum um sie herum drehte sich, und sie hatte ein entsetzliches Déjà-vu, Millisekundenbilder von Adrian mit Flügeln. Andere Kleidung … andere Haarlänge … diverse andere Hintergründe …

Für einen Moment fürchtete sie, ohnmächtig zu werden. Und dann fügte sich alles zu einem einzelnen Gedanken zusammen: *ein Engel.*

Mist! Frömmigkeit lag ihr derart fern, dass schon die bloße Vorstellung in einem völlig anderen Universum siedelte. Selbst bei dem Anblick seiner Flügel und des strahlend goldenen Glanzes fühlte sie weniger Ehrfurcht als eine primitive, sündige Lust. Ja, sie verliebte sich sogar noch mehr in Adrian mit den sich entfaltenden Flügeln, weil er sich nun genauso entblößte, wie Lindsay es in dem Laden getan hatte.

Ihr Leben lang schon war sie sonderbar – schneller, stärker und imstande, winzige Veränderungen im Wind wahrzunehmen, die ihr verrieten, dass etwas nicht stimmte. Als Kind hatte sie sich oft wie ein Mutant gefühlt, weil sie dauernd achtgeben musste, sich nicht zu schnell zu bewegen. Und seit zehn Jahren bemühte sie sich, »normal« zu sein, während sie gefährliche Kreaturen jagte und tötete. Die Hoffnung auf eine ernste Beziehung hatte sie darüber aufgegeben. Sie musste so vieles von sich verbergen, dass sie notgedrungen auf die grundlegendste Weise allein blieb.

Jetzt jedoch stand sie vor jemandem, der wusste, dass sie anders war. Jemandem, der es vielleicht akzeptieren konnte, weil er ebenfalls anders war. Noch nie hatte sie mit irgendwem über die Unterwelt reden können, von deren Existenz nur sie zu wissen schien. Bis Adrian auftauchte …

»Du wolltest diesen Drachen heil davonkommen lassen!«, schimpfte sie, verbarg ihre plötzliche Verwundbarkeit hinter Wut. Adrian wusste, dass sie jagte, und allein dadurch kannte er sie so intim wie sonst keiner. Das machte ihn auf einmal kostbar für sie, ihn, dieses ätherische Wesen von unglaublicher Schönheit.

»Mir geht es vor allem um deine Sicherheit.«

»Ich kann auf mich selbst aufpassen. Du hättest dich um den Typen kümmern sollen.«

»Ich jage ausschließlich Vampire«, entgegnete er gelassen. »Und wie ich bereits sagte, war er ein Drache.«

Die Haustür ging auf, und Lindsay sah hin. Elijah kam mit den Einkäufen herein. Er blieb an der Schwelle stehen und verzog keine Miene, während er die Szene vor sich betrachtete. Eine Locke seines dichten braunen Haars hing ihm in die Stirn, und unter seinen Brauen leuchteten smaragdgrüne Augen. Auch wenn Lindsay ihn bisher noch kein einziges Mal hatte lächeln sehen, empfing sie keine unfreundlichen Schwingungen von ihm. Er wirkte schlicht wachsam und neugierig. Und er war eindeutig klug. Sie wollte wetten, dass er sehr aufmerksam war und schwer zu überrumpeln.

Adrian trat neben sie. Der Duft seiner Haut reizte sie. *Er ist ein Engel! Und er jagt Vampire …*

»Ich weiß, dass du Hunger hast«, murmelte er. »Bringen wir dich erst mal auf dein Zimmer, und dann kannst du kommen und dich mit mir unterhalten, während ich das Abendessen koche.«

Der Gedanke an ein geflügeltes Himmelswesen am Herd war befremdlich. Dennoch fühlte es sich seltsam richtig an, so mit Adrian zusammen zu sein. Als wäre ihr diese Intimität, von ihm bekocht zu werden, nicht neu.

Gott, sie musste sich dringend zusammenreißen! Zunächst einmal sollte sie die neuen Regeln begreifen und sich überlegen, wie sie sich entweder mit ihnen arrangierte oder sie umging. Unwissenheit konnte sie sich nicht erlauben, und sie wollte sich auf keinen Fall vorschreiben lassen, wo sie wohnte oder wohin sie gehen durfte. Irgendwo da draußen terrorisierten die Vampire, die ihre Mutter umgebracht hatten, garantiert schon jemand anderen. Sie hatten es so sehr genossen, Schmerz und Angst zu erzeugen; das gaben sie gewiss nicht von allein wieder auf. Irgendwer musste sie stoppen. Und Lindsay wollte diejenige sein, die es tat, weshalb sie nicht aufhören würde zu jagen, bis sie sich sicher war, dass diese Monster nie wieder die Unschuld eines Kindes so zerstören konnten wie ihre.

»Okay. Aber, wie gesagt, du wirst reden.«

»Wer ist sie?«

»Weiß ich nicht.« Elijah lehnte sich gegen eines der Etagenbetten in der Kaserne der Lykaner und sah die Männer und Frauen an, die sich um ihn geschart hatten. »Ebenso wenig kann ich einschätzen, woher Adrian es weiß. Sie tauchte einfach am Flughafen auf, und seitdem ist er völlig auf sie fixiert. Ich habe noch nie erlebt, dass er irgendeine Frau eines zweiten Blicks würdigt, doch von ihr kann er kaum die Augen abwenden.«

»Kann auch sein, dass sie bloß sein Typ ist«, sagte Jonas und bewies damit die Naivität seiner sechzehn Jahre.

»Seraphim haben keinen Typ. Sie haben keine Gefühle wie wir. Sie empfinden keine Lust, kein Verlangen, keine Sehnsucht.« Zumindest hatte Elijah das als Welpe gelernt, und seine Beobachtungen bestätigten es. Heute Abend jedoch, während der Fahrt von dem Lebensmittelladen nach Hause, hatte er die rohe Energie gespürt, die von Adrian ausging, und die verriet eine emotionale Reaktion auf die Gefährdung Lindsay Gibsons durch den Drachen. Überdies trat Adrian sehr besitzergreifend auf, als würde sie ihm etwas bedeuten. Dabei war sie ihm offensichtlich noch nie im Leben begegnet.

»Heiß ist sie trotzdem«, sagte Jonas. »Ich würde sie nehmen.«

»So etwas darfst du nicht mal im Scherz sagen«, fuhr Elijah ihn an. »Sonst reißt er dich in Stücke. Um ein Haar hätte er in der Öffentlichkeit einen Drachen umgebracht, weil der sie komisch angesehen hat.«

»Da wäre Raguel der Kragen geplatzt«, sagte Micah, der sich nachdenklich das Kinn rieb. »Du weißt ja, wie zickig die Erzengel mit ihren Hoheitsansprüchen sind, vor allem gegenüber den Seraphim. Von dem Anführer des Dämons ganz zu schweigen. Adrian hätte sich einen Haufen Ärger wegen einer Frau eingehandelt, die er angeblich eben erst kennengelernt hat.«

»Warum sie? Sie ist ein Mensch.« Esthers Ton war voller Verachtung, und die anderen Frauen nickten.

»Sie hat den Drachen erledigt wie eine lästige Fliege.« Elijahs Blick begegnete lauter grünen Augen, die auf ihn gerichtet waren. »Sie ist schneller, als ich es je bei einem Sterblichen gesehen habe. Aber du hast recht, Esther. Sie ist ein Mensch. Ich kann nichts anderes an ihr riechen.«

»Da muss irgendwas sein«, vermutete Micah und sprach damit aus, was ungesagt geblieben war.

»Ja«, stimmte Elijah ihm zu. »Ich hörte, wie sie Adrian erzählte, dass sie Dämonen und Vampire fühlen kann, und sie jagt sie seit zehn Jahren.«

Ein ungläubiges Raunen ging durch das Rudel.

Elijah verzog spöttisch den Mund. »Adrian hat ihr seine Flügel gezeigt, als ich ins Haus kam. Irgendeine Geschichte steckt hinter diesem Verhalten, und es wäre gut, sie zu kennen.«

»Was sollen wir tun?«, fragte Jonas, wobei er und alle anderen Lykaner Elijah ansahen.

Viel zu oft wandten sich die anderen an ihn. Das war eine Last, die Elijah nicht wollte und die zu schultern er sich nicht leisten konnte. Alle schienen zu vergessen, dass er zur Beobachtung in Adrians Rudel versetzt worden war. Er sagte sich, dass sie zu sehr an seine Dickköpfigkeit gewöhnt waren und er sie nur davon abbringen musste, ihm dauernd seinen Willen zu lassen. Leider müsste er auch dazu eine Autorität beweisen, die er eigentlich nicht besitzen dürfte.

»Haltet euch zurück«, antwortete er schließlich. »Und macht keinen Quatsch. Jason deutete an, dass Phineas' Tod mit Lykanern zu tun haben könnte. Wir wollen ihnen keinen Vorwand liefern, so zu denken.«

Esther schnaubte. »Jason hat uns schon immer misstraut!«

»Und er ist jetzt der Stellvertreter«, erinnerte Elijah sie. »Seine Meinung ist von Bedeutung.«

Er betrachtete den länglichen, schmalen Raum. Es war eine reine Zweckunterkunft mit Etagenbetten aus grünem Metall und passenden Spinden dazwischen. Von allen Rudeln genoss Adrians den geringsten Komfort. Die meisten anderen waren in abgelegenen Gegenden untergebracht, wo die Hüter die Vampire im Zaum hielten und die Lykaner beliebig herumlaufen, jagen und vorgeben konnten, frei zu sein. Adrians Rudel indes galt als das prestigeträchtigste. Der Hüter bezahlte und nährte seine Lykaner gut; vor allem aber jagte er nur die ungeheuerlichsten Abtrünnigen, die bösesten, verschlagensten und gefährlichsten Vampire. Und jeder Lykaner, der irgendwas wert war, lechzte nach einer würdigen Herausforderung.

Elijah ließ die Schultern kreisen. »Mein Rat ist: Hört aufmerksam hin, was um euch herum geredet wird. Nichts ist unwichtig. Und, bitte, überlegt es euch gut, bevor ihr irgendwas tut, womit ihr auf euch aufmerksam macht.«

Die Gruppe grummelte zustimmend und löste sich auf, ehe sie entdeckt wurden. Verschwörung und Meuterei waren ernste Anschuldigungen, mit denen sich keiner von ihnen konfrontiert sehen wollte.

Micah blieb zurück und fuhr sich mit der Hand durch sein feuerrotes Haar, dessen Farbton auch in seinem Wolfspelz erhalten blieb. Bevor er etwas sagte, schaute er sich über beide Schultern um, ob sie auch nicht belauscht wurden. Dann beugte er sich vor und flüsterte: »Sie könnte unser Fahrschein in die Freiheit sein.«

Elijah versteifte sich. »Kein Wort mehr.«

»Jemand muss es doch sagen! Wir sollten so nicht leben müssen – nicht gegen unsere ureigenste Natur kämpfen und unsere Instinkte unterdrücken müssen. Ich habe gesehen, wie du Adrians beknackte *Einkäufe* getragen hast! Das ist ja wohl unter deiner Würde. Du bist besser als er!«

»Still.« Elijah wandte sich ab. Er konnte nichts tun. Ein Aufstand hätte den Tod eines jeden zufolge, an dem ihm lag. »Er hat mir heute das Leben gerettet.«

»Und genauso würde er es dir nehmen.«

»Weiß ich. Aber jetzt gerade stehe ich in seiner Schuld.«

»Ich kann es nicht unversucht lassen, und ohne dich schaffen wir es nicht. Ich weiß, dass du die Chance erkennst, die sich uns mit dieser Frau bietet. Falls Adrian an ihr liegt –

wer weiß, was er aufgeben würde, um sie heil zurückzubekommen?«

»Er würde seine Kontrolle über die Lykaner nicht aufgeben!« Elijah ließ sich schwer auf das untere Bett sinken. »Wenn du denkst, dass sie von uns geschützt werden, hätte die Hüter geschwächt, täuschst du dich. Sie sind Seraphim und darauf trainiert, andere Seraphim zu überwältigen, die mächtigsten himmlischen Wesen neben dem Schöpfer. Adrian lebt für seinen Auftrag. Die Hüter trainieren jeden Tag, als käme morgen das Jüngste Gericht. Sie würden uns alle abschlachten.«

»Lieber sterben wir als Lykaner, als uns wie Hunde zu unterwerfen.«

Elijah wusste, dass Micah nicht der einzige Lykaner war, der so dachte. Viele glaubten, dass der Machtkampf zwischen den Engeln und den Vampiren längst nicht mehr das Problem der Lykaner war und ein Aufbegehren ihrerseits völlig in Ordnung wäre, um die Freiheit zu erlangen, die ihnen zustand. Dem widersprach Elijah nicht, aber er hatte auch keine Gefährtin, keine Welpen, für die er kämpfen musste. Er hatte nur sich, und Vampire zu jagen war sein Leben. Die Arbeit für Adrian verschaffte ihm die Informationen und die Mittel, das zu tun, was er am besten konnte.

»Wir unterwerfen uns nicht«, sagte er ruhig. »Wir sind für die Überwachung früherer Seraphim verantwortlich. Das ist eine große Aufgabe.«

»Es ist ein Dienen.«

»Was würden wir denn anfangen, wenn wir es nicht täten? Wo würden wir hingehen? Willst du einen Bürojob annehmen? Pendeln? Menschliche Kleinkinder bei dir zu Hause haben, die mit deinen Welpen spielen?«

»Kann sein. Ich wäre frei. Ich könnte alles tun, was ich will.«

»Wir würden gejagt. Täglich müssten wir auf der Hut sein und damit rechnen, dass Adrian kommt und uns tötet. Weglaufen ist keine Freiheit.«

Der Rothaarige setzte sich auf das Bett ihm gegenüber. »Du hast also darüber nachgedacht – und gründlich, wie es sich anhört. Leider muss ich packen. Ich muss zu einer Jagd nach Louisiana. Aber wir reden weiter, wenn ich wieder da bin.«

»Es gibt nichts zu reden. Flucht ist sinnlos. Hör auf zu drängen.«

»Ich bin dein Beta, El.« Micah grinste. »Das ist mein Job.«

»Ich brauche keinen Beta, denn ich habe kein Rudel.«

»Das kannst du dir einreden, solange du willst, aber davon wird es nicht wahrer. Du kontrollierst das Tier in dir, und irgendwie macht dich das stark genug, den Rest von uns zu dominieren. Ich weiß, dass du spürst, wie die Lykaner instinktiv zu dir aufsehen. Wir können nicht anders. Und es macht dich zum Boss, ob es dir passt oder nicht. Jeder von uns kann Stunk machen, aber wenn es ernst wird, brauchen wir einen Anführer. Und du bist der Einzige, der die nötige Stärke besitzt.«

Elijah stand auf. Tatsächlich könnte die Einzigartigkeit seiner Stärke ihre Rettung sein. Wenn es ihnen ohne ihn nicht gelang, sich zusammenzurotten, könnte genau das ihr Leben retten. Elijah wusste, was über ihn gesagt wurde: Seine Fähigkeit, die Bestie in ihm jederzeit und überall zu kontrollieren, war eine Anomalie unter den Lykanern. Angst, Wut, Schmerz – all das konnte einen unerwünschten Gestaltwechsel auslösen, doch Elijah hatte sich noch nie gegen seinen Willen verwandelt. Was ihn seiner Meinung nach allerdings eher zu einer Mutation machte als zu einem Alpha. Und erst recht durfte es keine Rechtfertigung sein, seine Art ins Verderben zu führen.

»Du bittest mich, ein Rudel in ein Blutbad zu führen«, sagte er. »Wohl wissend, dass es sinnlos ist. Das wird nicht geschehen. Niemals.«

»Du kommst zu spät, um es noch zu vermeiden, El. Jahrhunderte zu spät.«

6

Als Lindsay sich mit der Zunge über die Unterlippe fuhr, um einen Krümel zu entfernen, gingen Adrian sehr erotische Gedanken durch den Kopf. Sie war eine wunderschöne Frau – eine Tigerin mit goldenem Haar und dunklen, wachsamen Augen. Doch was ihn in diesem Moment erregte, war der Genuss, mit dem sie aß. Sie benutzte abwechselnd die Stäbchen, was sie sehr geschickt tat, und ihre Finger, summte leise vor Wonne und bewies einen herzhaften Appetit.

»Das ist *richtig* gut«, schwärmte sie.

Ihre Inbrunst ließ ihn im Geiste schmunzeln.

Hüter waren so geschaffen, dass sie nichts mit solcher Leidenschaft genießen konnten. Das Auf und Ab menschlicher Emotionen war ihnen fremd, denn sie waren die Gewichte an der Waage, die das Gleichgewicht sicherten, die Schwerter, die für Gerechtigkeit sorgten.

Lindsay hielt eine Riesengarnele am Schwanzende in die Höhe. »Mein Dad hat einmal meine Großmutter in ein Tappanyaki-Restaurant eingeladen. Sie war völlig begeistert von den offenen Flammen und der Kocherei direkt neben unserem Tisch, bis der Koch so eine verrückte Handbewegung machte und eine Garnele auf ihren Teller flog. Ich fand es irre, wie unglaublich geschickt der Typ war. Aber meine Granny starrte die Garnele ungefähr eine Minute lang an – mit einem tödlichen Blick, sage ich dir – und warf sie zurück! Sie war stockbeleidigt, denn sie meinte, der Koch hätte erst mal Manieren lernen sollen, bevor er in einem teuren Restaurant anfängt.«

Adrian staunte.

Lachend lehnte Lindsay sich auf ihrem Barhocker nach hinten. »Du hättest sein Gesicht sehen müssen! Mein Dad spendierte ihm schnell einen Sake, um seinen gekränkten Stolz zu retten.«

Ihr Lachen war ansteckend. Es klang so offen und frei, dass Adrian sein Lächeln nicht mehr zurückhalten konnte. Erstmals seit Jahrhunderten hoben sich seine Mundwinkel richtig. Lindsay gefiel ihm, und er wollte sie besser kennenlernen.

Doch er musste die Pose des ruhigen, ungerührten Gastgebers aufrechterhalten. Sowohl um ihretwillen als auch wegen seiner Hüter, deren Misstrauen er deutlich spürte. Auch wenn sie es niemals aussprechen würden, wussten sie, dass Shadoe ihn schwächte. Und ihre Sorge um sein Wohl könnte leicht in Missgunst umschlagen, wenn er unvorsichtig war. Seine Einheit bestand aus Seraphim, die besser waren als er, Engeln, die nicht unter seiner emotionalen Schwäche litten. Sie verstanden nicht, dass Shadoe sein wunder Punkt war, weil sie die sterbliche Liebe nicht kannten, die er empfand. Hätte ein Hüter den Eindruck, dass ihr Auftrag durch Lindsay gefährdet sein könnte, würde er sie töten, und das zu Recht.

Adrian konzentrierte sich auf das Frittieren des Tempura-Gemüses und widerstand dem Drang, zu oft zu Lindsay zu sehen. Sie saß auf der gegenüberliegenden Seite der Kücheninsel und war bei ihrem dritten Glas Wasser. Adrian stellte fest, dass er die Art mochte, wie sie schluckte. Zweihundert

Jahre Zölibat hatten ihren Tribut gefordert. Während Shadoes Abwesenheit hatte er sich nicht danach gesehnt, eine Frau zu berühren. Doch mit der Rückkehr ihrer Seele wallte all sein unterdrücktes Verlangen wieder auf, und das umso vehementer, weil es so lange in ihm geschlummert hatte. Er sehnte sich schmerzlich danach, sie zu schmecken, in ihr zu sein und sie dazu zu bringen, dass sie sich unter seinen harten Stößen wand.

Aber das musste warten. Zuerst musste Lindsay ihm vertrauen und ihn genauso sehr wollen wie er sie. Wenn er sie endlich nahm, würde es kein Halten mehr geben. Er rechnete nicht damit, dass sie ihm seinerseits erlauben würde, irgendwas zurückzuhalten. Nicht bei ihrem Kampfgeist. Und wenn Lindsay sich hingab, dann ganz und gar, vermutete er. Diese Frau mit dem Herzen einer Kriegerin und einer Seele voller Schmerz.

Er musste schlicht Geduld haben, bis die notwendigen Vorkehrungen getroffen waren: für ihre Sicherheit sorgen, sie stark machen, ihr Vertrauen gewinnen.

»Du isst ja gar nicht«, bemerkte sie.

»Doch, tue ich. Nur nicht auf dieselbe Weise wie du.«

»Aha?« Ihr Tonfall war verräterisch neutral. »Und wie dann?«

Sie umfasste die lackierten Essstäbchen wie eine Stichwaffe. Adrian hätte ihr mit der kleinsten Berührung die Wirbelsäule brechen können, und dennoch brachte ihr Instinkt sie dazu, sich sogar in einer Lage, in der sie eindeutig unterlegen war, auf einen Angriff vorzubereiten. Adrian bewunderte diesen Kampfgeist und diese Entschlossenheit.

Er überlegte sich seine Antwort gründlich. Es wäre nicht gut, wenn sie ihn als Parasiten wahrnahm, ähnlich den Vampiren. »Ich absorbiere Energie.«

»Woher? Wie?«

»Energie ist überall um uns herum – in der Luft, dem Wasser, der Erde. Dieselbe Energie, die Windturbinen einfangen oder Wasserkraft-Anlagen wie der Hoover Damm.«

»Ich wette, das ist praktisch.«

»Ist es«, bestätigte er und widmete sich der Zubereitung der restlichen Garnelen und Gemüsestückchen in Backteig.

Sein Energiepegel war gerade sehr hoch, wie immer in Shadoes Gegenwart. Ihre Nähe – die einzigartige Kraft zweier Seelen in einem Körper – katapultierte ihn auf das höchstmögliche Kraftlevel. Die Lebensenergie der Seelen war die Hauptnahrung der Seraphim und der Grund, warum die Gefallenen auf das Trinken von Blut umschwenkten. Sie brauchten nach wie vor Lebensenergie, um zu überleben, doch das Fehlen ihrer Seele zwang sie, sich diese Energie auf direkterem Weg zuzuführen.

»Also«, begann Lindsay, »du jagst Vampire.«

»Tue ich.«

»Aber der Kerl in dem Laden war ein Drache.«

»War er.«

Sie holte tief Luft. »Gibt es auch Dämonen? Ich meine, Engel und Dämonen scheinen irgendwie immer Hand in Hand zu gehen.«

Er nahm die restliche Tempura mit einer Schaumkelle aus dem Öl und schaltete den Herd aus. »Der Drache war ein Dämon. Es gibt allerdings noch andere Gattungen, die unter diesen Oberbegriff fallen.«

»Vampire?«

»Es gibt einige Kreaturen mit Reißzähnen, die Blut trinken und Dämonen sind. Aber die sind nicht mein Problem.

Ich bin für andere Engel zuständig – gefallene Engel. Die Vampire, die ich jage, waren mal wie ich.«

»Wie du. Engel. Ehrlich.« Sie presste die Lippen zusammen. »Aber kümmern die Dämonen denn keinen? Die sind doch die Bösen, oder?«

»Mein Auftrag ist klar definiert.«

»Dein Auftrag?«

»Ich bin ein Soldat, Lindsay. Ich habe Pflichten und Befehle, denen ich folge. Und ich gehe davon aus, dass diejenigen, deren Job es ist, Dämonen zu jagen, genauso über ihre Zuständigkeit denken. Es steht mir nicht zu, mich einzumischen, und ich würde es auch nicht. Offen gesagt, habe ich schon genug zu tun.«

»Dann kümmert sich jemand um die?«

»Ja.«

Sie sah ihn eine Weile stumm an, bevor sie bedächtig nickte. »Das wusste ich nicht. Wenn jemand komische Schwingungen aussendet, schalte ich ihn aus.«

Adrian umfasste die Kante der Granitplatte. Es war ein Wunder, dass Lindsay noch am Leben war. »Wie spürst du die Schwingungen? Wie fühlen die sich an?«

»Als würde ich durch ein Gruselkabinett gehen und wissen, dass mich gleich irgendwas anspringt. Ich spüre ein Flattern im Bauch, und meine Nackenhaare stellen sich auf. Es ist richtig intensiv, deshalb kann man es nicht mit etwas anderem verwechseln.«

»Klingt unheimlich. Trotzdem jagst du die Wesen, die dir Angst machen. Warum?«

Lindsay stützte das Kinn auf die verschränkten Hände. »Ich habe nicht den Anspruch, die Welt zu retten, falls du das meinst. Ich hasse es, zu töten. Aber ich kann das Böse in diesen Kreaturen aus gutem Grund fühlen. Das darf ich nicht ignorieren. Dann könnte ich nachts nicht mehr schlafen.«

»Hältst du es für eine Berufung?«

Sie atmete langsam ein und überlegte länger. »In gewisser Weise.«

»Wer weiß, dass du jagst?«

»Du, deine Leibwachen und alle, denen du es noch erzählst.«

»Na gut. Es versteht sich von selbst, aber ich muss es trotzdem noch einmal sagen: Du wirst mir vertrauen müssen«, sagte er leise. »Sonst kann ich dir nicht helfen.«

»Hast du das denn vor? Mir zu helfen?« Sie straffte ihre Schultern. »Wusstest du Bescheid, als du mich am Flughafen sahst?«

»Ob ich wusste, dass du Dämonen und Vampire fühlen kannst und sie aktiv jagst?« Er engte ihre Frage so ein, damit er ehrlich antworten konnte. »Nein. Ich sah dich, ich wollte dich, und du hast mir zu verstehen gegeben, dass ich dich eventuell haben könnte. Darauf habe ich reagiert.«

Kleine Fältchen umrahmten ihren Mund und ihre Augen, und ein Muskel in ihrer Wange zuckte. »Und solche Zufälle gehen dir einfach am Hintern vorbei?«

»Ich war zufällig im richtigen Moment am selben Ort wie du. Und wir lernten uns kennen, weil du gespürt hast, dass ich ›anders‹ bin, stimmt's?«

»Eigentlich dachte ich eher, dass du der schärfste Typ bist, den ich je gesehen habe. Die Schwingungen kamen später. Was den richtigen Ort zur richtigen Zeit betrifft – ich hätte eigentlich einen früheren Flug nehmen sollen. Ich hatte meinen Anschluss verpasst.«

»Und ich wurde heute Morgen von einem Vampir angegriffen, was zum Absturz meines Hubschraubers führte. Deshalb musste ich Linie fliegen. Du verstehst?« Er zuckte mit den Schultern. »Unvorhersehbares Chaos.«

»Du bist ein Engel. Solltest du nicht von einem göttlichen Plan predigen oder so?«

»Freier Wille, Lindsay. Wir alle haben den. Heute wirkten sich die Entscheidungen anderer auf uns aus.« Er sah sie an. »Aber du willst dich gewiss nicht mit mir auf eine theologische Diskussion einlassen. Du willst vermeiden, über die Ereignisse zu sprechen, die dich zur Jägerin gemacht haben. Und ich werde dich nicht dazu drängen – noch nicht. Dennoch stecken wir in einer Pattsituation, solange ich nicht weiß, was mit dir los ist.«

Sie starrte ihn an. »Du bist dir ja sehr sicher, dass ich eine Geschichte zu erzählen habe.«

»Ich sah dich in Aktion. Es bedarf jahrelanger Übung, ein Messer so zu werfen. Wer hat es dir beigebracht?«

»Ich mir selbst.«

Bewunderung erhitzte sein Blut. »Welches Material benutzt du zum Schärfen der Klingen? Du musst zumindest Spuren von Silber verwenden.«

»Ja. Ich dachte mir, dass die meisten dieser … *Kreaturen* negativ darauf reagieren.«

»Drachen nicht. Abgesehen von zwei Schwachstellen, haben sie eine undurchdringliche Haut. Deine Klinge wäre an ihm abgeprallt, hätte er auch nur angefangen, sich zu verwandeln.«

Lindsay hielt ihre linke Hand in die Höhe und zeigte ihm die Innenseite ihres Daumens. Eine gerade rote Linie wies auf eine frischere Wunde hin. »Manche Kreaturen reagieren auch negativ auf mein Blut. Ich streiche immer etwas auf die Klingen, bevor ich sie werfe, für alle Fälle. Das Blut allein bringt sie nicht um, doch es gibt der Waffe eine Chance, den Job zu erledigen. Das habe ich auf die harte Tour gelernt.«

Adrian wurde schwindlig bei dem Gedanken, was das bedeuten konnte. Sie war sterblich, aber selbst wenn sie ein Naphil wie Shadoe wäre, dürfte ihr Blut keinerlei Wirkung auf andere haben.

Sie aß weiter und ahnte nicht einmal, wie verwirrt Adrian war.

Schließlich bändigte er seine wirren Gedanken und sagte: »Also hast du einen wesentlichen Teil deiner Freizeit darauf verwandt zu lernen, wie du die Wesen tötest, die dir Angst machen. Du hast ein ausgeprägtes Gespür für Richtig und Falsch, Lindsay, aber keiner, der bei Verstand ist, tötet solche Kreaturen, ohne dass sie ihn zuvor provoziert haben. Egal, wie böse sich jemand anfühlen mag, musstest du zunächst das Böse gesehen haben, um aufs Töten zu verfallen. Etwas hat es ausgelöst und motiviert dich bis heute. Rache vielleicht?«

»Und du willst mir helfen, die zu üben?«, fragte sie sichtlich skeptisch. »Wie genau würdest du das tun? Und warum?«

»Warum nicht? Unsere Ziele sind dieselben. Bisher hattest du Glück, doch das wird nicht anhalten. Eines Tages wirst du einen Dämon oder Vampir zur Strecke bringen, der Freunde hat, die dich jagen. Oder du verfehlst dein Ziel. So oder so sind deine Tage gezählt.«

»Kannst du mir den Unterschied zwischen Vampiren und Dämonen erklären?«

»Demnach hast du Präferenzen.« Er verschränkte die

Arme. »Ich kann dich in die richtige Richtung weisen und dir Rückendeckung geben. Ich kann dir beibringen, wie man effektiver jagt und tötet, ohne sich auf das Überraschungsmoment zu verlassen. Im Augenblick treibst du ziellos vor dich hin und wartest auf zufällige Begegnungen. Ich kann dir einen Fokus und bestimmte Zielobjekte geben.«

Lindsay lehnte sich auf ihrem Hocker zurück. »Du kennst mich nicht einmal.«

Ihre Neigungen waren äußerst besorgniserregend, lieferten ihm aber auch einen idealen Vorwand, sie in der Nähe zu behalten. »Ich halte die Front in einer Schlacht, in der ich zahlenmäßig unterlegen bin. Folglich kann ich jeden Soldaten gebrauchen.«

»Aber das ist nicht alles, was ich tue. Ich habe auch ein normales Leben und einen Job.«

»So wie ich auch. Wir können die Logistik gemeinsam ausarbeiten.«

Sie biss sich auf die Unterlippe. Nach einer unendlichen Pause nickte sie. »Okay.«

Perfekt. Adrian empfand eine enorme Zufriedenheit. Dann hörte er, wie die Haustür geöffnet wurde, und kurz darauf erschien Damien.

Adrians Aufmerksamkeit richtete sich sogleich auf den zu erwartenden Bericht über Phineas' Tod. »Setz dich zu uns.«

Der Hüter betrat die Küche, blickte kurz zu Lindsay und sah dann Adrian an. »Captain.«

Als er sie einander vorstellte, betonte Adrian, dass Lindsay eine Rekrutin war.

Damiens blaue Engelsaugen kehrten zu ihr zurück. »Miss Gibson.«

»Nenn mich Lindsay, bitte.«

»Du kannst frei sprechen«, sagte Adrian zu Damien und bedachte ihn dabei mit einem Blick, der ihm sagte, er solle sich jede Frage zu Lindsay für später aufheben.

Nach kurzem Zögern begann Damien: »Viel Brauchbares konnte ich aus dem überlebenden Lykaner von Phineas nicht herausbekommen. Er war außer sich vor Trauer. Allerdings sagte er, dass der Vampir, der sie angriff, krank war. Ich bin nicht sicher, ob er physisch krank oder geistesgestört meinte. Der Angriff war außergewöhnlich brutal, was eher für Letzteres spricht. Phineas' Kehle wurde bis zur Halswirbelsäule aufgerissen.«

Lindsay räusperte sich. »Lykaner? Als Werwölfe?«

Adrian blickte zu ihr. »Werwölfe sind Dämonen. Lykaner teilen nur partiell eine Blutlinie mit ihnen, was ihnen erlaubt, auf ähnliche Weise die Gestalt zu wechseln. Doch anders als die Werwölfe waren sie einst Engel.«

»Und zur Info«, ergänzte Damien streng, »sie werden sehr sauer, wenn man sie als Werwölfe bezeichnet.«

»Engel.« Lindsays Augen waren groß und dunkel, die Iris ein schmaler Ring um die geweiteten Pupillen. »Warum sind sie keine Vampire geworden?«

»Weil ich Verstärkung brauchte«, antwortete Adrian. »Wir trafen eine Vereinbarung. Ich bat den Schöpfer, sie nicht zum Vampirismus zu verdammen, und im Gegenzug erklärten sie sich bereit, mir zu helfen, die Vampire in Schach zu halten.«

»Gehörten sie derselben Engelsgruppe an, die Vampire und die Lykaner?«

»Ja.«

Das einzige Indiz für ihre Beunruhigung war, dass sie ihr Wasserglas auf der Granitplatte der Kücheninsel hin und her drehte. »Das tut mir leid mit eurem … Phineas.«

»Er war mein Stellvertreter. Mein Freund. Nein, mehr als ein Freund. Er war wie ein Bruder.« Adrian hatte seine Flügel während des Essens eingezogen, doch jetzt zeigten sie sich wieder, weil er aufgewühlt war und nach einem Kampf lechzte.

Lindsays Blick folgte der oberen Wölbung des einen Flügels, und ihre Züge wurden weicher. Adrian spürte diesen zärtlichen Blick wie eine direkte Berührung.

Lindsay glitt von ihrem Hocker und stellte sich hin. »Wissen wir genug, um das Schwein zu jagen, das ihn ermordet hat?«

Adrian entging nicht, dass sie »wir« sagte. »Das werden wir.«

Damien sah wieder zu ihr, diesmal weniger feindselig. »Soweit ich es in Erfahrung bringen konnte, wurde Phineas in einen Hinterhalt gelockt. Er hielt nur, um die Lykaner zu nähren.«

»Wo ist die überlebende Wache?«

»Ich musste ihn töten.«

»Dazu hatte ich dich nicht autorisiert.«

»Es galt er oder ich, Captain.« Damien straffte sich. »Er griff mich an, und ich war gezwungen, mich zu verteidigen.«

»Er hat dich attackiert?«

»Sagen wir, er hat es versucht. Meiner Meinung nach war es Absicht, indirekter Suizid.«

Elijah hatte zurecht bemerkt, dass normalerweise kein Lykaner tatenlos zusehen würde, wie seine Gefährtin getötet wurde – sie waren unfähig, ohne einander zu leben. Aber wenn der Lykaner geplant hatte, kurz nach ihr zu sterben … »Phineas' Wunde – du sagtest, dass seine Kehle zerfleischt wurde. Kann es sein, dass der Biss nicht von einem Vampir stammte?«

Damien legte den Kopf leicht schräg. »Fragst du mich, ob es ein Lykaner gewesen sein kann? Ja, das ist möglich, obwohl mich dann das wenige Blut am Tatort wundern würde. Es gab einige Spritzer von Arterienblut, aber ansonsten war er ausgeblutet.«

Es war verdächtig, dass Phineas in eine Falle getappt sein sollte. Hüter wurden nicht hungrig, also waren es die Lykaner, die ihn dort zu einem Halt bewegt hatten, wo die Gefahr lauerte. Falls Jason mit seiner Vermutung bezüglich eines bevorstehenden Aufstands der Lykaner richtig lag, kam auf Adrian eine Schlacht zu, in die Sterbliche miteinbezogen werden würden. Und er durfte nichts voreilig ausschließen.

»Geh jetzt, und erstatte Jason Bericht, und komm morgen früh wieder zu mir. Ich möchte noch einmal alles mit dir durchgehen, wenn ihr die Sache miteinander besprochen habt. Das ist alles für heute.«

Der Hüter verbeugte sich und ging.

Lindsay versteckte ein Gähnen hinter der Hand, was Adrian daran erinnerte, dass sie sterblich war und ihr Körper noch auf Ostküstenzeit eingestellt.

»Lass mich dich zu deinem Zimmer bringen«, sagte er.

Sie nickte und kam um die Kücheninsel herum. Ihre Bewegungen waren trotz ihrer Erschöpfung geschmeidig und fließend. »Wir beide müssen uns morgen auch unterhalten.«

»Ja.«

Sie blieb vor ihm stehen und verschränkte ihre Arme. »Du sagtest, dass du mich wolltest.«

»Will ich.« Der Wunsch, sie an sich zu ziehen und ihren Mund einzunehmen, um ihren Geschmack zu entdecken, war überwältigend. Es war eine rein menschliche Reaktion, die er nicht kontrollieren konnte. Sie hatten noch nie zuvor zusammengearbeitet, in keiner von Shadoes vorherigen Inkarnationen. Shadoe selbst war neutral geblieben, weil sie nicht zwischen ihrem Vater und Adrian hatte wählen wollen. Dies wäre das erste Mal, dass sie Seite an Seite arbeiten und ähnliche Ziele verfolgen würden. Die Vorstellung, seine wahre Aufgabe mit Lindsay zu teilen, wirkte sich auf völlig unvorhergesehene Art auf ihn aus. Sie würde ihn in jeder Hinsicht als den wahrnehmen, der er wirklich war. Und demzufolge war »Verlangen« ein viel zu zahmer Ausdruck für die Intensität, mit der es ihn zu Lindsay Gibson zog.

Ihre Lider senkten sich, sodass ihre Wimpern die Augen verschleierten. »Eine wie schlimme Sünde ist es, einen Engel zu begehren?«

»Die Sünde liegt bei mir, weil mich nach dir gelüstet.«

Sie schluckte. »Und wenn es über die Lust hinausgeht? Werde ich dann vom Blitz erschlagen oder so?«

»Würde dich das abhalten?«

»Ich hatte eigentlich gehofft, mir ein paar Pluspunkte zu verdienen, indem ich die Welt von Kreaturen wie Drachen befreie.«

»Ich werde dir helfen, mehr Punkte zu machen.« Er konnte es gar nicht erwarten, endlich anzufangen. Lindsay hatte sich bereits als bemerkenswert belastbar und anpassungsfähig erwiesen. In den letzten Stunden hatte sie erfahren, dass es tatsächlich Engel gab und dass die Vampire nur ein Bruchteil einer weit größeren Unterwelt waren. Und sie hatte es gelassen hingenommen, weil sie eine Kämpferin war. Er freute sich schon darauf, sie in den nächsten Tagen an seiner Seite zu haben.

»Werde ich die brauchen?« Lindsay schloss zu ihm auf, als

er aus der Küche ging. »Da du meine Frage nicht beantwortest, denke ich mal, ja.«

»Die Sünde ist meine«, wiederholte er und führte sie zu dem Zimmer, das eigens für sie eingerichtet worden war. In all seinen Häusern gab es immer ein Zimmer für sie, um ihn an seine Fehlbarkeit wie auch an die Fähigkeit zu erinnern, menschlich zu sein. Für ihn gehörte beides zusammen. Er könnte das eine nicht ohne das andere haben, und beides hätte er nicht ohne Shadoe.

Sie erreichten die Tür zu Lindsays Zimmer, die Adrian öffnete, damit sie hineingehen konnte. So unvermeidlich seine Übertretung war, musste er ihr vorerst noch widerstehen. Es wäre nicht mehr lange. Nicht, nachdem er so viele Jahre ohne sie sein musste. Und Shadoes natürliche Sexualität erhöhte den Reiz noch. Egal, ob sie in unzüchtigen, abenteuerlichen Epochen oder in Zeiten der Schamhaftigkeit und Repressionen wiedergeboren wurde, sie hatte ihn stets recht schnell verführt. Und er war jedes Mal sehr leicht zu verführen gewesen.

Lindsay trat in das Zimmer, zögerte dann jedoch und sagte über ihre Schulter: »Würde es wahrscheinlich nicht.«

Adrian hob fragend die Brauen.

»Mich abhalten«, erklärte sie.

Adrian lächelte, als sie die Tür schloss.

7

»Du willst ihr beibringen, wie sie ihre eigene Familie jagt? Ihre Freunde?«, fragte Jason, der Adrian in sein Büro folgte.

»Das tut sie bereits.« Adrian ging um seinen Schreibtisch herum. »Und sie wird mit oder ohne uns damit weitermachen. Wenn ich ihr helfe, gebe ich ihr eine Chance zu überleben.«

Jason stieß einen Pfiff aus. »Nach all den Jahren bist du immer noch ein Engel.«

»Hattest du Zweifel?«

»Nein. Aber manche fragen sich, ob dich Syres Tochter … menschlich macht.«

Nicht Shadoe selbst, aber seine Liebe zu ihr. Sterbliche Liebe war bei Engeln nicht vorgesehen, da ihre Objektivität absolut sein musste. »Die Betreffenden sollten sich mit ihren Zweifeln an den Schöpfer wenden. Ich muss jedem in dieser Einheit vertrauen können. Wenn ich das nicht mehr kann, habe ich meinen Nutzen verloren.«

»Du wirst sehr geliebt, Captain. Mir fiele kein einziger Hüter ein, der es nicht als Ehre betrachten würde, für dich zu sterben.«

Adrian setzte sich. »Wie es mir eine Ehre ist, euch alle anzuführen. Und ich nehme die Verantwortung nicht auf die leichte Schulter.«

»Es fällt nur schwer, nicht unruhig zu sein.« Jason fuhr

sich mit einer Hand durch das blonde Haar. »Unser Job ist es, auf ewig Babysitter für die Gefallenen zu spielen. ›Sie werden keinen Frieden noch Vergebung finden … sie werden immerdar bitten, aber weder Barmherzigkeit noch Frieden erlangen.‹ Manchmal scheint die Strafe ebenso sehr unsere wie ihre.«

»Sei es drum. Wir haben unsere Befehle.«

»Und das ist alles für dich.«

»Das sollte es für dich gleichfalls sein. Was sind wir, wenn nicht Hüter?«

Jason zögerte einen Moment, ehe er verlegen grinste.

»Gut.« Adrian lenkte das Gespräch wieder auf seine dringlichste Sorge. »Ich möchte, dass Lindsay so schnell wie möglich ins Training aufgenommen wird.«

»Wie das? Sie ist zerbrechlich wie ein rohes Ei. Gegen andere Sterbliche kann sie sich vielleicht behaupten – eventuell sogar gegen einen Vampir oder einen Lykaner, wenn sie die überrascht –, aber gegen einen Hüter? Die allerwenigsten Wesen überleben das.«

»Wir alle kennen unsere eigene Stärke. Es tut uns gut, mehr darauf zu achten, wie wir sie einsetzen.«

»Um welchen Preis?«

»Sie wird ein Zugewinn sein.« Adrian drehte sich mitsamt seinem Stuhl und bemerkte einen Lichtschimmer am Himmel, der die Morgendämmerung ankündigte. »Keiner rechnet mit ihr. Und das kann uns auf vielfältige Weise von Nutzen sein.«

»Du willst sie als Köder einsetzen?«

»Nein, als Ablenkung.«

»Na, die ist sie definitiv.«

Adrian sprang sofort auf die spöttische Note seines Lieutenants an. »Hast du ein Problem mit deinen Befehlen?«

Jasons Grinsen erstarb. »Nein, Captain.«

»In den letzten achtundvierzig Stunden wurden zwei ranghohe Hüter angegriffen. Du hast den weiblichen Minion im Hubschrauber gesehen – sie war krank. Und Damien erwähnte eine mögliche Krankheit in seinem Bericht über den Angriff auf Phineas. Ich habe Berichte von allen Hütern im Außendienst angefordert. Und ich will, dass du sie auf ähnliche Erwähnungen durchsiehst, sowie sie hereinkommen.«

»Was denkst du?«

»Einer oder mehr Gefallene geben ihr Blut, damit ihre Untergebenen uns bei Tageslicht angreifen können. Syre sprach mich auf die Pilotin an, also war ihm ihr Aufenthaltsort bekannt. Allerdings war er verwundert, dass sie mich grundlos angegriffen hat. Anscheinend entsprach solch ein Vorgehen nicht ihrem Naturell.«

»Du weißt, dass du ihm nicht trauen kannst. Er hat ihr irgendwelche Drogen verabreicht und dann angerufen, um zu hören, wie du mit der Situation klargekommen bist. Wie sollte er sonst wissen, dass sie bei dir war?«

»Stimmt. Das war auch mein erster Gedanke – dass er den Ahnungslosen spielt, um allen Vorwürfen zu entgehen. Wir beide wissen, dass er mich nicht einfach so wegen eines anderen Vampirs anrufen würde, daher spricht sein Interesse allein schon für seine Schuld. Aber als ich den Angriff auf Phineas ansprach, sagte er kein Wort. Ich hatte nicht erwartet, dass er die Verantwortung übernimmt, doch dass er überhaupt nicht darauf eingeht? Kein Leugnen, keine Fragen, um Unschuld vorzugaukeln? Nichts? Ich finde das verdammt seltsam. Er kann mir ebenso wenig trauen wie ich ihm, also würde er nie zugeben, dass ihm die Kontrolle über die Gefallenen entgleitet. Vielleicht täuscht er vor, keine

Ahnung von den Angriffen gehabt zu haben, aber falls nicht, falls er wirklich keinen Schimmer hat, was los ist, könnte es einen Verschwörer oder sogar einen Vampirzirkel geben, der einen Krieg zwischen uns auslösen will. Sie können Syre nicht schlagen, wissen jedoch, dass ich es kann und würde, sollte er bösartig werden. Womit die Bahn frei wäre für einen Umsturz.«

Jason zog die Brauen hoch. »Die hoffen, dass du die Dreckarbeit für sie erledigst? Ach du Sch … Es käme einer geradezu poetischen Gerechtigkeit gleich, sollten wir unsere Mission aufgrund einer Vampir-Revolte vollenden.«

Adrian hatte längst aufgehört, in Kategorien wie »gerecht« oder »ungerecht« zu denken. »Ich muss wissen, ob Syre hinter diesen Angriffen steckt oder nicht. Unabhängig von seiner Schuld oder Unschuld könnten wir die Information nutzen, um seine Macht über die Gefallenen zu schwächen. Entweder gefährdet er absichtlich ihre Erlösungsträume, oder er gefährdet sie durch Vernachlässigung. Weder das eine noch das andere nützt ihrer Sache.«

»Ihrer *aussichtslosen* Sache. Willst du die Gefallenen gegen Syre aufhetzen?«

»Warum nicht? Wie du schon sagtest, käme uns eine Revolte zugute. Vor allem, wenn er es uns leicht macht, eine anzufachen.«

»Ich kümmere mich drum.« Jason ging.

Adrian beschloss, dass er ein Work-out brauchte, um seine Rastlosigkeit zu bändigen. Lindsay würde bald aufwachen, und er musste einen klaren Kopf haben, um bis dahin seine Pläne für sie zu festigen.

Lindsay erwachte zu früh aus ihren Träumen. Ein Teil ihres

Denkens klammerte sich noch an den Schlaf, wollte eine weitere Berührung der verboten geschickten Hände, noch ein Wispern fülliger Lippen an ihrem Hals, noch einmal von seidigen weißen Flügeln mit roten Federspitzen gestreift werden …

Mit einem lautlosen Stöhnen öffnete sie die Augen. Ihr Herz raste, und ihr war heiß. Sie war schmerzlich erregt, und ihre Gedanken waren voll von flammend blauen Augen und erotischen, klangvoll geflüsterten Worten.

Sie rieb sich mit der Hand übers Gesicht, trat die Bettdecken beiseite und blickte hinauf zu den hölzernen Deckenbalken. Ihre Zukunft war auf einen monumentalen Umweg geraten, als sie Adrian Mitchells Blick begegnete. Vorher war alles schwarz oder weiß gewesen – aufstehen, zur Arbeit gehen, nach Hause kommen und zwischendurch alles töten, was ihre Alarmglocken zum Schrillen brachte. Jetzt war es auf einmal kompliziert.

Lindsay rollte sich aus dem Bett und ging quer durch das riesige Zimmer zu dem angrenzenden Bad, in das locker ihre gesamte frühere Wohnung hineingepasst hätte. Es gab sogar einen Kamin neben der Badewanne und eine Dusche mit Mosaikfliesen, die über sage und schreibe sechs Duschköpfe verfügte. Bisher war Lindsay noch nicht mal in einem Hotel gewesen, das solchen Luxus bot, und trotzdem hatte es nichts Einschüchterndes. Bei aller Opulenz war die Atmosphäre insgesamt ruhig und entspannend. Die sanften Gelb- und Blautöne machten den Raum hell und luftig, was Lindsay sehr gefiel, konnte ihr Leben doch so finster sein.

Nachdem sie sich das Gesicht gewaschen und die Zähne geputzt hatte, kehrte sie in ihr Zimmer zurück, wo ihr Blick auf die nach Westen gelegene große Fensterwand fiel. Man sah nichts als felsige Hügel, auf denen hier und da ein paar trockene Sträucher wuchsen. Die Aussicht suggerierte Einsamkeit und Abgeschiedenheit, dabei war die Stadt gar nicht weit weg.

Lindsay zog sich eine Yogahose und ein Feinripp-Tanktop an.

»Gewöhn dich nicht dran«, ermahnte sie sich, als sie auf die Fenster zuging. Als sie näher trat, glitt die riesige mittlere Scheibe zur Seite und gab den Weg zu der breiten Veranda frei. Die kühle, frische Morgenluft lockte Lindsay nach draußen. Lindsay hielt die Holzbrüstung fest umklammert, atmete tief ein und dachte darüber nach, wie enorm sich ihre Situation verändert hatte. Hinter ihr ging die Sonne auf, und eine sanfte Brise wehte ihr entgegen. Unten ragten noch zwei Veranden aus dem steilen Hang, allerdings konnte Lindsay da nur sehr kurz hinsehen, ehe ihre Höhenangst sich meldete.

Die Angstattacke wunderte sie umso mehr, als sie feststellte, dass sie bisher gar keine Furcht gespürt hatte. Ihr Leben lang schon fühlte Lindsay sich gehetzt und aufgewühlt, was in der Nähe von fiesen Kreaturen zwar um ein Vielfaches schlimmer wurde, aber letztlich immer da war. Ständig wartete sie darauf, dass *etwas* passierte, die nächste Hiobsbotschaft kam. Das war Teil ihrer Existenz. Und jetzt war es fort. Zurück blieb eine ungekannte, willkommene Ruhe. Was auch als Nächstes geschehen mochte, in diesem Moment fühlte Lindsay sich geerdet und friedlich. Und das Beste daran war, dass sie es richtig genoss.

Als sie vom Rand der Veranda zurücktrat, huschten große Schatten über ihren Rücken und die Brüstung vor ihr. Sie blickte empor, atmete erschrocken ein und drehte sich ganz um.

Der Himmel war voller Engel.

Vor dem blassrosa und grauen Hintergrund vollführten sie einen einzigartigen, faszinierenden Tanz in der Luft. Es waren mindestens ein Dutzend, vielleicht mehr, die voller Anmut umeinander schwebten. Ihre Flügelspannweiten waren gigantisch, ihre Körper wendig und beherrscht. Sie waren zu stark und athletisch … zu *tödlich*, um Frömmigkeit zu wecken, geboten jedoch durchaus Ehrfurcht.

Lindsay ging um die Hausecke und entdeckte, dass die Veranda weiter hinten deutlich breiter wurde, wie eine Art Landeplatz. Ehrfürchtig und ein bisschen ängstlich atmete Lindsay erst wieder, als ihre Lunge brannte. Sie hatte Adrian schon umwerfend gefunden, als sie ihn nur für einen normalen Mann hielt. Und nun …

Selbst unter den Engeln stach er deutlich heraus. Seine Flügel schimmerten wie Perlmutt in der aufgehenden Sonne, und die roten Spitzen malten Linien an den Himmel, als er schneller wurde. Pfeilschnell schoss er nach oben und wieder hinab, sodass er zu einem Streifen aus Blutrot und Alabaster verschwamm.

»Ich glaube, er will dich beeindrucken.«

Lindsay löste ihren Blick von ihm und sah, dass Damien neben ihr stand, die Hände in die Hüften gestemmt und ganz auf die Flugakrobatik über ihnen konzentriert. Er war umwerfend: groß, kantige Züge, das glatte, dunkelbraune Haar kurz geschnitten und Augen fast so blau wie Adrians. Doch im Gegensatz zu Adrian strahlte Damien Ruhe aus – ähnlich einem stillen Ozean. Seine Flügel waren sichtbar, was wohl eine Einschüchterungstaktik sein sollte, vermutete Lindsay. Sie waren grau mit weißen Spitzen, erinnerten an einen Gewitterhimmel. Und zusammen mit seiner elfenbeinfarbenen Haut ließen sie ihn wie eine klassische Marmorstatue wirken, die zum Leben erwacht war.

»Es funktioniert«, gestand Lindsay. »Ich bin beeindruckt. Aber erzähl ihm nicht, dass ich das gesagt habe.«

Ein Luftschwall und das Rauschen großer Flügel kündigten Adrians Landung vor ihr an. Seine Füße setzten beinahe lautlos auf der Veranda auf, was Lindsay jedoch kaum wahrnahm, weil sie viel zu sehr auf seinen entblößten Oberkörper und die nackten Füße starrte.

Verflixt!

In der weiten schwarzen Hose und mit diesen herrlichen Flügeln war sein sagenhafter Körper regelrecht exponiert. Glatte olivfarbene Haut spannte sich über straffen Muskeln. Lindsay juckte es in den Händen, über seine wunderschön hervortretenden Arm- und Brustmuskeln zu streichen, und ihr wurde der Mund wässrig vor Verlangen, mit ihrer Zunge über die feine Haarlinie zu fahren, die seinen Waschbrettbauch teilte. So real sich ihr Traum angefühlt hatte, war Adrian in natura noch weit verlockender. Er war von Meisterhand geschaffen, in Schlachten gestählt, und Lindsay konnte nicht verhindern, dass ihre Fantasie all diese rohe Maskulinität in heiße Erotik übersetzte. Die schiere Kraft seines Sexappeals reichte aus, um Lindsay fast umzuhauen und kurzatmig zu machen.

»Guten Morgen«, begrüßte er sie mit diesem tiefen Widerhall in der Stimme, bei dem sich Lindsays Zehen krümmten. »Hast du gut geschlafen?«

Sie schob das Déjà-vu-Gefühl auf einen Koffeinmangel in Kombination mit ihren sehr erotischen Träumen. »Es war sehr bequem, danke.«

»Ich hätte gedacht, dass du noch einige Stunden länger schläfst.«

»Zu Hause ist es neun Uhr. Für mich ist das schon Ausschlafen.«

»Hast du Hunger?«

Dass er nie aß, machte seine fürsorgliche Frage umso bedeutsamer. »Ich hätte gern Kaffee, falls du hast. Und einige Minuten deiner Zeit.«

»Natürlich.« Er warf einem Wachmann einen vielsagenden Blick zu. Es war einer der bulligeren, und er verschwand mit einem Nicken im Haus. »Möchtest du reingehen?«, fragte Adrian.

»Und die Flugshow verpassen? Auf keinen Fall.«

Das trug ihr zumindest ein halbes Lächeln ein. Sie war allerdings entschlossen, ihm ein völlig anderes zu entlocken – ein intimeres wie das in ihrem Traum.

Während er zu einem Teakholztisch auf der Veranda wies, verschwanden seine Flügel wie ein flüchtiger Nebel. »Damien.«

Der andere Engel folgte ihnen, und auch seine Flügel waren von einer Sekunde auf die andere fort. Adrian zog für Lindsay einen Stuhl unter dem Tisch hervor, umrundete den Tisch und setzte sich neben Damien.

Lindsay saß mit dem Gesicht nach Osten, sodass die beiden unglaublich schönen Engel vom Sonnenaufgang eingerahmt wurden. Sie holte tief Luft, um sich zu wappnen, war ihr doch bewusst, dass sie sich an einer entscheidenden Weggabelung befand. »Ich weiß nicht, wie ich damit umgehen soll, plötzlich hier gelandet zu sein. Eigentlich bin ich wegen eines Jobs nach Kalifornien gekommen. Ich hatte Pläne, einschließlich einer Hotelreservierung für letzte Nacht, die ich nicht storniert habe und deshalb noch bezahlen muss. Ich …«

»Darum kümmere ich mich.«

»Nein, ich will nicht, dass du dich darum kümmerst. Hör mir einfach zu.« Ihre Finger trommelten auf der Armlehne ihres Stuhls. »Ich weiß dein Angebot, mich zu trainieren, sehr zu schätzen, und ich möchte es gern annehmen. Es wäre ja auch blöd, täte ich es nicht, da ich mir bisher alles allein beigebracht habe und anscheinend ziemlich blind bin. Ich kann fühlen, was nicht menschlich ist, aber ich kann es nicht so weit eingrenzen, wie ich sollte – und will –, um zu jagen. Dennoch muss ich eigenständig sein. Ich brauche meine eigene Wohnung, meine Unabhängigkeit und die Möglichkeit, zu kommen und zu gehen, wie ich will.«

»Ich kann nicht zulassen, dass du dich in Gefahr begibst.«

»Nicht *zulassen*?« Lindsay hätte gelacht, wäre dies nicht ein todernster Punkt gewesen. Ihr war durchaus klar, dass er nicht von dieser Welt war, dass er in seiner sterblichen Tarnung immens wohlhabend und als Engel sogar noch viel mächtiger war. Aber sie würde sich niemandem unterwerfen. Ihm schon gar nicht. Und wenn sie die Grundregeln jetzt nicht festlegte, wäre es zu spät.

Der Wachmann kehrte mit einem Tablett zurück, auf dem eine Kanne, ein Becher, Milch und Zucker standen. Er stellte es vor Lindsay hin und bezog in der Nähe Posten. Lindsay fragte sich, warum die Engel Schutz brauchten, noch dazu von Leuten, die weniger Kraft ausstrahlten. Der Unterhaltung gestern beim Abendessen zufolge wurden die Engel von Lykanern bewacht. In diesem übernatürlichen Umfeld, mit dem sie als Kind auf so brutale Weise in Berührung gekommen war, gab es offensichtlich eine klare Organisationsstruktur. Lindsay hatte erkannt, dass sie sehr wenig über die Kreaturen wusste, die sie jagte, was das Töten so viel einfacher gemacht hatte. Nun musste sie dieselben Wesen in einen Kontext setzen, sie dabei möglicherweise vermenschlichen und müsste sie immer noch töten.

Nicht zum ersten Mal wünschte Lindsay, sie könnte die Zeit zurückdrehen. Hätte sie ihre Mutter nicht angefleht, mit ihr dieses verfluchte Picknick zu machen, könnte Regina Gibson noch leben.

»Ich setze mich mit dir zusammen«, fuhr sie fort, »damit wir diese Situation vernünftig bereden und uns gemeinsam überlegen können, wie wir sie so gestalten, dass mir noch eine gewisse Unabhängigkeit bleibt. Aber falls du sagst, es läuft entweder auf deine Art oder gar nicht, bleibt mir nur, mich zu verabschieden. Ich bin nicht scharf darauf, als wandelnde Zielscheibe unterwegs zu sein, doch, ehrlich gesagt, versuche ich mein Glück lieber so, bevor ich meine Eigenständigkeit aufgebe.«

Damien warf Adrian einen Seitenblick zu, aber der war ganz auf Lindsay konzentriert. Sein einer Mundwinkel hob sich kaum merklich, als müsse er sich ein Grinsen verkneifen. »Verstanden.«

»Na gut. Irgendwelche Vorschläge?«

Er lehnte sich auf seinem Stuhl zurück und streckte die langen Beine elegant vor sich aus. Seine Anziehungskraft stellte ein weiteres Hindernis dar. Ehe sie wusste, was er war, hatte Lindsay sich darauf gefreut, die Chemie zwischen ihnen zu erforschen. Und jetzt? Tja, es würde sehr kompliziert werden. Sie hielt nichts von festen Beziehungen – sie hatte ja kaum Zeit für sich selbst – und hatte noch nie etwas mit einem Mann gehabt, mit dem sie arbeitete. Das wurde nach dem Schlussmachen zu komisch. Und sollte sie nach dem Ende ihrer Affäre noch mit Adrian zusammenleben, müsste sie mitansehen, wie er andere Frauen traf. Sie hatte noch nie mit einem Lover zusammengelebt, geschweige denn mit einem Ex-Lover, der eine neue Freundin hatte. Allein die Vorstellung, dass Adrian eine andere so ansehen könnte wie sie, weckte ein Besitzdenken in Lindsay, das sie in seiner Intensität schockierte. Und das nach der kurzen Zeit, die sie Adrian erst kannte!

Sie schenkte sich Kaffee ein und süßte ihn, um ihre grauen Zellen zu befeuern.

»Ist dir klar«, begann Adrian, »dass du nicht mehr zwei verschiedene Leben parallel führen kannst? Wenn du Normalität willst, kann ich dafür sorgen, dass du sie bekommst. Raguel Gadara nimmt die Sicherheit seiner Mitarbeiter sehr ernst. Ich könnte mit ihm arrangieren, dass du in einer seiner Wohnimmobilien unterkommst. Dann solltest du bei der Arbeit und zu Hause außer Gefahr sein, sofern du aufhörst, nicht-menschliche Wesen zu töten.«

»Das kann ich nicht. Nicht, ehe ich die gefunden habe, die ich suche. Und vielleicht nicht einmal dann. Ich kann mir nicht vorstellen, in dem Wissen zu leben, dass diese Kreaturen andere terrorisieren und ich nichts tue.«

Etwas blitzte in seinen Augen auf. Triumph? »Die Alternative ist, dass du hier bleibst, hart trainierst und dich auf das Jagen konzentrierst.«

»Gibt es denn keinen Kompromiss? Kann ich nicht anderswo wohnen, an den Wochenenden trainieren und dich um Verstärkung bitten, falls irgendwas auf meinem Freak-Radar auftaucht?«

»Selbst wenn ich es mir leisten könnte, einen meiner Männer dazu abzustellen, dass er dir die unterschiedlichen Arten erklärt, jagen wir nicht wahllos. Wir überwachen die Vampire, doch wir dürfen sie nicht auslöschen.«

Lindsay wurde eiskalt. »Warum nicht?«

»Ihre Strafe ist, als das zu leben, was sie sind.«

»Und wir Menschen sind was? Ein Kollateralschaden? Wir müssen auch mit dem leben – und sterben –, was sie sind.«

Die anderen Engel begannen nach und nach zu landen, und Lindsay sah sie mit einer Mischung aus Verwunderung und Wut an. Diese schönen Kreaturen schienen so magisch und mächtig, und dennoch erlaubten sie den Vampir-Parasiten, zu leben.

»Wir jagen jeden Tag«, sagte Adrian. »Wir töten jeden Tag. Ist es so schlimm, dass wir uns auf diejenigen fokussieren, die den größten Schaden anrichten?«

Lindsay sah über den Becherrand hinweg zu ihm. »Na gut. Vielleicht kann ich an meinen freien Tagen bei euch mitmachen.«

»Raguel hatte einen Grund, dich einzustellen. Welche Stelle hat er dir gegeben?«

»Stellvertretende Geschäftsführerin.«

»Ein großer Job in einem großen neuen Komplex. Sicher bist du außerordentlich qualifiziert, aber es dürfte für jemanden in deinem Alter auch ein ziemlicher Sprung nach oben sein.«

Lindsay leckte sich Kaffee aus dem Mundwinkel. »Und er zahlt mir zu viel.«

»Weil er erwartet, dass du ehrgeizig und bereit bist, viele Überstunden zu machen.«

Sie nickte resigniert. Der neue Job würde ihre gesamte Zeit in Anspruch nehmen. Das war einer der Punkte, die ihn so reizvoll gemacht hatten – sie könnte endlich ein geregeltes Leben haben und ihren Beruf als Ausrede nutzen, um nicht mehr so viel zu jagen. Ein billiger Vorwand, klar, aber sie hatte sich eingeredet, dass sie die beste Option wählte, die sich ihr bot.

Während die Engel um ihn herum auf der Veranda landeten, blieb Adrian inmitten des Gewimmels vollkommen ruhig sitzen. Allerdings war er nicht das Auge des Sturms. Er *war* der Sturm. Er war die dunkle Wolkenwand am Horizont, die aus der Ferne so schön war und doch zu großer Gewalt fähig.

Lindsay wurde bewusst, dass sie unter lauter Engeln saß, Kaffee trank und über ihren neuen Job redete. Normal war das definitiv nicht.

»Okay«, sagte sie und trank einen Schluck, um sich zu stärken. »Wow … All die Stunden, die ich in die Ausbildung investiert habe! Und wofür?«

»Ich kann nicht glauben, dass du deinen Traum so leicht aufgibst«, sagte Damien, der sie prüfend ansah. »Sterbliche verkümmern ohne Träume.«

»Das Hotelgewerbe war nicht ihr Traum«, erklärte Adrian absolut sicher. »Es war ein gewöhnliches Leben oder zumindest der Anschein eines solchen.«

»Ist das so verkehrt?«, fragte sie. Sie wünschte sich einen verlässlichen Mann in ihrem Leben, die Chance, sich zu verlieben, mit Freunden auszugehen und einen Job, in dem sie nicht dauernd mit Asche bedeckt wurde. Aber sie hatte auch Gewissensbisse, weil sie sich Ahnungslosigkeit ersehnte. Was für ein Mensch würde lieber nicht wissen, dass andere litten, nur damit er selbst glücklich leben konnte?

»Es ist nicht verkehrt. Ganz im Gegenteil. Du hast dich in der Sterblichenwelt nie wohlgefühlt, oder? Du bist zu schön und zu selbstsicher, um eine Einzelgängerin zu sein, aber du hattest nie das Gefühl, richtig dazuzugehören.« Er sah sie mit diesem Blick an, der sie mühelos durchschaute. »Es ist nicht verwerflich, sich Anerkennung als die Person zu wünschen, die man ist, und sich in seiner Umgebung behaglich fühlen zu wollen.«

»Also hier passe ich eindeutig *nicht* rein.« Andererseits konnte sie nicht abstreiten, das sie tief im Innern das Gefühl hatte, sie würde es. Und das hauptsächlich wegen Adrian. Er wusste, was sie war, und er akzeptierte sie, ohne zu zögern. Es bescherte ihr eine Zufriedenheit, die sie noch nie zuvor empfunden hatte.

»Tust du nicht?«

»Noch nicht.« Sie glaubte jedoch, dass sie es könnte.

Gott, wie wäre es, mit anderen zusammenzuarbeiten, die denselben Kampf führten wie sie, anstatt sich völlig allein zu fühlen in dieser bösen, tödlichen Welt, in der sie mit dem Tod ihrer Mutter gelandet war?

Lindsay rieb sich den Nacken. »Die Entscheidung sollte eigentlich viel schwerer zu treffen sein – für uns beide. Ich werde euch ausbremsen und eine Belastung sein.«

»Stimmt«, sagte Damien.

Adrian zuckte lässig mit einer Schulter. »Jedes Talent hat seinen Nutzen.«

»Ich brauche ein Einkommen«, ergänzte sie. »Auch wenn ich das eine Leben dem anderen vorziehe, will ich nicht ausgehalten werden.«

»Sterbliche«, flüsterte Damien, »sind so besessen von materiellem Wohlstand.«

Ein Lächeln deutete sich auf Adrians Zügen an. »Tag für Tag sende ich Teams weltweit überall hin. Die Pflicht, für die Flug- und Hotelbuchungen zu sorgen, fällt dem zu, der morgens das Pech hat, in meiner Nähe zu sein. Ich kann sie nicht an meine Mitarbeiter bei Mitchell Aeronautics delegieren, weil es Verdacht erregen würde. Heute wirst du diejenige sein. Sofern du dich nicht als völlig ungeeignet oder zutiefst abgeneigt erweist, werden wir dich bis auf Weiteres mit dieser Aufgabe betrauen. Über dein Gehalt und die Miete können wir verhandeln. Ich stelle Mobiltelefone, Spesenkonten und Transportmöglichkeiten für alle Hüter. Du kannst deinen eigenen Mobilfunkanbieter behalten, aber du wirst zwei Telefone bei dir haben.«

»Hüter?«

»Die Engel, die du hier siehst.«

Lindsay sah sich auf der breiten Veranda um. »Wie viele gibt es?«

»Einhundertzweiundsechzig, Stand von gestern.«

»Insgesamt?«

Er nickte.

Ihr entfuhr ein kurzes Lachen. »Kein Wunder, dass ihr bereit seid, euch mit mir abzugeben. Ihr braucht jede Hilfe, die ihr kriegen könnt!«

»Wir haben die Lykaner«, brummelte Damien.

Lindsay sah zu den Wachen, die an den Rändern der Veranda standen. Sie waren leicht von den Engeln zu unterscheiden, denn Letztere waren schlank und geschmeidig – wahrscheinlich aus aerodynamischen Gründen. Die Lykaner hingegen waren muskulöser und kräftiger gebaut.

Adrian wandte sich zu Damien. »Ich möchte die Stelle absuchen, an der Phineas angegriffen wurde, und es wird wohl Zeit, dass ich mal wieder das Navajo-Lake-Rudel besuche.«

Damien nickte und stand auf. »Ich schicke einen Spähtrupp hin, um den Stützpunkt zu sichern.«

»Nein. Das würde Angst und Misstrauen erzeugen, und genau die Botschaft will ich nicht aussenden.«

»Dann schick ihnen doch eine andere«, schlug Lindsay vor. »Eine echte, in der du dein Kommen ankündigst.«

Beide Engel sahen sie an.

Lindsay winkte ab. »Ich weiß nicht, was los ist, also liege ich vielleicht völlig daneben, aber es hört sich an, als wäre dieser Besuch riskant. Und die, die du besuchst, sollen offenbar nicht wissen, dass ihr es für riskant haltet. Also … lass sie wissen, dass du kommst. Melde dich an. Das zeigt Furchtlosigkeit, denn du gibst ihnen quasi die Gelegenheit, genau das zu tun, was du befürchtest. Vorher solltest du allerdings Damiens Idee mit dem Erkundungstrupp annehmen, aber sehr diskret. Seht euch da um, ohne dass sie etwas merken. Schick ein paar Leute hin, die sich umschauen, bevor du Bescheid gibst, dass du kommst. Und dann beobachte, was sie tun, wenn sie die erhalten.«

Damien kniff die Augen ein wenig zusammen. »Lykaner haben einen sehr feinen Geruchssinn. Sie würden wissen, dass wir sie beobachten.«

»Dann schickt einige Lykaner hin, denen ihr vertraut.« Auf das Schweigen der anderen beiden hin fragte sie: »Wie? Ihr habt keine Lykaner, denen ihr traut? Warum habt ihr sie dann als Leibwächter? Um den Feind im Auge zu behalten?«

Adrian bedeutete Damien mit einem Kopfnicken, dass er gehen könne.

Lindsay sah dem Engel hinterher. »Okay, okay, was rede ich auch blindlings drauflos?«

Adrian erhob sich langsam. »Es ist ein vernünftiger, intelligenter Plan. Ich freue mich schon darauf, deine Vorschläge heute und künftig umzusetzen.«

»Schmeichler!« Sie fragte sich, wo er hinwollte und was von ihr erwartet wurde, solange er fort war. Sie musste ihren Vater anrufen und anschließend einige Zeit in Ruhe überlegen, was sie wegen ihres Jobs unternahm.

Adrian schritt um den Tisch herum. »Würdest du für einen Moment mit mir kommen?«

»Ja.«

Er zog ihren Stuhl zurück und legte ihr eine Hand in den Rücken, sowie sie aufgestanden war. Die Hitze seiner Handfläche strömte durch das dünne Tanktop und löste paradoxerweise eine Gänsehaut bei ihr aus. Adrian führte sie zur Brüstung, außer Hörweite der anderen. Lindsay war sich sehr bewusst, dass sein Körper ihren Rücken berührte. Sein absolut köstlicher Duft umwehte sie. Wenn sie könnte, würde sie ihr Gesicht an seinem Hals vergraben und ihn tief einatmen. Der Geruch seiner Haut machte sie süchtig, war berauschend … altvertraut.

»Vertraust du mir?«, fragte er leise, wobei sein Atem zart über ihre Ohrmuschel strich.

»Ich kenne dich nicht«, antwortete sie flüsternd und erbebte vor Wonne.

Sie blieben an der Brüstung stehen.

»Na gut.« Da war ein Hauch von Belustigung in seiner Stimme. »Bist du bereit, mir einen Vertrauensvorschuss zu gewähren?«

Lindsay drehte sich zu ihm um. Adrian kam näher, ziemlich nahe. Nahe genug, dass sie nur noch Zentimeter trennten und Lindsay den Kopf in den Nacken legen musste, um ihm ins Gesicht zu sehen. Seine Flügel erschienen wieder und schirmten sie vor neugierigen Blicken ab. Lindsay betrachtete seinen muskulösen Oberkörper. Die straffen Muskeln weckten in ihr das wilde Begehren, sie zu sehen, wie sie sich anspannten, während er in Lindsay hineinstieß. Vor Erregung huschte ein warmer Schauer über ihren Leib, der sich anspannte. Sie benetzte ihre trockenen Lippen, und seine Augen folgten der Bewegung. Dann nickte Lindsay.

»Schön.« Er zog sie an sich, schlang einen Arm um ihre Schultern und den anderen oben um ihre Schenkel.

Nun war jeder straffe Zentimeter von ihm fest an sie gepresst. Sie fühlte, wie sich sein Schwanz unten an ihrem Bauch regte, was ein schmerzliches Sehnen zwischen ihren Beinen auslöste.

Sie legte die Arme um seinen Hals. »*Adrian* …«

»Merk dir, wo wir stehen geblieben sind«, murmelte er. »Und halt dich an mir fest.«

Mit diesen Worten sprang er über die Verandabrüstung.

8

Lindsay schrie, als sie in die Tiefe stürzten. Sie hatte einige Mühe, sich fest an Adrian zu klammern, und zappelte mit den Beinen in der Luft, als sie versuchte, sie um ihn zu schlingen. Er presste seine Lippen auf ihre Schläfe, und schlagartig wurde sie still. Die Todesangst floss einfach an der Stelle aus ihr heraus, an der er sie küsste. Seine Flügel breiteten sich aus, und sie schwebten.

»Aus flugtechnischen Gründen muss ich dich bitten, nicht so herumzuzappeln.«

Lindsay war sauer, weil er sie nicht vorgewarnt hatte, und biss ihn sanft in den Hals. »Du hast mir einen Riesenschreck eingejagt!«

»Warum?«

»Ich habe Höhenangst!« Ihre Beine legten sich um seine.

»Du hast Angst vorm Fallen«, korrigierte er und strich mit den Lippen über ihre Wange. »Ich würde dich nie fallen lassen.«

Blödsinn. Sie war ihm bereits *ver*fallen, aber, na ja, das war wohl doch etwas anderes. Lindsay fragte sich, ob er ahnte, wie überwältigend seine gelegentlichen Zärtlichkeiten auf sie wirkten. Sie hauten Lindsay jedes Mal um. Wogegen sie sich eventuell wehren könnte, hätte sie den Eindruck, dass es sich um reine Verführungstaktik handelte. Aber so benahm er sich überhaupt nicht. Sein Verhalten schien von Natur aus … unwiderstehlich. Der Gedanke, dass er nicht anders als zärtlich zu ihr sein konnte, machte ihr größere Angst als das Fliegen ohne Flugzeug. Angst und Erregung ergaben eine gefährliche Mischung.

Sie vergrub ihr Gesicht an seinem Hals, klammerte sich an seinen kräftigen Körper und fühlte jede Muskelkontraktion, als er über einen Felsenkamm flog. Er hielt sie so fest, dass kein Lufthauch zwischen sie drang, mit einer Sicherheit und einem Selbstvertrauen, das ihre Furcht milderte. Von dem Adrenalinrausch wurde Lindsay sekündlich heißer, obwohl es ein kühler Morgen war und sie recht spärlich bekleidet. Ihre Brüste wurden schwer und die Brustwarzen hart.

Als sie nach rechts schwenkten, rutschte Lindsays Top höher. Ihr stockte der Atem, denn nun war seine Haut direkt an ihrer. Er war heiß, und seine harten Muskeln bewegten sich mit den Schlägen seiner riesigen Flügel. Lindsays Haar peitschte ihr ins Gesicht, und sie schloss die Augen. Der Wind sang geradezu freudig.

Sinnlich wölbte sich sein Sixpack gegen ihren flachen Bauch, und die rhythmischen Bewegungen imitierten allzu überzeugend, wie es sein müsste, wenn er mit ihr schlief. Noch dazu machte es ihr seine Erektion unmöglich, ihre eigene Erregung zu ignorieren.

Unwillkürlich rieb sie sich an ihm.

Dann sackten sie um mehrere Meter ab, und Lindsay kreischte. Adrian raunte etwas in einer fremden Sprache, was jedoch sehr nach Fluchen klang.

»Benimm dich«, schalt er sie und hielt sie so fest, dass sie sich praktisch nicht mehr rühren konnte.

»Du bist der mit dem Ständer.«

Er presste ihren Oberkörper an seinen. »Deine Nippel verraten mir, dass nicht nur ich erregt bin.«

Sie flogen noch über einen weiteren Berg, bevor sie abwärts rauschten und sanft auf einer kleinen Lichtung landeten. Lindsay ließ ihn nicht gleich los. Stattdessen tat sie, was sie schon zuvor tun wollte: Sie drückte ihre Nase an seine Haut und atmete tief ein. Adrians Finger tauchten in ihr Haar, umfingen ihren Nacken und hielten ihren Kopf dort.

»Wie du mich verlockst, *Tzel*«, hauchte er rau.

»Sollte ich beleidigt oder angetörnt sein, wenn du mich mit Worten belegst, die ich nicht verstehe?« Ihre Zunge flatterte über seine pochende Halsschlagader, ehe sie mit den Zähnen über die Stelle fuhr.

Adrian stöhnte. »Mach das noch einmal, und ich übernehme keine Verantwortung für die Steine, die dir später am Rücken kleben.«

»Autsch!« Sie wich zurück. Als sie sich umblickte, stellte sie fest, dass er sie nicht für ein Schäferstündchen hergebracht hatte. Das trockene Buschwerk und der felsige Boden verführten einen so gar nicht dazu, sich die Kleider vom Leib zu reißen.

»Hüter und Lykaner haben ein ausgezeichnetes Gehör«, erklärte er und richtete seine makellose Erscheinung, indem er sich lässig durchs Haar fuhr, wieder her. »Wenn ich unter vier Augen mit dir reden will, muss ich dich vom Haus wegbringen.«

»Was hast du denn zu sagen, was sie nicht hören sollen?«

Seine Flügel verschwanden. »Es geht nicht darum, was ich zu sagen habe, sondern, wie ich es sagen will. Und wie ich dich dabei ansehe.«

Fragend zog sie die Brauen hoch.

Seine leuchtend blauen Augen musterten sie und verharrten auf ihren harten Brustwarzen. Lindsay nahm die Schultern zurück und ließ ihn gewähren.

Adrians Miene wurde weicher. »Ich bringe keine Frauen mit ins Haus. Die Lykaner wissen daher nicht, wie sie deine Anwesenheit deuten sollen, und achten sehr genau auf dich, weil sie nach Hinweisen suchen.«

Lindsay zügelte das Hochgefühl, das sich in ihr ausbreiten wollte. Nachdem sie sich ihr Leben lang wie ein Fremdkörper in der Welt gefühlt hatte, war sie plötzlich an einem Ort, an dem sie sich wohlfühlte, wo sie hinpasste. Konnte es sein, dass sie endlich ihren Platz gefunden hatte? »Natürlich bringst du keine Frauen her. Wie willst du denen auch erklären, dass eine Armee unter deinem Dach wohnt und ein Wolfsrudel draußen Wache hält? Oder gibt es noch mehr wie mich?«

»Nein«, antwortete er leise. »Ich kann mit Sicherheit sagen, dass du einzigartig auf der ganzen Welt bist.«

»Aber du hattest mich schon zum Abendessen eingeladen, bevor ich den Drachen tötete.«

Er verschränkte die Arme, was zur Folge hatte, dass sich seine Bizepse anspannten und Lindsay wieder ganz heiß wurde. »Manche Dinge weiß ich einfach. In dem Moment, in dem ich dich sah, wusste ich, dass es unvermeidlich war, dich in mein Leben zu holen.«

»Sogar als Sterbliche, an der nichts Besonderes war?«

»An dir war immer etwas Besonderes, auch da schon.«

Sie kehrte ihm den Rücken zu. Ihre Zuneigung zu ihm baute sich absurd schnell auf, und sie schien unfähig, es zu verhindern. »Ich kapiere nicht, wie ich für dich mehr als eine nervige Belastung sein kann.«

»Wie du bereits sagtest, sehen sie dich nicht kommen. Du kannst ein Lockmittel für Vampire sein, das ich zu meinem Vorteil nutze. Ist das eine akzeptable Antwort?«

Lindsay blickte über ihre Schulter zu ihm. Er war berechnend und skrupellos, was sie ihm nicht verübelte. Schließlich wusste sie sehr gut, dass man bisweilen so sein musste. Und wenn sie helfen konnte, indem sie sich als Vampirköder zur Verfügung stellte, hatte sie nichts dagegen. Unschuldige starben, Opfer mit Familien, mit kleinen Kindern, wie sie eines gewesen war. Sie wünschte, jemand wäre berechnend und skrupellos gewesen, um ihre Mutter zu retten. »Ich als wandelnde Arterie? Ja, das ist akzeptabel für mich. Aber ich möchte mehr über diese ganze Story von Engeln, die zu Vampiren wurden, wissen. Und über das mit den Engeln, die zu Lykanern wurden. Von wegen ›Wissen ist Macht‹ und so.«

»Einverstanden.« Er wartete, bis sie ihn ansah. »Kurz nach der Erschaffung des Menschen wurden zweihundert Seraphim auf die Erde gesandt, um ihn zu beobachten und von seinen Fortschritten zu berichten. Diese Engel wurden Wächter genannt. Sie entstammten einer Kaste von Gelehrten und erhielten den strikten Befehl, sich nicht in den natürlichen Fortgang der menschlichen Evolution einzumischen.«

»Sie sollten nur wachen, schon verstanden.«

»Doch sie gehorchten nicht.«

Lindsay lächelte zynisch. »Dachte ich mir.«

»Die Wächter begannen sich mit Sterblichen zu verbrüdern und sie Dinge zu lehren, die sie nicht wissen sollten.«

»Als da wären?«

»Die Herstellung von Waffen, Kriegsführung, die Unterwerfung der Natur …« Er winkte lässig ab. »Unter anderem.«

»Alles klar.«

»Eine Kriegerkaste, bekannt als die Hüter, wurde erschaffen, um die Gesetze zu vollstrecken, die von den Wächtern gebrochen wurden.«

»Und du führst die Hüter an?«

»Ja.«

»Also bist du verantwortlich dafür, dass Engel zu Vampiren wurden!«, sagte sie entsetzt. Ihr Herz schlug schneller vor Wut.

»*Sie* sind verantwortlich für das, was sie sind. *Sie* trafen die Entscheidungen, die zu ihrem Niedergang führten.« Er betrachtete sie mit unergründlichem Blick. »Ja, ich verhängte die Strafe. Ich nahm den Wächtern ihre Flügel. Flügel und Seele sind verbunden, und der Verlust ihrer Seele machte sie zu Blutsaugern. Aber ich bin nicht verantwortlich für ihre Fehler, ebenso wenig, wie ein Polizist für die Taten Krimineller verantwortlich ist.«

»Ein passenderer Vergleich wäre wohl ein Strafvollzugssystem, das Kriminelle entlässt, nachdem sie noch gefährlicher geworden sind als bei Antritt ihrer Strafe.« Lindsay fuhr sich frustriert mit den Fingern durchs Haar. »Warum müssen sie Blut trinken? Du tust es nicht, und sie waren mal Engel wie du.«

»Rein physiologisch sind sie immer noch Seraphim. Die Abtrennung ihrer Flügel hat sie nicht sterblich gemacht. Sie können sich nicht ernähren wie ihr. Wir sind den Sterblichen äußerlich ähnlich, aber wir sind nicht wie sie. Wir sind nicht gebaut wie sie. Eure Körper gewinnen mittels chemischer Prozesse Energie; so sind wir nicht gemacht.«

Sie nickte nachdenklich. Die Flügel – und die Art, wie sie erschienen und verschwanden – waren mehr als genug Beweis, wie anders sie waren. »Und was tun die Lykaner? Wie benutzt ihr sie?«

»Sie wittern versteckte Vampire, heben ihre Nester aus und treiben sie in weniger besiedelte Gegenden, wo sie den geringsten Schaden unter Sterblichen anrichten können.«

»Du sagtest, dass es jetzt hundertzweiundsechzig Hüter gibt. Ist der Rest von ihnen … gestorben?«

Seine Brust hob und senkte sich, da er tief ein- und wieder ausatmete. »Es gab Verluste, ja.«

»Wie viele Lykaner gibt es?«

»Mehrere Tausend, obschon ursprünglich nur fünfundzwanzig, weil sie sich fortpflanzen können.«

»Und wie viele Vampirverluste gab es?«

»Hunderttausende. Aber sie sind nach wie vor zahlenstark, weil sie den Vampirismus weit schneller unter den Sterblichen verbreiten können, als sich die Lykaner vermehren.«

»Während ihr mit einer statischen Zahl festsitzt, abzüglich derer, die ihr verloren habt?« Lindsay stieß langsam die Luft aus, überwältigt von der ungeheuerlichen Aufgabe, mit der Adrian konfrontiert war. »Warum können die gefallenen Engel, die Vampire, ihre Krankheit verbreiten? Ich verstehe nicht, wieso das okay ist.«

»Darauf habe ich keine Antwort. Wenn ich raten sollte, würde ich sagen, dass es etwas mit Wahlfreiheit zu tun hat. Die Gefallenen können frei wählen, ihre Strafe nicht weiterzugeben, so wie sie hätten wählen können, ihr Wissen nicht zu verbreiten. Und dann gibt es die Wahlfreiheit der Sterblichen, die sich in Vampire verwandeln.«

»Du unterstellst, dass Sterbliche eine Wahl haben?«

»Es gibt jene, die bewusst die Verwandlung in einen Vampir anstreben. Ganz besonders diejenigen, die krank oder in irgendeiner Weise versehrt sind. Die leben wollen, egal, um welchen Preis.«

Sie erschauderte. »Wer will denn so leben? Ich wäre lieber tot.«

Adrian kam einen Schritt näher. Dann noch einen. »Die zutreffendere Frage wäre: Wer will denn so sterben? Die meisten Sterblichen überleben die Verwandlung nicht. Und von denen, die es tun, werden viele tollwütig und müssen zur Strecke gebracht werden. Die Gefallenen haben keine Seele. Wenn sie ihre Krankheit an Sterbliche weitergeben, die eine Seele haben, richtet die Verwandlung irreparablen Schaden an. Manche der so entstandenen Minions können ohne Seele überleben, aber die meisten verlieren zuerst ihre Empathiefähigkeit und dann ihren Verstand.«

»Ihr nennt sie ›Minions‹? Günstlinge?«, sagte Lindsay naserümpfend. »Schon die Bezeichnung ist widerlich.«

Ein Windstoß zerzauste Adrians Haar und wehte eine üppige schwarze Locke in seine Stirn. Dieser winzige Bruch seiner Vollkommenheit ließ ihn jünger aussehen, nicht wie Anfang dreißig, worauf Lindsay ihn ursprünglich geschätzt hatte.

Inzwischen wusste sie, dass es reine Illusion war. Seine strahlend blauen Augen waren uralt. Und sie redeten hier über eine Zeitspanne, die Lindsay nicht mal erahnen konnte. Jahrtausende. Äonen. Sich vorzustellen, was er gesehen haben musste, war nahezu beängstigend.

»Du bist hier«, sagte sie vorsichtig und hakte ihre Daumen in den Bund ihrer Hose, »um Engel zu bestrafen, die Sterbliche Dinge lehrten, die sie noch nicht hätten wissen dürfen … aber du willst mir Dinge beibringen, die ich andernfalls nicht wüsste. Gelten für dich nicht dieselben Regeln wie für die Wächter?«

»Ich werde dir beibringen, wie du dich besser verteidigst, aber innerhalb der Grenzen deines sterblichen Körpers. Im Grunde also nichts, was du nicht auch von einem sterblichen Meister der Selbstverteidigung lernen könntest.«

»Gut.« Sie merkte erst jetzt, dass sie den Atem angehalten hatte, und stieß ihn aus. »Da ich nun ein wenig Grundlagenwissen habe, möchte ich dich begleiten.«

Er schüttelte den Kopf. »Ich kann noch nicht einschätzen, womit ich es zu tun bekomme. Und solange ich das nicht weiß, ist es zu gefährlich.«

»Bin ich irgendwo sicherer als an deiner Seite?«, fragte sie provozierend.

»Nirgends ist es so gefährlich für dich wie an meiner Seite.«

Angesichts der Verlockung, die er für sie darstellte, war das klar, aber … »Ich lasse es drauf ankommen. Außerdem habe ich schon gepackt.«

Als sein Gesicht diesen arroganten Befehlsausdruck annahm, hob Lindsay warnend die Hand. »Überleg dir gut, was du sagst.«

Adrian stockte. Ja, er erstarrte vollkommen.

Sie hatte ziemlich schnell begriffen, dass er es gewohnt war, Befehle zu erteilen, die fraglos befolgt wurden. Ihr gegenüber musste er davon runterkommen.

»Auf deine Art oder gar nicht?«, fragte er gefährlich leise.

Lindsay ließ ihre Hand sinken. »Ich tue, was ich tue – ich töte fiese Kreaturen –, um *jemanden* zu rächen. Ich tue es für die Opfer, weil sie es selbst nicht tun konnten. Wenn ich jemandem helfen kann, der einen Namen und ein Gesicht hat, Freunde, ein Leben, das ich gesehen habe … Verstehst du das? Du sagtest, dass du mir einen Fokus geben willst, und das ist der Fokus, den ich will. Ich will dir helfen, denjenigen zu finden, der deinen Freund umgebracht hat.«

»Ich jage heute nicht.«

»Schwachsinn! Du jagst nach Informationen. Du willst sehen, ob du an der Stelle, an der dein Freund getötet wurde, irgendwelche Spuren entdeckst. Und wenn du welche findest, wirst du nicht sagen, dass du für heute Schluss machst, und nach Hause zurückkehren. Ich muss nicht trainiert werden, um helfen zu können. Ich bin schon tödlich.«

»Sofern du das Überraschungsmoment nutzen kannst«, entgegnete er. »Im Nahkampf wärst du tot, bevor du blinzeln kannst. Und wenn sich die Nachricht von dir herumspricht, wird man dich jagen. Dafür bist du noch nicht bereit.«

»Was keiner sein kann. Wenn meine Zeit gekommen ist, ist sie es eben. Alles geschieht aus einem Grund.«

»Jetzt redest *du* Schwachsinn.«

»Du musst mich mitnehmen«, sagte sie in einem Ton, der keine Widerrede duldete. Dazu bedachte sie ihn mit diesem Blick. Genau mit dem Blick hatte sie ihn am Flughafen angesehen, um sein Interesse zu wecken. Sie scheute sich nicht, ihre femininen Reize einzusetzen, um zu bekommen, was sie wollte.

Er lächelte. Es war ein *richtiges*, verführerisches Lächeln, das sie in ihren Grundfesten erschütterte. »Du kannst mich nicht manipulieren, Lindsay. Zwar bin ich überglücklich, das Zielobjekt deiner Überredungskünste zu sein, aber nicht, wenn du jedes Mal biestig wirst, sobald du nicht bekommst, was du willst.«

Dieses Lächeln gab ihr den Rest. Knisternde Elektrizität raste über ihre Haut und ließ ihr die Haare im Nacken zu Berge stehen. »Adrian …«

»Nein.« Abrupt wurden seine Gesichtszüge wieder ernst. »Ich werde keinen taktischen Fehler begehen, weil ich mich nach dir verzehre. Meine Mission – und vor allem *du* – sind zu wichtig, als dass ich sie riskieren will.«

Die Enge in ihrer Brust wurde noch verstärkt durch die Hochachtung, die sie für ihn empfand. Plötzlich überkam sie das überwältigende Bedürfnis, sich nackt an ihm zu reiben. »Ich habe auch meine Pflicht, Adrian. Ich weiß, dass diese Kreaturen da irgendwo sind. Ich wünschte, sie wären es nicht, ich würde sie nicht kommen fühlen, aber das tue ich. Und mit diesem Fluch geht eine Verantwortung einher. Doch damit erschöpft es sich schon für mich. Für dich aber kann ich nützlich sein und dir den Rücken freihalten.«

»Ich bin ein Hüter. Ich kann auf mich selbst aufpassen.« Sein strenger Tonfall wurde durch die Wärme in seinen außergewöhnlichen Augen abgemildert.

»Ich bleibe nicht, wenn du mich nicht mitnimmst. Kindisch, ich weiß, aber es ist das einzige Druckmittel, das ich besitze.«

»Du erpresst einen Engel.«

Sie zuckte mit den Schultern. »Zeig mich an.«

Seine Flügel erschienen und zuckten im selben Takt wie seine Wangenmuskeln. »Ich kann dich in Haft nehmen.«

»Und mein Vater würde einen Riesenkrach schlagen, dass ich verschwunden bin. Dann hättest du noch mehr Ärger am Hals als so schon. Hey, jetzt verknote nicht gleich die Flügel! Es war letztlich auch deine Idee, ihn auf dem Laufenden zu halten. Außerdem willst du den Verantwortlichen finden, und mit jedem Tag, der vergeht, wird die Spur kälter. Ich weiß nicht, ob du denselben sechsten Sinn hast wie ich, aber falls nicht, wissen wir beide, dass ich diejenigen richtig schnell finden kann. Und sie würden mich nicht kommen sehen. Für die bin ich ja bloß irgendeine dahergelaufene Halsschlagader.«

»Erpressung funktioniert auch andersherum, Lindsay. Ich will eine Gegenleistung.«

»Aha?« Sie merkte auf, denn das Funkeln in seinen Augen war zu … triumphierend, beinahe, als hätte sie ihm direkt in die Hände gespielt.

»Dein Grund zu jagen, der *jemand*, den du rächst – ich will wissen, wer es ist.«

»Das war mehr so generell gemeint«, entgegnete sie ausweichend.

Adrian sah sie eine ganze Weile stumm an, bevor er erwiderte: »Na gut, dann nehme ich etwas anderes.«

»Was?«

»Dies …«

Er bewegte sich so schnell, dass es sich anfühlte, als hätte sie eine komplette Einstellung in einem Film verpasst. Und dann küsste er sie.

Vor lauter Schreck hielt sie völlig still. Er versiegelte ihren Mund mit seinem, und seine festen, sinnlichen Lippen übten einen sanften Druck aus. Die Zärtlichkeit war unerwartet, ebenso wie die Art, wie er ihr Gesicht mit beiden Händen umfing. Seine Zunge glitt über ihre Unterlippe, bevor sie in ihren Mund eintauchte. Das seidige Streicheln ließ Lindsay zunächst erschauern, dann stöhnen. Adrian küsste sie mit der Gelassenheit eines Mannes, der sich Zeit nahm, um eine Frau zu lieben. Das war ein Luxus, für den Lindsay nie die Zeit gehabt hatte. Sie benutzte Sex, um ihre Bedürfnisse zu befriedigen und sich für wenige Momente menschlich zu fühlen. Nie war es um dieses langsame, tiefe Verschmelzen gegangen. Und das hier war nur ein Kuss! Wie zur Hölle wäre er erst im Bett?

Ihre Zehen krümmten sich. Ihre Hände packten seinen Hosenbund und hielten sich dort fest. Mit geschlossenen Lidern sog sie seinen Geschmack und seinen Duft genauso in sich auf wie das Gefühl, ihn so nahe zu spüren. Ihr war, als hätte er einen Weg in sie hinein gefunden. Sie nahm nur noch ihn wahr, der gleichsam in sie hineinzukriechen schien …

Fluchend entwand sie sich ihm. »Warst du gerade *in meinem Kopf?*«

»Ich musste wissen, ob deine Vergangenheit ein Problem werden kann.« Adrian leckte sich die Lippen, als wollte er ihren Geschmack auskosten.

Die primitive Geste stellte verrückte Sachen mit ihrem Innern an, aber Lindsay war viel zu wütend, um sich davon ablenken zu lassen. »Du verletzt meine Privatsphäre, indem du in meinem Hirn nach den persönlichen Informationen gräbst, über die ich nicht reden will?«

»Ja.«

»Fick dich!« Zu gern wäre sie wutentbrannt davongerauscht, nur leider hing sie hier fest. Und sie fragte sich, ob er das geplant hatte.

»Ich weiß, wen du willst«, sagte er, »und ich kann dir versichern, dass du meine Hilfe brauchst, um sie zu stellen. Und auf jeden Fall brauchst du mich, um sie dazu zu bringen, dass sie ihre Komplizen verrät.«

Lindsay drehte sich zu ihm um, während sie noch rätselte, wie es sein konnte, dass sie sich so missbraucht und zugleich so hoffnungsvoll fühlte. Er hatte den Angriff in ihrem Geist gesehen, die amazonengleiche Schlampe mit den feuerroten

Haaren und dem hautengen schwarzen Leder-Outfit. »Du hast die beiden Typen, die bei ihr waren, nicht erkannt?«

»Es gibt Tausende männliche Vampire mit solchem stacheligen, gefärbten Haar. Größe und ethnische Merkmale sind auch wenig hilfreich, wenn die Erinnerung so von Angst und Kummer verzerrt ist wie deine.« Seine Flügel schlugen ungeduldig, als würde der erinnerte Schmerz auch ihn treffen. »Irgendwann während des Angriffs hast du aufgehört zu sehen und dich aufs Fühlen konzentriert. Das ist es, was am stärksten in dir widerhallt – wie es sich anfühlte, zu sehen, wie deine Mutter ausgesaugt wurde, und du darauf wartetest, dass sie dich als Nächste nahmen.«

Was nie geschah. Sie hatte nicht mal einen Kratzer gehabt, als sie wegrannte und um Hilfe schrie. Der Schaden bei ihr war ausschließlich mental und emotional gewesen. Zuzusehen, wie alles Leben aus ihrer Mutter gesogen wurde. Die blutrünstigen Sprüche zu hören. Den Druck der Krallen zu fühlen, die sie unten hielten …

»Aber du kennst diese Frau?«, fragte sie, weil sie dringend einen Hinweis brauchte. Irgendwas, was ihr half, die Vampire zu finden, die verantwortlich für jenes Ereignis waren, das ihr Leben für immer verändert hatte.

»Oh ja. Vashti ist unverwechselbar. Sie ist die stellvertretende Anführerin der Vampire.«

»Stellvertretende … Vampire wie sie führen die anderen an? Und das reicht nicht, um sie alle auszulöschen?«

»Es reicht, um *sie* auszulöschen – und ihre Komplizen.« Adrians Lippen wurden zu schmalen Linien. »Du und deine Mutter wurden bei Tageslicht angegriffen, und die Gefallenen sind die einzigen Vampire, die nicht lichtempfindlich sind. Sie können ihre Minions vorübergehend immunisieren, indem sie ihnen von ihrem Blut geben, aber auf jeden Fall steckt ein Gefallener – oder mehrere – hinter dem Angriff. Umso erstaunlicher ist, dass du überlebt hast. Sie hätten dich eigentlich auch töten müssen, um unerkannt zu bleiben.«

»Ich war wohl keine ernst zu nehmende Bedrohung, schätze ich. Ziemlich blöd von denen.« Sie stieß langsam die Luft aus. So wütend sie auch war, dass Adrian ohne ihre Erlaubnis in ihr Gedächtnis eingedrungen war, wollte sie ihn doch besinnungslos küssen. Jetzt war er der Schlüssel, mit dem sie das Rätsel jenes Tages knacken konnte. Das Wer wusste sie jetzt schon; fehlte noch das Warum. Dann konnte sie die Mistkerle umbringen und dieses Kapitel ihres Lebens abschließen. »Okay, nachdem wir nun den Erpressungsteil der Diskussion abgehakt haben, komme ich also mit.«

»Du hältst dich strikt an die Befehle.«

»Ja, versprochen.« Lindsay legte ihre Hand aufs Herz. »Ehrenwort.«

Adrian lockte sie mit dem Finger zu sich. »Wir müssen zurück.«

Kribbelnde Aufregung und zunehmende Spannung erfüllten sie. Sollte er jemals längere Strecken mit ihr fliegen, würde sie vermutlich mittendrin einen Orgasmus bekommen. Wie ein Biker-Häschen, das von den Vibrationen einer Harley-Davidson heiß wurde. Adrenalin machte Lindsay immer scharf. Und gepaart mit Adrian, ergab es eine Höllenmischung. Sie musterte ihn von dem dunklen Haar bis zu den nackten Füßen – die nicht ganz den Boden berührten.

Ja, sie war geliefert.

9

Syre drehte sich mit seinem Bürostuhl um und blickte zur sorgsam gestalteten Main Street vor seinem Fenster. Die Szenerie erinnerte an ein Norman-Rockwell-Gemälde, die Kleinstadt Raceport, Virginia, sah allerdings durch ein Dutzend Harley-Davidsons moderner aus, die ordentlich aufgereiht am Straßenrand parkten.

»Adrian gab zu, sie getötet zu haben? Er hat es einfach so gestanden?«

Die sonst sehr melodische Stimme seiner rechten Hand war heiser vor Wut und Trauer. Vashti lief wie ein eingesperrtes Tier auf und ab, sodass die hohen Absätze ihrer Stiefel rhythmisch auf den Holzboden trafen.

»Ja«, antwortete er leise.

»Wie zahlen wir es ihm heim? Was wollen wir tun?«

»Tu gar nichts, Vater.«

Die unheimlich ruhige Stimme seines Sohnes traf Syres Herz schlimmer, als es offener Zorn gekonnt hätte. Syre stand auf und wandte sich seinem einzigen noch lebenden Kind zu. Torque stand im Schatten an der Tür, um die hereinfallenden Sonnenstrahlen zu meiden, die über Syres Schreibtisch fielen und den Raum in zwei Hälften teilten.

»Nikki will – *wollte* – Frieden zwischen uns und den Hütern.« Torques schöne Züge waren verzerrt von Kummer, seine schlehenblauen Augen gerötet, und neben seinen

Mundwinkeln hatten sich tiefe Falten eingegraben. »Sie hätte nie die Ursache für einen Krieg sein wollen.«

»Deine Frau hat den nicht verursacht«, konterte Vashti scharf. »Das war Adrian!«

Syre verschränkte die Hände auf dem Rücken. »Er behauptet, dass sie ihn angegriffen hat.«

»Total lächerlich!«

»Dem würde ich zustimmen, nur erwähnte er, dass sie Schaum vor dem Mund hatte. Tollwut. Und er hat sie nicht erkannt, sprich: Er hatte keine Ahnung, dass er meine Schwiegertochter getötet hat. Wie könnte das sein, wenn sich ihre Erscheinung nicht drastisch verändert hätte? Nikki wurde zwei Tage lang vermisst. Wer weiß, was ihr in der Zeit angetan wurde? Sie könnte mit Drogen vergiftet worden sein.« Er sah zu seinem Sohn, der schon oft mitangesehen hatte, wie entsetzlich die einzigartige Körperchemie eines Minions auf gewisse Drogen der Menschen reagierte.

»Dann war es vielleicht gar nicht Nikki«, sagte Vash hastig. »Vielleicht war es jemand anders.«

»Sie war es«, entgegnete Torque heiser. »Ich konnte es fühlen, als das Leben aus ihr wich.«

Syre nickte. Er wusste, dass das Band zwischen Vampir und Minion doppelt so stark war, kam Liebe ins Spiel. Er selbst spürte Shadoes Tode sehr intensiv, egal, wie weit sie voneinander entfernt waren. »Was unternehmen wir wegen der Entführung?«

Torque rieb sich übers Gesicht. »Sie wurde gegen zehn am Flughafen abgesetzt. Ich nahm um Mitternacht mit dem Zirkel Kontakt auf, weil sie nicht kam, um mich in Shreveport abzuholen. Viktor wurde losgeschickt, um nach ihr zu suchen. Nikki war verschwunden, und es gab eine Duftspur von Lykanern um den Hubschrauber herum.«

Syre blickte zu Vash. »Spür die Lykaner auf und bring sie zu mir!«

»Darauf habe ich schon lange gewartet.« Ihre braunen Augen waren kalt und steinhart. Vor einem halben Jahrhundert hatte ein Rudel Lykaner ihren Gefährten hinterrücks überfallen und getötet. Seither hegte sie einen Hass auf sie, der sie langsam umbrachte. »Ich kann sie dazu bringen, uns zu verraten, wie Adrians Befehle lauteten.«

»*Falls* Adrian etwas damit zu tun hatte.«

Torque runzelte die Stirn. »Wer sollte sonst dafür verantwortlich sein?«

»Das ist die entscheidende Frage.«

Vash murmelte einen Fluch. Mit ihrem hüftlangen roten Haar und in dem schwarzen Lederanzug verkörperte sie eine Vampirschönheit, wie man sie in der Unterhaltungsliteratur fand. Sie hielt es für unnötig, ihre Vampirzähne jemals zu verbergen, weil manche Sterbliche, wie sie argumentierte, viel Geld ausgaben, um sich solche Zähne künstlich fertigen zu lassen. »Adrian hat dir erzählt, dass er Nikki getötet hat. Was brauchst du denn noch?«

»Ein Motiv.« Syre legte den Kopf zurück, um die wachsende Anspannung in seinem Nacken zu lockern. Dabei verlängerten sich seine Reißzähne. Sie spiegelten seine Stimmung genau wie früher seine Flügel. »Im Grunde seines Herzens ist Adrian ein Hüter. Das mag banal klingen, ist es aber nicht. Er funktioniert wie eine Maschine, hält sich streng an seine Befehle und weicht nicht von ihnen ab. Dieser sture Gehorsam ist seine größte Stärke – und seine berechenbarste Schwäche. Er würde nicht plötzlich auf eigene Faust handeln; das liegt nicht in seiner Natur. Hier muss es sich um einen Verteidigungsschlag seinerseits gehandelt haben, nicht um einen Angriff.«

»Vielleicht haben sich seine Befehle geändert«, mutmaßte Torque.

Vash schnaubte. »Oder er lügt. Er könnte die Selbstverteidigungsgeschichte erfunden haben, um unschuldig dazustehen, während er eigentlich einen Vergeltungsschlag unsererseits provozieren wollte, damit er einen Vorwand hat, uns zu jagen. Vielleicht soll es eine Botschaft sein.«

»Du vergisst, dass er immer noch dem Schöpfer Rechenschaft ablegen muss«, erwiderte Syre verbittert. »Und wenn er uns etwas mitteilen wollte, hätte er eine Nachricht an Nikkis Leichnam befestigt und mir selbigen vor die Haustür gelegt. Er würde sich nicht auf Mutmaßungen verlassen wollen. Soll ich raten? Jemand will, dass wir ihm die Schuld geben. Noch verstörender ist, dass er glaubt, ich hätte Nikki in geistig angegriffenem Zustand zu ihm geschickt, womit klar ist, dass er seinerseits uns die Schuld gibt an dem, was Nikki tat. Wer würde am meisten von einem Krieg zwischen Vampiren und Engeln profitieren?«

»Die Lykaner.« Vash atmete scharf aus und fing wieder an, auf und ab zu laufen. Mit großen Schritten durchmaß sie die sechs Meter von einer Wand zur anderen, und das in einer Geschwindigkeit, bei deren Anblick Sterblichen der Schädel gebrummt hätte. »Hinterhältig und plump zu sein passt zu den Hunden, schätze ich. Aber ich hätte nicht gedacht, dass sie den Mumm – oder den Verstand – haben, sich aus dem Geschirr des Hüters zu winden.«

Syre lächelte sarkastisch. Es war bezeichnend für Adrians Führungsstärke, dass er die Lykaner so lange in seinem

Dienst halten konnte. Irgendwie gelang es ihm, jede neue Generation an den Vertrag zu binden, den er mit ihren Vorfahren schloss.

Bis heute bewunderte Syre, wie vorausschauend der Anführer der Hüter gewesen war. Die begrenzte Lebensspanne der Lykaner ermöglichte es ihnen, sich fortzupflanzen – anders als die Vampire, die ausnahmslos steril waren. Oder die Hüter, denen die Fortpflanzung verboten war. Adrian brauchte die Lykaner-Welpen, um seine Hüter zu entlasten, weil die keine Neuzugänge hatten, nie Verstärkung bekamen.

»Denk dran«, sagte Syre streng, »dass die Lykaner von unseren Wächtern abstammen. Sie sind entfernt mit uns verwandt, also werden sie etwas von unserem rebellischen Temperament in sich tragen. Und auch wenn sie kaum mehr als Bestien waren, als sie anfangs mit Dämonenblut infiziert wurden, hat ihre Sterblichkeit ihnen einen Vorteil verschafft: Wir bleiben dieselben, während sie sich weiterentwickeln.«

»Also will uns ein abtrünniger Lykaner – oder mehrere – zum Krieg gegen die Hüter aufhetzen. Warum? Massensuizid? Ihre einzige Daseinsberechtigung ist die, den Hütern zu dienen. Und in einem Krieg würden sie mittendrin stecken.«

»Vielleicht wollen sie das nicht mehr. Finde die, die Nikki entführt haben, und wir fragen sie. Aber schalte vorerst keinen Hüter aus.«

»Wir sind doch im Recht!«, widersprach Vash.

»Tu, was ich sage, Vashti.«

»Wie du willst, Syre.« Sie machte auf dem Absatz kehrt und ging zur Tür. Dabei bewegte sie sich mit der Präzision und Entschlossenheit einer Jägerin. Syre würde ihr sein Leben anvertrauen, so wie er es Shadoe in ihrer ursprünglichen

Inkarnation anvertraut hatte. Vash hatte seine willensstarke Tochter trainiert, sie einiges an Disziplin gelehrt – was dringend nötig war –, und gemeinsam hatten die beiden Frauen Tausende von Dämonen ausgelöscht.

Vash umarmte Torque im Vorbeigehen und versprach ihm leise, die Schweine zu jagen, die seine Frau getötet hatten. Dann verschwand sie und mit ihr auch die rastlose Energie, die sie ausstrahlte. In der plötzlichen Stille sackten Torques Schultern herab, als lastete das Gewicht der Welt auf ihnen. Er hatte Nikki in einen Vampir verwandelt, weil er sie liebte und ihre Unsterblichkeit wünschte, damit sie für immer bei ihm blieb. Auf ewig. Leider schützte Unsterblichkeit Vampire nicht vor Hütern.

Torque verschränkte die Arme und sah Syre mit wütend funkelnden Augen an. »Nikki zu rächen ist mein Recht, nicht deines oder Vashs.«

»Vollkommen richtig. Doch ich muss die Sache klären, und es ist ein zu heikler Auftrag, um ihn jemand anderem anzuvertrauen.«

Torque kam etwas weiter in den Raum, blieb jedoch stehen, wo seine Stiefel mit den Metallkappen die Trennlinie zwischen Sonnenlicht und Schatten berührten. Sein brutal kurzes Haar stand in alle Richtungen ab, und die Spitzen seines dichten asiatischen Schopfes waren beinahe weiß. Dieser Stil passte sowohl zu den exotischen Zügen, die er von seiner Mutter geerbt hatte, als auch zu seinem extremen Lebensstil. Während Syre kleine Städte mochte, die Motorradbegeisterte anlockten, was eine stete Versorgung der Kabalen und Zirkel mit frischem Blut gewährleistete, führte Torque eine expandierende Kette von Nachtclubs, die jungen Minions eine sichere Zuflucht boten.

Syre ging auf seinen Sohn zu und fasste ihn bei den Schultern. Es war so viel von Shadoe in Torques Zügen – diese gespenstische Ähnlichkeit von Zwillingen. Doch lange schon waren seiner Tochter die Gene genauso genommen wie die Erinnerungen. Einst war sie das Abbild ihrer Mutter gewesen, doch ihre späteren Inkarnationen entstammten anderen Familien. Obwohl er Shadoe ungeachtet ihres Äußeren liebte, war es für einen Teil von ihm jedes Mal, wenn seine Tochter mit dem Gesicht einer anderen wiedergeboren wurde, als würde er ihre Mutter aufs Neue verlieren.

»Ich weiß, dass es eine furchtbare Zeit ist«, sagte er leise. »Aber ich muss dich bitten, für eine Weile von der Bildfläche zu verschwinden. Als Adrian von Nikkis Angriff auf ihn erzählte, machte er eine Anspielung auf Phineas, die mir Sorge bereitet. Du musst für mich herausfinden, was in den letzten achtundvierzig Stunden passiert ist.«

»Ich kümmere mich darum.« Torque legte seine Hände auf Syres. »Ich brauche jetzt eine Aufgabe, auf die ich mich voll und ganz konzentrieren kann, sonst tue ich noch etwas, was wir alle bereuen.«

Syre küsste seinen Sohn auf die Stirn. Er verstand ihn nur allzu gut. Syre selbst hatte den Verlust seiner Frau und seiner Tochter kaum überlebt. Wäre Torque nicht gewesen, hätte ihr Tod ihn längst umgebracht. »Wenn wir verbreiten, dass du dich zum Trauern zurückgezogen hast, wird niemand fragen, wo du bist.«

Es war herzlos, den Kummer seines Sohnes für seine Pläne zu nutzen, doch eine ideale Gelegenheit verstreichen zu lassen war ein Luxus, den er sich nicht leisten konnte.

Bei Gott, er fühlte sich alt und abgestumpft! So alt, dass er das jugendliche Gesicht gar nicht erkannte, das ihm aus dem

Spiegel an der Wand neben der Tür entgegenstarrte. Er sah nur zehn Jahre älter aus als Torque, den die meisten Leute auf Mitte bis Ende zwanzig schätzen würden.

Torque fragte heiser: »Wie kann Adrian die Kontrolle wahren, wenn er alle paar Hundert Jahre die Liebe seines Lebens verliert? Bist du sicher, dass er noch alles im Griff hat? Shadoe ist schon lange weg, Dad. Das muss ihn doch irre machen.«

»Würde es gewiss, wenn es ihn scherte. Sie wieder und wieder sterben zu lassen … ohne dass sie eine Erinnerung an ihre Familie hätte, an jene, die sie lieben? Das ist Grausamkeit, keine Liebe.«

»Ich weiß nicht.« Torques Qualen spiegelten sich in seinen Augen. »Ich denke, ich würde alles tun, um Nikki zurückzubekommen, koste es, was es wolle.«

»Er ist nicht wie wir. Hättest du ihn am Telefon gehört … so ruhig und ungerührt. Er ist ein Seraph durch und durch. Die Seele bedeutet ihm alles. Er sieht keinen Sinn in einer Existenz ohne sie. Du sagst, dass du alles tun würdest, aber wenn du vor die Wahl gestellt wärst, würdest du die richtige Entscheidung treffen.«

»Das kannst du nicht wissen. *Ich* kann es nicht einmal wissen. Mir ist danach, jeden Hüter und jeden Lykaner in Stücke zu reißen, der mir über den Weg läuft.«

»Und genau das sollte Nikkis Tod bewirken, er sollte uns rasend vor Zorn machen. Wir müssen klüger sein. Wenn wir zuerst Informationen sammeln, können wir gezielter handeln, anstatt ins Dunkle zu schießen. Denk daran, wie es uns zugutekäme, könnten wir einen Keil zwischen die Hüter und die Lykaner treiben. Dazu brauchen wir lediglich den Beweis, dass sich die Hunde gegen ihren Herrn verschwören.

Den liefern wir Adrian, und er wird die Dreckarbeit für uns erledigen.«

»Wonach suche ich?«

»Das wirst du wissen, sobald du es siehst. Wenn etwas nicht stimmt, wirst du es bemerken.«

»Hast du einen Vorschlag, wo ich anfangen soll?«

Syre hielt sein Handgelenk an den Mund seines Sohnes. Sein mächtiges Gefallenenblut sollte Torque helfen, denn obwohl dessen Naphil-Status ihm einen Vorteil gegenüber den Minions verschaffte, war er im Vergleich zu den Gefallenen immer noch benachteiligt. Ein oder zwei Pints reines Gefallenenblut sollten diese Mängel für einige Tage ausgleichen.

Syre stöhnte, als Torques Zähne in seine Pulsader sanken, und schloss die Augen. »Phineas wird bei Adrian sein. Geh nach Anaheim, und fang dort an.«

»Fliegst du nicht gern?«, fragte Lindsay und blickte auf Elijahs Hände. Sie umklammerten die Armlehnen seines Sitzes so fest, dass die Knöchel weiß hervortraten.

Er sah sie mit seinen wunderschönen smaragdgrünen Augen an. »Nicht besonders.«

»Du musst aber zugeben, dass ein Privatjet um Klassen besser ist, als Linie zu fliegen.«

»Nein.« Er wurde bleich, als das Flugzeug ein wenig ruckelte. »Finde ich nicht.«

Ihre Mundwinkel zuckten. Sie blickte sich in der luxuriösen Kabine um und strich mit den Händen über das hellbraune Leder ihres Sitzes. Adrian saß ein Stück entfernt, ins Gespräch vertieft mit Damien und einem blonden Typen namens Jason, der sagenhaft scharf war. Anscheinend waren sie alle drei Engel.

Lindsay wandte sich wieder Elijah zu, der ihr gegenüber auf der anderen Seite des Tisches saß. Ein Tisch. In einem Flugzeug. Es war ungefähr so komfortabel wie ein gutes Wohnmobil. »Du bist zum Babysitten verdonnert, stimmt's?«

Er sah sie nur an.

»Tut mir leid«, sagte sie aufrichtig. »Ich werde dir keine Schwierigkeiten machen.«

»Das sagst du, aber ich merke doch, dass Adrian nicht froh darüber ist, dich mitzunehmen.«

Lindsay beendete seinen Gedanken: »Und du denkst, dass ich ihn dazu gezwungen habe, was bedeutet, dass ich bereits Ärger mache.«

Wieder sah er sie nur stumm an. Seine grünen Augen waren die eines Jägers, wachsam und prüfend.

Sie musste jede Vermutung, dass sie eine Schwachstelle wäre, zerstreuen. »Ach, komm, du kennst ihn doch! Er ist nicht der Typ, der irgendwas tut, was er nicht will.«

Elijah zuckte mit einer seiner muskulösen Schultern.

Lindsay stützte ihren Ellbogen auf den Tisch und ihr Kinn in die Hand. »Du redest nicht viel, was? Ich glaube, ich werde dich mögen, und sei es nur, weil Adrian dir zutraut, ihm Rückendeckung zu geben. Aber ich denke, nicht nur deshalb. Und hoffentlich wirst du mich auch mögen.«

»Ich ziehe es vor, mich nur auf der Jagd Gefahren zu stellen.«

Lindsay musste kurz überlegen, bevor sie begriff. »Du befürchtest, dass du Stress kriegst, wenn du nett zu mir bist? Wenn Adrian so wäre, hätte er dich doch nicht zum Babysitten eingeteilt.«

Elijahs Gesicht nahm wieder etwas Farbe an, weil ihn die Unterhaltung von seiner Angst ablenkte. »Es ist ein gewaltiger Unterschied, ob ich auf Befehl den Kugelfänger für dich gebe oder wir … befreundet sind.«

Abermals blickte Lindsay über ihre Schulter und stellte fest, dass Adrian sie beobachtete. Er hatte eine maßgeschneiderte khakifarbene Hose und ein schwarzes Oberhemd an, das mindestens ein Monatsgehalt von Lindsay gekostet haben dürfte. Die Ärmel waren aufgekrempelt und die obersten Knöpfe am Kragen offen. Sie gaben gerade genug Haut frei, um Lindsays Interesse zu wecken. Bisher hatte sie ihn leger gekleidet am Flughafen gesehen, halbnackt an diesem Morgen und nun urban elegant. Natürlich war er immer atemberaubend. Lindsay war so verknallt in ihn, dass sie Mühe hatte, den Blick abzuwenden. Es war Adrian, der den Blickkontakt abbrach und sich erneut seinen Männern zuwandte.

Lindsay sah wieder zu Elijah. »Siehst du? Kein Revierverhalten.«

»Wir haben dieselben Vorfahren«, flüsterte er. »Nicht alles von dem Tier in uns kommt von Dämonen.«

Für einen Moment fand Lindsay die Vorstellung erschreckend, doch dann nickte sie. Adrian hatte eindeutig etwas Wildes an sich; sie fühlte es unter der Oberfläche pulsieren.

»Du bist nicht überrascht.« Seine grünen Augen musterten sie skeptisch. »Er hat dir erzählt, was wir sind.«

Er sprach so leise, dass sie die Worte von seinen Lippen ablesen musste, um ihn zu verstehen.

»Eher nur die Schülerversion«, antwortete sie. Zwar hatte sie keinerlei Übung darin, so leise wie Elijah zu sprechen, aber sie strengte sich an. »Ich bin immer noch nicht sicher, ob ich dieses ganze Hierarchieding verstehe. Na ja, die Hüter müssen schon heftig sein, sonst hätten sie es gar nicht erst geschafft, die Wächter im Zaum zu halten. Es sei denn, die haben sich nicht gewehrt.«

»Weiß ich nicht. Vielleicht nicht so sehr, wie sie es getan hätten, wäre ihnen klar gewesen, wozu sie werden sollten.«

»Was heißt das, du weißt es nicht? Kannst du dich nicht erinnern?«

Er schürzte die Lippen. »Ich war nicht dabei. Lykaner sind nicht unsterblich, und ich bin erst siebzig Jahre alt.«

Lindsay stand der Mund offen. Ihre Vorstellung von einem Siebzigjährigen ließ sich unmöglich mit diesem superscharfen Typen ihr gegenüber vereinbaren. In seinem dichten sandfarbenen Haar war keine einzige Spur von Grau, und seine strengen, schönen Züge waren völlig faltenfrei. »Wow«, sagte sie.

Eine Weile schwiegen sie beide, bis Elijah fragte: »Warum jagst du?«

Lindsay überlegte, was sie antworten sollte. Sie sprach nie über das Thema, weil es bedeutete, die Erinnerungen an den Tod ihrer Mutter wieder zu durchleben. Aber Adrian wusste es inzwischen, und in ihrer neuen Umgebung mussten die anderen ihre Vergangenheit kennen, um Lindsay zu verstehen. Und das nahm sie nicht auf die leichte Schulter. Nie zuvor hatte jemand sie richtig verstanden, und ihr war nicht bewusst gewesen, wie sehr sie sich nach Akzeptanz sehnte, bis sie genau die bei Adrian fand. Also atmete sie tief ein und sagte: »Ich war das Opfer eines Vampirangriffs.«

»Nicht du direkt, sonst wärst du tot.«

»Nein, ein Familienmitglied.«

Elijah nickte. »Bei mir auch.«

»Kämpfst du deshalb für die Guten?«

Er zog die dunklen Brauen hoch. »Als hätte ich eine Wahl. Aber, ja, es motiviert mich.«

»Ja.« Lindsay seufzte. »Ich habe auch keine Wahl. Das hatte ich mir immer eingebildet, aber es stimmt nicht.«

»Was bist du?«

»*Häh?*«

»Woher wusstest du gestern Abend, dass das ein Dämon war?«

»Oh.« Sie verzog das Gesicht. »Ich bin ein Mensch, eine *Sterbliche,* die Pech hatte, könnte man wohl sagen.« Früher hatte sie sich oft gefragt, wie es wäre, so herrlich ahnungslos wie die anderen Sterblichen zu sein, aber darüber dachte sie schon lange nicht mehr nach. Es war zwecklos. Ebenso gut könnte sie sich fragen, wie es wäre, eine Katze zu sein.

»Was siehst du in ihnen?«

»Ich sehe gar nichts. Ich fühle Dinge. Als würde ein Geist über mein Grab huschen, falls dir der Spruch etwas sagt.«

»Du bist geradewegs auf Adrian zugegangen, als du ihn sahst. War das deshalb?«

»Nein. Ihn fand ich schlicht wahnsinnig scharf.« Sie schmückte die Halbwahrheit mit einem Lächeln, weil sie ihr Gespür für das Wetter und dessen Verbindung zu Adrian vorerst für sich behalten wollte. »Ich bin auch eine Frau, okay? Hetero. Gut aussehende Typen fallen mir auf.«

»Hältst du es nicht für einen seltsamen Zufall, dass du dir ausgerechnet den einzigen Engel im Terminal ausgesucht hast?«

»Und ob. Dasselbe habe ich gestern Abend zu Adrian gesagt, aber er meinte nur was von wegen wie klein die Welt sei und so.«

»*Hmm …*«

»Ja, so ungefähr fiel auch meine Reaktion aus, aber was weiß ich schon? Ich bin nicht religiös.«

»Und das von einer Frau, die neuerdings mit Engeln zusammenwohnt.«

»Ja, irre.« Lindsay grinste. »Hast du Adrians Gesicht gesehen, als der Drache zu Boden ging?«

Elijahs Augen funkelten amüsiert. »Oh ja!«

Das Flugzeug ging in den Sinkflug, und Lindsay rieb sich die Hände. »Ich hoffe, wir finden den, den wir suchen.«

»Das werden wir.« Seine Züge verhärteten sich wieder und bekamen etwas Raubtierhaftes.

»Du jagst gern, was?«

»Ja, und besonders diesmal.« Seine Iris nahm einen übernatürlichen Glanz an. »Abgesehen von Adrians Stellvertreter, hat dieser Vampir auch zwei Lykaner getötet.«

»Freunde?«

»So in der Art.«

Lindsay fragte sich, wie viele Leute Elijah als Freunde bezeichnen würde, und vermutete, dass es eine kleine, elitäre Gruppe war. Sie ließ die Schultern kreisen und atmete aus.

»Alles in Ordnung?«, fragte er und wurde bleich, als der Flieger schnell nach unten sank.

»Wird es hoffentlich bald sein.«

Zum ersten Mal freute sie sich richtig darauf, jemanden zu töten. Und sie fühlte sich nicht annähernd so mies deshalb, wie sie eigentlich sollte.

10

Lindsay stieg aus der Maschine, setzte ihre Sonnenbrille auf und blickte sich um. »Ach du Schande.«

Sie spürte eine warme Hand im Rücken, gefolgt von Adrians gemurmeltem »Was ist?«.

Sie drehte sich zu ihm um, sodass sie unmittelbar vor ihm stand. »Wo ist die *Erde*?«

Die Landebahn endete … mitten in der Luft.

»Wir sind auf einem Tafelberg.«

»Ohne Quatsch?«

»Ohne Quatsch.«

»Wer ist denn so irre, eine Landebahn auf einem Tafelberg anzulegen? Wenn der Pilot sich verschätzt, sind alle Matsch.«

Seine Mundwinkel zuckten, und prompt wollte Lindsay dringend wieder sein Lächeln sehen. »Komm mit.«

Er führte sie zu dem kleinen Parkplatz des Flughafens, wo zwei elegante schwarze Wagen auf sie warteten. Jason und Damien stiegen in den ersten hinten ein, während Elijah sich auf den Beifahrersitz des zweiten Wagens setzte.

»Saint George, ja?«, fragte sie Adrian, als er ihr die Autotür aufhielt. »Ich war noch nie in Utah.«

»Es ist ein schöner Staat.« Er setzte sich neben sie und schloss die Tür, woraufhin sich der Wagen in Bewegung setzte. »Im südlichen Teil gibt es einige eindrucksvolle rote Felsformationen.«

»Wohin fahren wir?«

»Nicht weit. Eine Kleinstadt namens Her-ah-kun.«

Lindsay runzelte die Stirn. »Her-ah-kun? Komischer Name.«

Wieder lächelte er beinahe. »Buchstabiert wird es wie ›Hurricane‹.«

Sturm. Oh Mann …

Ihre Entschlossenheit gab ihr Kraft. Der Name konnte kein Zufall sein, nicht nach allem anderen, was ihr passiert war, seit sie Raleigh verlassen hatte.

Auf dem Weg hinunter in die Stadt war Adrian still, doch Lindsay fühlte, wie seine Unruhe mit jeder Meile zunahm. Sein bester Freund war tot, und so stoisch Adrian sich auch gab, setzte ihm der Verlust merklich zu. Sein Schmerz machte ihn menschlich, mehr zu einem Mann als zu einem Engel. Und Lindsay fragte sich, wo er Trost suchte, wenn er welchen brauchte, oder ob er alles in sich hineinfraß. Umgeben von Engeln, die für ihn sterben würden, schien er doch unendlich allein.

Sie legte eine Hand auf den Sitz zwischen ihnen und verhakte ihren kleinen Finger mit seinem. Obwohl äußerlich nichts zu bemerken war, fühlte Lindsay sein Erstaunen. Er ergriff ihre Hand, den Blick weiter aus seinem Seitenfenster gerichtet. Lindsay schob die Klappe ihrer Umhängetasche über ihre Hände, sodass sie im Rückspiegel nicht zu sehen waren. Dankbar drückte Adrian ihre Hand.

Es rührte sie befremdlich, dass sie ihn trösten konnte, und vor allem wunderte sie, welche Nähe sie bereits verband. Sie öffneten sich einander, wie sie es beide wohl nie anderen gegenüber taten, die sie weit länger kannten. Warum? Warum hatte Adrian gestern Abend beschlossen, sie mit zu sich nach

Hause zu nehmen? Ein Restaurant wäre der geeignetere Ort gewesen, um seine Geheimnisse vor ihr zu schützen. Und warum war er so *vertraut* mit ihr? So zärtlich …

Warum ließ sie es zu? Wieso war sie nicht vorsichtig, wie sie es sonst bei jedem war, der ihr über den Weg lief?

Sie sah blind hinaus auf die vorbeirauschende Landschaft und wunderte sich mal wieder, dass sie das Seltsame und Eigenartige anzuziehen schien. Warum konnte sie sich so schnell bewegen, wenn sie nur ein Mensch war? Ihr Dad hatte sie früher wegen jedes Schnupfens oder kleinen Kratzers zum Arzt geschleppt. Ihr Gebiss und Skelett waren normal häufig geröntgt worden, ihr Blut untersucht, und es war sogar mal eine Computertomografie von ihr gemacht worden, als sie sich bei einem Sturz im Garten einer Freundin eine Gehirnerschütterung zugezogen hatte. Es gab keine medizinische Erklärung für ihre Fähigkeiten, und trotzdem war sie eindeutig anders, und ihre Anomalien stärkten die Affinität zwischen Adrian und ihr. Ob das ein Segen war oder nicht, konnte sie nicht entscheiden.

Sie bogen von der Straße ab auf einen Parkplatz vor einem kleinen Eisenwarenladen. Als der Wagen in die Lücke neben dem Fahrzeug mit Jason und Damien glitt, blickte Lindsay sich um.

»Wir sind da«, sagte Adrian, bevor er ausstieg.

Lindsays Tür ging auf, und Elijah stand da, groß und beeindruckend, geradezu einschüchternd. Trotz seiner muskulösen, breitschultrigen Gestalt, war er nicht übermäßig groß, wirkte jedoch so. Wie Adrian war auch er jemand, mit dem man sich wahrlich nicht anlegen wollte.

Lindsay stieg aus dem Auto, atmete tief ein und musterte ihre Umgebung. Hurricane schien ein kleiner Ort mit nur einer Hauptstraße zu sein. Neben dem Eisenwarenladen gab es noch ein paar Fast-Food-Restaurants, einen Supermarkt und einige kleinere Geschäfte.

Der Wind peitschte durch Lindsays Haar und schrie. Sie rang nach Luft und stolperte einen Schritt zurück. Elijah hielt sie am Arm fest.

Adrian war neben ihr, bevor sie sich wieder gefangen hatte. »Was fühlst du?«

Sie erschauderte. »Hier wimmelt es von ihnen.«

»Ein Nest vielleicht?«, fragte Damien, der zu ihnen kam.

»Ich weiß nicht, was das ist.«

»Eine Gruppe tollwütiger Vampire«, erklärte Adrian.

Super. Genau das hatte sie sich immer gewünscht. »Es sind eindeutig mehrere.«

Damien sah zu Adrian. »Du hast recht. Sie ist hypersensibel.«

Adrian nickte nur.

Lindsay riss sich zusammen. »Wollen wir uns gleich umsehen, oder warten wir auf Verstärkung?«

Jason musterte sie. »Kannst du uns zeigen, wo sie sind?«

Sie bejahte stumm, denn der Wind würde ihr die richtige Richtung weisen, wenn sie ihn ließ. »Je näher ich ihnen komme, desto intensiver fühle ich es. Ich muss nur ein bisschen umherlaufen.«

»Nein.« Adrian drehte sich weg, als wäre das alles, was er dazu zu sagen hatte. »Wir wissen jetzt, dass Phineas nicht verfolgt wurde; er ist geradewegs in ein Vampirnest marschiert. Ab hier können wir übernehmen und sie aufspüren, ohne Lindsay in Gefahr zu bringen.«

Lindsay überlegte. Ihn vor seinen Männern herauszufordern war keine Option, aber sie wollte auch nicht um die

Chance gebracht werden, ihnen zu helfen – und sei es »zu ihrem eigenen Besten«.

Als ihr nichts Besseres einfallen wollte, griff sie auf die einzige Lösung zurück, die ihr in den Sinn kam: Sie ging weg.

Und zwar die Hauptstraße hinunter, weil sie dachte, dass sie mit der meistgenutzten Route anfangen sollte; außerdem hoffte sie, Adrian würde sie nicht zurückhalten, solange sie sich an einem weithin einsehbaren Ort befand. Andererseits traute sie ihm zu, dass er sie sich kurzerhand über die Schulter warf und sie irgendwo einsperrte, wo er es für sicher hielt. Und leider waren ihre Sinne genauso auf ihn konzentriert wie auf ihre Beute.

Elijah holte sie ein. Seine Augen waren von einer Sonnenbrille abgeschirmt, aber Lindsay wusste, dass sie die Umgebung mit der Gründlichkeit eines Raubtiers absuchten. »Nur zur Info: Trotz hat gewöhnlich Folgen.«

»Dachte ich mir. Aber ich bin schon groß und kann damit umgehen. Ist es für dich okay?«

»Ich darf dich nicht aus den Augen lassen.«

»Also bist du gekniffen, wenn du mit mir kommst, und genauso, wenn du es nicht tust.« Sie dachte nach. »Was, glaubst du, wird er machen?«

Er zuckte mit den Schultern. »Keine Ahnung. Ungehorsam ist normalerweise fatal, aber ich nehme an, dass er bei dir gnädiger ist.«

Ein Schauer überlief sie, den der panische Wind noch intensivierte. Sicher war Adrian zu Dingen fähig, die sie sich nicht einmal ausmalen konnte; andernfalls hätte man ihm wohl kaum das Kommando über die Hüter gegeben. Dennoch fürchtete Lindsay sich nicht vor ihm – schließlich lag ihm vor allem an ihrer Sicherheit. Und sich jetzt um die Konsequenzen zu sorgen brachte nichts. Sie konnte nur tun, was sie immer tat: einen Fuß vor den anderen setzen und weitermachen.

Dieser Gedanke schien ihr gutzutun. Mit jedem Schritt, den sie machte, fühlte Lindsay sich wohler. Was auch immer Adrian von ihrer Meuterei halten mochte, er ließ sie an der langen Leine. Und darüber war sie froh, denn auf die Weise bedeutete er ihr, dass er ihr sowohl den nötigen Verstand als auch einiges an Erfahrung zubilligte. Bedachte man die gewaltige Kluft zwischen seinen Fähigkeiten und ihren, war das ein riesiger Vertrauensbeweis.

Als sie mit Elijah an einem Dairy-Queen-Restaurant vorbeikam, blickte sie in die Fenster. Drinnen saßen Familien und Teenager, lachten, aßen und lebten so fröhlich ahnungslos. Was für Glückspilze!

»Hast du eine Freundin?«, fragte sie. »Oder eine Frau? Kinder?«

»Ich habe keine Gefährtin.«

Lindsay widerstand dem Drang, sich nach Adrian umzudrehen, um zu sehen, wie dicht er ihr folgte. Ihr wäre es lieber gewesen, allein zu sein. Eine Gruppe umwerfend gut aussehender Muskelpakete in solch einer kleinen Stadt war ein sehr auffälliges Alarmzeichen, dass etwas Ungewöhnliches vor sich ging. »Ist sie es, die du verloren hast? Deine Gefährtin? Entschuldige, ich sollte nicht so neugierig sein.«

Elijah sah sie an. »Hätte ich meine Gefährtin verloren, würde ich nicht mehr leben. Lykaner gehen ein, wenn sie ihren Gefährten verlieren. Solch einen Verlust überleben sie nicht lange.«

»Oh. Wie Wölfe? Die echten, meine ich. Ich habe mal gelesen, dass sie sich lebenslang binden.«

Er blickte wieder nach vorn. »Ja.«

»Das passiert bei Menschen übrigens auch. Bei Paaren, die sehr lange verheiratet waren. Der Verbliebene lebt meistens nicht mehr lange, nachdem sein Partner gestorben ist. Gilt das auch für Vampire? Und Hüter?«

»Vampire paaren sich, aber binden sich nicht ein Leben lang. Und Hüter gehen keine Beziehungen ein.«

»Ah, klar … Sie haben eine Menge zu verbergen und können sich keine Partner unter ihresgleichen suchen, weil sie dafür zu wenige sind. Unter den Umständen sind One-Night-Stands natürlich empfehlenswerter.«

»Meines Wissens haben sie gar keinen Sex. Nie. Es scheint sie nicht mal danach zu verlangen, soweit ich es beurteilen kann. Ich hatte immer den Eindruck, sie stünden über den Dingen.«

Lindsay grinste, wusste sie doch verdammt gut, dass Adrian Sex wollte. Das Verlangen troff dem Mann förmlich aus allen Poren! »Na ja, ich schätze, du bist einfach nicht ihr Typ.«

»Hüter sind nie ohne Lykaner in ihrer Nähe«, beharrte er leise. »Ich hätte etwas mitbekommen.«

Elijah klang so überzeugt, dass Lindsay stutzte. Tatsächlich waren die Hüter immerzu sehr beherrscht. Sie hatte noch keinen von ihnen lachen oder richtig lächeln sehen. Sie erhoben nicht mal die Stimme, sei es vor Freude oder vor Wut. Nicht dass Lindsay sie schon lange genug kannte, um eine überzeugende Studie vorzulegen …

»Du erlaubst dir einen Scherz mit mir«, sagte sie.

»Warum sollte ich?«

Zu ihrer eigenen Überraschung glaubte sie ihm. Er war einer von diesen Typen, die keinen Blödsinn erzählten. Was umso verwirrender war. Lindsay erkannte männliches Verlangen, wenn sie es sah – ganz abgesehen davon, dass Adrian seine Absichten direkt ausgesprochen hatte. Was sonst könnte er von ihr wollen, wenn nicht dieser Anziehung zwischen ihnen beiden auf den Grund gehen?

Sie erreichten das Ende der Einkaufszone, wo die Straße nach links in ein Wohngebiet führte. Den Straßenschildern nach war es nicht mehr weit bis zum Zion National Park.

»Und suchst du nach deiner Seelenverwandten?«, fragte sie. »Funktioniert das so, dass es nur eine auf der Welt für dich gibt?«

»Nein. Und noch mal nein.«

»Okay, verstehe. Es ist irgendwie auch die falsche Sorte Leben für eine langfristige Beziehung. Ich habe die Möglichkeit für mich schon vor Jahren verworfen.« Der Wind riss an ihrem Haar. »Wir sind ganz in der Nähe.«

Er sah sie an. »Kannst du mir diese komischen Windböen erklären, die dir zu folgen scheinen?«

»Das Nest hier heißt Hurricane. Was hast du erwartet?« Sie wies mit dem Kopf auf einen felsigen Hügel auf der anderen Straßenseite, bevor sie mit voller Geschwindigkeit hinüberschoss.

Elijah blieb ihr dicht auf den Fersen. »Wir Lykaner spüren Gefahr in der Luft, bevor wir sie riechen«, sagte er.

Nach wie vor fand Lindsay ihren Wetterradar zu persönlich, als dass sie mit anderen darüber reden wollte. Sie wusste ja nicht mal sicher, was genau der über sie aussagte, nur, dass es etwas war, was sie lieber für sich behielt – fürs Erste.

Ihre Hand glitt unter die Klappe ihrer Umhängetasche

und umfasste den Griff eines Wurfmessers. Sie kamen an irgendeinem Denkmal vorbei, einer Steinsäule mit einer Messingtafel. Dahinter standen kleine Einfamilienhäuser wie zu einem Hufeisen angeordnet. Es waren alte Häuser aus den Fünfzigern oder früher.

»Kannst du in beiden Gestalten gleich gut Witterung aufnehmen?«, fragte sie und musterte die Gegend aufmerksam.

Im nächsten Moment stupste sie etwas gegen den Oberschenkel, und sie blickte verwundert auf einen kräftigen, schokoladenbraunen Wolf hinunter. Damit dürfte ihre Frage beantwortet sein.

»Wow.« Sie war ehrlich beeindruckt. »Wie hast du das so schnell gemacht? Und wo sind deine Sachen?«

Er bedachte sie mit einem Blick, den Lindsay nur als genervt deuten konnte.

»Na gut«, lenkte sie ein und berührte sein Fell, weil sie wissen wollte, ob es weich oder struppig war. Wie sich herausstellte, rangierte es irgendwo in der Mitte. Das satte Kakaobraun war von weißen Flecken an seiner Brust und seinen Pfoten aufgehellt, was ihn insgesamt majestätisch schön aussehen ließ. »Du bist ein echt hübscher Wolf, wenn ich das sagen darf.«

Elijah schnaubte.

Lindsay ging weiter und bemerkte, dass die Luft auf einmal sehr still geworden war. Beinahe stickig. Sie schützte sie, indem sie keinen Lykaner- oder Engelsgeruch weitertrug. Und irgendwie wusste Lindsay, dass die Engel über ihnen waren. Sie sah nicht nach oben, vermutete sie jedoch auf dem Hügel vor ihnen.

»Ich tippe auf einen der Keller«, sagte sie, was Elijah mit einem zustimmenden Laut quittierte.

Sie gingen weiter an den Häusern vorbei. Eine alte Dame saß auf einer Hollywoodschaukel auf einer überdachten Veranda. Sie winkte ihnen lächelnd zu, offensichtlich nicht im Geringsten eingeschüchtert durch den riesigen Hund neben Lindsay. Allerdings trug sie auch eine derart starke Brille, dass sie vermutlich kaum etwas sah. Das war jedenfalls – außer Senilität – die naheliegende Erklärung, weshalb sie der ponygroße Hund nicht irritierte.

Vor ihnen erschien ein Kiesweg, vorn flankiert von zwei Laternenpfählen. Der Weg führte zwischen zwei Häusern hindurch, und Lindsay und Elijah folgten ihm um den Hügel herum. Am Ende erwartete sie eine Überraschung: ein Haus im Vorkriegsstil und ein verwittertes Schild mit der Aufschrift »Bed & Breakfast«.

Ein eisiger Windhauch strich Lindsay durch den Nacken.

»Das soll wohl ein Witz sein«, beschwerte sie sich laut.

Obwohl das Gebäude offensichtlich nicht mehr als Wohnhaus diente, hatte es sich die Würde und den Stil bewahrt, die es als »Vampirnest« auswiesen. Ein Gärtner und eine frische Farbschicht auf der Fassade wären alles, was nötig war, um das Äußere wiederzubeleben.

Als sie sich der Öffnung in der niedrigen Mauer näherten, die das Haus umgab, kündigte ein Flügelschlag Adrians elegante Landung vor Lindsay an. »Das ist weit genug, Lindsay.«

Sie sah ihn verwundert an. »Nicht der Rede wert. Ich bin ja froh, wenn ich helfen kann.«

Sein Gesichtsausdruck wurde weicher. »Vielen Dank.«

Jason und Damien landeten auf der anderen Seite der Mauer im Vorgarten. Zur Rechten war der Hügel und hinter ihnen, ungefähr eine halbe Meile entfernt, war die Straße mit der hufeisenförmig angelegten Siedlung. Zur Linken erstreckten sich mehrere Morgen unbebautes Land. Das Vampirnest war also vor aller Augen versteckt. Was Lindsay nicht sonderlich überraschte. Die Kreaturen, die sie tötete, sahen auf den ersten Blick normal aus. Was sie umso unheimlicher machte.

Sie blieb zurück, gute sechs Meter von der Mauer entfernt. Elijah hockte sich neben ihr auf die Hinterläufe. Die Engel gingen auf das Haus zu – Adrian in der Mitte, Jason links, Damien rechts. Noch zwei Wölfe erschienen. Lindsay hatte keinen Schimmer, wo die herkamen, bis ihr einfiel, dass es ja zwei Fahrer gegeben hatte. Oder einen Lykaner für jeden Engel. Einer der Wölfe war anthrazitgrau und weiß, der andere rostbraun und fast schwarz. Beide hechelten leicht, als könnten sie ihre Angriffslust kaum zügeln.

Allerdings umringten alle drei Tiere *Lindsay*, womit die Engel sich selbst überlassen blieben.

Lindsay streckte die Hand aus und strich Elijah in stummer Dankbarkeit über den riesigen Kopf. Die anderen beiden bezogen hinter ihm Posten. Nur Elijahs Ohren und Augen bewegten sich. Doch auch wenn seine Pose lässig wirkte, wusste Lindsay, dass er von einer Sekunde auf die andere losstürmen könnte. Alle Züge eines Jägers, die sie an ihm als Mann wahrgenommen hatte, waren in seiner Wolfsform noch ausgeprägter.

Lindsay sah wieder zu den Engeln, deren Flügel zuckten, als sie auf das Haus zugingen. Das wunderte sie. Warum machten sie sich so verwundbar, wenn sie doch gerade nicht flogen? Jason und Damien könnten sich vielleicht noch in die Luft zurückziehen, falls sie senkrecht abheben konnten, aber Adrian stand auf der Veranda, in seiner Bewegungsfreiheit eingeschränkt von hohen Säulen und einem Dachvorsprung.

Adrian betrat das Haus durch die Vordertür, während die anderen Seiteneingänge wählten, die Lindsay von ihrer Warte aus nicht sehen konnte. Alles war still. Lindsay verlagerte ihr Gewicht von einem Fuß auf den anderen, drehte eines ihrer Messer in einer Hand und spielte mit der anderen gedankenverloren mit Elijahs Ohr. »Ich habe ein ganz mieses Gefühl hierbei.«

Der Wind heulte über das unbebaute Land, sodass sich die kleinen Härchen an Lindsays Armen aufstellten. Dann brach die Hölle los.

Glas zerbarst, als alle drei Engel gleichzeitig aus den verhängten Fenstern schossen, gefolgt von einer regelrechten Vampirhorde.

»Ach, du Scheiße!«

Die Vampire stürmten auf Lindsay zu und hechteten über die niedrige Mauer. Lindsay warf das Messer, das sie in der Hand gehabt hatte, und erwischte einen Vampir mit Schaum vor dem Mund direkt zwischen den Augen. Sie warf noch mehr Messer, eines nach dem anderen, während sie sich zurückzog und sich die Lykaner nach vorn warfen, um eine Barriere vor ihr zu bilden.

Lindsay suchte in der wilden Masse nach Adrian. *Oh Mann …*

Er pflügte eine Schneise durch die Vampire … buchstäblich. Hatte sie ernsthaft gedacht, seine Flügel wären verwundbar? Die waren *tödlich*! Er schwang sie wie Sensen, durchschnitt Gliedmaßen und Leiber mit tödlicher Präzision. Sein Anblick und der der anderen beiden Engel war faszinierend. Ihre Flügel blähten sich wie Capes, entfalteten sich weit und legten sich fließend um ihre Körper. Glitzerwolken gleich wirbelten die Funken, in die sich die getöteten Vampire auflösten, um die Engel herum. Lindsay war wie gebannt von diesem unheimlich anmutigen, makabren Tanz.

Ein gellendes Jaulen lenkte ihre Aufmerksamkeit zurück auf die Lykaner – und die selbstmörderische Vampirin, die sich an Elijahs Rücken klammerte. Sie widersetzte sich seinen gewaltsamen Bemühungen, sie abzuschütteln, hielt sich selbst dann noch mit irrem Blick an Elijah fest, als der sich auf den Rücken warf und sie unter sich begrub.

Lindsay blickte sich panisch nach den anderen beiden Wölfen um und stellte fest, dass sie gerade die Schnauzen voll hatten. Also nahm sie all ihren Mut zusammen und stürzte sich ins Getümmel. Ein männlicher Vampir kam direkt auf sie zu, der feige Hund. Da Lindsay wusste, dass ein Ausweichen sie nur aus der Balance bringen würde, sprang sie mit einem Dolch in der Hand vor, rammte ihn ihm ins Herz und nutzte den vorstehenden Griff, um sich über die Schulter des Vampirs zu schwingen und hinter ihm zu landen.

Sie lief sofort weiter, während Elijah sich aufrichtete, ohne seine Angreiferin abgeschüttelt zu haben. Lindsays Faust kollidierte mit dem Kinn der Vampirin, was ein sehr unschönes Knacken zur Folge hatte. Die Vampirin verlor endlich den Halt und landete rücklings auf der Erde. Mit einem dröhnenden Knurren fuhr Elijah herum, schnappte nach der Kehle der Vampirin und riss sie bis zur Halswirbelsäule auf. Lindsay gab der Frau den Rest, indem sie mit einem gezielten Messerwurf die Stirn der Vampirin durchbohrte.

Ein Schuss hallte von den Felsen wider, dicht gefolgt vom unverkennbaren Pfeifen eines Querschlägers.

Lindsay drehte sich um. Auf den Verandastufen stand eine Frau mit einem Gewehr und lud nach. Sie zielte auf Adrian und drückte den Abzug. Während der Knall noch in Lindsay nachhallte, blieb ihr die Luft weg, sodass sie den entsetzten Warnschrei nicht herausbrachte, der in ihr schrillte.

Adrian schwang einen Flügel und wehrte die Kugel mit einem metallisch scharfen *Pling* ab.

Im selben Moment verschwand das Gewehr aus den Händen der Vampirin und erschien zu Lindsays Füßen.

Ihr Verstand brauchte eine halbe Minute, um zu begreifen. Dann packte sie die Waffe, lud nach und feuerte auf einen Vampir, der auf einen der Wölfe zurannte. Sie konnte noch sechs Treffer landen, um den Lykanern Deckung zu geben. Als die letzte Kammer leer war, schwenkte Lindsay das Gewehr wie einen Schläger und knallte es einem Vampir auf den Schädel, der sich vom Boden aufrappeln wollte.

Sie riskierte noch einen Blick zum Haus auf der Suche nach Adrian.

Er war von allen Seiten umzingelt und kämpfte ehrfurchtgebietend. Doch die Vampirin von eben hatte ein neues Gewehr geholt – diesmal eines mit abgesägtem Lauf – und zielte erneut auf Adrian …

Lindsay schoss durch die Öffnung in der Mauer, wich Kämpfenden und Aschehaufen aus. Ein Vampir kam von rechts auf sie zugeflogen, und sie duckte sich unter seinem Leib hinweg, wobei sie selbst staunte, wie wendig sie war. Gleichzeitig holte sie ihr letztes Wurfmesser aus der Tasche und machte sich bereit.

Der Gewehrlauf schwenkte in ihre Richtung.

Lindsay krallte sich den nächsten Vampir und riss ihn vor sich. Der Schuss krachte ohrenbetäubend.

Der Vampir wurde gegen Lindsay geschleudert, und ein wahnwitziger Schmerz jagte durch den Arm, mit dem sie ihn vor sich hielt. Sie sank in einer explodierenden Aschewolke auf die Knie, als sich der Vampir auflöste.

Die drei Lykaner jagten zur Veranda hinauf und attackierten die Schützin.

Lindsay japste nach Luft, konnte jedoch vor Schmerz nicht atmen. Sie wagte nicht, ihren Arm anzusehen.

Ein Vampir galoppierte auf allen vieren aus der Vordertür und auf Adrian zu. Lindsay schaltete ihn mit dem letzten Messer aus, das sie noch in ihrer unversehrten Hand hielt. Seine Aschewolke quoll über dem gelblichen, unkrautüberwucherten Rasen auf. Unterdessen rammte Adrian seine Faust in das schäumende Maul eines fauchenden Vampirs.

Der ging bewusstlos zu Boden, und eine Sekunde später tat Lindsay es ihm gleich.

11

Lindsay kam in einem abgedunkelten Zimmer zu sich. Sie blinzelte sich den Schlaf aus den Augen und sah sich um.

Ihre Wange berührte die kühle Baumwolle des Kissenbezugs, und Lindsay sah Adrian. Er saß links von ihr in einem mit silbernem Damast bespannten Sessel. Abgesehen von einer weißen weiten Pyjamahose war er nackt – vorausgesetzt, er trug nichts weiter unter der Hose. Er beobachtete Lindsay mit bohrender Intensität, und sein Mund war zu einer gefährlichen Linie verkniffen. Zwar rührte er sich überhaupt nicht, doch Lindsay spürte deutlich den Tornado in ihm.

»Hi«, krächzte sie heiser, weil ihre Kehle ausgetrocknet war. Sie hatte ihrem Körper offenbar zu viel zugemutet, denn sie fühlte sich völlig erschlagen – wie immer, wenn sie sich bis an ihre Grenzen und weiter getrieben hatte.

Adrian griff nach einem Glaskrug auf dem Nachttisch und schenkte Wasser in ein Glas ein. Dann stand er auf, half Lindsay, sich im Bett aufzusetzen, stopfte ihr einige Kissen in den Rücken und reichte ihr das Wasser.

Sie nahm es mit einem dankbaren Lächeln an. Ein dicker weißer Verband prangte an ihrem linken Unterarm, und darunter pochte dumpfer Schmerz. Lindsay trank das Glas in einem Zug aus und gab es Adrian zurück.

Er nahm das Telefon neben ihr auf, drückte eine Taste und

bestellte den Zimmerservice. Nun wurde Lindsay klar, dass sie in einem Hotel waren. Die Fenster rechts vom Bett waren mindestens drei Meter hoch und mit Tiffany-blauen Vorhängen verdunkelt. Es gab eine großzügige Sitzecke, und am Fußende des Betts befand sich ein riesiges Entertainment Center. Angesichts der Größe und Opulenz des Zimmers sowie des Flügels, den sie durch die offene Tür im Wohnzimmer nebenan sah, mussten sie …

»Sind wir in Las Vegas?«, fragte sie.

Adrian legte das Telefon zurück und nickte. Er schenkte ihr Wasser nach und reichte ihr wieder das Glas.

Sie atmete langsam aus. »Wie lange war ich weg?«

»Wir waren vorgestern in Hurricane.«

Ups. »Sind alle so weit okay?«

Sein Blick war bohrend. »Du wurdest als Einzige ernsthaft verletzt.«

»Das ist gut.«

»Ist es nicht!«, knurrte er, und seine Stimme war wie ein Donnergrollen, bei dem sämtliche losen Gegenstände im Raum erzitterten. »Ich hatte dir gesagt, dass du dich zurückhalten sollst.«

Und schon geht es los. »Wollte ich ja auch. Bis die Vampirin auf der Veranda mit einem Gewehr auf dich zielte. Da konnte ich nicht ruhig stehen bleiben.«

»Und warum verdammt noch mal nicht?«

Gott, er war unglaublich sexy, wenn er wütend war! Sie hatte ihn bisher ausnahmslos beherrscht erlebt, aber jetzt kochte er förmlich. »Weil du jemanden brauchtest, der dir den Rücken freihielt. Alle anderen hatten genug zu tun. Ich konnte nicht riskieren, dass dir etwas passiert.«

»Ich hätte es überlebt.«

»Das weißt du nicht! Du hast selbst gesagt, dass ihr schon Verluste hattet. Du bist nicht unverwundbar, und ich wollte nicht bloß herumstehen und dir beim Sterben zugucken.«

Falls es Gnade auf der Welt gab, würde sie nie wieder zusehen müssen, wie jemand starb, der ihr am Herzen lag.

»Also hast du beschlossen, dass ich lieber zusehen soll, wie *du* stirbst?« *Wieder …*

Das unausgesprochene Wort huschte Lindsay durch den Kopf, und sie verstand es nicht. Sie verzog das Gesicht und presste eine Hand an ihre plötzlich hämmernde Schläfe. Adrian nahm ihr das Glas aus der anderen Hand – die eigentlich zu schwach sein sollte, um es zu halten – und beugte sich vor, um sie auf die Stirn zu küssen. Der Schmerz verebbte einfach.

»Wenn du das Talent in Flaschen abfüllen könntest …«, murmelte sie.

Die Erinnerung an den Ninja- beziehungsweise *Matrix*-Salto, den sie über dem Vampir vollführt hatte, verblüffte sie im Nachhinein. Das war ja wirklich cool gewesen, aber woher um alles in der Welt hatte sie gewusst, wie man das anstellt?

»Du machst mich noch wahnsinnig.« Obwohl seine Stimme wieder seidig weich war, hatte sich der Sturm in ihm nicht gelegt. Er richtete sich auf.

»Kannst du die Vorhänge aufziehen?«

Adrian drückte einen Knopf am Kopfende des Betts, und die Vorhänge teilten sich. Hinter ihnen erschien ein bedeckter Himmel, aus dem Nieselregen fiel. In Las Vegas. Nicht dass es in der Wüstenstadt niemals regnete, aber zu dieser Jahreszeit?

Sie sah zu Adrian, denn wieder einmal war es seine Stimmung, die das Wetter und in dessen Folge auch Lindsay beeinflusste. »Du bist ernsthaft besorgt.«

Seine Hände wanderten zu seinen schmalen Hüften, sodass sein absolut perfekter Torso besonders gut zur Geltung kam. Mit sehniger Eleganz entfalteten sich seine Flügel. Er war so verflucht schön. So stolz und kämpferisch. Durch und durch unwiderstehlich. Lindsay wollte sich mit ihm in zügelloser Leidenschaft auf dem Bett wälzen, diesen Duft einatmen, der sie wild machte.

»Als du zu Boden fielst …« Er atmete vernehmlich aus und senkte die Lider, um das Aufblitzen in seinen leuchtenden Augen zu verbergen. Dann verschränkte er die Arme vor der Brust, und seine Federn sträubten sich – Zeichen von Unruhe, die so vieles verrieten. »Ja, ich war besorgt.«

»Eigentlich solltest du nicht so betroffen sein. Schließlich kennst du mich gar nicht.«

»Das musst du gerade sagen. Du hast dein Leben für mich riskiert.«

Er hatte recht. Eine extreme Angst, ihn zu verlieren, hatte sie angetrieben, auf eine bewaffnete Vampirin loszugehen. Das war für jeden ein Kamikaze-Unternehmen und für eine schwache Sterbliche erst recht. Aber er war … Nun ja, er war ihr ungeheuer kostbar.

Binnen kürzester Zeit hatte er ihr das Gefühl gegeben, irgendwo dazuzugehören. Er kannte das Schlimmste und das Beste an ihr, und er urteilte nicht. So sehr ihr Vater Lindsay auch liebte, wusste er doch bis heute nicht, was sie wirklich an dem Tag sah, an dem ihre Mutter starb, und dass sie deshalb seither Vampire jagte.

Lindsay warf die Bettdecken zur Seite und schwang ihre

Beine aus dem Bett. Ihre *nackten* Beine. Sie erstarrte, als ihr bewusst wurde, dass sie nur ein Tanktop und Boxershorts trug. Auch wenn sie damit noch anständig bedeckt war, fiel ihr plötzlich auf, dass sie dringend eine Dusche brauchte, sich die Zähne putzen und vor allem ihre Beine rasieren musste. »Ich muss mich frisch …«

Das Klicken der Tür verriet ihr, dass Adrian bereits aus dem Zimmer gegangen war.

Vash raste durch den Wald, hetzte durch fleckiges Sonnenlicht und um kahle Zypressen herum. Vor sich konnte sie das harsche, schwere Atmen der Lykaner hören, die sie verfolgte. Neben ihr jagten drei ihrer untergebenen Gefallenen, allesamt Captains, mit derselben Verbissenheit hinter den Wölfen her. Das Unterholz knickte unter ihren Füßen ein, während sie Meilen innerhalb von Minuten zurücklegten und Rachsucht in ihren Adern pulsierte.

Ich brauche nur einen …

Einer von ihnen würde ihr alles erzählen, was sie über Nikkis Tod wissen musste.

Sie hörte ein Stolpern, dann einen dumpfen Aufprall. Das frustrierte Brüllen des Lykaners zauberte ein Lächeln auf Vashs Lippen. Sie griff über die Schulter nach ihrem Katana und zog es aus der Scheide auf ihrem Rücken. Das Wispern der Klinge in der Scheide klang krachend laut in ihren Ohren, genau, wie es für den Lykaner sein musste. Und angesichts der Beschleunigung seines Herzschlags verlängerten sich Vashs Reißzähne vor Vorfreude.

Mit einem Sprung über eine umgekippte Kiefer überwand sie die Entfernung zwischen ihnen rasch genug, dass sie noch die unterschwellige Furcht im natürlichen Geruch des Lykaners erkannte. Das war ihre Lieblingsnote, süßer noch als der Geruch des Bluts.

Der Angriff von links traf sie völlig unvorbereitet.

Vash knallte gegen den Stamm eines nahen Baums, ihr Katana entglitt ihr und schlitterte kreiselnd über den Waldboden. Die Kiefer, gegen die sie geprallt war, ächzte protestierend, und Nadeln regneten auf Vash herab.

Benommen von dem Angriff, brauchte sie einen Moment, bis ihr die Gefahr bewusst wurde. Der Wolf mit dem rötlichen Fell stürzte sich abermals auf sie, ehe sie eine Chance hatte, ihre Waffe herbeizurufen.

Sie konnte sich nur gegen den Aufprall wappnen und beten, dass er sie nicht umbrachte.

Dann könnte sie ihn zu Brei schlagen.

Adrian stand am Fenster, blickte auf den Las Vegas Strip hinunter und rang mit dem Tumult von Gefühlen in seinem Inneren, die er gar nicht empfinden dürfte. Als die Tür hinter ihm aufging, drehte er sich um. Er erwartete Lindsay, doch statt ihrer betrat Raguel Gadara die Penthouse Suite, als gehörte sie ihm – was sie de facto auch tat. Das weltberühmte Mondego Hotel and Resort war eine der vielen Luxusimmobilien des Erzengels. Dennoch rangierte Raguel in der Engelshierarchie weit unter Adrian und sollte folglich etwas mehr Respekt zeigen.

»Raguel.«

»Adrian. Ich gehe davon aus, dass du es bequem hast.«

»Wäre dem nicht so, würdest du es wissen.«

Der Erzengel zögerte kurz, dann verneigte er sich mit der gebührenden Unterwürfigkeit. Sein Lächeln war blendend weiß, umrahmt von einem Teint im Ton edelster Milchschokolade. An den Schläfen waren Raguels raspelkurze Locken ein klein wenig grau. Er täuschte vor, etwas älter zu sein, um seine Unsterblichkeit zu tarnen. Im Gegensatz zu Adrian genoss der Erzengel die Aufmerksamkeit, die ihm die Medien zuteilwerden ließen.

Raguel zog eine Zigarre aus seiner Tasche und bot sie Adrian an.

»Nein danke.«

Das Grinsen des Erzengels wurde breiter. Er trug eine weite Guayabera und eine Leinenhose, doch dieses lässige Outfit war genauso reine Täuschung wie seine grauen Schläfen. Auch Raguel war, wie die anderen sechs Erzengel, außerordentlich und skrupellos ehrgeizig. »Dieser Minion, den du mitbrachtest … Er ist krank.«

Schaum vor dem Mund. Gerötete Augen. Beinahe von Sinnen. Die Infizierten waren wie Zombies. Von ihnen waren mehrere in dem Nest gewesen, hatten mit den gesunden zusammengelebt. Adrian hatte die Vampirin mit dem Gewehr befragt, wer für den Angriff auf Phineas tags zuvor verantwortlich gewesen war. Wie viele Gefallene hatten diese Minions genährt? Nur wenige der Vampire in dem Nest waren lichtempfindlich gewesen. Der Rest der Gruppe – Adrian schätzte sie grob auf knapp einhundert Minions – hatte problemlos ins Tageslicht hinausstürmen können.

Die Frau hatte minutenlang gelacht und keuchend nach Luft geschnappt. Dann hatte sie mit einem boshaften Funkeln in den Augen gefaucht: »Wie fühlt es sich an, gejagt zu werden, Hüter? Gewöhn dich lieber dran.«

Letztlich hatte sie gar nichts verraten. Also schlug Adrian ihr den Kopf ab, zutiefst frustriert und immer noch von seiner Angst um Lindsay geplagt. Als er gesehen hatte, wie

Lindsay auf den Boden sackte, war etwas in ihm zerbrochen. Er erinnerte sich an nichts von dem, was er zwischen ihrem Zusammenbruch und seinem Beschluss, dass sie leben würde, getan hatte. Wenn Lindsay Gibson vor Syre starb, würde sich der Zyklus von Shadoes Wiedergeburt fortsetzen. Wieder müsste er mit dieser schmerzlichen Benommenheit auf ihre Rückkehr warten. Vor allem aber hatte Lindsays Fall noch einen ganz anderen Horror in ihm ausgelöst. Er hatte sie eben erst entdeckt und begonnen, sie kennenzulernen, hatte gerade erst angefangen, sich einige Jahre der Jagd mit ihr an seiner Seite auszumalen. Dass ihm die unzähligen Möglichkeiten mit ihr verwehrt bleiben sollten, empfand er als einzigartige Hölle.

Angst. Die hatte er gehabt. Zunächst erkannte er es gar nicht, weil er ja noch nie Angst empfunden hatte. Jetzt kannte er sie, weil er sie durch Lindsays Erinnerungen miterlebt hatte; er hatte das nackte Entsetzen gefühlt, das sie von innen nach außen erstarren ließ. Was sie von dem Mord an ihrer Mutter erinnerte, war ein Albtraum, der schon einen Erwachsenen hätte um den Verstand bringen können, von einem fünfjährigen Kind ganz zu schweigen: Ein Picknick, plötzlich überall Blut, das Flehen einer Mutter um Gnade für ihre Tochter, ein sonniger Sommernachmittag, zerrissen von den Schreien eines Kindes. Die Bilder von Blutrot, das von Grashalmen tropfte, das erinnerte Gefühl von Klauen, die beinahe zarte Haut zerfetzten, hatten sich so lebendig in ihr Gedächtnis eingegraben, dass all das nun auch Adrians Geist eingeprägt war.

Es kam einem Wunder gleich, dass Lindsay Gibson zu der Frau gereift war, die sie heute war – stark und geistig stabil, entschlossen und mitfühlend. Und es war eine weitere der vielen ironischen Wendungen in seinem Leben, dass die Frau, die sein Untergang sein sollte, ihm etwas von seinem angeschlagenen Glauben wiedergeben sollte. Sie bewies, dass Erlösung immer möglich war, egal, wie bitter die Umstände oder wie unüberwindbar die Hürden sein mochten.

Und so hatte er sich mit vor Furcht rasendem Herzen zu ihr auf die Rückbank des Wagens gesetzt und die bewusstlose Lindsay auf seinen Schoß gezogen. Ihr zerfetzter Arm hatte auf ihrer Brust gelegen, der Knochen freigelegt, die Sehnen zerrissen. Das Gewebe hatte gezischelt, als das Blut, das Adrian aus einem Schnitt in seiner Handfläche auf die Wunde tropfen ließ, seine Wunder wirkte, das Gewebe flickte und wiederherstellte, was von der Kugel zerstört worden war. Wäre ihr der Arm abgerissen worden, hätte er ihn ihr nicht ersetzen können. Verlorene Gliedmaßen konnte er nicht wiederherstellen, sondern nur heilen, was noch lebte.

Sie hatte ihr sterbliches Leben für ihn aufs Spiel gesetzt.

»Er ist nicht der erste tote Minion, den ich in letzter Zeit gesehen habe«, sagte Adrian, der sich wieder auf Raguel konzentrierte. »Ich muss herausfinden, was mit ihm nicht stimmt und wie weit diese Krankheit verbreitet ist.«

»Vielleicht ist die Zeit der Vampire gekommen. Jehova liebt seine Plagen.«

»Das habe ich bedacht und kann es nicht ausschließen, aber ich halte es für wahrscheinlicher, dass sie versuchen, ihre Lichtempfindlichkeit mit einer neuen Droge zu überwinden, die scheußliche Nebenwirkungen hat. Es waren zu viele Minions in diesem Nest, die Sonnenlicht vertrugen.« Eine andere Möglichkeit wäre, dass Syre große Mengen von Gefallenenblut nach Hurricane geschickt hatte. Da das Navajo-Lake-Rudel ganz in der Nähe war, war das durchaus denkbar. Aber das war keine Mutmaßung, die er jetzt oder überhaupt Raguel gegenüber äußern wollte.

»Soll ich sein Blut untersuchen lassen?« Der Anflug von Habgier in den dunklen Augen des Erzengels strafte das so selbstlos formulierte Angebot Lügen.

»Ja.« Adrian beabsichtigte, zu Hause eine gründliche Blutuntersuchung durchführen zu lassen, musste jedoch vorher noch nach Navajo Lake. Und in der Zwischenzeit brauchte er Antworten. Schnell. Es war zwar bewiesen, dass Phineas bei einem Vampirangriff starb, doch die Dezimierung der Lykaner, die gleichzeitig begonnen hatte, musste gestoppt werden.

»Ich regle das. Falls ich sonst noch irgendwie helfen kann, lass es mich wissen.«

Adrian zog eine Braue hoch. »Du hilfst bereits.«

»Es zahlt sich aus, sich nützlich zu machen.« Raguel lächelte.

»Das merke ich mir. Wenn weiter nichts ist …«

Der Erzengel verneigte sich leicht ironisch und ging, ohne bekommen zu haben, weshalb er eigentlich hier gewesen war.

Adrian blickte auf die geschlossene Tür. Ihm war klar, dass Raguel aus nur einem einzigen Grund vorbeigekommen war: um Lindsay zu sehen. Um Adrian mit Lindsay zu sehen und selbst einzuschätzen, wie verwundbar sie ihn machte. Das Gespräch eben hätten sie genauso gut am Telefon führen können.

Es waren nicht bloß die Vampire, die Blut rochen und über potenziellen Opfern kreisten wie die Geier.

Frisch geduscht stand Lindsay vor dem hell erleuchteten

Schminkspiegel und inspizierte ihren linken Unterarm. Beim Hin- und Herdrehen bemerkte sie die zartrosa Stelle ohne Haar. Obwohl sie empfindlich aussah, waren die Muskeln und Sehnen darunter stark genug gewesen, um keinerlei Probleme beim Haarewaschen zu machen. Ihre Finger und das Handgelenk waren normal beweglich, nur ein klein wenig schwächer.

Ihr Arm *regenerierte* sich. Ein verdammtes Wunder!

Nur in ein Handtuch gewickelt, verließ sie das Bad … und fand ein Geschenk auf ihrem Bett vor: eine champagnerfarbene Seidenpyjamahose mit passendem Trägertop und einem bodenlangen Morgenmantel. Abgerundet wurde die Kombination durch einen gleichfarbigen Spitzentanga.

Lindsay stand einen Moment da und starrte das Ensemble an. Es war das typische Geschenk eines Liebhabers … Dann legte sie das Badehandtuch ab und zog sich an. Sie konnte nichts gegen das aufflackernde Verlangen tun, das sie überkam, sowie die Seide über ihre Haut strich. Allerdings wurde es prompt von allem gedämpft, was sie mittlerweile wusste und noch nicht wusste. Adrian war ein überaus komplizierter Mann, und in Lindsays Leben gab es schon reichlich Komplikationen.

Sie band den Gürtel des Morgenmantels zu, ging zur Tür und betrat das Wohnzimmer. Die unglaubliche Größe ließ sie kurz innehalten. Abgesehen von dem Flügel, bot es eine komplette Küche, einen Essbereich und einen Billardtisch. Durch eine Glaswand auf einer Seite sah Lindsay einen Swimmingpool.

»Das Essen ist da«, sagte Adrian und lenkte Lindsays Blick zur Couch, wo er saß. Seine weiße Hose bildete einen scharfen Kontrast zum blauen Polster, und die Art, wie er die nackten Füße ausgestreckt auf dem Couchtisch aus Mahagoni und Glas übereinandergeschlagen hatte, wirkte elegant und erotisch zugleich. Er stand auf und musterte sie mit einem Blick, der einem heißen Streicheln ähnelte.

Wie menschlich er aussah … achtete man nicht auf die unglaubliche Schönheit und die sinnliche Eleganz.

Lindsay ging zum Esstisch und hob die Edelstahlglocken eine nach der anderen hoch. Pfannkuchen, Eier, Speck, Würstchen und Schinken, Röstkartoffelbrei, Orangensaft und Kaffee. Ein Festessen für zwei, aber Adrian würde ja nichts essen. Sie hingegen würde alles restlos verputzen. Nach ihren Kampfeinsätzen futterte sie immer wie eine ganze Armee.

»Du siehst wunderschön aus«, murmelte er, als er sich wieder hinsetzte und das iPad aufnahm, das neben ihm auf dem Sofa lag.

Lindsay setzte sich an den Tisch und griff nach der Gabel. »Danke, du auch.«

Er neigte den Kopf leicht.

»Warum bist du hier?«, fragte sie, während sie Pancakes mit Butter bestrich und aufeinanderstapelte.

»Wir müssen umorganisieren.«

»Du meinst, ich halte dich auf.«

Er blickte auf sein Display. »Nein.«

»Danke für was auch immer du mit meinem Arm gemacht hast.«

»Gern geschehen. Aber wenn du dich je wieder meinetwegen in Gefahr begibst, sorge ich dafür, dass du es bereust.«

Sie warf ihm einen bösen Blick zu, den er nicht sah, fragte sich jedoch insgeheim, ob sie irre war. Keine Frau von heute, die halbwegs bei Verstand war, würde sich diesen chauvinistischen Bockmist anhören und darin eine sinnliche Drohung wahrnehmen. Sie schon, und irgendein primitives Gen in ihr bewirkte, dass sie ein wohliges Kribbeln durchfuhr. »Droh mir nicht.«

»Es ist keine Drohung. Ich will dich nicht verlieren. Ich habe schon viel zu viel verloren.«

Sie verzog das Gesicht, als ihr wieder einfiel, dass er gerade einen Freund verloren hatte, der wie ein Bruder für ihn gewesen war. Ihre Verärgerung schwand, und weil ihr nicht einfallen wollte, wie sie die betretene Stille füllen sollte, versuchte sie es mit einem lahmen »Danke für die Sachen«. Nachdem sie sich mental geohrfeigt hatte, ergänzte sie: »Die sind sehr hübsch.«

»Freut mich, dass sie dir gefallen«, sagte er zu neutral. Scheinbar hatte er sich völlig unter Kontrolle; nur verrieten ihr der sanft heulende Wind draußen und der stete Regen etwas anderes.

Lindsay konnte seine Unruhe nicht ertragen. Sie war genauso aufgewühlt wie er – *verwundbar* –, konnte es aber nicht so gut verbergen. Und sie durfte auch nicht zulassen, dass er es tat. Er kannte ihre Geheimnisse, und sie wollte diese Offenheit aufrechterhalten, nachdem sie einmal erreicht war. »Allerdings eignen sie sich nicht für öffentliche Auftritte. Willst du mich hier lassen?«

Ohne aufzublicken, antwortete er: »Wir reisen morgen ab, gemeinsam. Bis dahin musst du essen und dich ausruhen.«

»Zum Ausruhen sind die eigentlich auch nicht gedacht.« Sie goss Sirup über ihre Pfannkuchen und begann zu essen.

Nun hob er den Kopf und sah sie an. »Sind sie unbequem?«

Sie schluckte. »Nein.«

Adrian zog fragend die Brauen zusammen.

»Sie sind sehr sinnlich.« Sie stieß die Gabel in ein Stück Würstchen. »Sie sollen aufreizend auf die Trägerin und den Betrachter wirken. Aber ich habe schon gehört, dass Engel nicht so ticken wie wir Sterblichen – sexuell. Also war dir das vielleicht gar nicht klar, als du sie gekauft hast.«

Sehr ruhig legte er sein iPad neben sich auf die Couch. »Du hast mit Elijah gesprochen. Ich würde es vorziehen, wenn du dich mit deinen Fragen an mich wendest.«

»Na ja, das ist das Problem. Ich weiß nicht, was ich fragen soll.« Sie biss den Wurstzipfel etwas genüsslicher als nötig ab.

»Weil es vielleicht nichts zu fragen gibt.«

»Das bezweifle ich«, sagte sie kauend. »Oder führst du mich an der Nase herum? Eventuell hast du mich aufgegabelt, weil du eine weibliche Begleitung für Medienzwecke oder eine Veranstaltung brauchtest. Und dann habe ich dich mit dem Drachen überrascht, sodass du jetzt nicht mehr genau weißt, was du mit mir anfangen sollst.«

Er stützte einen Ellbogen auf die Couchlehne und lehnte sich zurück, sodass er noch verführerischer aussah. Adrian mochte ein Engel sein, doch er kannte seine Vorzüge und Lindsays Schwäche für sie. Und er war sich nicht zu schade, beides auszunutzen. »Oh, ich weiß sehr wohl etwas mit dir anzufangen.«

»Hast du aber neulich Abend nicht. Und anscheinend schon sehr lange nicht mehr – falls überhaupt jemals.« *Oh Gott.* Die Vorstellung, dass er Jungfrau sein könnte, war richtig erregend. Einen Mann wie Adrian in die Feinheiten einzuführen, ihm alles Mögliche beizubringen …

»Also stört dich die Tatsache, dass ich nicht häufiger die Partnerinnen wechsle?«, murmelte er.

»Ha!« Lindsay wedelte mit ihrem Messer. »Es besteht ein riesiger Unterschied zwischen wählerisch sein und zölibatär.«

»Vielleicht resultiert das Zölibat aus dem Wählerischsein.«

»Ist das deine Antwort?«

Er betrachtete die Fingernägel seiner rechten Hand. »Mir war nicht klar, dass es eine Frage gab.«

»Okay, dann kommt hier eine. Ist es Engeln verboten, Sex zu haben?«

»Nein.«

Sie wurde skeptisch. »Dann ist nichts dran an den Gerüchten, dass ihr über Lust erhaben seid?«

»Was denkst du?«

»Ich denke, dass *ich* es verdammt schade finden würde. Und ich dachte neulich Abend, dass wir genau das widerlegen würden – irgendwann. Doch jetzt habe ich das Gefühl, dass hier eine Menge los ist, wovon ich nichts weiß.«

Seine Zunge glitt über seine Unterlippe, worauf Lindsay so heiß wurde, als hätte er sie geleckt. »Widerlegen wir es jetzt.«

Lindsay wischte sich den Mund mit der Serviette ab und stand auf. Sie ging absichtlich langsam und verführerisch auf ihn zu, wobei ihre Hände zum Gürtel des Morgenmantels wanderten. Sie tauchte einen Finger in den Knoten und löste ihn. Vor dem Couchtisch ließ sie den Morgenmantel auf den Boden fallen. Sie lächelte, als Adrian der Atem stockte. Er setzte sich auf, stellte die Füße auf den Boden und spreizte die Beine weit genug, dass die Wölbung seiner Erektion zu sehen war. Ihn so zu necken erregte Lindsay schon, doch seine physische Reaktion katapultierte ihr Verlangen in ungeahnte Höhen.

Sie zog den Tiger am Schwanz, und dem Hunger in seinem scharfen, gierigen Blick nach zu urteilen, war Adrian sprungbereit. Und bissbereit.

Lindsay beugte sich über ihn und stützte eine Hand auf die Rückenlehne der Couch, sodass ihr Top vorn aufklaffte. Als sein Blick dorthin wanderte, nutzte Lindsay die Gelegenheit, um sich sein iPad zu schnappen.

Mit dem Gerät in der Hand richtete sie sich auf und kehrte an den Tisch zurück. Während sie weiteraß, gab sie einige Stichworte in die Suchmaschine ein – »Engelsex«, »Hüter-Engel« und schließlich »Wächter-Engel Vampire«. Für einen Moment lenkte sie ein Eintrag ab, in dem gemutmaßt wurde, dass Wächter-Engel zu endlosen Erektionen fähig wären. Doch ein anderer Eintrag war weit aufschlussreicher, denn hier entdeckte sie, was genau die Wächter-Engel getan hatten, um zum Vampirismus verdammt zu werden – es hatte sie nach Sterblichen gelüstet, und sie hatten es mit ihnen getrieben.

Unterdessen saß Adrian vollkommen still auf der Couch. Lindsay sah nicht hin, spürte jedoch sein ungeduldiges Warten und hörte es am Donnergrollen draußen. In der klimatisierten Suite kam es Lindsay wie die Stunde vor, ehe eine Hitzewelle in ein Sommergewitter mündete – unerträglich schwül und knisternd von aufgestauter Energie. All die Turbulenzen in Adrian waren im Begriff, sich Bahn zu brechen. Lindsay wusste, dass er ein Ventil brauchte; so wie sie instinktiv wusste, dass sie es ihm bieten könnte. Nur zu welchem Preis?

Mit der Gabel nahm sie den restlichen Röstkartoffelbrei, steckte ihn in den Mund und lehnte sich, nachdenklich kauend, zurück. Dabei begegneten sich ihr und Adrians Blick.

»Wie ich bereits ahnte, habe ich nicht die richtigen Fragen

gestellt«, sagte sie, nachdem sie ihren Orangensaft ausgetrunken hatte. Nach der Kalorienzufuhr erholte sich ihr Körper so schnell, dass ihr ein bisschen schwindlig wurde. »Ist es dir *verboten*, Sex zu haben? Ist das die Sünde, von der du neulich sprachst? Nicht die Lust an sich, sondern ihr nachzugeben?«

Adrian stützte die Ellbogen auf die Knie und legte die gespreizten Finger an den Spitzen zusammen. »Vermutlich würde es dich nicht befriedigen, wenn ich dir sage, dass du die Konsequenzen mir überlassen sollst.«

Was sie befriedigen würde, war *er*, heiß, hart und tief in ihr. Aber es gab solche und solche *Konsequenzen*. »Könntest du deine Flügel und deine Seele verlieren und zum Vampir werden?«

»Ich könnte vor Verlangen nach dir meinen Verstand verlieren.«

»Das kann nicht dein Ernst sein.« Er machte sie fertig.

»Nicht?« Adrian stützte das Kinn auf seine Fingerspitzen.

»Nein, kann es nicht. Und ich wäre bescheuert zu glauben, dass ich ungeschoren davonkäme. So funktioniert mein Leben nicht. Ich bezahle für alles. Genau genommen könnte ich hierfür«, sie schwenkte die Hand von sich zu ihm und zurück, »schon mein ganzes Leben lang bezahlen. Ich meine, wem passiert schon so viel Mist wie mir? Als ich geboren wurde, hat vielleicht jemand gesagt: ›Ha, die wird später mal Adrians Vollkommenheit ankratzen‹.«

Abrupt sprang Adrian auf und sah sie ängstlich an. »Lindsay ...«

»Du bist der mächtigste Krieger und ranghöchste der Engel. Ich habe gesehen, wie die anderen dich ansehen. Sie vertrauen dir. Bewundern dich. Solche Macht zu haben und so auszusehen ... Jemand da oben muss dich wie irre lieben. Und ich werde nicht diejenige sein, die das für dich ruiniert.« Sie stand wieder auf und fühlte sich so geladen, dass sie mindestens fünf Meilen hätte rennen mögen, um etwas von dieser Energie loszuwerden.

Adrian erhob sich ebenfalls. »Die Entscheidung fällst du nicht allein. Es ist etwas zwischen uns, etwas Kostbares und Mächtiges. Ich will das. Ich will dich.«

Seine Flügel erschienen und breiteten sich weit aus. Der weiße Perlmuttglanz war so blendend schön, dass Lindsays Augen brannten. Seit ihre Mutter gestorben war, hatte sie nicht mehr geweint, doch Adrian hatte sie schon mehrfach an den Rand der Tränen gebracht, seit sie ihm begegnet war. Wie er ihr das Gefühl gab, wichtig und wertvoll zu sein. Die Leichtigkeit, mit der er sie akzeptierte, wie sie war ... Allein wegen seiner Zärtlichkeit konnte sie nicht zulassen, dass er ihretwegen stürzte. Bei ihm fühlte sie sich wie ein Mensch; nein, bei ihm *fühlte* sie schlicht. In seiner Nähe war sie lebendiger denn je, als hätte sie ihr bisheriges Leben in einem Halbdämmer verbracht und würde endlich richtig wach. Aber die Menschlichkeit, die er ihr entgegenbrachte, war ihm verboten, und das durfte sie nie vergessen. *Er* konnte sich nicht erlauben, dass sie es vergaß.

»Ich mag Sex so gern wie jede andere Frau«, sagte sie und begann auf und ab zu gehen. Adrian war ein Seraph, genau wie die Wächter. Dieselbe Klasse von Engeln, dieselbe verbotene Tat – dieselbe Strafe? Sie hatte keinen Grund zu glauben, dass Adrian nicht dasselbe Schicksal erleiden würde, und anscheinend würde er ihr den auch nicht geben. »Er kann eine Menge Spaß machen und großartig Stress abbauen. Auf gewisse Weise fühle ich mich geschmeichelt, dass du so scharf auf mich bist. Trotzdem ist es auch der beste Sex der Welt nicht wert, deshalb zum Blutsauger zu werden. Er ist es nicht wert, für ihn diese fantastischen Flügel zu verlieren. Glaub mir, die Vorfreude ist der beste Teil. Du verpasst also nichts.«

Es verging nicht mal ein Lidschlag, bis er bei ihr war, sich ihr in den Weg stellte und sie zwang, ihn anzusehen. Stolpernd blieb Lindsay stehen, bevor sie in ihn hineinrannte. Donner krachte direkt über ihnen, und das Silber auf dem Tisch klimperte.

Adrian verschränkte die Arme vor seiner muskulösen Brust; in seiner Iris glühten reine blaue Flammen, und er entblößte die Zähne zu einem gefährlichen Lächeln. »Beweise es.«

12

Lindsay schüttelte energisch den Kopf. »Nein.«

Adrian fasste sie bei den Schultern, als sie einen Schritt zurückweichen wollte. In dem Moment, in dem er sie berührte, wurde er daran erinnert, wie zerbrechlich ihr sterblicher Körper war.

Und sie hatte ihr Leben für ihn riskiert.

Er begehrte sie so sehr, dass es wehtat. Seine eigene Verwundbarkeit, was sie betraf, machte ihn wütend und demütig zugleich.

»Sieh mich nicht so an«, murmelte sie.

»Ich brauche dich, *Tzel*«, sagte er leise.

»Nein, was du brauchst, ist, dass ich stark genug bin, Nein zu sagen und dich zur Vernunft zu bringen.« Sie sah über seine Schulter, entwand sich ihm und ging um ihn herum. »Ich hätte es früher erkennen müssen … Du machst gerade eine harte Zeit durch, hast innerhalb kurzer Zeit eine Menge Mist erlebt, und du denkst nicht klar. Du bist unvorsichtig. Echt, du hast ein ganzes Vampirnest ausgehoben, obwohl das selbstmörderisch war!«

Sie war köstlich. Ihr Haar war noch feucht, wodurch die dichten Locken einen honigfarbenen Ton bekamen. Als sie sich sein iPad holte, war er von ihrem Gang verzückt gewesen, dem sinnlichen Schwung ihrer Hüften, dem leisen Rascheln der Seide, als sie näher kam. Eine goldene Löwin auf der Jagd. Mehr als passend für ihn. Mehr als bereit, es mit ihm aufzunehmen … bis sie die Risiken entdeckte, mit denen er konfrontiert war.

Lindsay Gibson hielt sich um seinetwillen zurück, weil sie sich um ihn sorgte.

Sein Rücken verspannte sich in Erwartung der Berührung, von der er nicht sicher war, dass sie kommen würde, nach der er sich jedoch verzehrte. Als ihre Finger zaghaft über die Federn seines obersten rechten Flügels strichen, schloss er die Augen. Das zarte Streicheln durchfuhr seinen ganzen Leib.

»Die sind wunderschön«, flüsterte sie voller Ehrfurcht. »Huch? Ich dachte, es wäre ein Paar. Aber hier sind … *drei*? Oh mein Gott. Du hast *sechs* Flügel!«

Adrian konnte nur nicken, weil seine Kehle wie zugeschnürt war.

Ihre Berührungen wurden forscher. Sie strich über die obere Wölbung, und der Flügel streckte sich vor Wonne. Mit einem stummen Schrei stolperte sie zurück. »Tut mir leid.«

»Hör nicht auf.«

Es entstand eine Pause. »Sind die empfindlich? Du hast doch Kugeln mit ihnen abgewehrt?«

»Nichts Menschengemachtes kann einen Engelsflügel verwunden.«

Lindsay trat wieder vor, spreizte die Finger und ließ sie leicht über die Federn gleiten. »Dich in Aktion zu sehen war verblüffend.«

Am Klang ihrer Stimme erkannte er, dass die Erinnerung sie erregte. Womöglich war es ein Überbleibsel aus ihrer Zeit als Shadoe. Oder Lindsay war einfach so. Immerhin war sie auch eine Kämpferin.

Da er mehr Aufmerksamkeit und Bewunderung von ihr wollte, breitete Adrian langsam die Flügel aus – eine stumme Aufforderung, ihn weiter zu berühren.

»Jeder Engel, den ich bisher gesehen habe, hatte einzigartige Flügel«, murmelte sie und quälte Adrian mit ihrem sanften Streicheln. »Jasons sind dunkel. Damiens sind grau. Es gibt einige Ähnlichkeiten, aber keiner hat Flügel wie deine. Dieses Rot an den Spitzen ist … umwerfend. Bedeutet es irgendwas? Oder sind die Flügelmuster willkürlich individuell, so wie Fingerabdrücke?«

»Die rote Färbung erschien, nachdem ich Syre die Flügel abgetrennt hatte. Ich war der Erste, der das Blut eines Engels vergoss.«

»Der Erste überhaupt?«

»Ja.«

Lindsay berührte seinen Nacken und strich mit den Fingerspitzen zwischen seinen Flügeln seinen Rücken hinunter. Stöhnend bog er den Rücken durch. Er zitterte.

»Ist das …« Sie räusperte sich. »Ist das erotisch für dich?«

Adrian streckte einen Arm nach hinten und ergriff ihre rechte Hand. Dann zog er sie unter seinen Flügeln hindurch nach vorn. Lindsay war gezwungen, näher zu kommen, bis er spürte, wie ihr Atem durch die Federn an seine Haut drang. Er legte ihre Hand auf sein hartes Glied.

Lindsay stieß einen kleinen Laut aus, den Adrian als Zeichen von Schwäche deutete. Rücksichtslos nutzte er diese zu seinem Vorteil, streifte mittels Gedankenkraft seine Hose ab und presste Lindsays Hand auf seine nackte Haut.

Für einen Moment trat atemlose Stille ein. Er wartete, dass sie zurückwich oder die Führung übernahm.

Ihre Stimme war leise, als sie sprach. »Das hast du auch

mit der Waffe gemacht, oder? Du hast sie der Vampirin abgenommen und sie mir zukommen lassen. Und mit dem Strohhalm am Flughafen war es dasselbe. Du kannst Dinge mittels purer Willenskraft bewegen.«

»Ja.«

Ihre Hand schloss sich um ihn.

Adrians Arme sanken zur Seite, die Fäuste geballt. Der frische Duft ihres Körpers mit der Note ihrer Erregung nahm seine Sinne ein. Lindsay war berauschend – und machte zweifelsohne süchtig.

»Du bist glühend heiß«, flüsterte sie.

»Deinetwegen.« Sein Blut war in dem Moment gefroren, in dem er von Phineas' Tod erfuhr. Es war zu Eis geworden, als Lindsay blutüberströmt zu Boden sank. Und so war es geblieben, bis jetzt, da er sich unter der Hitze ihrer Berührung endlich wieder ... *menschlich* fühlte.

Sie umfing seinen Schaft ganz unten und bewegte die Hand bis zur Spitze. »Und groß. Mein Gott, ist der dick und lang. Ich will ihn. Ich will *dich.* Dringend. Schon seit ich dich zum ersten Mal sah.«

»Nimm mich.« Seine Stimme war heiser.

»Kann ich nicht.«

Adrian biss die Zähne zusammen. Sie hatte allen Grund, sich zu fürchten. Und sie wäre dumm, täte sie es nicht. Leider würde es von jetzt an noch schwieriger.

Lindsay rieb ihn erneut, fester. Und wieder.

»Ja«, stöhnte er und stieß in ihre Hand. »Reib mich. Bring mich zum Kommen.«

»Oh Mann ...« Sie ließ ihn los.

Adrian zitterte vor Verlangen. Er *brauchte* ihre Berührung. Die zweihundert Jahre ohne sie war er auf die fundamentalste Weise tot gewesen. Jetzt waren seine sämtlichen Sinne und Nerven zum Leben erwacht und verlangten verzweifelt nach ihr.

Sie kam um seine rechten Flügel herum.

Und Adrian stand da, vollständig entblößt.

Sie sah ihm in die Augen. »Sag mir die Wahrheit, Engel. Sind das hier nur du und ich? Oder sind es du und ich und ein Motiv, auf das ich noch nicht gekommen bin?«

»Nur du und ich.« Seine Brust verengte sich bei dieser Halbwahrheit. Tatsächlich stand alles zwischen ihnen. Sein Auftrag, ihr Vater, die Regeln, die ihm den Trost ihres Leibes verwehrten …

Sag mir die Wahrheit, Engel.

Er erstickte an der Wahrheit. Sie schlang sich um seinen Hals und drückte so fest zu, dass er kaum noch atmen konnte, geschweige denn, Lindsay offen sagen, was sie zu wissen verdiente. *Ich werde dich gegen deine eigenen Leute ausspielen. Ich werde dich lehren, deinen Vater zu töten. Ich werde deine Seele für immer von dieser Erde fortschicken. Meine Liebe wird dich zerstören, ebenso wie mich und alles, was wir lieben. Ich kann es nicht aufhalten.*

Sie schob ihren heilenden linken Arm unter einem seiner Flügel hindurch und schlang ihn um Adrians Mitte. Ihre rechte Hand umfing ihn wieder. Zischend atmete Adrian aus.

Sie streichelte ihn fest. Seine Flügel bebten, als Lust durch seinen Körper raste. Ihr nächstes Reiben war so vollkommen, dass es schmerzte.

»Schneller«, keuchte er und zog sie mit einem Arm näher an sich.

Lindsay spreizte die Beine ein wenig, wobei sie sich mit dem um seine Taille geschlungenen Arm an ihm festhielt. Sie stand leicht versetzt an ihn gepresst, und ihre Nähe befeuerte ihn. Sein Oberkörper war seitlich zwischen ihren Brüsten, ihre Schenkel zu beiden Seiten seines Beins. So nutzte sie den Halt, um seinen schmerzenden Schwanz noch fester und schneller zu reiben.

Adrians Kopf fiel in den Nacken. Seine Flügel hoben sich und legten sich um sie, um ihre köstliche Intimität zu schützen.

Die ganze Zeit bewegte sich ihre Hand an seinem Schwanz, der Griff fest, das Tempo stetig. Adrians Brust hob und senkte sich unter seinen schnellen Atemzügen. Lindsays Atem wehte in kurzen, heißen Stößen über seine Brust. Ihre Brustwarzen drückten sich hart und fest gegen ihn, und ihre Hüften wiegten sich an ihm. Adrian presste seine Lippen auf ihre Stirn. Seine Augen brannten.

»Du schwillst an, bevor du kommst«, hauchte sie. »Und wirst härter.«

Inzwischen bewegte sich ihre Hand übernatürlich schnell – genau wie er es brauchte. Zwei Jahrhunderte aufgestauten Verlangens forderten *jetzt* ein Ventil. Danach könnte er sie richtig verführen. Er würde sie in sein Bett locken, wo er sie vollständig umfangen und tun könnte, als existierte nichts und niemand außer ihnen. Keine Konsequenzen, keine Täuschung, keine unvermeidliche und ewige Trennung.

»Ja«, keuchte er an ihrer schweißklammen Stirn. »Ich bin gleich so weit …«

Die Lust drohte ihn zu überwältigen, der Saft sammelte sich heiß in seinen Lenden.

Verführerisch wie eh und je, ermunterte sie ihn mit einer Stimme, die heiser war vor Verlangen: »Zeig es mir. Komm für mich, Adrian. Komm hart.«

»Hör nicht auf …«

»Werde ich nicht. Ich kann gar nicht. Lass mich dich sehen …«

Sein ganzer Körper zuckte beim ersten Schwall. »*Lindsay.*«

Sie gab einen leisen, lustvollen Laut von sich, als ihn ein explosiver Orgasmus erschütterte, und ihre Hand trieb ihn unermüdlich hindurch, mit der Hingabe einer Frau, die nichts anderes wollte, als ihm Freude zu bereiten.

Ich liebe dich. Die Worte stiegen aus der Tiefe seiner Seele auf und drohten ihm über die Lippen zu kommen.

Unfähig, seine Gefühle zu bändigen, erstickte Adrian die Wahrheit mit einem Kuss.

Lindsays Knie wurden in dem Augenblick weich, in dem Adrians Mund auf ihrem war.

Er wandte sich ihr in der Umarmung zu und legte die Hände auf ihre Wangen. So ungezügelt lustvoll er gewesen war, als es ihn verzweifelt nach einem Orgasmus verlangte, so überwältigend war seine Zärtlichkeit nun. Seine Lippen lagen leicht auf ihren, und seine Zunge liebkoste sie samtig. Lindsay umfasste seine Handgelenke und verlor sich so sehr in seinem Geruch und seinem Geschmack, dass sie gar nicht merkte, wie sie sich bewegten, bis ihr Rücken an eine Wand stieß.

»Danke«, flüsterte er, bevor er seine Zunge in ihren Mund tauchte.

Ein leises Wimmern entfuhr ihr. Er bewegte den Kopf langsam von einer Seite zur anderen, glitt mit seinen Lippen über ihre. Seine Finger schoben sich in ihr Haar und massierten ihren Kopf. Hitziges Entzücken überkam sie, durchdrang ihren mehr als willigen Leib und beruhigte ihr panisches Verlangen. Knurrend unter der erstaunlich zarten Attacke seines Munds, griff Lindsay nach seinen schmalen Hüften und zog ihn näher.

»Bleib aus meinem Kopf«, warnte sie ihn.

»Es ist nicht dein Kopf, in den ich in diesem Moment will.«

Sie fühlte seinen immer noch harten Schwanz an ihrem Bauch, und ihr stockte der Atem. Adrian hauchte in ihren Mund, füllte ihre Lunge mit seinem Atem. Diese Art von Intimität war noch weit erregender als seine Finger, die nach unten wanderten und über ihre Schultern strichen, um die dünnen Träger ihres Tops abzustreifen. Sie bog den Rücken, um Adrian ihre Brüste darzubieten.

Ihr Verstand sagte ihr, dass es falsch war, so mit Adrian zusammen zu sein. Sie wusste, dass sie aufhören mussten, dass sie ihn dazu bringen musste aufzuhören. Ihre Hände sanken nach unten, und Lindsay presste die Handflächen gegen die Wand. Aber seine Berührung auf ihrer nackten Haut zu spüren, seine Fingerspitzen, die am Bund ihrer Hose entlangglitten, bevor sie unter das Top tauchten … war so großartig … so vollkommen …

Sie kicherte atemlos und zog den Bauch unter seinen forschenden Fingern ein.

Seine wunderschönen Lippen bogen sich an ihrem Mund. »Du bist kitzelig.«

Adrians Entzücken war deutlich spürbar, ließ Lindsays Körper erbeben und machte ihre Entschlossenheit zunichte. Er packte sie um die Taille und zog sie in seine Arme.

Oh Gott … so hielt sie ihn nicht aus. Sinnlich. Verspielt. Seine leuchtenden Augen waren nicht mehr gewittergleich, sondern strahlten vor Freude – ihretwegen. Ein solcher Grad von Intimität war ihr fremd. In keiner ihrer vorherigen Affären hatte es das gegeben. Und sie hatte nicht gewusst, was sie versäumte …

»Adrian.«

»*Hmm …?*« Er küsste erst ihre Schläfe, dann ihr Ohr. »Wo bist du sonst noch kitzelig, Lindsay?«

»Wir …« Als seine Zunge an ihrer Ohrmuschel entlangglitt, erschauerte sie und ballte die Fäuste. »W-wir sollten das nicht tun.«

»Du tust ja gar nichts«, raunte er und umfing ihre geschwollenen, empfindlichen Brüste.

Unweigerlich stöhnte sie und wandte das Gesicht zu der Fensterfront neben ihnen. Draußen herrschte strahlender Sonnenschein, der die Regentropfen an den Scheiben zum Glitzern brachte – eine Spiegelung seiner von Lindsay aufgeheiterten Stimmung.

Er nahm eine ihrer Brustwarzen zwischen Daumen und Zeigefinger und zog behutsam. »So winzige, zarte Nippel an solchen üppigen Brüsten. Ich werde sie mit der Zunge verwöhnen, bis du kommst.«

Ohne dass sie es wollte, bewegten sich ihre Hüften nach vorn, und ihr Schoß zog sich gierig zusammen. »Für eine Jungfrau«, hauchte sie, »bist du ein verdammt guter Verführer.«

Adrian stutzte, und seine himmelblauen Augen funkelten amüsiert. »Hältst du mich für jungfräulich?«

»Willst du behaupten, dass du das hier schon früher gemacht hast?« Eifersucht nagte an ihr und ließ ihre Stimmung rapide abkühlen. »Ich dachte, dann hättest du Reißzähne bekommen.«

Sein Mund verzog sich zu einem sehr maskulinen Lächeln. »Es gibt nur dich, *Neshama.* Du allein bringst diese Seite in mir hervor.«

Sie hatte keine Ahnung, wie er sie gerade genannt hatte, aber es rührte etwas tief in ihrem Innern an, und der Klang seiner Stimme bewirkte, dass Schmetterlinge in ihrem Bauch flatterten. »Adrian … Mist. Hierfür werde ich in der Hölle schmoren.«

»Dafür, dass du an der Wand lehnst?« Er fuhr erotisch mit seiner Zunge über ihr Ohr. »Nein, wirst du nicht.«

»Ich versuche das Richtige zu tun«, widersprach sie, obwohl sie unfähig war, die Willenskraft aufzubringen, ihn wegzustoßen. Wie könnte sie auch, wenn seine teuflisch begabte Hand in ihre Hose tauchte, während die andere nach oben wanderte und ihre Brust entblößte?

»Dies war unvermeidlich. Das mit uns ist unvermeidlich.« Er blickte ihr in die Augen. »Das weißt du.«

»Warum hast du keine Angst?«

»Ich habe größere Angst, dich nicht zu haben, als davor, auf dieses Privileg zu verzichten.« Besitzergreifend legte er eine Hand auf ihre Scham, nur noch durch die Spitze des Tangas von ihr getrennt.

Sämtlicher Widerstand schmolz dahin, und Lindsay ließ ihren Kopf nach hinten sinken, als seine Finger die empfindliche Stelle liebkosten, wo die Haut ihres Schenkels auf den Rand des Tangas traf. Sie war von einer bebenden Unruhe erfüllt, einem bohrenden Hunger und Begehren, das ihr mehr Angst machte als die Folgen dessen, was sie hier taten. Adrians heiße Sinnlichkeit hüllte sie ein und befeuerte ihr Verlangen, bis sie nicht mehr denken konnte. Sie wollte seine Berührung so dringend – *verzehrte* sich nach ihr.

Adrian stützte ihren Rücken mit seiner großen Hand und

zog sie sanft an sich. Erwartungsvoll hielt Lindsay den Atem an. Dann blies er einen kühlen Lufthauch über ihre harte Brustwarze, und im selben Moment verschwand der Tanga. Adrians heiße, feuchte Zunge strich über ihren Busen, während seine Fingerspitzen zwischen ihre Schamlippen glitten und ihre Klitoris streichelten. Lindsay erschauerte heftig und schrie auf. Sie war so verflucht erregt, dass sie zu platzen glaubte. Sie war fiebrig, schweißklamm und feucht vor Erregung.

Adrian knurrte zustimmend. »Weich und feucht. Und mit Wachs behandelt. Nichts steht meinem Vorhaben im Wege, dich über Stunden zu verschlingen.«

Nicht mit Wachs. Mit Laser. Aber warum streiten? Es gefiel ihm. Und ihr gefiel, dass es ihm gefiel. Außerdem gefiel es ihr, seine federleichten, kreisenden Bewegungen an ihrer zitternden Körperöffnung und seine flatternde Zunge auf ihrer Brustwarze zu fühlen. Sie mochte es, wie sich seine Flügel spreizten und einen weißen Schutzschild bildeten, sodass Lindsay sich sicher und beschützt fühlte. Liebevoll umhegt.

Lindsay tauchte ihre Hände in sein dichtes schwarzes Haar. Sie hob ein Bein und schlang es um seine Hüfte, um sich ihm weiter zu öffnen. »Berühr mich«, hauchte sie und wand sich, als er an ihrer Brust sog.

»Tue ich.« Sein Atem strich warm über die abkühlende Feuchtigkeit, die sein Mund hinterlassen hatte.

Sie knurrte.

Zwei lange, elegante Finger drangen in sie ein. »Ist es das, was du willst?«

Sie legte eine Hand in seinen Nacken, reckte sich ihm entgegen und küsste ihn auf den Mund. Dann küsste sie ihn weiter, auf seine Wange, sein Kinn, seinen Hals hinab. Ihre Lippen öffneten sich über dem Pulsieren dort. Sie fuhr mit der Zungenspitze über die Stelle mit der kräftigen Ader, bevor sie ihn mit ihren Zähnen neckte.

Er stöhnte und schlang seinen Arm um sie. »Du bist so verflucht heiß. Das macht mich wahnsinnig.«

Ihre Hüften wiegten sich kreisend, ritten seine Finger. Nun forderte sie von ihm, was er von ihr gefordert hatte: »Reib mich. Bring mich zum Kommen.«

Adrians Mund presste sich auf ihren. Sein Daumen drückte ihre pochende Klitoris und massierte sie mit jedem Stoß seiner Finger. Lindsay schluchzte vor Wonne unter seinem Mund, bohrte die kurzen Fingernägel in seine steinharten Schultermuskeln. Er fing ihre Zunge ein und sog an ihr, sodass sich ihr Schoß um seine Finger zusammenzog.

Das seidige Streicheln seiner behaarten Brust über ihre harten Nippel brachte sie beinahe um und vollendete, was Adrian mit seiner Zärtlichkeit begonnen hatte. Alles an der Art, wie er sie berührte, war ehrfürchtig. Selbst inmitten der extremsten sexuellen Begegnung, die sie jemals gehabt hatte, fühlte es sich an, als ginge es ihm ausschließlich um sie. Darum, mit ihr auf die intimste Weise zusammen zu sein.

Der Orgasmus traf sie wie ein Blitz. Sie erbebte in Adrians Armen, kam heftig, und die zarten Muskeln ihrer Scham schlossen sich fest um seine Finger. Die krümmten sich und rieben sie, sodass der Höhepunkt gar kein Ende nehmen wollte.

Lindsay konnte sich nur an ihm festhalten, und Tränen stahlen sich aus ihren geschlossenen Augen. Ihr keuchender Atem vermengte sich mit seinem, und die ganze Zeit küsste er sie, als müsste er sterben, wenn er es nicht tat.

Sie hatte kaum aufgehört zu kommen, als seine Finger aus ihr herausglitten und sie von ihm hochgehoben wurde, und zwar nackt. Ihre Kleider waren fort, genauso wie seine … wo immer die auch hin waren. Mit ihr auf dem Arm drehte Adrian sich um, und im nächsten Augenblick war die kühle Oberfläche des Esstisches unter ihrem Hintern, und sie stützte ihre Hände hinter sich auf. Adrian schob mit einer Hand ihr Knie zur Seite, seinen Schwanz in der anderen. Die breite Spitze war direkt an ihrer Öffnung.

Seine Augen schimmerten von züngelnden blauen Flammen, als er sie ansah. »Ich habe nach dir gehungert, *Neshama sheli.*«

Sie hatte kaum Atem geschöpft, um ihn zu fragen, was er gesagt hatte, als er mit einem festen Stoß in ihr versank und sie nach hinten drückte, bis sie auf dem Tisch lag und sein sengend heißer Körper ihren bedeckte. Sie bewegte die Hüften, um ihn ganz in sich aufzunehmen, hielt Adrians Hüften und versuchte sein Eindringen zu verlangsamen.

»Oh Mann …«, hauchte sie und bog ihren Rücken. »Wieso zur Hölle bist du gebaut wie ein Pornostar, wenn du keinen Sex haben darfst?«

Sein Lachen wehte über sie hinweg und hinterließ eine Gänsehaut. Es war solch ein volltönender, tiefer Klang – unendlich schön und berührend. Lindsay schwoll das Herz an, als hätte sie nur für diesen Laut von ihm gelebt und geatmet.

Er drang vollständig in sie ein. Seine Flügel breiteten sich wieder aus und streckten sich genüsslich, was Lindsay an eine wohlgenährte Katze erinnerte. Ihre Blicke begegneten sich, und sie sahen einander in die Augen, während sie beide die Luft anhielten. In diesem atemlosen Moment legte Adrian eine Hand auf Lindsays Wange und betrachtete sie auf eine Art, dass sie dahinschmolz.

»*Ani ohev otach*, Lindsay«, flüsterte er, bevor er ihren Mund aufs Neue einnahm und ihre brennende Lunge mit Sauerstoff nährte. Er kreiste mit den Hüften, drang noch ein wenig tiefer ein. Lindsay wollte schwören, dass sie jeden Millimeter spürte – jede gewölbte Ader und jedes Pochen seines Herzens.

Sie hatte eine Hand in seinem Nacken, leckte über seine Lippen. Gleichzeitig rang sie mit der befremdlichen Gewissheit, dass sie genau da war, wo sie hingehörte. »Adrian, ich …«

Ein hallender Glockenklang ließ sie erstarren. Und ihn.

Sie klammerten sich schwer atmend aneinander. Adrians Penis pulsierte in Lindsay, während sie die Erkenntnis der vollen Bedeutung dessen, was sie tat und mit wem, mit der Wucht eines Schwalls Eiswasser einholte.

Das Läuten erklang wieder, gefolgt von einem lauten Klopfen. Das war eine beknackte Klingel gewesen!

Lindsay atmete auf vor Erleichterung, bevor sie wimmerte, weil Adrian sich aus ihr zurückzuziehen begann. Seine Augen wichen nicht von ihr, als er schmerzlich langsam aus ihr glitt. Seine Züge verhärteten sich. In dem Moment, in dem er von ihrem Körper abließ, kam Lindsay eilig vom Tisch hoch und rannte ins Schlafzimmer.

Adrian sorgte dafür, dass sie den Pyjama schon wieder anhatte, ehe sie die Tür zuknallte. Nur konnte nichts so Bedeutungsloses wie Kleidung bewirken, dass sie sich weniger angreifbar und entblößt fühlte.

13

Adrian fuhr sich mit zittrigen Händen durchs Haar, um sich herzurichten, bevor er in den ovalen Dielenspiegel sah. Obwohl die ärmellose Tunika im asiatischen Stil, die er herbeibeschworen hatte, bis zur Mitte seiner Oberschenkel reichte und seine Erektion verbarg, verrieten sein gerötetes Gesicht, die glänzenden Augen und die von feurigen Küssen geschwollenen Lippen seine Schwäche.

Er starrte sein Spiegelbild an, verlangsamte seine Atmung und zwang sich, die strenge, ungerührte Haltung einzunehmen, welche man von ihm erwartete. Dann ließ er seine Flügel verschwinden, denn sie würden seine turbulenten Emotionen ebenso verraten wie sein Blick.

Die Glocke läutete zum dritten Mal, und es wurde energischer geklopft. Adrian riss an einer der Türklinken der Doppeltür und wich zurück, als die Automatik übernahm. Während er durchs Zimmer schritt, zerquetschte er mittels Gedankenkraft einige der besonders duftenden Blumen in den üppigen Gestecken. Ihr Duft konnte den Geruch von Sex nicht vor einem Engel verbergen, aber Adrian wollte zumindest so rücksichtsvoll sein, es zu versuchen.

»Captain«, begrüßte Jason ihn in einem gedehnten Ton, der keinen Zweifel daran ließ, dass er Bescheid wusste.

»Hast du Neuigkeiten für mich?« Adrian ging in den Küchenbereich und wusch sich die Hände, spülte den wunderbaren Duft von Lindsays Verlangen fort. Sein Blut brodelte noch von der Erinnerung an das Gefühl, wie ihr Körper ihn heiß und eng umfing. Jener strahlende Moment der Verbundenheit hätte ihn erschüttert, doch dann brachte sie ihn zum Lachen. Und er hatte schon so lange nicht mehr gelacht, dass er sich nicht einmal erinnerte, wann es zuletzt vorgekommen war. Er hatte vergessen, wie stark ihre Seelenverwandtschaft war, entsann sich ebenso wenig, dass diese ihn jemals derart vollständig geläutert hatte. Ihm war, als wäre er durch einen Hochofen gerannt, bis zum Schmelzpunkt erhitzt worden, um dann neu und unbefleckt wieder aus ihm hervorzugehen.

»Wo ist Shadoe?«

Er drehte sich um, seltsam ärgerlich, dass jemand diesen Namen benutzte, den er Lindsay bisher nicht erklärt hatte. Erst jetzt stellte er fest, dass Elijah bei Jason war. Die primitiven Instinkte des Lykaners mussten sofort registriert haben, was Adrian getan hatte, ehe sie ihn störten. Lindsays Duft war überall an ihm, und dem Beben von Elijahs Nasenflügeln nach zu urteilen, erkannte er es.

»*Lindsay*«, betonte Adrian, »erholt sich noch.«

Jason musterte ihn unverblümt. »Aber sie war auf. Sie … hat gegessen.«

»Wie ein Scheunendrescher.«

»Wie geht es ihrem Arm?«, fragte Elijah, dessen Miene sehr neutral war.

»Er verheilt gut.«

»Schön.« Der Lykaner nickte zufrieden.

Adrian verschränkte die Arme und sah Elijah an. Es bestand kein Zweifel mehr, dass der Lykaner ein Alpha war, nicht, nachdem Adrian gesehen hatte, wie er mit den anderen aus dem Rudel das Vampirnest in Hurricane ausgeräumt hatte. Und er war gefährlich. Seine angeborene Dominanz und Fähigkeit, die anderen dazu zu bringen, dass sie ihm folgten, würden unweigerlich zu einem Problem werden. Vorerst aber war er Lindsay verpflichtet. Sie hatte ihn gerettet – mehr als einmal, wie er sagte. Er würde die Schuld abtragen, indem er sie mit seinem Leben schützte, und momentan war das exakt das Maß an Loyalität, das Adrian brauchte, um Lindsays Sicherheit zu gewährleisten.

»Ich wollte nur noch einmal klären«, begann Jason und ging zum Esstisch, »ob es bei dem Plan bleibt, morgen nach Utah zurückzukehren. Ist der Zeitplan noch zu halten?«

»Ich sagte bereits, dass er das ist.« Adrian sprach ruhig und gelassen, obwohl es ihn einige Mühe kostete, nicht die Fäuste zu ballen, als Jason vor der Stelle stehen blieb, an der Adrian eben noch in Lindsay gewesen war. »Ich möchte um Punkt sechs Uhr aufbrechen.«

»Okay.« Jason legte eine Hand auf den Tisch und sah zu Adrian. »Helena ist in Las Vegas. Sie will dich sehen.«

»Ich treffe mich mit ihr, sobald ich mich umgezogen habe. Elijah, bleib du bei Lindsay.«

Adrian ging in sein Schlafzimmer, das durch den Wohnbereich von Lindsays getrennt war. Er schloss die Tür, setzte sich auf die Bettkante und atmete tief durch, bevor er das Telefon aufnahm und die Taste drückte, die ihn mit ihrem Zimmer verband.

Es dauerte länger, bis sie sich meldete. »Hallo?«

»Linds … Alles okay mit dir?«

Sie seufzte. »Nein. Eigentlich alles andere als okay.«

Er schloss die Augen. Ihre Scham und Verwirrung waren

unüberhörbar. »Ich muss weg. Elijah bleibt bei dir. Wenn ich zurück bin, reden wir.«

»Ist gut.«

»Falls du irgendwas brauchst, während ich weg bin, lass es auf die Zimmerrechnung setzen.«

»Oh Gott«, stöhnte sie. »Bitte kauf dich nicht von mir frei.«

»Das fiele mir im Traum nicht ein. Du bist unbezahlbar.«

Wieder entstand eine längere Pause. Dann sagte sie in einem gestählten Tonfall: »Du hast recht, Adrian. Du kannst dir mich nicht leisten, denn der Preis ist zu hoch. Und ich lasse nicht zu, dass du ihn bezahlst.«

Er blickte zu der geschlossenen Schlafzimmertür und murmelte einen Fluch. Nach dem, was eben zwischen ihnen geschehen war, brauchte sie seine Zuwendung, doch mit den anderen hier in der Suite konnte er sie nicht beruhigen. Es gab Dinge, die er noch nicht sagen, ihr aber zeigen könnte, wären sie allein. »Wir reden, wenn ich wieder da bin«, wiederholte er.

»Sei vorsichtig.«

»Und bring du dich nicht in Schwierigkeiten.« Adrian legte das Telefon zurück und stand auf. Je eher er sich um alles kümmerte, umso schneller konnte er wieder bei Lindsay sein.

Lindsay duschte ein zweites Mal. Als sie aus dem Bad kam, fand sie ein weiteres neues Outfit vor. Diesmal hing es auf einem Bügel und in der Schutzhülle einer Boutique. Lindsay öffnete sie und stellte fest, dass die Preisschilder noch an den Sachen hingen – und die Preise waren grotesk! Es handelte sich um ein traumhaft schönes Ensemble, bestehend aus einer schokobraunen Marlenehose und einem Lagen-T-Shirt in Türkis- und Goldtönen. Teuer und elegant, wie es Adrians Geschmack entsprach. Neben dem Ensemble lag eine Make-up-Schatulle mit den neuesten MAC-Kosmetika. Und unter allem auf dem Bett lag ein Umschlag mit dem Hotel-Logo, in dem sich ein dicker Stapel frischer Hundertdollarscheine befand.

Stöhnend strich Lindsay sich mit beiden Händen übers Gesicht. Diese ganze Geschichte wuchs ihr so weit über den Kopf, dass sie das Gefühl hatte zu ertrinken. Adrian war zu viel für sie. Damit konnte sie nicht umgehen. Nein, sie konnte mit *ihm* nicht umgehen. Wie er sie ansah, mit ihr sprach, sie berührte … was das zwischen ihnen auch sein mochte, für ihn war es eindeutig keine Affäre. Und egal, was sie sagte, egal, wie sehr sie sich bemühte, er war entschlossen, sie um jeden Preis zu haben.

Sie zog sich an und machte sich vorzeigbar, bevor sie sich in den Sessel setzte, in dem Adrian vorhin gesessen hatte, und ihren Dad anrief.

»Eddie Gibson, Gibson Automotive«, meldete er sich.

»Hey, Dad.« Im Hintergrund hörte Lindsay das Surren der Druckluftwerkzeuge, und vor Heimweh wurde ihr die Kehle eng. Ihr Vater wusste nichts von den dunkleren Seiten ihres Lebens, doch ihm war klar, dass sie ungewöhnlich war, und er liebte sie dennoch bedingungslos. »Ich bin's. Entschuldige, dass ich nicht früher angerufen habe.«

»Hey, Baby, geht es dir besser?« Seine Stimme war rau vor Sorge.

Stirnrunzelnd fragte sie: »Besser? Ja, es geht mir gut. Glänzend, genau genommen.«

»Puh, bin ich froh!«, sagte er mit einem lauten Seufzer.

»Ich hatte mir Sorgen gemacht, weil ich dich nicht erreichen konnte. Und immer, wenn ich es auf deinem Handy versucht habe, bin ich gleich auf der Mailbox gelandet.«

»Ja, ich habe es nicht aufgeladen, seit ich hier bin. Wahrscheinlich ist der Akku leer.«

»Richte Adrian meinen Dank aus, dass er angerufen und gesagt hat, dass mit dir alles in Ordnung ist. Wahrscheinlich hätte ich sonst die National Guard alarmiert, um nach dir suchen zu lassen.«

»Adrian hat dich angerufen?« Ein Kribbeln durchfuhr Lindsay. Bei allem anderen, was er um die Ohren hatte, hatte Adrian daran gedacht, dass Lindsays Vater sich um sie sorgte, und sich die Mühe gemacht, ihm seine Angst um Lindsay zu nehmen. Das rührte sie sehr.

»Gestern. Er hat mir erzählt, dass du mit einem Magen-Darm-Virus flachliegst. Du solltest es die nächsten Tage ruhig angehen lassen und viel trinken. Und vielleicht widmest du diesem Adrian Mitchell mal ein bisschen Zeit. Er hörte sich an, als würde ihm wirklich viel an dir liegen. Da könnte sich etwas Ernstes entwickeln.«

Schön wär's! Sie hatte endlich einen Mann gefunden, den sie nicht belügen und vor dem sie nichts verstecken musste, und ausgerechnet den konnte sie nicht haben. »Passt du auf dich auf?«

»Tja, ich weiß ja, dass du schimpfst, wenn nicht, also ja. Ich war gestern Abend sogar drüben bei Sam zum Pokern.«

»Das ist gut.« Sie hatte ihn gedrängt, öfter mal auszugehen. Und ein Pokerabend mit Freunden war ein guter erster Schritt.

»Wo bist du? Laut Anruferkennung im Mondego Resort.«

»Das gehört Gadara«, erklärte sie, denn sie hatte das Logo von Gadara Enterprises am Telefon gesehen, als sie wählte.

»Dann bist du schon wieder zurück im Sattel. Aber sei vorsichtig. Du verlangst gern viel zu viel von dir.«

»Musst du gerade sagen!«, konterte sie. »Wie wäre es mit folgender Abmachung: Jedes Mal, wenn du dir einen Tag freinimmst, tue ich es auch?«

Er lachte, und es klang wunderbar. »Na gut, abgemacht.«

»Ich hab dich lieb. Und ich melde mich in ein paar Tagen wieder, aber falls du irgendwas brauchst oder reden willst, achte ich von jetzt ab darauf, dass mein Handy aufgeladen ist.«

»Alles klar. Hab dich auch lieb.«

Lindsay legte den Hörer wieder auf, schnappte sich ihre Umhängetasche und verließ das Schlafzimmer. Aus dem Wohnzimmer waren schon länger keine Stimmen mehr zu hören gewesen. Trotzdem wappnete Lindsay sich, bevor sie die Tür öffnete. Das kurze Gespräch mit ihrem Vater hatte ihr geholfen, sich wieder aufs Wesentliche zu konzentrieren, allerdings nichts dagegen ausrichten können, dass sie sich verwundbar und bloßgestellt fühlte. Adrian kam ihr zu nahe. So sehr sie auch wünschte, es wäre anders, konnte sie sich nicht gegen ihn wehren.

Lindsay fand Elijah bei der Couch wartend vor, wo er mit verschränkten Armen stand. Er war eine große, eindrucksvolle Erscheinung. Sein olivgrünes T-Shirt und die weite Jeans verbargen so gut wie nichts von seinem kräftigen Körper, und ihn umgab eine Aura von Verlässlichkeit und Stärke. Er war der Typ Mann, dem man sein Leben anvertraute. In der Beziehung ähnelte er Adrian. Auch Adrian war auf außergewöhnliche Art erhaben und unerschütterlich. Und dass er Lindsay ein Gefühl von Erdung gab, war einer der

Aspekte, die es am schwersten machten, ihm zu widerstehen. Sie begehrte ihn, mochte ihn, vertraute ihm. Und wenn sie bei ihm war, fühlte sie sich friedlich, was sie seit jenem Albtraumtag nicht mehr erlebt hatte, an dem die Vampire ihr diese Empfindung raubten.

Adrian hatte Lindsay ihre Ausgeglichenheit zurückgegeben. Und sie musste es ihm danken, indem sie ihn gehen ließ. So viel er ihr auch gab, sie könnte ihm in einem einzigen, egoistischen Moment alles nehmen.

»Hi, El.« Sie lächelte dem gut aussehenden Lykaner zu. »Wie geht's?«

»Ich lebe.« Elijahs tiefe Stimme dröhnte durch den Raum. »Und vor allem dank dir.«

»Ach was. Du hast gekämpft wie verrückt. Ich habe bloß versucht, keine ganz so hilflose Sterbliche zu sein.«

»Hilflos.« Er schnaubte. »Nein, du bist nicht hilflos. Du bist total verrückt.«

Lindsay nickte ernst. »Größtenteils.«

Seine leuchtenden smaragdgrünen Augen musterten sie prüfend. »Wie fühlst du dich? Tut dein Arm weh?«

Sie ging mit ausgestrecktem Arm auf ihn zu. Die rosa Haut verblasste inzwischen, und seit Lindsays erster Dusche waren auch winzige Härchen an der Stelle nachgewachsen.

Elijah sah ihren Arm an und pfiff leise. »Ich war sicher, dass du ihn verlieren würdest.«

»War es so schlimm?«

Er blickte sie verwundert an. »Ja! Die Kugel hatte ihn fast weggepustet.«

Lindsay erinnerte sich an den wahnsinnigen Schmerz und winkelte den Arm unwillkürlich an, um ihn zu massieren. »Wie hat er das gemacht?«

»Wenn ich das wüsste!«

Da er so fasziniert wirkte, bot sie an: »Du kannst ihn anfassen.«

»Kommt nicht infrage!«

Sie stutzte. »Ich beiße nicht.«

»Und ich werde Adrian nicht wütend machen. Neugier kann auch Wölfe umbringen, nicht nur Katzen.«

»Im Ernst, du übertreibst es total, was seine Besitzansprüche betrifft. Und wie sollte er es überhaupt mitbekommen?«

»Er würde mich an dir riechen.«

Jetzt war Lindsay erst recht verwirrt.

»Im Ernst«, zitierte er sie trocken. »Ich bringe dich ja ungern in Verlegenheit, aber ich rieche ihn überall an dir.«

Ihr Bauch verkrampfte sich. »Hast du mich auch an ihm gerochen?«

»Jap.«

»Scheiße.« Sie fuhr sich mit den Fingern durch ihr feuchtes Haar. »Wenn ich zusammenpacken und abhauen wollte, müsste ich dich dann abschütteln? Oder würdest du mich friedlich gehen lassen?«

»Versuch ruhig, mich abzuhängen«, knurrte er leise. »Du wirst schon sehen, wie weit du kommst.«

»Hast du den Befehl, mich hier festzuhalten?«

»Nein, aber ich lasse dich nicht aus den Augen.«

Sie vertraute ihm, deshalb erzählte sie ihm von ihrem Zwiespalt. »Ich spiele mit dem Feuer und werde mich verbrennen. Damit könnte ich leben, aber Adrian … braucht diese Sorte Hitze nicht. Er hat noch nicht mal angefangen, den Verlust seines Freundes Phineas zu verwinden.«

»Er ist schon groß und kann selbst auf sich aufpassen.«

Elijahs Miene wurde weicher. »Sorg dich lieber um dein eigenes Heil.«

Ihr Blick wanderte zum Tisch. Sie erinnerte sich lebhaft, wie es war, Adrian in sich zu haben. Der Klang seiner Stimme war genauso intim gewesen wie der körperliche Akt, und die fremden Worte, die er sprach, hallten in ihr nach und rührten etwas an, was ihr entfernt bekannt vorkam. Sie wusste nicht, was sie bedeuteten, doch es waren ohne Zweifel die Worte eines Liebenden. Und sie hatten sich angefühlt wie ein Streicheln, wie eine warme Brise, die sanft über Lindsays Haut strich. Wäre sie die Einzige, die Konsequenzen befürchten musste, würde sie ihn nehmen. Ihn behalten. Ihn sich zu eigen machen. Doch so war es nicht. Er würde leiden …

Sie atmete gedehnt aus. »Mein Warnsystem zum Zweck der Selbsterhaltung scheint defekt zu sein.«

»Ja, das fiel mir kürzlich auch auf.«

»Hast du Hunger?«

»Ich könnte etwas essen.«

»Dann lass uns losziehen, uns vollstopfen und hinterher Achterbahn fahren, bis wir kotzen.« Ein Adrenalinrausch könnte sie vielleicht davor bewahren durchzudrehen. Sie war entsetzlich angespannt, und wenn sie sich nicht bald locker machte, flippte sie noch aus.

Elijah seufzte. »Dafür hast du meinen Arsch gerettet?«

»Entweder das, oder ich haue ab. Deine Entscheidung.«

»Na gut.« Er wies auf die Tür der Suite. »Aber ich warne dich gleich: Du willst mich ganz bestimmt nicht vollkotzen.«

Sie setzte sich sogleich in Bewegung, weil sie es kaum erwarten konnte, dieser Suite mit den zu vielen gefährlichen Erinnerungen zu entkommen. »Warum nicht?«

»Weil ich zurückkotze«, sagte er, während er ihr die Tür aufhielt. »Und ich esse garantiert mehr als du.«

»Uäh.« Lindsay wollte schon auf den Korridor hinaustreten, als ein eleganter Afroamerikaner vor ihr auftauchte.

Erschrocken blieb sie stehen, gebannt von seinem Megawatt-Lächeln. Ihren Boss würde sie jederzeit wiedererkennen. »Hallo Mr. Gadara.«

»Guten Tag Miss Gibson. Zu Ihnen wollte ich gerade.«

Adrian betrat das Hard Rock Café und fragte nach Helena Bardon. Die Wirtin lächelte ihn an und versuchte, Small Talk mit ihm zu machen, doch Adrian blieb einsilbig, weil er in Gedanken bei Lindsay war. Die hübsche Brünette flirtete unverdrossen weiter mit ihm, während sie ihn zu Helenas Sitznische brachte. Allerdings verflüchtigte sich ihre Warmherzigkeit, sowie sie die blonde Frau sah, die von ihrer Bank aufstand, um Adrian zu begrüßen. Er wusste, was die Wirtin sah: eine umwerfende, strahlend schöne Frau mit hüftlangem, blondem Haar und engelsblauen Augen.

»Adrian.« Helena umarmte ihn. »Als ich von Phineas hörte, habe ich mir solche Sorgen um dich gemacht.«

»Ich komme klar.«

Ihre zarten Nasenflügel bebten, als sie ihn musterte. »Deine Shadoe ist zurückgekehrt, um dich zu trösten.«

Er bedeutete ihr, wieder Platz zu nehmen.

»Du weißt, dass ich dich nicht verurteile«, sagte sie leise und setzte sich wieder.

»Ja, weiß ich.« In all der Zeit war Helena rein im Herzen geblieben. Ihre Frömmigkeit war unerschütterlich, und sie schien gänzlich unberührt von der Welt, in der sie lebten. Er beneidete sie um diese Gelassenheit.

»Bringt sie dir wirklich Trost?«

»Trost und Qualen, Wonne und Schmerz. Und alles extrem. Es ist erhaben und höllisch zugleich, und ich brauche es, um zu existieren. Ich brauche sie.« Es gab nur wenige Hüter, mit denen er so offen reden konnte. Helenas fester Glaube verlieh ihr eine Unparteilichkeit, die nur sehr wenige besaßen.

Ein Kellner kam, und sie bestellten. Um des Scheins willen, würden sie Essen auf ihren Tellern umherschieben und es sich danach für die Lykaner einpacken lassen. Als sie wieder allein waren, lehnte Helena sich zurück und sah plötzlich sehr verdrossen aus.

»Wie kann ich dir helfen?«, fragte Adrian. Er ließ sich nicht anmerken, wie sehr ihre Unruhe ihn verstörte, doch das tat sie. Helena war die einzige verlässliche Größe in seinem Leben. Andererseits hatte für Phineas dasselbe gegolten.

»Indem du mit mir fühlst.« Sie legte ihre zarte Hand auf den Tisch. »Hatte ich dir erzählt, dass einer meiner Lykaner, Mark, behauptet, mich zu lieben?«

Adrian erschrak. »Nein.«

»Ja, nun, das glaubt er zumindest.«

»Die Möglichkeit an sich überrascht mich nicht sonderlich«, sagte Adrian, der sich gleich wieder gefangen hatte. »Du bist eine wunderschöne Frau mit einer gütigen Seele.«

»Dir ist natürlich klar, wem dieses Lob eigentlich gebührt, aber danke.« Ihre Fingerspitzen trommelten leicht auf der Tischplatte, wessen sie sich offenbar nicht bewusst war. »Ich habe wirklich alles versucht, Rücksicht auf seine Gefühle zu nehmen, so unpassend sie auch sein mögen. Ihretwegen leistet er sehr gute Arbeit. In bestimmten Situationen hat Mark auf eine Weise sein Leben riskiert, wie es andere gewiss nicht getan hätten.«

»Wird er zum Problem für dich?«

»Nein.« Sie seufzte. »*Ich* werde zum Problem.«

Adrian legte seine Hand auf Helenas. »Ich höre zu.«

»Ich wusste ja, dass er … Bedürfnisse hat. Immerhin kenne ich die Lykaner. Es ist nur … dass ich mich weigerte zu sehen, wie er mit diesen Bedürfnissen zurechtkam. Und er gab sich alle Mühe, seine Aktivitäten zu verbergen.« Sie schlang ihre Finger um Adrians Hand. »Aber als ich von Phineas erfuhr, rief ich Mark zu mir, nachdem ich ihm bereits den Nachmittag freigegeben hatte. Als er kam, roch ich … eine Frau an ihm.«

»Helena.« Adrian wurde die Brust eng vor Mitgefühl.

»Ich war wütend, Adrian! So wütend wie noch nie zuvor. Ich herrschte ihn an, sagte grausame und absichtlich verletzende Dinge. Ich warf ihm vor, schwach und unanständig zu sein. Und mehr … so vieles mehr. Furchtbar hässlich war ich zu ihm und konnte einfach nicht aufhören. Ich brachte ihn dazu, sich selbst zu hassen. Dabei hatte er bereits solche Schuldgefühle und schämte sich seiner, und ich machte es nur noch schlimmer.«

»Du warst eifersüchtig.« Nun hatte sie erlebt, was nur wenige Hüter am eigenen Leib erfahren hatten – dass sie genauso besitzergreifend wie Lykaner und Vampire sein konnten. Anscheinend war diese Eigenschaft den Seraphim schon als Anlage mitgegeben und an die Gefallenen weitergereicht worden. »Es hätte schlimmer sein können. Und wäre schlimmer gewesen, hättest du mit ihm geschlafen.«

»Und das ist das Dilemma, mit dem ich zu dir komme.« Sie reckte ihr Kinn. »Wenn überhaupt jemand nachvollziehen kann, wie ich mich fühle, dann du. Die ganze Zeit dachte ich, dass wir über fleischliche Gelüste erhaben wären.

Dass der Kampf gegen die Lust ein Kampf ist, den wir nicht austragen müssen.«

»Es ist uns bestimmt, auf die Probe gestellt zu werden, wie du weißt.«

»Ja, aber als ich versuchte, Mark die Situation zu erklären, mich zu entschuldigen, weil ich ihn verletzt hatte, und ihn auf eine Versetzung anderswohin vorzubereiten, sprach er etwas an, was mir bis dahin entgangen war. Uns ist es verboten, uns mit Sterblichen einzulassen, Adrian. Doch Lykaner, Vampire – und sogar Dämonen – sind nicht sterblich.«

Entsetzt wich er zurück und wechselte von der Rolle des Freundes in die ihres Oberbefehlshabers. »Du hoffst auf ein Schlupfloch.«

»Verurteile mich nicht!«, konterte sie viel zu aufgebracht, um höflich zu bleiben. »Was maßt du dir an, wo du herkommst und über und über nach einer Sterblichen riechst!«

»Was hast du erwartet, was ich sagen würde? Frag dich selbst mal – und sei ehrlich –, warum du dich in der Hoffnung auf Mitgefühl an mich gewandt hast. Weil du weißt, dass ich es habe. Ich fühle aufrichtig mit dir. Aber falls du Absolution wolltest – die kann ich dir nicht erteilen.«

»Warum nicht?«

»Wenn ich dir die Erlaubnis gäbe, dieselben Fehler zu begehen wie ich, wäre ich nicht besser als Syre. Ich werde dich nicht in die Verdammnis führen, Helena. Meine Pflicht ist es, alles in meiner Macht Stehende zu tun, um deinen Niedergang zu verhindern.«

»Ich soll also tun, was du sagst, und nicht, was du tust.«

Ihr wütender Blick war schneidend. Binnen weniger Momente war sie zu seiner Feindin geworden. Doch so sehr ihn ihre Wut auch verletzte, konnte er nicht anders handeln.

»Die Antwort auf deine Frage kann nicht ich dir geben. Das weißt du.«

Helenas Unterlippe bebte. »Ich frage den Allmächtigen und höre nichts.«

»Die Schlussfolgerung, die ich einst daraus zog«, sagte er sanft, »war die, dass Schweigen Antwort genug ist.«

Sie atmete zittrig ein. »Ich dachte, du würdest mir helfen.«

»Ich werde es versuchen, aber nicht auf die Weise, wie ich es gern würde.«

Eine Träne stieg in einem ihrer Augen auf, quoll über und rann über ihre makellose Wange. Ihr Schmerz strahlte von ihr aus und hallte in Adrian wider. Sie glitt aus der Sitznische. »Ich brauche einen Moment, um mich zu sammeln.«

Adrian nickte und sah ihr nach, als sie zu den Waschräumen ging. Dann holte er sein Mobiltelefon hervor und wählte.

»Jason«, sagte er, sowie sein Stellvertreter sich meldete. »Finde Helenas Leibwachen, und ruf sie sofort her.«

»Ich kümmere mich persönlich darum. Wie läuft es?«

»Darüber reden wir später. Und gib mir Bescheid, solltest du sie in der nächsten halben Stunde nicht zu fassen bekommen.«

»Verstanden.«

Das Essen kam, und Adrian schickte es zurück, um es einpacken zu lassen. Der Kellner brauchte einige Minuten, bis er das arrangiert hatte, und Helena war noch nicht zurück. Allerdings hatte Adrian schon bedacht, dass die Chancen ihrer Rückkehr an den Tisch fünfzig zu fünfzig standen. Er begriff, was sie durchmachte, und er wusste, wozu er fähig wäre, sollte sich jemand zwischen ihn und Lindsay stellen – er würde sie packen und fliehen, die kurze, kostbare Zeit auskosten, die ihm bliebe, bis sie erwischt wurden.

Er warf Bargeld auf den Tisch, um die Rechnung zu begleichen, griff mit einer Hand nach der Tüte mit dem Essen und rieb sich mit der anderen die verkrampfte Kehle. Eine Stunde Vorsprung wollte er Helena geben. Es war ein erbärmliches Zugeständnis, aber das einzige, das er machen konnte, bevor die Suche nach ihr und ihrem abtrünnigen Lykaner beginnen würde.

Adrian hoffte, dass sie klug genug gewesen war, Mark in der Nähe warten zu lassen. Die Alternative – dass sie auch nur einen Moment geglaubt hatte, er könne ihre Entscheidung gutheißen – war viel zu schmerzlich, um sie auch nur in Betracht zu ziehen. Sollte er in den Augen seiner Hüter so tief gesunken sein, wären die Herausforderungen, die ihnen in den kommenden Tagen bevorstanden, nicht zu bewältigen.

14

Vash wischte sich mit dem Handrücken das Blut vom Mund und bleckte ihre Reißzähne, als sie den Lykaner ansah, den sie mit einer versilberten Klinge an den Baumstamm vor sich geheftet hatte. Die Silbervergiftung in seinem Blut zwang ihn, seine menschliche Gestalt zu behalten. Er war nackt, sichtlich ermattet und atmete flach.

»Du weißt, wessen Blut das ist«, sagte Vash wieder, die selbst unzählige Biss- und Kratzwunden aufwies, und hielt ihm das blutbefleckte Stück Stoff unter die Nase. »Wer aus deinem Rudel hat die Pilotin am Flughafen von Shreveport angefallen?«

»Fick dich, Schlampe«, keuchte er und griff nach dem Heft des Schwerts, war jedoch zu schwach, um es aus dem Baum hinter sich zu reißen.

»Wir können den ganzen Tag so weitermachen.«

Er blickte unter seinem Haarschopf auf, dessen Rot einige Nuancen heller als Vashs war. »Ich werde in einer Stunde tot sein. Und du hast nichts.«

»Du willst ganz sicher nicht schlappmachen, bevor du mir erzählt hast, was ich wissen will.«

»Du kläffst den falschen Baum an«, brachte er mit einem hämischen Lachen heraus.

»Du bist ja ein echter Komiker.« Sie packte sein Kinn und zwang seinen Kopf in den Nacken. »Ich sehe doch, dass du

Bescheid weißt. Verrate mir einfach den Namen, und dein Schmerz ist vorbei.«

Er zeigte ihr den Stinkefinger. »Siehst du das auch?«

Vash starrte den Lykaner streng an und fragte sich, ob er womöglich für den Tod ihres Gefährten verantwortlich war. Diese Frage stellte sie sich bei jedem Lykaner, dem sie begegnete. Sie musste einfach glauben, dass der Schuldige noch irgendwo auf der Welt am Leben war und darauf wartete, dass sie sich für die abscheuliche Tat an ihrem geliebten Charron rächte. »Wie viele Vampire hast du getötet, Hund?«

»N-nicht genug.«

»Er ist jung«, sagte Salem neben ihr und lenkte sie kurzfristig ab, nicht zuletzt aufgrund seiner neuesten Haarfarbe: Himmelblau. Zum Glück für ihn besaß er klassische Züge, und sein majestätisches Gesicht machte seine schrillbunten Haare meist wett. Außerdem war er gnadenlos böse. Andernfalls hätte ihn sein bizarrer Frisurentick wohl schon längst das Leben gekostet.

Vash musterte den Lykaner. Neben Schmerz und Erschöpfung sah sie tatsächlich Jugend. Vielleicht war er zu jung. »Wie alt bist du?«

»Leck mich.«

Sie beugte sich vor, sodass sie ihm in die Augen sehen konnte. »Ich bin kurz davor, dich laufen zu lassen, Blödmann. Versau dir das nicht.«

Er funkelte sie wütend an. »Fünfzig.«

Also kam er nicht in Frage. Er war ein fünf Jahre alter Welpe gewesen, als Char starb. Vash riss die Klinge aus dem Baum und beobachtete, wie der Lykaner auf den Waldboden sackte. »Geh zu dem Arsch, der meine Freundin entführt hat. Sag ihm, dass Vash ihn sucht. Er kann mir entweder wie ein Mann entgegentreten oder sich wie ein Hund verstecken und mein Schwert in den Rücken kriegen.«

Die Haut des Lykaners kräuselte sich, und Andeutungen von Fell erschienen. Es war sein letzter Versuch, sich zu retten, indem er Wolfsgestalt annahm. Dann würden sich seine Wunden schneller schließen.

»Lässt du ihn laufen?«, fragte Raze, dessen massige Bizepse sich wölbten, als er das Lykanerblut von seiner Klinge wischte.

»Wenn er es lebend aus dem Wald schafft, hat er es verdient, ein andermal zu sterben.«

Sie wandte sich ab und ging den Weg entlang, auf dem die anderen beiden Lykaner geflohen waren. Die beiden Gefallenen-Captains folgten ihr.

Eine Meile weiter griff Raze nach Vashs Arm und blickte durch seine Sonnenbrille auf sie hinab. Vash war eine große Frau, doch der Captain überragte sie trotzdem deutlich. »Syre will, dass wir die Lykaner nach Raceport bringen.«

»Der, den wir hatten, würde nicht einknicken, nicht einmal bei Syre. Wenn er uns nützlich sein soll, müssen wir ihn laufen lassen.«

»Die Chancen, dass er es in die Zivilisation zurück schafft, stehen praktisch bei null«, entgegnete Salem trocken.

Vashs Grinsen war verbittert. »Er ist motiviert. Er war bereit zu sterben, um den zu schützen, hinter dem wir her sind. Da wird er zurück wollen und ihn warnen, dass wir kommen. Und so wird er uns direkt zu dem führen, den wir suchen. Falls nötig, helfen wir ihm und sorgen dafür, dass er lange genug überlebt, um uns eine Spur zu hinterlassen.«

Zwei Meilen weiter fanden sie die restliche Kleidung des Lykaners. In seiner Hosentasche entdeckten sie eine Brieftasche. Aus der zog Vash lächelnd einen Ausweis von Mitchell Aeronautics hervor und schwenkte ihn triumphierend. »Dachte ich mir doch. Seine Adresse ist Angels' Point. Ich *wusste*, dass Adrian da mit drinsteckt. Und jetzt können wir es vielleicht beweisen.«

»Mr. Mitchell.«

Adrian blieb vor dem Empfangstresen des Mondego stehen. »Ja?«

Der Hotelmitarbeiter griff nach dem Telefon. »Mr. Gadara würde Sie gern sehen, wenn Sie einen Moment Zeit haben.«

Adrian nickte und ging weiter zu den Fahrstühlen. Sein Mobiltelefon meldete ihm eine SMS, kurz bevor die Türen aufglitten. Er holte es aus der Tasche, während er in den Aufzug stieg.

Chefin unterwegs, wg Gadara. Bin auf dem Weg zum Flughafen, um sie noch zu erwischen, muss ihr aber vllt hinterher. Melde mich baldmöglichst.

Da er teils durch die Organisation der Suche nach Helena und ihrem Lykaner abgelenkt war, brauchte Adrian eine knappe Sekunde, bis er begriff, wer ihm schrieb – Elijah – und wer die Chefin war – Lindsay. »Mist!«

Er streckte einen Arm aus, bevor die Türen sich schlossen, und eilte wieder aus dem Fahrstuhl. »Ich kann ihn jetzt sehen«, rief er dem Mann am Empfang zu, der ihn zu einem anderen Fahrstuhl schickte, an dem Adrian einen Zahlencode eingeben oder den Aufzug vom Empfang entriegeln lassen musste.

Der Fahrstuhl hatte nur zwei mögliche Ziele: Raguels Büro und das Dach. Die Türen öffneten sich zu einem riesigen Empfangsbereich, wo die Besucher warteten, bis Raguel sie hereinbat. Adrian stellte die Tüte mit dem Essen auf dem Schreibtisch am Empfang ab und ging geradewegs durch in Raguels Büro.

»Adrian.« Raguel stand elegant von seinem Schreibtischsessel auf und schickte seine Sekretärin mit einem ungeduldigen Handzeichen weg. Hinter ihm bot eine Fensterfront einen Panoramablick auf die Stadt; ein eindrucksvoller Hintergrund für einen übertrieben ehrgeizigen Erzengel. »Leider haben wir noch keine Testergebnisse.«

»Du versuchst mit dem Falschen zu spielen.«

»Ah, verstehe.« Raguel grinste vielsagend. »Du bist wegen Miss Gibson hier. Ich hatte angenommen, dass deine Gedanken auf Dringenderes konzentriert wären.«

»Im Moment sind sie ganz darauf gerichtet, dir das Leben zur Hölle zu machen. Und das willst du ganz gewiss nicht. Wo ist sie?«

»Es klingt keinerlei Emotion in deinen Worten mit, und dennoch sind sie so scharf. Was ist, Adrian? Bringt dich Miss Gibsons Abreise wirklich auf, oder versagst du schlicht, was sozial angemessenes Verhalten betrifft?«

»Du köderst mich nicht, Raguel. Wo ist sie?«

Der Erzengel sank wieder auf seinen Sessel. »Sie nahm meinen Helikopter zum Flughafen, von wo sie einen Flug nach Kalifornien nehmen will, glaube ich. Sie konnte es nicht erwarten, ihre Stelle als stellvertretende Geschäftsführerin des Belladonna anzutreten.«

»Deine Einmischung in meine Angelegenheiten ist äußerst unklug. Ich hätte dich nicht für so dumm gehalten.«

»Es kam mir nicht zu, sie hier festzuhalten. Als sie den Wunsch äußerte zu gehen, blieb mir keine andere Wahl. Was hätte ich deiner Meinung tun sollen? Sie festbinden?«

Adrian bebte innerlich vor Wut. »Du hättest ihr nicht helfen müssen.«

»Sie arbeitet für mich. Wie sollte ich ihr nicht helfen, wenn sie mich bittet?«

»Hat sie dich gebeten? Oder hast du es ihr angeboten?«

»Was spielt das für eine Rolle? Sie nahm bereitwillig an.« Raguels Lächeln war berechnend.

Adrian zog erneut sein Mobiltelefon hervor und tippte eine SMS an Elijah: *Finde sie und beschütze sie, bis du von mir hörst.*

»Ich leihe dir auch gern meinen Helikopter«, bot Raguel an.

»Mal sehen. Falls es nötig wird.« Er war beinahe entschlossen, Lindsay nicht zu folgen, selbst wenn er es könnte. Sie war sicherer, wenn er ihr fernblieb. Und er brauchte sie nicht mehr, um Syre zu ködern, denn der Anführer der Vampire hatte ihm bereits den nötigen Vorwand geliefert.

Vielleicht war Shadoe gehen zu lassen die Lektion, die er nie gelernt hatte. Womöglich war sie seine Prüfung in Sachen Selbstlosigkeit, bei der er ein ums andere Mal versagt hatte. Vielleicht war Shadoes Seele *und* deren Gefäß ziehen zu lassen das Opfer, das man von ihm erwartete. Es gab keinen Grund, weshalb Lindsay Gibson nicht getrennt von ihm leben könnte. Er hatte ihr die Wahl zwischen relativer Normalität – einem Sterblichenjob samt einem Ende des Jagens – und dem Training bei ihm überlassen. Wenn sie Ersteres gewählt hatte, gab es für ihn keinen vernünftigen Grund, sie nicht gehen zu lassen. Er wusste, wo sie war; er könnte Syre von ihr fernhalten, bis die Zeit gekommen war, dass er die Sache beendete.

Und die würde bald kommen. Sehr bald.

Bis dahin musste er sich um Helena kümmern. Die Suche nach ihr konnte er an niemand anderen delegieren. Er achtete seine Hüter zu sehr, als dass er sich ihrer nicht persönlich annahm. Und wenn er Helena gefunden und von ihrem Lykaner getrennt hatte, wäre es das Beste, er könnte ihr in die Augen sehen und ihr sagen, dass er sein Glück geopfert habe und dasselbe von ihr erwartete.

»Du erstaunst mich«, murmelte Raguel. »So vieles hast du riskiert für etwas, was du so leicht aufgibst.«

»Du kennst mich nicht, Raguel.« Er wandte sich zum Gehen. »Aber ich kenne dich. Dein Ehrgeiz wird dein Untergang sein, vor allem, wenn du dir mich zum Feind machst.«

»Ich glaube, du wirst feststellen«, rief der Erzengel ihm nach, »dass ich ein sehr nützlicher Freund sein kann, hast du mich auf deiner Seite.«

»Im Gegensatz zu dir brauche ich keine Seite zu wählen.« Adrian stieg in den Fahrstuhl und drehte sich noch einmal zu Raguel um. Dabei entblößte er die Zähne zu einem Raubtiergrinsen. Das Hoheitsgebiet des Erzengels beschränkte sich auf Nordamerika; Adrians war grenzenlos.

Die Fahrstuhltüren schlossen sich, und als Letztes sah Adrian einen sehr nachdenklich dreinblickenden Raguel.

Shadoe war noch nie zuvor vor Adrian weggelaufen. Vielmehr war sie, seit sie ihn zum ersten Mal dazu verführt hatte, jedwede Regeln, Grenzen und Vernunft hinter sich zu lassen, wild entschlossen gewesen, ihn in ihrem Bann zu halten. Anfangs hatte sie lange gebraucht, um ihn mit ihren unnachgiebigen, leidenschaftlichen Sinnenattacken dazu zu bringen, dass er vollkommen gedankenlos über sie herfiel. Seither waren ihre Inkarnationen ausschließlich Verführerinnen gewesen, und sie hatten es immer genossen, wenn er sich aufs Neue ergab.

Bis jetzt.

Nun war er allein, ohne diejenigen, auf deren Unterstützung er sich verlassen hatte. Erst Phineas. Dann Helena. Lindsays Fortgehen war genauso schwer zu ertragen. Ihre Gegenwart hatte ihn getröstet, und er vermisste sie jetzt schon. Aber Adrian durfte sich durch die Verluste nicht in seiner Pflichtausübung beeinträchtigen lassen.

Er gestand sich allerdings ein, dass dies wohl die ersten von vielen Anzeichen dafür sein dürften, dass seine Strafe nahte.

Lindsay wollte sich immer noch ohrfeigen, als ihr Flugzeug auf dem John Wayne Airport landete. Wegzulaufen sah ihr überhaupt nicht ähnlich. Sie war eine Macherin, eine Frau, die sich Widrigkeiten stellte und nichts dem Schicksal überließ. Erst recht nicht, wenn sie keine Ahnung hatte, wie ihre Ausgangsposition war.

Dennoch hatte sie in dem Moment zugegriffen, in dem sich ihr eine Fluchtmöglichkeit bot. Und das nicht, weil sie Angst hatte.

Nein, das war gelogen.

Alles an Adrian Mitchell jagte ihr eine Riesenangst ein. Seine Wirkung auf sie war verflucht beängstigend. Lindsay war es gewohnt, allein mit allem fertig zu werden und für sich zu bleiben; doch er ging ihr derart unter die Haut, dass sie schon zu vergessen begann, wie es ohne ihn war.

Allerdings durfte sie nicht vergessen, wie es sich anfühlte, sie selbst zu sein. Diese Erfahrung mit ihm war befreiend gewesen, doch jetzt kehrte sie in den Käfig der »realen« Welt zurück.

Trotzdem kam das Gefühl von Verlust echter Trauer nahe.

Aber sie würde lernen, damit umzugehen. Dass Adrians Seele auf dem Spiel stand, war ein sehr starkes Motiv. Er war zu wertvoll, als dass er sich an sie vergeuden dürfte.

Der Wind, dieser launische Mistkerl, verfolgte sie mit leisem Flüstern. *Adrian ... Geh zurück zu Adrian ...*

»Du kannst mich mal.« Sie verließ den Terminal mit nichts als den Designersachen am Leib, ihrem Mobiltelefon und einem Ersatzladekabel, das sie am McCarran Airport gekauft hatte. Außerdem befand sich ein unglaublich hoher Bargeldbetrag in ihrer Umhängetasche. Sie hatte vor, jeden Penny zurückzuzahlen, aber vorerst hatte sie sich den Luxus nicht leisten können, das Geld nicht zu nehmen. Nicht, solange ihr Koffer bei Adrian zu Hause stand. Wodurch es unvermeidlich wurde, ihn wiederzusehen. Zumindest einmal müsste sie es, wenn sie ihr Gepäck abholte. Sie könnte ihn bitten, es ihr zu schicken, und damit beiden eine unangenehme Begegnung ersparen, aber das würde sie nicht tun. Zwischen ihnen war noch einiges ungeklärt, und er verdiente, dass sie es persönlich mit ihm klärte.

Lindsay ging zum nächsten Taxistand. Einen einzigen Tag lang hatte sich Adrians Leben angefühlt, als könne es auch ihres sein. Aber das war eine alberne Fantasie. Adrians Existenz war geprägt von Privatjets, Präsidentensuiten, hyperteuren Wagen, einem filmreifen Anwesen, Drachen, Dämonen, Vampiren mit Schaum vor dem Mund, einem Himmel voller Engel, Typen, die sich in Wölfe verwandelten und Wunderheilungen. Sie hingegen war eine psychisch angekratzte, leicht verrückte und bisweilen lebensmüde Durchschnittssterbliche. Sie würden nie zusammenkommen.

Was sie brauchte, war eine Auszeit, um ihre Gedanken zu

sortieren und sich wieder in den Griff zu bekommen. Danach konnte sie ihre nächsten Schritte planen … die sie von Adrian fort führen würden. Er war eine zu große Versuchung für sie, sodass sie sich in seiner Nähe selbst nicht über den Weg traute.

Lindsay setzte sich auf die Rückbank des Taxis und bat den Fahrer, sie zum Belladonna Hotel zu bringen. Mr. Gadara hatte ihr eine der Suiten angeboten, bis eine Wohnung in einem seiner Häuser für sie hergerichtet war. Lindsay war erstaunt gewesen, wie nett er war. Für einen Mann, der so mächtig und berühmt war, trat er bemerkenswert natürlich und zugänglich auf.

Bewusst ignorierte sie, dass der Taxifahrer – was auch immer er wirklich sein mochte – bösartige, nicht menschliche Schwingungen aussandte, die ihn früher umgehend auf ihre Abschussliste gebracht hätten.

»Heute ist dein Glückstag«, murmelte sie und sah ihm im Rückspiegel in die Augen, da er neugierig zu ihr blickte.

Dann holte sie ihr Telefon aus der Tasche und schaltete es wieder an. Sie war nicht überrascht, dass es gleich mehrere Text- und Mailboxnachrichten meldete. Dennoch zog sich ihr Magen zusammen, als sie sich wappnete und die ersten Nachrichten las.

Bitte keinen Ärger machen, bis ich da bin. Elijah

»Oh Mist«, flüsterte sie und kam sich wie eine blöde Kuh vor, weil sie ihn mit ihrer Tasche stehen gelassen hatte. Solltet er ihretwegen Schwierigkeiten bekommen … Nun, das sollte er lieber nicht, denn sonst würde sie Adrian die Hölle heiß machen.

Dann eine Nachricht von Adrian. *Ruf mich an.*

Sie wählte seine Nummer.

»Lindsay.« Beim Klang seiner sanften, melodischen Stimme umfasste Lindsay das Telefon fester. »Bist du in Anaheim?«

»Noch nicht. Ich bin gerade erst gelandet.«

»Du hättest nicht abreisen sollen«, sagte er mit dieser Arroganz, die sie allmählich fast bewunderte. »Obwohl es das Beste für dich war. Es ist etwas vorgefallen, sodass ich frühestens in ein bis zwei Tagen zu dir kommen kann. Bis dahin wird Elijah bei dir bleiben. Und häng ihn nicht wieder ab.«

Selbst übers Mobilfunknetz und trotz seiner ruhigen Intonation konnte sie erkennen, dass er besorgt war. Sie fühlte es buchstäblich. »Was ist los? Ist mit dir alles in Ordnung?«

»Ich … Nein, es ist nicht in Ordnung.«

Sie setzte sich gerade hin. »Was ist?«

»Wo ich im Moment bin, kann ich nicht darüber reden.« Er atmete hörbar aus. »Könnte ich doch frei sprechen! Es gibt Dinge, die ich mir gern von der Seele reden würde und die nur du verstehen könntest.«

»Adrian.« Sie beugte sich vor und war drauf und dran, den Fahrer umkehren zu lassen. »Ich komme zurück, falls du mich brauchst.«

»Das tue ich immer«, sagte er schlicht, als wäre es nichts Besonderes, dass ein solch mächtiges Wesen wie er auch nur in irgendeiner Form auf sie angewiesen sein sollte. »Aber nicht jetzt. In Angels' Point wärst du am sichersten.«

»Eigentlich …« Lindsay zögerte, mehr Distanz zwischen ihnen zu schaffen. Es schien der falsche Zeitpunkt, da er eben gesagt hatte, dass er sie brauchte. Aber sie durfte ihn weder belügen noch ihm das Unvermeidliche verschweigen. Was immer zwischen ihnen gewesen sein mochte, es gründete auf der Tatsache, dass sie einander Seiten an sich offenbart hatten, die sie niemandem sonst zeigten. »Ich bin auf dem Weg zum Belladonna. Da wohne ich, bis ich eine eigene Wohnung gefunden habe. Und du hattest gesagt, dass ich bei Gadara am sichersten bin.«

Es trat eine kurze Pause ein. »Behalte Elijah immer bei dir. Und bleib so viel wie möglich im Hotel. Vor allem, geh *nicht* auf die Jagd!«

»Werde ich nicht. Ich weiß, dass wir zuerst die Logistik besprechen müssen.« Sie brauchte seine Hilfe, um die Vampire zur Strecke zu bringen, die ihre Mutter getötet hatten. So skrupellos Lindsay bisweilen auch sein konnte, war sie nicht wahnsinnig, und sie wollte Adrian nicht versehentlich gefährden, indem sie eine Grenze übertrat oder gegen eine Regel verstieß, die ihr nicht bewusst war.

»Als du Las Vegas verlassen hast, hast du da auch mich verlassen?«

Ihre Eingeweide zogen sich zusammen. »Ich hatte das Gefühl, ich muss. Ich … will dich. Wäre es nur sexuell, fände ich es noch okay. Aber je mehr ich bei dir bin, desto mehr mag ich dich. Und ich bin nicht gut darin, gegen solche Gefühle zu kämpfen. Ich kann nicht Nein zu dir sagen, doch wir beide sind darauf angewiesen, dass ich es tue.«

Diesmal zog sich die Stille länger hin. Lange genug, dass Lindsay bereits fürchtete, sie hätte ihn verloren. »Adrian?«

»Ich bin hier. Du … überraschst mich nur. Deine Entscheidung, mich zu verlassen, um mich zu schützen, kommt unerwartet.«

»Ich bin es nicht wert, dass du meinetwegen zu einem Gefallenen wirst«, murmelte sie. »Das kann ich dir versprechen.«

»Dem widerspreche ich.« Obwohl sich sein Tonfall nicht änderte, spürte Lindsay eine Veränderung an ihm. »Ich mag dich auch, Lindsay. Du faszinierst mich, und das ist für jemanden in meinem Alter ein rares Geschenk. Ich hatte vor, dich gehen zu lassen, wenn du versprichst, mit dem Jagen aufzuhören. Aber ich habe es mir anders überlegt. Wir werden hierüber weiterreden, wenn ich zurück bin, und einen Kompromiss finden.«

Lindsay horchte auf. Dass Adrian in irgendeinem Punkt Kompromisse machte, schien schwer vorstellbar. Er wirkte so, als bekäme er am Ende immer, was er wollte. Dieser Engel mit den blutrot geränderten Federn war vom Schicksal verwöhnt. Und er faszinierte sie vollkommen.

»Ich möchte dir danken«, sagte sie, »dass du meinen Dad angerufen hast. Er wäre sonst krank geworden vor Sorge.«

»War mir ein Vergnügen.«

»Es bedeutet mir viel, dass du daran gedacht hast.«

»Ich kann gar nicht anders, als an dich zu denken«, sagte er mit seiner tiefen, vertrauten Stimme. »Schon seit wir uns begegnet sind.«

Gott … ihr ging es genauso! Sie beide steckten tief im Schlamassel. »Was du auch tust, sei bitte vorsichtig.«

»Keine Angst, *Neshama*. Nichts wird mich davon abhalten, was wir heute begonnen hatten, zu vollenden.«

»Wirst du mir jemals verraten, wie du mich nennst?«

»Frag mich noch mal, wenn ich das nächste Mal in dir bin«, raunte er.

Erschauernd vor Erregung, verabschiedete Lindsay sich hastig und beendete das Telefonat.

Sie wusste, dass es richtig gewesen war fortzugehen, so sehr sie es auch bedauerte. Ganz besonders in diesem Moment, da sie wusste, dass Adrian sie bei sich brauchte, damit sie ihm zuhörte und ihn unterstützte.

Verdammt! Sie musste sich zusammennehmen und nachdenken. Nur war ihre Brust eng vor lauter Sehnsucht nach ihm. Obwohl ihr Verstand ihr sagte, dass es das Vernünftigste und Selbstloseste war, ihm fernzubleiben, trieb sie ein starkes Verlangen zu ihm zurück – in seine Arme, damit sie ihn unwiderruflich für sich einnehmen konnte. Dieser Drang war so intensiv, dass es ihr Angst machte.

Sie hatte noch nie Mühe gehabt, zu ihren Entscheidungen zu stehen, aber in puncto Adrian fühlte es sich an, als würde sie mit sich selbst ringen … und ernsthaft Gefahr laufen zu verlieren. Er war prachtvoll, stolz und gefährlich schön. Sein ganzer Daseinszweck war, eben jene Kreaturen zu jagen, die Lindsay hasste und deren Tod sie wünschte. Wenn sie ihn gefährdete, behinderte sie die Arbeit, die er tat – und die ihr so wichtig war. Damit würde sie sich selbst zerstören. Aber die Konsequenzen zu kennen schien den wild flüsternden Teufel auf ihrer Schulter nicht zu stoppen.

Den gewählten Kurs zu halten würde weit mehr Willenskraft erfordern, als es sollte. Sie schickte Elijah eine SMS: *Sehen uns @ Belladonna.*

Sie war froh, dass er bei ihr sein würde. Bei Elijah wusste sie, woran sie war, und er würde ihr helfen, einen klaren Kopf zu bewahren, statt sich in himmlische Gefilde zu träumen, in denen Engel flogen und Sterbliche nichts zu suchen hatten.

»So ist es am besten«, sagte sie leise vor sich hin, was ihr einen weiteren skeptischen Blick des Fahrers eintrug.

Und wirklich überzeugt war sie davon letztlich auch nicht.

»Das Entsetzlichste, was man sich ausmalen kann, ist nicht

annähernd so schlimm wie die Wirklichkeit.« Torque schob sich ein Kissen in den Rücken und lehnte sich gegen das Kopfteil des Bettes. Er achtete darauf, sein Bein nicht zu nah an den schmalen Lichtstreifen zu bringen, der sich durch den Vorhangspalt in sein Motelzimmer stahl. »Es heißt, dass Phineas tot ist. Getötet im Zuge eines völlig grundlosen Vampirangriffs.«

In der auf diese Erklärung folgenden Stille hörte Torque zunächst nichts als die tiefen, regelmäßigen Atemzüge seines Vaters. »Tot? Bist du sicher?«

»So sicher, wie ich sein kann, ohne es von Adrian selbst gehört zu haben. Er ist nicht in der Stadt, und ich tippe, dass er die Verantwortlichen jagt.«

»Zweifelsohne.«

Torque hatte seinen wenigen Quellen in der Gegend unbegrenzte Ressourcen zur Verfügung gestellt, sodass ihm – und seinem Vater – recht umfangreich über Adrians Aktivitäten und die der anderen Hüter Bericht erstattet wurde. Allerdings hielt Adrian sich anscheinend auch absichtlich nicht besonders bedeckt, und Torque hegte schon lange den Verdacht, dass seine Kontaktleute nur ungestört arbeiten konnten, weil der Anführer der Hüter sie gewähren ließ. *Ihr seht mich kommen, und ich kann euch trotzdem noch erschrecken*, schien seine Botschaft zu sein.

»Ich hatte gehofft, ihn zu treffen«, sagte Torque, wobei er mit einem Wurfstern spielte. »Um ihm zu sagen, dass wir nichts damit zu tun hatten.«

»*Nein*. Er könnte dich als geeigneten Ausgleich für Phineas sehen – jemanden, den er liebte und auf den er sich verließ, gegen jemanden, der gleich wertvoll für mich ist.«

»Ein kleines Opfer, um einen Krieg zu verhindern.«

»Diese Entscheidung fällst du nicht.«

»Ach nein?« Torque warf den Hira-Shuriken gegen die Wand und registrierte gedankenverloren die Position des Sterns in dem Tapetenmuster. Sein Vater war übervorsichtig, wie sich schon daran zeigte, dass er Vash zu seiner Stellvertreterin gemacht hatte, um Torque aus der Schusslinie zu halten. Zwar verstand Torque seine Gründe – und die Paranoia, die sie nährte –, doch machte es das nicht leichter. Es blieb eine bittere Pille. Torque wollte der Vampirgemeinde so gut dienen, wie er irgend konnte. Es gab nichts, was er nicht tun oder opfern würde, damit sie wuchs und gedieh.

»Ich habe schon ein Kind verloren, und ich lasse nicht zu, dass ich euch beide verliere.« Torque sah seinen Vater regelrecht vor sich, wie er den Kopf schwer gegen die Lehne seines Bürosessels sinken ließ. »Komm nach Hause, mein Sohn. Wir haben die Informationen, die wir brauchen. Jetzt müssen wir überlegen, was wir mit ihnen anfangen.«

»Wir sollten Vash da hart durchgreifen lassen. Wenn wir selbst in unseren Reihen für Ordnung sorgen, wird das unsere Unschuld bestätigen.«

»Ja, du hast recht. Du kannst unterdessen nach Nikkis Entführern suchen.«

»Nichts täte ich lieber, aber da ist noch etwas anderes.« Torque warf einen zweiten Stern, der sich direkt neben dem ersten in die Wand bohrte. »Adrian wurde kürzlich mit einer Frau gesehen.«

Wieder herrschte längere Zeit Stille. »Denkst du, es ist Shadoe?«

»Ich habe noch nie erlebt, dass er an irgendeiner anderen Frau Interesse gezeigt hat. Du denn?«

»Phineas ist tot. Adrian wird zutiefst trauern, womöglich

genug, um gegen eines der obersten Gebote zu verstoßen. Wir müssen uns der Identität dieser Frau sicher sein, bevor wir sie uns schnappen.«

Torques Hand entspannte sich. »Ich forsche weiter nach.«

»Falls es deine Schwester ist, müssen wir sie nach Hause holen.«

»Sicher. Ich halte dich auf dem Laufenden.« Torque nahm das Telefon von seinem Ohr, stellte es aus und warf es neben sich aufs Bett. Die Suche nach Informationen lenkte ihn von der Trauer ab, mit der er im Moment nicht umgehen konnte. Als er Nikki in einen Vampir verwandelte, hatte er es getan, weil er sie unsterblich an seiner Seite wollte. Er hatte nicht damit gerechnet, Nikkis Leben opfern zu müssen. Und ohne sie zu sein brachte ihn um. Nun verstand er das Gift, das seit dem Verlust ihres Gefährten in Vashs Adern floss. Seine Qualen befeuerten ihn, schärften seine Konzentration und nährten seinen Durst nach Rache.

Ein paar Stunden noch bis zur Dämmerung, dann konnte er wieder auf die Straße. Und Gott mochte jedem Hüter beistehen, der das Pech hatte, seinen Weg zu kreuzen.

Adrian war gerade in Mesquite angekommen, als sein Telefon klingelte. »Mitchell«, meldete er sich.

»Hast du eine Ahnung, wie lange der Vampir infiziert war, bevor du ihn gefangen nahmst?«

Raguel klang so ernst, dass Adrian sofort aufmerkte. »Nein, warum?«

»Der Vampir ist tot, und die Blutprobe zersetzte sich noch während der Tests. Wie mir gesagt wurde, stockte das Blut zu einem Motorenöl ähnlichen Schlick.«

»Tut mir sehr leid, das zu hören.« Treffender wäre wohl

gewesen, dass es ihn *rasend wütend* machte, doch das wollte er auf keinen Fall durchblicken lassen.

»Was das auch ist, womit du da zu tun hast«, fuhr der Erzengel fort, »es ist anscheinend tödlich und vielleicht sehr schnell wirkend, je nachdem, wann das Subjekt infiziert wurde.«

»Danke. Ich weiß deine Hilfe zu schätzen.«

Adrian beendete das Gespräch und sah zu Jason und Damien. Sie warteten in der Nähe unter einer blinkenden Werbung für Keno-Lotto und wirkten ziemlich frustriert. Adrian wünschte, er hätte ihnen diese Jagd nach einer aus ihren eigenen Reihen ersparen können, doch er durfte nicht riskieren, Helena oder auch ihren Lykaner zu verlieren, falls sie beschlossen, sich zu trennen. Helenas zweite Wache war bereits separat unterwegs.

»Wir müssen noch mehr Minions fangen«, sagte er zu seinen beiden Begleitern. »Infiziert oder nicht.«

Jasons hübsche Züge waren starr vor Sorge. »Was ist los?«

»Womöglich naht das Ende der Vampire.« Adrian steckte sein Telefon wieder ein. *Jehova liebt seine Plagen*, hatte Raguel gesagt. Vielleicht verfolgte Raguel eine Spur.

»Was für ein Segen das wäre«, sagte Damien verbissen, als er Adrian um die Ecke auf den Parkplatz folgte, um sich zur Abfahrt bereit zu machen.

Seine Antwort darauf behielt Adrian für sich.

Oder wir sollen auf eine Weise geprüft werden, die unser aller Ende sein könnte.

15

Lindsay strich über die Tastatur ihres Mobiltelefons und überlegte, ob es klug wäre, Adrian anzurufen. Die ersten Tage war sie stark geblieben und hatte ihn nicht kontaktiert, doch die letzte Nacht war hart gewesen. Da wachte sie um drei Uhr erschrocken aus einem Traum auf, dessen Bilder ihr noch acht Stunden später sehr lebhaft in Erinnerung waren.

In dem Traum hatte sie mit Adrian in einem üppig grünen Tal gestanden. Ein breiter Fluss verlief neben ihnen, der das nötige Wasser für die endlosen Wiesen bot. Die Sonne schien sengend auf sie herab, und die Luft war feucht und fast zu heiß. Adrian hatte nur eine grobe Leinenhose und Ledersandalen getragen, und sein Haar war so lang gewesen, dass es ihm bis auf die breiten Schultern fiel. Sein Kopf war nach hinten geneigt, er hatte die Augen geschlossen, und sein sinnlicher Mund war vor Ärger oder Missfallen zusammengekniffen gewesen. In seiner Hand hatte er eine klobige Waffe gehalten, die Lindsay an ein mittelalterliches Schwert erinnerte, wie König Artus' Excalibur. Gedankenverloren hatte Adrian die Waffe mit einem Schwung geschwenkt, der eine große Vertrautheit mit deren Gewicht und Länge nahelegte. Er war majestätisch, kämpferisch und atemberaubend schön.

Als der Wind liebevoll durch sein Haar strich, sah er sie mit einem unendlich gequälten Ausdruck an. Sein Blick durchbohrte sie, als hätte er seine so geschickt geschwungene Waffe in ihr versenkt.

Ani ohev otach, Tzel, sagte er zu ihrem Traum-Ich. *Ich liebe dich, Schatten. Aber ich kann dich nicht haben. Das weißt du. Warum führst du mich so in Versuchung? Warum stellst du vor mir zur Schau, wonach ich mich verzehre und was zu besitzen mir versagt ist?*

Sein Schmerz hatte ihr den Atem geraubt und eine solch überwältigende Sehnsucht in ihr geweckt, dass es sie aus dem Schlaf weckte. Sie hatte sich kerzengerade aufgesetzt und festgestellt, dass ihr Gesicht und das Kissen tränennass waren, und ihr Bauch war noch verkrampft vor Mitgefühl. Er hatte mit ihr gesprochen, als wäre sie der Grund für sein Elend, dabei konnte sie sich nicht vorstellen, dass sie irgendetwas getan haben sollte, was diesen Ausdruck in seinem Gesicht ausgelöst hatte. Sie würde lieber sterben, bevor sie ihn jemals so tief verletzte!

Den Rest der Nacht hatte sie allein in ihrer Suite im Belladonna verbracht und sich dabei fast so einsam gefühlt wie bei ihrem Telefonat mit Adrian vor vier Tagen. Der Drang, ihn anzurufen, wurde inzwischen viel zu stark. Sie sorgte sich um ihn und vermisste ihn weit mehr, als sie sollte.

Sie atmete tief durch, kämpfte sich durch einen Schub gierigen Verlangens und eine Anwandlung von Besitzansprüchen, die jeder Berechtigung entbehrten. Jahrelang hatte sie sich wie ein Freak gefühlt und nach einem Platz für sich in der Gesellschaft gesucht. Und dann hatte sie sich innerhalb weniger Tage tatsächlich zugehörig gefühlt. Jetzt wieder allein zu sein, nach der vorübergehenden Anpassung, fiel ihr verdammt schwer. Und der Gedanke, dass Adrian sich ähnlich fühlen könnte, machte es noch schwerer.

Lindsay drückte auf die Wahltaste ihres Telefons und hob es an ihr Ohr.

Er ging fast sofort dran. »Lindsay, ist alles in Ordnung?«

Der Knoten in ihrem Bauch löste sich, sowie sie seine warme, leise Stimme hörte. »Das wollte ich dich eigentlich fragen.«

»Mich fragen ...« Seine Stimme erstarb. »Ich ...«

»Adrian? Ist alles okay mit dir?«

»Entschuldige. Ich muss mich erst daran gewöhnen, dass mich jemand das fragt. Es waren harte Tage, aber bald ist es vorbei.«

Ihr Herz setzte einen Schlag aus. Er war so gefasst und ruhig, völlig beherrscht. Er hatte sich selbst genauso im Griff wie die anderen, und Lindsay verstand, warum man leicht annehmen konnte, dass mit ihm alles in Ordnung war. Doch auf wen stützte er sich, wenn seine Last ihn zu erdrücken drohte? Hatte er irgendjemanden, seit Phineas nicht mehr da war?

Adrian hatte ihr ein Ventil geboten. Wenn er ihr hinreichend vertraute, dass sie den Gefallen erwidern konnte, würde sie es als Ehre empfinden. »Du klingst nicht froh darüber.«

»Eine mir nahestehende Person leidet, und ich werde ihr noch mehr Schmerz bereiten müssen.«

Die Eifersucht reckte ihr hässliches Haupt, und diese Reaktion war Lindsay derart fremd, dass es sie zutiefst beunruhigte. »Tut mir leid. Ich wünschte, ich könnte irgendwas tun.«

»Allein deine Stimme zu hören und zu wissen, dass du an mich denkst, reicht schon.«

Lindsay empfand einen enormen Stolz, dass sie ihm weiterhin Trost spenden konnte, ungeachtet all dessen, was zwischen ihnen stand. »Letzte Nacht habe ich von dir geträumt.«

»Ach ja?« Seine Stimme bekam einen verführerischen Klang. »Erzählst du mir, was?«

»Du hast mich gebeten, dich in Ruhe zu lassen. Ich solle aufhören, dich in Versuchung zu führen.« Mit einem Seufzer lehnte sie sich auf den Tisch. »Und einem schrecklichen Teil von mir war es egal, dass ich dich verletzte, indem ich dich dazu brachte, mich zu wollen. Ich war beinahe berauscht von deiner Angst, fühlte mich mächtig, weil ich solch eine Gewalt über dich hatte. Ich wollte dich – um jeden Preis.«

Er atmete langsam aus. »Der Traum hat dich verstört.«

»Na, und ob! Ich hasse die Vorstellung, dass ich auch nur einen Moment so denke. So *fühle* ich nicht. Und will es auch nicht.«

»Lindsay.« Er stockte. »Ich weiß, dass du das nicht tust. Es war nur ein Traum.«

»Was bedeutet, dass irgendwo in meinem Unterbewusstsein solch ein Gedanke existiert.« Sie fuhr sich mit der Hand durchs Haar. »Ich will nicht so ein Mensch sein, Adrian. Ich will dir nicht wehtun, aber sieh mich an. Ich halte es nicht mal ein paar Tage aus, ohne dich anzurufen, obwohl ich weiß, dass wir Distanz zueinander wahren müssen.«

»Du bist auch nicht so.« Sein schroffer Unterton erschreckte Lindsay. »Genauso wenig, wie ich der Adrian bin, von dem du geträumt hast. In Wirklichkeit sind die Rollen doch andersherum auf uns verteilt. Du bittest mich, dich gehen zu lassen, und ich lasse dich nicht. Ich weiß, dass du mich willst, und ich nutze dein Verlangen aus, so gut ich kann – weil ich dich so dringend will. Mit jedem Tag, der vergeht, mit jedem Gespräch, das wir führen, will ich dich mehr. Es brennt in mir, Lindsay. Es verlangt mich schmerzlich nach dir.«

»Adrian …« Seufzend schloss sie die Augen. »Es tut mir so leid, dass wir uns begegnet sind.«

»Nein, tut es nicht. Dir tut nur leid, dass es Risiken birgt.«

»Ich sollte verschwinden, solange ich noch kann.« Aus demselben Grund war sie weit weggezogen von ihrem Dad, weil ihr klar war, dass es für ihn zu gefährlich war, in ihrer Nähe zu sein. Sie würde es sich niemals verzeihen, sollte ihm ihretwegen etwas zustoßen. Und ebenso wenig würde sie es sich verzeihen, sollte Adrian den Preis dafür zahlen, dass er mit ihr zusammen war.

»Ich würde dich finden«, sagte er finster. »Wo du auch hingehst, wie gut du dich auch versteckst … ich würde dich finden.«

Ein Klopfen an der Verbindungstür riss Lindsay jäh wieder ins Hier und Jetzt. »Ich sollte dich gehen lassen.«

»Wir sehen uns bald, *Neshama.* Bring dich bis dahin nicht in Schwierigkeiten.«

»Keine Sorge. Du bist schon Stress genug für mich, da brauche ich wahrlich nicht mehr.«

Sie legte auf und rief: »Komm rein, El.«

Elijah betrat das Zimmer. Sein Haar war noch feucht vom Duschen und nach hinten gebürstet. Er hatte wie immer eine weite Jeans und ein T-Shirt an, und er blickte sich im Zimmer um – wie er es stets tat, wenn er in einen Raum kam. Der Mann war ein Krieger durch und durch.

»Hast du Hunger?«, fragte Lindsay, obwohl sie die Antwort bereits kannte. Der Typ aß wie … ein Wolf.

»Und wie.«

»Können wir bitte nicht wieder beim Zimmerservice bestellen? Ich möchte mal raus aus dem Hotel. Es kann doch nicht so ungeheuer gefährlich sein, zu dem Denny's um die Ecke zu gehen, oder?«

»*Hmm* …« Er sah durchs Fenster zum sonnigen, wolkenlosen Himmel. »Na gut.«

Lindsay stand auf. »Ich weiß, dass es für dich nervig ist, mit mir hier festzusitzen, aber ich bin froh, dass du hier bist.«

Sie bewunderte Elijah, auch wenn er sie konstant an Adrian und das Leben erinnerte, das sie mit dem Engel haben könnte, wären sie nur Freunde und nicht verrückt vor Verlangen nach so viel mehr. Nachdem sie ihre Mutter verloren hatte, könnte sie es nicht ertragen, noch jemanden zu verlieren, den sie liebte. Und mit ihrer dauernden Vampirjagd war ihr Leben zu gefährlich, um sich auf Beziehungen einzulassen. Es wäre unfair dem Partner gegenüber. Doch bei Adrian war es anders, denn er führte ein sehr ähnliches Leben. Deshalb bedauerte sie umso mehr, dass sie nicht einmal *versuchen* durfte, eine Beziehung mit ihm einzugehen. Nach all der Zeit, die sie sich jemanden gewünscht hatte, der wusste und verstand, warum sie jagte, hatte sie ihn endlich gefunden – nur um zu erfahren, dass sie niemals zusammen sein konnten. Sogar der Wind schien die Ungerechtigkeit zu betrauern, seinem leisen Heulen nach zu urteilen, wann immer Lindsay vor die Tür trat.

»Dies ist ein guter Ort für mich«, sagte Elijah und ließ die Schultern kreisen, als wären sie verspannt.

»Du langweilst dich hier zu Tode.«

»Das vielleicht, aber ich muss mich momentan bedeckt halten.«

Sie verzog das Gesicht. »Meinetwegen? Weil ich abgehauen bin?«

»Nein.« Er atmete hörbar aus. »Früher war ich Mitglied

des Navajo-Lake-Rudels. Dann wurde ich zur Beobachtung zu Adrian geschickt. Und jetzt gilt, je weniger ich beobachtet werde, desto eher vergessen sie, dass ich mal Probleme gemacht habe.«

»Mir kommst du gar nicht wie ein Unruhestifter vor.« Er war viel zu stoisch, zu anständig. Elijah nahm seine Pflichten ernst, was man schon daran erkannte, dass er trotz seiner Flugangst hinter ihr hergeflogen war.

»Ich glaube auch nicht, dass ich so jemand bin.«

»*Hmm* … Gehen wir etwas essen, und dann kannst du mir davon erzählen.«

»Beim Essen bin ich dabei, beim Reden nicht.«

Sie warf ihm einen ironischen Blick zu. »Nach fast einer Woche kennst du mich immer noch so schlecht?«

Elijah stöhnte übertrieben und wies zur Tür. »Einen Versuch war's wert.«

Lindsay hatte Elijah in Ruhe zwei Riesenstapel Pfannkuchen und sechs beidseitig gebratene Spiegeleier vertilgen lassen, bevor sie ihn zu löchern begann. »Also, warum halten dich die Leute für einen Unruhestifter?«

Er ließ einen Butterklacks auf seinen Röstkartoffelbrei fallen. »Ich sagte, dass ich beobachtet werden sollte, nicht, dass ich ein Unruhestifter bin.«

»Ja, okay.« Sie schob die Reste ihres Frühstücks beiseite. »Weshalb wirst du beobachtet?«

Er schob sich eine Gabel voll Kartoffelbrei in den Mund. Nachdem er gekaut und geschluckt hatte, sagte er: »Einige glauben, Alpha-Züge an mir zu erkennen.«

»Alpha? So wie Rudelführer? Platzhirsch? Herr über alles?« Sie nickte. »Ja, definitiv.«

Er erstarrte, die nächste Gabel auf halbem Weg zwischen Teller und Mund. »Das ist nicht hilfreich.«

»Was?« Sie lehnte sich zurück. »Was ist daran verkehrt? Es ist doch garantiert besser, als ein Beta zu sein. Ich meine, die haben schon noch ihren Nutzen und so, aber im Grunde wollen Frauen die sexy Alpha-Männchen. Wir stehen auf diesen starken, Verarsch-mich-nicht-Bad-Boy-Typ. Der macht uns richtig scharf, wie dir im Laufe deiner siebzig Jahre auch schon aufgefallen sein dürfte.«

Elijah atmete auf eine Weise aus, die Lindsay signalisierte, dass er sich um Engelsgeduld mit ihr bemühte. »Lässt man Frauen mal beiseite, ist es nicht gut, wenn ein Lykaner Alpha-Züge zeigt.«

»Warum nicht?«

Er blickte sie eine Weile stumm an, als überlegte er, was er sagen oder ob er es überhaupt sagen sollte. »Die Hüter sind die einzigen Alphas. Die Lykaner sollen zu ihnen aufschauen und sich von ihnen führen lassen, nicht von anderen Lykanern.«

Sein ernster Tonfall ernüchterte Lindsay. Sie wartete, bis die Kellnerin ihr Kaffee nachgeschenkt hatte und zu einem anderen Tisch gegangen war, bevor sie fragte: »Was passiert, wenn sie zu dem Schluss kommen, dass du als Lykaner ein Alpha bist?«

»Dann werde ich von den anderen getrennt und … Ich weiß es nicht. Alphas kommen nicht sehr oft vor, also kann ich nicht sagen, was mit ihnen passiert. Ich habe Gerüchte gehört, dass sie irgendwo zusammen festgehalten und für Arbeiten im Innendienst eingeteilt werden, Befragungen zum Beispiel. Aber offen gesagt ist mir schleierhaft, wie das gehen kann. Man kann nicht einen Haufen Alphas zusammenstecken und erwarten, dass sie friedlich zusammen spielen. Aber vielleicht ist das ja auch der Plan – dass wir uns gegenseitig umbringen, sodass sich die Hüter nicht die Hände schmutzig machen müssen.«

»Ich kann mir nicht vorstellen, dass Adrian das gutheißen würde.«

»Nachdem ich mit ihm gearbeitet habe, bin ich nicht mehr sicher, ob ihm richtig bewusst ist, wie das mit den Lykanern funktioniert.« Er nahm sich die obere Hälfte eines englischen Muffins und betrachtete die Butter darauf. »Er ist mehr draußen im Einsatz, als ich es je bei einem anderen Hüter erlebt habe. Ständig ist er auf der Jagd. Er war seit fast zwei Wochen nicht zu Hause gewesen, als du uns in Phoenix getroffen hast. Wir hatten wenige Stunden zuvor einen tollwütigen Minion ausgeschaltet.«

»Jetzt ist er auch schon wieder seit Tagen unterwegs.«

Elijah öffnete zwei Marmeladennäpfchen und strich deren Inhalt auf seinen Muffin. »Ja, er lebt für die Jagd. Sie ist sein Lebensinhalt.«

Lindsay ging es genauso. Sie kannte nichts anderes als die Jagd. »Okay, du hältst es sicher für verrückt, aber … wie wäre es, wenn du mit mir zusammenarbeitest? Als Kopfgeldjäger vielleicht? Privatermittlungen? Du würdest immer noch jagen. Außerdem habe ich noch eine Rechnung zu begleichen, und dabei könnte ich deine Hilfe wirklich gut gebrauchen. Wir beide wissen, dass ich eine Stimme der Vernunft an meiner Seite haben sollte.«

Er hielt mitten im Kauen inne, starrte sie an und spülte sein Essen mit einem halben Glas Orangensaft herunter. »Denkst du, dass ich einfach kündigen kann?«

»Hey, ich müsste meinen Job auch kündigen!«

»Die Arbeit für die Hüter endet für uns erst mit dem Tod.«

Lindsays Puls stockte. »Wie bitte? Ihr seid Gefangene? Sklaven?«

Er aß weiter. Nachdem er geschluckt hatte, antwortete er: »Ich denke, ich bringe noch einen Lykaner mit an Bord.«

»Okay, ignorier die große Frage. Ich kriege es irgendwann sowieso aus dir raus. Was den anderen Lykaner angeht, tu, was du für das Beste hältst. Ich vertraue dir. Und ich nehme mal nicht an, dass es eine Frau ist, oder? Ich würde mich deutlich besser fühlen, wenn du beim Babysitten mit mir wenigstens ein bisschen Spaß hättest.«

Seine grünen Augen funkelten amüsiert.

Lindsay begriff, wie es sich angehört haben musste, und stöhnte. »Das kam wohl falsch raus.«

»Nein, es ist keine Frau. Nur jemand, der auch eine kurze Auszeit gebrauchen kann.«

»Ist er ein Alpha?«

Elijah schüttelte den Kopf. »Ist er nicht. Gott sei Dank.«

Angesichts der Erleichterung in seiner Stimme fröstelte Lindsay.

Es war kurz nach Einsetzen der Abenddämmerung, als Adrian in Gardiner in Montana ankam. Er hatte Helena und Mark am frühen Morgen ausfindig gemacht, Damien und Jason allerdings bis jetzt zurückgehalten, um den beiden Liebenden einen letzten gemeinsamen Tag zu gönnen.

Dieses Zugeständnis akzeptierten beide Hüter, ohne Fragen zu stellen, auch wenn sie es nicht verstanden. Liebe im Sinne der Sterblichen war ihnen unbekannt. Sie begriffen dieses verzweifelte Verlangen nicht, ebenso wenig wie schmerzliche Sehnsucht oder die reine Freude, die ein Sterblicher fühlte, wenn er die andere Hälfte seiner Seele fand.

Adrian kannte diese Extreme allzu gut, doch diesmal mit Lindsay war es in vielerlei Hinsicht anders. Er konnte nicht aufhören, an sie zu denken oder sie mit den früheren Inkarnationen zu vergleichen. Er war es gewohnt, bei null anzufangen, doch es hatte immer gewisse Konstanten gegeben, mit denen er mittlerweile fest rechnete. Lindsay wich in einem Maße vom üblichen Muster ab, dass Adrian kaum Hinweise entdeckte, an denen er sich im Umgang mit ihr orientieren konnte. Alles war neu und unvorhergesehen. Und er war überwältigt von den wechselnden Emotionen, die sie in ihm auslöste.

»Was hast du vor, Captain?«, fragte Damien, als sie zu Fuß die Kleinstadt erreichten.

»Es wurde alles arrangiert, dass der Lykaner zum Hokkaido-Rudel kann.«

»Ich finde nach wie vor, dass du ihn ausschalten solltest«, sagte Jason. »Der Zeitpunkt wäre mehr als günstig, um ein Exempel zu statuieren. Wenn sich das hier herumspricht …«

Adrian brachte ihn mit einem Blick zum Verstummen. »Es wird sich nicht herumsprechen.«

Er hatte Helenas zweite Wache zuerst aufgespürt und die Wölfin auf halbem Weg zwischen Cedar City und dem Navajo-Lake-Rudel aufgegriffen. Ihr Ziel allein zeigte, wie stark ihr Selbsterhaltungstrieb war. Als sie die Chance zur Flucht hatte, weil die Hüter sich auf Helena konzentrierten, hatte sie sich entschieden, zum nächsten Rudel zu laufen. Ohne zu zögern, hatte sie zugestimmt, nie ein Wort über Mark und Helena zu verlieren, solange sie lebte. In der Hoffnung auf ihre Loyalität und Vernunft hatte Adrian ihr einen

Platz in seinem Rudel angeboten, und sie hatte die Beförderung umgehend angenommen. Adrian hatte schon vor langer Zeit gelernt, dass positive Bestärkung ein weit besserer Motivator war als Angst und Einschüchterung.

»Sobald Mark in Japan ist und Helena in Anaheim«, fuhr er ruhig fort, »werden wir alle die letzten vier Tage vergessen. Keiner von uns will erleben, was andernfalls geschieht.«

Eine Affäre zwischen einer Hüterin und einem Lykaner. Das Durchbrennen der beiden. Die Folgen. Alles wäre eine tickende Zeitbombe und würde sämtlichen Unruhestiftern reichlich Munition liefern. Angesichts der jüngsten Vampirattacken und der Infektion, die er in Arizona und Utah gesehen hatte, konnte er sich keine Unruhe in den Reihen der Hüter leisten. Das Gleichgewicht, das Adrian so lange aufrechterhalten hatte, war bereits empfindlich gestört. Wenn er nun die Kontrolle über die Hüter verlor, konnte nichts mehr die Welt vor dem daraus resultierenden Chaos bewahren.

Da also unbedingt Stillschweigen gewahrt werden musste, hatte er die ganze Jagd bisher ohne technische Hilfsmittel durchgeführt, weil er nicht riskieren durfte, eine Spur zu hinterlassen, indem er auf Ressourcen von Mitchell Aeronautics zurückgriff. Helenas Mietwagen per GPS zu suchen hätte die Jagd zweifellos verkürzt, doch Adrian hatte es ja nicht eilig gehabt. Ihr einige Tage das Glück zu lassen, das sie bei Mark fand, war ein kleines Zugeständnis gewesen und das einzige, das er ihr machen konnte. Je länger sie jedoch verschwunden blieb, umso heikler wurde die Situation.

»Du und Helena könntet nicht die Einzigen sein, die Beziehungen eingehen«, sagte Jason.

»Nein.« Alles schien sich auf einmal zuzuspitzen. Oder es kam ihm nur so vor, weil er immer noch mit Lindsays Entscheidung kämpfte, ihn – zumindest räumlich gesehen – zu verlassen. Um seinetwillen handelte sie selbstlos. Er sollte versuchen, dasselbe für sie zu tun, was bedeuten könnte, sie gehen zu lassen.

»Es dürfte einen nicht überraschen«, fuhr Jason fort. »Wir sind schon ewig mit diesem Auftrag befasst.«

»Ich bin nur überrascht, dass es so lange gedauert hat.« Adrian sah zu Damien, der mit den Schultern zuckte, was heißen sollte, dass seine Meinung unerheblich war. »Aber was bedeutet das? Pflichtverletzung? Den Verlust unserer Flügel? Uns von den Sterblichen zu nähren, die zu schützen wir geschaffen wurden? Wer will denn so ein Leben?«

Damien schnaubte leise. »Da musst du wohl die Gefallenen fragen.«

Sie gingen durch Gardiner zu einem der Ferienhäuschen etwas außerhalb des Orts. In einem der Häuser versteckte Helena sich. Adrian hatte sie und den Lykaner über Nacht von der Luft aus beschattet und war ihnen über die Landstraßen und durch die Kleinstädte gefolgt, bis sie kurz vor Morgengrauen dort Unterschlupf suchten.

Adrian griff in seine Tasche und nach seinem Telefon. Er würde sehr gern mit Lindsay sprechen. Ihr Sterblichenherz mochte nicht verstehen, warum er zwei Liebende trennen sollte, aber sie würde wissen, dass es ihn umbrachte, das zu tun. Sie würde sein Mitgefühl nicht als Schwäche deuten. Und selbst wenn sie gegen das wäre, was er zu tun gezwungen war, würde es ihn trösten, ihre Stimme und ihre unverblümten Argumente zu hören. Das würde ihn stärken, ehe er einer guten Freundin solchen Schmerz zufügen musste.

Als sein Telefon vibrierte, packte er es vor Schreck noch fester. Er verlangsamte seine Schritte und fragte sich, ob

Lindsay durch die schiere Kraft seiner Sehnsucht dazu bewegt worden sein könnte, ihn anzurufen.

Die Anruferkennung verriet ihm jedoch, dass er von Angels' Point aus angerufen wurde. Er meldete sich.

»Wir könnten ein Problem haben«, sagte Oliver direkt.

Adrian blieb stehen. Oliver würde nichts ein Problem nennen, was nicht ein ernstes Problem war. »Was ist?«

»Ich habe eben mit Aaron gesprochen. Er hatte einen Abtrünnigen nach Louisiana verfolgt, wo sie in einen Hinterhalt Vashs und zweier ihrer Captains gerieten. Aaron wurde schwer verletzt und war eine Weile außer Gefecht. Er hat keine Ahnung, was in der Zwischenzeit mit seinen Lykanern geschehen ist. Inzwischen sucht er sie schon seit drei Tagen.«

Adrian sah zu Jason und Damien, die mithören konnten. In ihren Gesichtern spiegelte sich blanke Verzweiflung. Es passierte zu vieles zu schnell. Wie Dominosteine, die in einer unaufhaltsamen Kettenreaktion umfielen.

»Hast du ein Team geschickt, das ihn holt?«, fragte Adrian.

»Ja. Aber nach Phineas' Tod und dem Angriff auf dich dachte ich, du solltest wissen, dass Vash hinter den Lykanern her war.«

»Kann es sein, dass diese Lykaner für Charrons Tod verantwortlich waren?«

»Das war auch meine Überlegung. Aber die beiden sind viel zu jung.«

»Halte mich auf dem Laufenden.« Adrian beendete das Gespräch und ging weiter. Er musste dringend zurück nach Hause, um eine Gegenoffensive zu planen. Vorerst konnte er nur hoffen, dass die Informationen, die er in der letzten Woche gesammelt hatte, irgendeinen Aufschluss darüber gaben, was zum Teufel los war und warum alles binnen Tagen aus den Fugen geriet. »Bringen wir es hinter uns«, sagte er zu Jason und Damien.

Als sie sich dem Ferienhäuschen näherten, zeigte Adrian seine Flügel. Der metallische Geruch, der ihm entgegenwehte, war unverkennbar, und die Dunkelheit drinnen bestärkte nur seine finstere Vorahnung. Er rannte das letzte Stück zur Tür, öffnete das Schloss mit einem kurzen Gedanken und griff nach dem Knauf. Der Gestank von geronnenem Blut schlug ihm mit solcher Wucht entgegen, dass er einen Schritt zurück machte. Er ließ die Lampen aufleuchten, obwohl er kein Licht brauchte, um alles zu sehen.

Fluchend wandte er den Blick von dem Blutbad ab, das im grellen Neonschein von oben noch entsetzlicher wirkte.

Jason kam in die Hütte und blieb wie versteinert stehen. »Scheiße!«, fluchte er, bevor er auf dem Absatz kehrtmachte und nach draußen stolperte.

Damien kam als Nächster herein. Sein Schock äußerte sich in einem lauten Ringen nach Luft, doch er blieb bei Adrian. Sein Blick huschte durch den Raum, und er betrachtete die schaurige Szene.

Da er wusste, dass er den beiden Hütern Kraft geben musste, rieb Adrian sich mit beiden Händen übers Gesicht und nahm die Schultern zurück. Dann sah er wieder hin und atmete durch den Mund. Der Anblick eines blutigen Flügels auf dem Boden verschwamm und wurde wieder klarer, als Tränen über Adrians Wangen liefen. Die anderen Flügel waren im Zimmer verteilt, weggeschleudert wie Unrat. Einer hing vom Bett herab, die zartrosanen und grauen Federn blutbefleckt. Sie waren Helena ausgerissen worden, hatten zwei Reihen von jeweils drei Stümpfen an ihrem schmalen Rücken hinterlassen.

Die gefallene Hüterin lag ausgestreckt auf dem Bett, die blinden Augen auf die Tür gerichtet; ihr goldenes Haar klebte schweiß- und blutgetränkt an ihren Wangen. Ihr Lykaner lag am Fußende des Bettes auf dem Boden. Zwei runde Wunden an seinem Hals erklärten seine kränkliche Blässe. Adrian bezweifelte, dass noch ein Tropfen Blut in Marks Körper war.

»Das ist die Hölle«, sagte Adrian heiser. Diese Verschwendung – dieses *Falsche* – erschütterte ihn bis ins Mark.

Damien sah ihn an. »Warum hat es nicht funktioniert?«

»Warum sollte es? Sie wurde nicht bestraft. Ihre Flügel wurden ihr von ihrem Geliebten, einem Lykaner, genommen, nicht von einem Hüter. Gebissen wurde er von einem …« Adrian ging hinüber zu Helenas Leiche und schob ihre Oberlippe ein Stück hoch. Einen Moment lang starrte er stumm auf ihren Mund. »Ihre Eckzähne sind nicht verlängert.«

»Vielleicht haben sich die Zähne wieder zurückgezogen, da sie nicht vollständig fiel.«

Adrian blickte gen Himmel. Trauer brannte in seinen Adern, als er mit den Fingern durch Helenas einst strahlendes Haar strich. Sie war mehr als eine Freundin gewesen. Sie hatte bewiesen, dass ein Scheitern nicht unvermeidlich war, dass sie nur stark genug sein mussten, um ihre Pflicht zu erfüllen, ohne darüber ihren Glauben zu verlieren. Nun war diese Hoffnung gestorben, einem qualvollen Tod erlegen mit diesem Seraph, dessen Herz so rein gewesen war, dass einzig Liebe es zerstören konnte.

Zum ersten Mal dachte Adrian, dass die Hüter womöglich weniger geprüft wurden, als vielmehr Versuchsobjekte waren, um die Frage zu beantworten, ob der Fall der Wächter unvermeidbar gewesen war.

»Du hast recht, Captain«, sagte Jason, der auf der Veranda blieb. »Das darf niemals bekannt werden.«

Damien fuhr sich zitternd durch sein dunkles Haar. »Wir müssen hier sauber machen.«

Adrian hatte die Fäuste geballt und blickte sich weiter um. Hier waren mehr als zwei Leben vernichtet worden. Helena, ein Seraph, hatte sich willentlich verstümmeln lasen, um zu fallen. Dann hatte sie versucht, ihren Lykaner zu einem Minion zu machen. Wäre es ihnen gelungen, würden sie jetzt beide Vampire sein – eine neue Klasse von Vampiren. Und sie hätten die Tür für andere geöffnet, dasselbe zu versuchen. Schon die bloße Kenntnis dessen, was sie getan hatten, barg eine ungeheuerliche Macht.

»Irgendwas ist hier schiefgegangen«, dachte Adrian laut nach. »Vielleicht hat das Lykanerblut, das sie trank, ihren Fall behindert. Vielleicht hätte er sich in einen Vampir verwandeln können, hätte sie ihm rechtzeitig von ihrem Blut gegeben. Oder es konnte überhaupt nicht funktionieren. Wir wissen nichts, ehe es nicht erneut versucht wird. Womöglich wieder und wieder. Die Möglichkeiten, die andere in dieser Verzweiflungstat erkennen könnten, müssen hier sterben, mit ihnen.«

Obwohl er redete, als ließe sich diese Geschichte unter Verschluss halten, war Adrian klar, dass die Idee eventuell eine Zeit lang schlummern konnte, doch irgendwann würde sie auch jemand anderem kommen.

Das wusste er, weil er sie auch einst gehabt hatte.

Und das war nicht sehr lange her.

16

»Sie ist in Anaheim.« Torque schirmte seine Augen gegen die Scheinwerfer eines Wagens ab, der vor seinem Motelzimmer im Erdgeschoss auf den Parkplatz bog. »Aber Adrian ist seit fast einem Monat weg, mit Ausnahme eines Abends vor über einer Woche, als er zu Besuch war und mit ihr gesehen wurde.«

»Dann kann es nicht Shadoe sein«, sagte Syre mit einem bedauernden Seufzen.

»Das kann ich nicht mit Sicherheit sagen. Sie wird von einem Lykaner bewacht. Wenn sie das Hotel verlässt – was selten vorkommt –, ist er immer bei ihr. Es kann sein, dass Adrian sie schlicht nicht in Gefahr bringen will, solange er jagt.«

»Und dann lässt er sie mit einer Wache allein? Fern von Angels' Point?«

»Sie arbeitet für Raguel und wohnt in seinem Gebäude. Viel Schutz braucht sie nicht, so unter den Fittichen eines Erzengels.«

Syre atmete zischend aus.

Torque runzelte die Stirn, denn er hörte eine Menge Unruhe und Frust in diesem Laut. Womit er nicht gerechnet hatte, sprach er doch mit seinem Vater über Shadoes mögliche Reinkarnation. »Was ist? Was erzählst du mir nicht?«

»Erinnerst du dich, was Adrian über Nikki sagte? Über ihr Aussehen und ihr Verhalten?«

»Als würde ich so eine unverschämte Lüge vergessen!«

»Torque ...« Wieder entstand eine Pause. »Ich habe zwei Berichte von ähnlichen Sichtungen erhalten. Die kamen aus unseren eigenen Reihen.«

»Was für Sichtungen?«

»Krankheit. Eine Art Infektion. Hast du irgendwas gehört?«

»Nein. Aber die Rotte hier ist erfolgreich, weil sie diskret sind. Sie bleiben für sich und konzentrieren sich auf die Beobachtung von Angels' Point.« Bei Torques Topspionen, bekannt als »Kage«, handelte es sich um seine vertrauenswürdigsten Minions, die ungefragt Befehle ausführten und großen Respekt vor ihm als Syres Sohn hatten. »Über was für eine Infektion reden wir hier?«

»Unbegründete Aggression, extremer Durst. Adrians Beschreibung von Schaum vor dem Mund und blutunterlaufenen Augen wurde bestätigt.«

Torque sank auf die Bettkante, und sein Herz schlug schneller. »Nikki war nur zwei Tage fort ...«

Am anderen Ende hörte er den alten Schreibtischsessel seines Vaters knarren. »Falls die Frau bis Ende der Woche nicht eindeutig identifiziert ist, möchte ich, dass du nach Hause kommst. Je nachdem, wie weit sich diese Krankheit inzwischen ausgebreitet hat, könnte uns ein Krieg mit den Hütern unmittelbar bevorstehen. Wir müssen vorbereitet sein.«

Eine junge Touristenfamilie ging an Torques Fenster vorbei, laut lachend und plaudernd, obwohl es schon spät war. Torque wandte sich von der simplen Heiterkeit ab, die er niemals kennenlernen würde, und sah zur Uhr auf dem Nachttisch. »Ich denke, es ist wichtiger, dass wir herausfinden, wer diese Frau ist. Denk doch mal nach, Dad. Was ist, wenn Adrian hinter all diesen Geschehnissen steckt? Was ist, wenn er diese Angriffe bewusst inszeniert hat, um einen Vorwand zu haben, um auf dich loszugehen? Das würde einen Sinn ergeben, wenn die Blonde Shadoe ist.«

»Eine blonde Frau?«

Der Schmerz in der Stimme seines Vaters ließ Torques Blut gefrieren. Sofern die Frau seine Schwester war, waren sie gar nicht so weit davon entfernt, wie Zwillinge auszusehen.

»Ja, und ich färbe mir gerade die Haare, um das Blond rauszubekommen. Wie absurd ist das denn? Ich habe morgen ein Vorstellungsgespräch bei ihr, dann werden wir sehen, was passiert. Deshalb bat ich dich, mir per Nachtkurier Gefallenenblut zu schicken. Ich muss bei Tageslicht raus.«

»Ist es angekommen?«

»Ja, ich habe es hier.«

»Vashti sollte bald bei dir sein, falls du mehr brauchst. Ich warte hier auf eure Berichte.«

Torque war das Warten leid. »Ich melde mich, sobald ich kann. In der Zwischenzeit solltest du über die Möglichkeit nachdenken, dass Adrian hinter diesen Angriffen und der Krankheit steckt.«

»Er würde nicht so weit gehen, Phineas zu opfern. Sie standen sich so nahe wie Brüder.«

»Jeder opfert eine Menge, Dad, wenn er verzweifelt genug ist. Es kann kein Zufall sein, dass Vash Nikkis Entführer bis Angels' Point zurückverfolgt hat. Wenn du die Berichte über die kranken Minions durchgehst, sieh mal nach, ob du auch etwas über Vampirentführungen erfährst.« Torque rieb sich das Gesicht. Der Gestank des Haarfärbemittels nervte ihn kolossal. »Ich vermute, dass du sorgsam platzierte Gerüchte hörst, aber falls an denen irgendwas dran ist und Adrian damit zu tun hat, entführt er Vampire, um sie zu infizieren. Und falls dem so ist, vermisst irgendwo jemand die Entführten. So, wie ich Nikki vermisse.«

Er vermisste sie so sehr, dass es ihn innerlich zerfraß. Es war, als würde er die Welt durch Glas, das den Schall dämpfte, anschreien.

»Ich sehe mir das an, mein Sohn. Wie immer bin ich dankbar für deinen Rat.«

»Ja, na ja, ich wünschte, wir könnten über Angenehmeres reden.«

Lindsay blickte zur Uhr. In einer Viertelstunde hatte sie ihr nächstes Bewerbungsgespräch. Obwohl sie es nicht sollte, würde sie gern Adrian anrufen. Das Telefonat, das sie gerade beendet hatte – mit einem der Klingenschmiede, bei denen sie ihre Wurfmesser fertigen ließ –, weckte den Wunsch in ihr, mit Adrian zu sprechen. Für einen Moment ließ sie das Telefon vor sich auf dem Schreibtisch kreiseln; dann läutete es. Als sie Adrians Namen auf dem Display sah, nahm sie es blitzschnell auf.

»Hey«, meldete sie sich zu hastig. »Ich muss dich herbeigedacht haben.«

»Lindsay.« Er atmete schwer. »Ich musste deine Stimme hören.«

Ihr Lächeln erstarb sofort. »Stimmt etwas nicht?«

»Absolut nicht. Ich … ich habe letzte Nacht eine Hüterin verloren.«

»Adrian!« Sie sank auf ihrem Schreibtischstuhl nach hinten. Ihr war bewusst, wie ernst Adrian seine Pflicht und die Fürsorge für seine Hüter nahm. »Das tut mir so leid. Möchtest du darüber reden?«

»Sie hat es selbst veranlasst. Ich hatte sie in eine Lage gebracht, in der sie glaubte, ein tödliches Risiko einzugehen wäre ihre einzige Chance, glücklich zu werden, und sie bezahlte es mit ihrem Leben.«

»Sie hatte eine Wahl«, widersprach Lindsay. »Es ist nicht deine Schuld, dass sie sich für diese Option entschied.«

Er atmete leise ins Telefon. »Glaubst du, man sollte andere führen, indem man mit gutem Beispiel vorangeht?«

»Ja.«

»Dann trifft mich zumindest eine Mitschuld. Und ehrlich gesagt, bewundere ich ihre Willensstärke. Ich stand vor derselben Wahl wie sie, und ich hatte – *habe* – nicht den Mut, das zu tun.«

Seine so gefasst klingende Stimme war beängstigender, als wäre er merklich niedergeschlagen gewesen. »Sie ist tot. Das ist nicht mutig, sondern irre. Du musst nach Hause zurückkehren. Sowieso bist du schon viel zu lange weg und müde. Du brauchst eine Pause.«

»Ich brauche dich.«

Ihre freie Hand umfing die Armlehne ihres Stuhls. Lindsay konnte nichts dagegen tun, dass sie die Freundin sein wollte, die er brauchte. Genauso, wie sie nicht aufhören konnte, mit ihm über ihren neuen Job, ihre Waffen und ihren Tag reden zu wollen – über alles und jedes. Weil er sie längst für sich gewonnen hatte. Und sie war ziemlich sicher, dass es ihm mit ihr nicht anders ging. »Du weißt ja, wo ich bin.«

Er verabschiedete sich, und sie legte schweren Herzens auf.

Die Träume, die sie jede Nacht von ihm hatte, waren ihre konstante Verbindung zu ihm. Es fühlte sich beinahe an, als würde sie ihn täglich sehen, als wären sie nicht getrennt, seit Lindsay Las Vegas verließ.

Letzte Nacht hatte sie geträumt, dass sie sich in einer Kutsche liebten. Sie trugen historische Kleidung, wie Lindsay sie aus Jane-Austen-Filmen kannte. Sie war auf Adrians Schoß geklettert und hatte ihre Unmengen von Röcken und Unterröcken gerafft, während Adrian seine Kniebundhose aufknöpfte. Als sie ihn in sich aufnahm, hatte er ihr Gesicht umfasst und sie geküsst, wobei er ihr hochgestecktes Haar löste, sodass die langen dunklen Strähnen offen herabfielen. Dann hatte er ihre Hüften gepackt und sich mit kaum gezügelter Kraft in sie gestoßen, um sie entschlossen zum Orgasmus zu treiben. In seinen Augen hatten diese blauen Flammen geleuchtet, als er raunte: *»Ani ohev otach, Tszel.«*

Ich liebe dich, Shadoe.

Lindsay war erschrocken, dass sie eine Sprache verstand, die sie gar nicht kennen dürfte. Und es verwirrte sie, wie unterschiedlich die Träume waren – exotische Schauplätze und eine endlose Vielfalt an Kleidung aus allen möglichen Epochen – und wie sehr sie sich zugleich ähnelten. Immer war Adrian bei ihr. Immer liebte er sie, und sie war unersättlich. Ihre gemeinsame Zeit war stets von einem Gefühl der Verzweiflung geprägt, und Lindsay war ausnahmslos entschlossen, ihn um jeden Preis zu erobern. In jedem Traum liebte sie Adrian und war gefährlich unbekümmert, was die Konsequenzen betraf. Nur war sie nie dieselbe Frau. Ihr Äußeres, ihre Kultur, ihre Sprache und ihre Herkunft variierten ständig.

Lindsay setzte sich gerade hin und holte tief Luft, um einen klaren Kopf zu bekommen. Sie wurde zusehends zerstreuter, rastloser und unkonzentrierter. Es wurde Zeit, wieder zu jagen. Ehe sie keinen Frieden mit ihrer Vergangenheit geschlossen hatte, würde es auch keinen in ihrem gegenwärtigen Leben geben.

Das Telefon auf ihrem Schreibtisch kündigte mit einem Summen an, dass der nächste Bewerber da war. Einen Moment später erschien ein junger Asiat auf der anderen Seite der Glastür ihres Büros.

Lächelnd winkte Lindsay ihn herein.

Er betrat ihr Büro mit schnellem, festem Schritt. »Guten Morgen.«

»Hi.« Lindsay stand auf und warf einen kurzen Blick auf seine Bewerbung. *Kent Magus.* Der Name klang nett. Als sie sich die Hände schüttelten, reagierte Lindsay sofort auf ihn und wunderte sich – er war kein Mensch, doch machte er ihr trotzdem keine Gänsehaut. Kent trug eine weite Baumwollhose und ein kurzärmliges schwarzes Hemd. Sein Lächeln war offen und charmant, sein Händedruck kräftig.

Ob er gut oder böse war, konnte Lindsay nicht sagen, denn sie überkam das seltsame Gefühl, sie wäre Kent schon früher begegnet und hätte mit ihm gesprochen. »Setzen Sie sich, Mr. Magus.«

Er wartete, bis sie sich wieder hingesetzt hatte, ehe er Platz nahm. »Das Belladonna ist eindrucksvoll.«

»Ja, nicht?« Eine Tatsache, die Lindsays Unzufriedenheit noch steigerte. Ihr Job war fantastisch, eine Chance, wie man sie nur einmal im Leben bekam, und dennoch konnte sie ihn nicht so genießen, wie sie sollte. »Sie haben sich als Buchhalter für die Nachtschicht beworben.«

»Ja, das ist richtig.«

»Ich muss sagen, dass Sie überqualifiziert sind.«

»Ich hoffe, die Stellung bietet Aufstiegsmöglichkeiten.«

Lindsay klammerte sich an die Armlehne ihres Stuhls. Sie hatte ein so starkes Déjà-vu-Gefühl, dass ihr schwindlig wurde. Als letzte Adresse war Virginia in seiner Bewerbung angegeben, ein Bundesstaat, durch den Lindsay oft gefahren war. Es war also durchaus möglich, dass sie ihn irgendwann an einer Tankstelle oder in einem Restaurant gesehen hatte. Lindsay blinzelte die schwarzen Punkte weg, die vor ihren Augen tanzten, und strengte sich an, ihr Gehirn auf Touren zu bringen.

Kent hatte kurzes Haar, und wie ihres war es überall auf dieselbe Länge geschnitten. Außerdem war er gut gebaut, breitschultrig und muskulös, wenn auch nicht so groß wie ein Lykaner. Lindsay nahm sich vor, Elijah zu fragen, was er war.

»Aufstiegsmöglichkeiten gibt es selbstverständlich«, versicherte sie ihm. »Mir ist aufgefallen, dass Sie neu hier in der Gegend sind. Ich gestehe, dass ich Bedenken habe, ob Sie bleiben oder nicht. Die Westküste ist doch recht anders als die Ostküste.«

»Waren Sie schon häufiger an der Ostküste?«

»Ich bin kürzlich aus North Carolina hergezogen.« Da ihr Schwindelgefühl nicht verschwinden wollte, stand sie auf. »Möchten Sie ein Glas Wasser?«

Er erhob sich ebenfalls, was Manieren bewies, die Lindsay sehr schätzte, vor allem, nachdem sie genau die bei den meisten Bewerbern der letzten zwei Tage vermisst hatte. »Nein, danke. Demnach waren Sie und ich praktisch Nachbarn.«

Lindsay nahm eine Wasserflasche aus dem Minikühlschrank im Bücherregal hinter ihrem Schreibtisch. Immerhin ging es ihr besser, da sie nun so aufrecht stand. Sie trank einen Schluck Wasser und bemerkte, dass Kent einen Ehering trug. Ein verheirateter Übernatürlicher? Das verblüffte sie. »Die Arbeitszeiten wären von elf Uhr abends bis sieben Uhr morgens, jeweils von Dienstag bis Samstag. Wäre das ein Problem?«

»Ganz und gar nicht. Ich bin eine Nachteule.«

»Ihre Frau auch?« Sie wollte nicht neugierig sein, aber es wäre unsinnig, einen Buchhalter einzuarbeiten, wenn er nach kurzer Zeit wieder kündigte.

Er wurde sehr ernst, und in seinen schönen braunen Augen spiegelte sich eine tiefe Trauer. »Meine Frau ist unlängst verstorben.«

Laut seiner Bewerbung war er sechsundzwanzig, viel zu jung, um einen solchen Verlust zu erleiden. Andererseits könnte er Tausende Jahre alt sein, wie Adrian. Oder auch nur so alt wie Elijah. »Das tut mir sehr leid.«

Er nickte. »Ich wünsche mir einen Neuanfang, an einem neuen Ort und mit einem Job, der mich nachts beschäftigt hält. Ich verspreche Ihnen, dass Sie es nicht bereuen werden, wenn Sie mich einstellen.«

Lindsay atmete tief ein. Sie hatte Mitleid mit Kent Magus, ganz gleich, was für ein Wesen er sein mochte. Ihr war klar, wie hart die Nächte waren, wenn man mit dem Verlust eines geliebten Menschen rang. Tagsüber fiel es leichter, sich mit anderem zu beschäftigen, aber abends und nachts konzentrierte man sich auf die engste Familie und private Abläufe – Abendessen, Lieblingsserien ansehen, Rituale ums Zubettgehen. Kents Selbstvertrauen und stille Würde waren Züge, die Lindsay sehr bewunderte, und seine ernste Haltung legte nahe, dass er bei allem, was er sich vornahm, hundert Prozent gab. Zudem konnte Lindsay nicht ausschließen, dass sie ihn mochte, *weil* er »anders« war und trotzdem geliebt und einen Verlust erlitten hatte und nun trauerte, genau wie sie. Genau wie Adrian. Ihr Engel hatte Lindsay gezeigt, dass nicht jedes übernatürliche Wesen böse war.

»Wie bald können Sie anfangen?«, fragte sie.

Kent lächelte wieder. »Wann immer Sie wollen. Ich bin bereit, Miss Gibson.«

»Nennen Sie mich Lindsay.«

In dem Moment, in dem Lindsay Elijah in der großen Eingangshalle des Belladonna sah, wusste sie, dass etwas nicht stimmte. Sie erkannte es an seiner steifen Haltung und dem verkniffenen Mund. Und er lief auf und ab wie ein nervöser Panter. Nein, nicht Panter – wie ein Wolf.

Lindsay sank das Herz in die Hose. »Was ist los? Ist etwas mit Adrian?«

Er schüttelte den Kopf und stemmte seine Hände in die Hüften. Ein leises Knurren drang aus seiner Kehle. »Erinnerst du dich an den Freund, von dem ich dir erzählte? Den ich mir als Partner zuteilen lassen wollte?«

»Ja.«

»Er war zu einer Jagd nach Louisiana aufgebrochen, kurz bevor wir Utah verließen. Ich habe eben erfahren, dass er bis heute Nachmittag vermisst wurde.«

»Ist alles in Ordnung mit ihm?« Lindsay verschränkte fröstelnd die Arme. Adrian steckte derzeit von allen Seiten Schläge ein, und er litt mit seinen Leuten.

»Er ist halb tot, heißt es. Und er fragt nach mir.« Seine grünen Augen richteten sich auf Lindsay. »Ich muss mich darauf verlassen, dass du hierbleibst. Verlass das Hotel nicht, ehe ich zurück bin oder jemand anders da ist, um über dich zu wachen.«

»Ich möchte mit dir kommen, El. Du solltest nicht allein sein, und ich weiß, dass du mich nicht hierlassen willst. Du würdest dir bloß Sorgen um mich machen, und du musst für deinen Freund da sein.«

»Ich wollte dich nicht fragen«, sagte er ernst. »Micah ist in Angels' Point.«

Lindsays Atmung beschleunigte sich, als sie sich an den Morgen erinnerte, da Adrian mit ihr über die Hügel geflogen war, die sein Anwesen umgaben. Ihr Körper reagierte auf die Erinnerung, als würde sie die Szene abermals durchleben. An dem Tag war der Wind zufrieden gewesen, hatte gepfiffen vor Freude, wie Lindsay sie selten in ihm spürte. Aber vielleicht war es auch ihre Freude gewesen.

Abrupt wurde der Blumenduft der vielen Arrangements in der Lobby erstickend, und die hohe Decke schien Lindsay niederzudrücken. Alles an dem Hotel fühlte sich wie eine Falle an. Hier passte Lindsay nicht her. So gern sie es auch versuchen und ihr Bestes geben wollte, blieb sie doch eine Außenseiterin in der »normalen« Welt – und würde es immer bleiben.

»Ist schon gut«, versicherte sie ihm und sich selbst gleichermaßen. »Falls du noch einen Grund brauchst, um mich mitzunehmen: Mein Koffer ist dort, und dies wäre eine gute Gelegenheit, ihn zu holen.«

Elijah nickte. »Willst du dich umziehen oder noch etwas mitnehmen?«

»Ja, beides.«

Fünfzehn Minuten später stiegen sie in Lindsays hellblauen Prius Hybrid, der erst am Tag zuvor von einem Autotransportservice geliefert worden war. Elijah schien fast den gesamten Innenraum auszufüllen und hatte den Beifahrersitz so weit nach hinten geschoben, wie es ging. Lindsay war es unangenehm, dass er so eingezwängt sitzen musste, doch sie mochte ihren Wagen. Sie hatte Adrian gesagt, dass sie keine Ambitionen habe, die Welt zu retten, doch sie versuchte durchaus, sie nicht noch mehr zu verschmutzen oder um ihre natürlichen Ressourcen zu bringen.

Sie fuhren los. Elijah war ein großartiger Beifahrer und dirigierte sie sehr gut durch den Verkehr.

»Du bist nervös«, bemerkte er, als sie ihre Hand schon wieder an der Jeans abwischte.

»Ich mache mir Sorgen wegen allem, was passiert ist, seit ich dich und Adrian traf. Es ist weit mehr als sonst, stimmt's?«

»Wir haben immer viel zu tun, aber es ist eindeutig mehr.«

»Gott.« Sie atmete stoßartig aus. »Ich bin krank vor Sorge um Adrian. Er hat in letzter Zeit zu viele Freunde verloren, und er kann nicht einmal richtig trauern, weil alles gleichzeitig aus den Fugen gerät.«

»Sterbliche paaren sich nicht so schnell.«

Sie sah ihn fragend an. »Ich weiß nicht, wie du jetzt darauf kommst, aber dem widerspreche ich. Hast du noch nie von One-Night-Stands gehört? Manche Sterbliche paaren sich schon Minuten nach dem Kennenlernen.«

»Ich meine nicht ›paaren‹ im Sinne von ›vögeln‹«, korrigierte er ungerührt. »Sondern ›paaren‹ in dem Sinne, dass man für den anderen durchs Feuer geht.«

»Letzteres würde ich für dich tun. Doch obgleich du echt scharf bist, möchte ich mich nicht mit dir paaren.«

»Du bist verrückt, weißt du das?«

Sie zuckte mit der Schulter. »Und du bist mein Freund. Also wozu macht dich das?«

Eine Weile lang betrachtete er ihr Profil, ehe er schließlich den Kopf zum Seitenfenster wandte.

Als sie den Hügel zu dem Anwesen hinauffuhren, klingelte Lindsays Mobiltelefon. Sie nahm es aus dem Becherhalter und drückte umständlich die Lautsprechertaste. »Dad, wie geht's dir?«

»Ich vermisse dich. Wie geht es dir?«

»Ich halte mich wacker. Ich stelle Leute für die große Eröffnung ein und versuche, mich nicht in Schwierigkeiten zu bringen.«

»Wie geht's Adrian?«

Lindsay dachte daran, wie Adrian sich beim letzten Telefonat angehört hatte, und antwortete seufzend: »Er macht gerade eine harte Zeit durch.«

»Aber du bist noch bei ihm. Das lässt hoffen. Es muss ernst mit euch sein.«

Sie blickte zu Elijah und beschloss, die Wahrheit zu sagen, denn beide Männer wollten nur das Beste für sie. »Genau genommen habe ich die Notbremse gezogen.«

»Warum?« Im Gegensatz zu Adrian gab Eddie Gibson seine Emotionen immer preis, und seine Enttäuschung war ihm deutlich anzuhören.

»Wir … passen nicht zusammen.«

»Hat er das gesagt?«, fragte er verärgert.

»Nein«, entgegnete sie hastig. »Er will es versuchen. Aber ich ahne, dass es Probleme geben wird, und da ist es besser, das Ganze runterzukühlen, bevor wir zu tief drin stecken.«

»Du steckst bereits tief drin, Baby«, widersprach er. »Sonst würdest du dich nicht wegen möglicher Probleme in der Zukunft sorgen.«

Sie schürzte die Lippen. »*Hmm …*«

»Du hältst die Männer schon dein Leben lang am ausgestreckten Arm. Das fand ich gut, als du jünger warst, und später dachte ich, würden deine Dates etwas taugen, würden sie sich nicht so leicht abwimmeln lassen. Aber Adrian auf Abstand zu halten ist nicht leicht, was?«

»Dad, würdest du mich bitte nicht psychoanalysieren? Oder spar es dir wenigstens auf, bis du es selbst mal wieder mit einem Date versucht hast.«

»Deshalb rufe ich an. Ich führe heute Abend jemanden zum Essen aus.«

Lindsays Hände umklammerten das Lenkrad fester. Für einen Moment konnte sie sich nicht entscheiden, was sie fühlte. Es war jedenfalls nicht nur positiv. Sie war überrascht und ängstlich, unglücklich und gekränkt, froh und gespannt.

»Lindsay?«

»Ja, Dad.« Ihre Stimme war zu heiser, und sie räusperte sich. »Wer ist die Glückliche?«

»Eine neue Kundin, die heute hier war. Sie lud mich ein, nachdem ich ihren Ölwechsel gemacht hatte.«

»Oh, ich mag sie jetzt schon. Sie ist offensichtlich klug und hat einen tollen Männergeschmack.«

Er lachte. »Ist es wirklich okay für dich?«

»Und ob«, schwindelte sie. »Ich wäre sauer, würdest du nicht gehen. Und amüsier dich ja! Ach ja, zieh das Hemd und die Hose an, die ich dir zum Geburtstag geschenkt habe.«

»Okay, okay, schon verstanden: Geh, hab Spaß, und zieh dich nicht wie ein Hinterwäldler an. Aber du musst mir auch einen Gefallen tun. Gib Adrian eine Chance. Eine echte.«

Sie stöhnte. »Du verstehst das nicht.«

»Hör zu«, sagte ihr Vater streng. »Adrian Mitchell ist ein

erwachsener Mann, der auf sich selbst aufpassen kann. Wenn er kein Problem sieht, erfinde keins. Du verdienst es, glücklich zu sein, Linds, und keine Beziehung ist ohne Risiko. Ich tauche gerade erst wieder die Zehen ins Wasser, aber du bist überhaupt noch nie reingesprungen. Wenn du mich fragst, ist es Zeit, dass du dich mal ins Tiefe wagst.«

»Ich liebe dich, Daddy, aber deine Metaphern machen mich irre.«

»Ha! Ich liebe dich auch, Baby. Und bleib schön brav.«

»Erstatte mir ja gleich morgen Bericht, und zwar in allen Einzelheiten!«, forderte sie.

»Der Gentleman genießt und schweigt, Kind. Aber ich melde mich wieder.«

Lindsay beendete das Gespräch und sah zu Elijah, der sie anblickte. Ihr Dad ging endlich wieder aus. Sie hätte gedacht, dass sie sich darüber freuen würde. Und das tat sie auch … größtenteils. Aber ein Teil von ihr – ein zugegebenermaßen sehr kindischer Teil – hatte das Gefühl, er würde ihre Mom hinter sich lassen. Und dazu war Lindsay noch lange nicht bereit.

»Du stehst deinem Erzeuger sehr nahe«, bemerkte Elijah.

»Wir sind gewissermaßen alles, was wir noch haben, wenn du verstehst, was ich meine.«

Er nickte. »Es erklärt, warum Adrian ihn von Lykanern bewachen lässt.«

Ihr Fuß rutschte vom Gaspedal. »*Was?* Warum?«

»Adrian hat Lykaner zum Schutz deines Vaters abgestellt. Ich wusste nicht, warum, aber jetzt begreife ich es. Er tut es für dich, weil dein Erzeuger dir wichtig ist.«

»Wann hat er das arrangiert?«

»In Las Vegas.«

Lindsay trat fester aufs Gas und überlegte, dass sie im Moment lieber nicht hinterm Steuer sitzen sollte. »Wozu sollte mein Dad Leibwachen brauchen?«

»Jeder, der Adrian wichtig ist, könnte gegen ihn benutzt werden.«

Wer ihrem Vater etwas tat, verletzte sie, was sich wiederum auf Adrian auswirken würde. »Sollte ihm je etwas zustoßen …«

»Keine Angst.« Elijah lächelte aufmunternd. »Adrian bat mich, das Team zusammenzustellen, und ich schlug die Besten aus dem Rudel vor. Sie sorgen für seine Sicherheit.«

Hätte sie nicht am Steuer gesessen, hätte sie ihn vielleicht geküsst. »Danke.«

»Gern geschehen. Du solltest auch Adrian danken.«

»Ja«, sagte sie leise. Ihr wurde wärmer ums Herz. Adrians Schwäche war nun wohl nicht die vordringlichste Sorge, denn anscheinend ging die größere Gefahr momentan von ihrer eigenen aus. »Sollte ich. Werde ich. Mist, es ist alles so verkorkst!«

»Jap.«

Was sie daran erinnerte, warum sie überhaupt herfuhren. »Weißt du, was deinem Freund passiert ist? Warum er vermisst wurde?«

»Er geriet in einen Hinterhalt und wurde schwerverletzt liegen gelassen. Es hat ein paar Tage gedauert, bis er es zum nächsten Highway geschafft hatte, wo man ihn fand.«

»Mein Gott«, hauchte sie. »Waren das Vampire?«

Elijah bejahte stumm und bedeutete ihr, vorn links abzubiegen.

»Dreckskerle! Ich möchte die alle umbringen.« Noch während sie die Worte sprach, erschrak Lindsay über das Ausmaß des Hasses in ihrem Ton. Ihr Leben hatte sich in den letzten paar Wochen so sehr verändert. Nun fügten Vampire ihren Freunden Leid zu, und sie waren schuld daran, dass Lindsay Adrian nicht haben durfte. Ihr fiel nicht ein einziger Grund ein, warum sie existieren sollten. Sie waren wie Flöhe oder Mücken – widerliche, wertlose, blutsaugende Parasiten, die besser ausgerottet werden sollten.

Lindsay bog ab und hielt vor dem schmiedeeisernen Tor mit dem Wachhäuschen. Der Wachmann sah zu Elijah und öffnete ihnen. Es war Nachmittag, und da die Sonne noch hoch am Himmel stand, konnte Lindsay sich alles ansehen, was sie bei ihrer ersten Ankunft hier verpasst hatte. Die Wölfe lebten auf der anderen Seite der Anhöhe, wo sie für die Öffentlichkeit unsichtbar blieben. Vom Kamm des Hügels aus konnte Lindsay sie sehen. Es waren so viele von ihnen, und sie alle waren so majestätisch und gefährlich.

Lindsay parkte in der Auffahrt und versuchte, einiges von ihrer Anspannung loszuwerden, indem sie langsam ausatmete.

Elijah sprang geschmeidig aus dem Wagen und öffnete Lindsay die Tür, noch ehe sie ihren Gurt gelöst hatte. Er wartete, bis sie ausgestiegen war, dann zeigte er zu einem großen, hangarähnlichen Gebäude oben auf einem Hügel, circa eine halbe Meile entfernt. »Ich werde dort sein. Du kannst hinkommen, wenn du deine Sachen geholt hast, oder hier auf mich warten. Falls ich länger als eine Stunde brauche, gebe ich dir Bescheid.«

Lindsay hielt ihn am Arm fest, ehe er sich wegdrehen konnte.

Als er auf ihre Hand blickte, zog Lindsay sie sofort zurück. »Entschuldige, ich wollte dir meinen Geruch nicht aufzwingen. Ich … Ich wollte nur sagen, dass mir das mit deinem Freund leidtut, Elijah.«

Er sah sie an, und seine Züge wurden weicher. »Ich weiß. Danke.«

»Falls du irgendwas brauchst, ich bin für dich da.« Sie lächelte ihn mitfühlend an, bevor sie sich zu dem großen Haupteingang wandte. Als sie die Hand hob, um anzuklopfen, ging die Tür schon auf.

»Miss Gibson.«

Ein großer, sehniger Rotschopf füllte den Türrahmen aus. Sein Haar fiel ihm über die Schulter, was ihm jedoch nichts Weibliches gab. Vielmehr hatte er etwas von einem Wikingerkrieger, so streng und resolut, wie er wirkte.

Lindsay zögerte. »Hi. Ich muss nur rasch meine Sachen holen, dann bin ich schon wieder weg.«

Er starrte sie einen Moment lang an und musterte sie auf eine Art, als hielte er sie für unwürdig, hier zu sein. Schließlich bedeutete er ihr, einzutreten.

Sie wusste, dass er ein Engel war. Alle Hüter hatten die gleichen flammenblauen Augen, auch wenn nur Adrians jemals hitzig blickten. Eigentlich waren diese Hüter echte Kunstwerke. Es war ziemlich einschüchternd, von Dutzenden dieser vollkommenen, wunderschönen Wesen umgeben zu sein.

Da der Rotschopf offenbar nichts weiter sagen wollte, ging Lindsay direkt in das Schlafzimmer, in dem sie untergebracht gewesen war. Alles sah noch genauso aus, wie sie es verlassen hatte – allerdings war das Bett gemacht, und ihre Kosmetika waren ordentlich auf dem Waschtisch aufgereiht. Als sie vor zwei Wochen das letzte Mal aus diesem Zimmer ging, hatte sie erwartet, abends zurückzukommen. Der Gedanke an all das, was sie hätte haben können, wäre es ihr möglich gewesen, in Adrians Welt zu leben, schnürte ihr die Kehle zu, und Lindsay musste schlucken.

Im Nachhinein schien ihr Plan völlig abwegig, auf diesem riesigen Anwesen zu leben, mit einer Veranda, von der aus sie bei Sonnenaufgang die Engel aufsteigen sehen konnte, und zusammen mit dem Besitzer, dem prächtigsten Wesen auf Erden. Aber für einen Moment hatte sie diesen Traum gehabt, und nun schmerzte der Verlust sie schrecklich.

Lindsay sah im Vorbeigehen zu dem Bett, in dem sie davon fantasiert hatte, Adrian zu verführen. Sie hatte es sich sogar sehr bildlich vorgestellt, auch wenn es nicht annähernd so unverblümt und heiß gewesen war, wie sich der echte Akt dann darstellte.

»Ich muss hier raus«, murmelte sie und kämpfte mit dem überwältigenden Wunsch, zu bleiben, und zwar für immer. Sie sehnte sich schmerzlich danach, sich auf den Engel, sein Leben und die möglichen Freunde einzulassen, allen voran Elijah. Sie verstanden, was Lindsay antrieb.

Stattdessen packte Lindsay in Rekordzeit und trat den Rückzug an, wobei sie ihren Koffer hinter sich herzog. Dabei kam sie an zahlreichen Hütern vorbei, die wie aus dem Nichts aufgetaucht waren, um sie zu sehen. Inzwischen verstand sie, warum sie alle so anblickten: Sie war die störende Sterbliche, die ihrem Anführer den Kopf verdrehte. Trotz ihrer spürbaren Feindseligkeit blieb Lindsay an der offenen Haustür stehen und drehte sich zu ihnen um.

»Ich bin auf eurer Seite«, sagte sie. Sie wollte sie bitten, auf Adrian aufzupassen, doch dazu hatte sie kein Recht. Er gehörte zu ihnen, nicht zu ihr.

Mit einem leisen Klicken fiel die Tür hinter ihr ins Schloss.

Lindsay weinte nicht; nein, sie weigerte sich zu weinen. Sie würde sich *nicht* in Selbstmitleid suhlen, weil sie tat, was richtig für Adrian war. Denn tatsächlich war die Welt von ihm abhängig, auch wenn sie es nicht wusste.

Nachdem sie ihren Kofferraum geöffnet hatte, schob sie den Teleskopgriff ihres Koffers zusammen und hob den Koffer hoch. Der Wind frischte auf und bildete einen Wirbel um sie herum, sodass sie erstarrte.

Bleib, bleib, bleib, säuselte er ihr zu.

»Ich habe schon genug Ärger gemacht«, konterte sie.

Geh nicht, Lindsay. Lindsay … Lindsay … Abrupt hielt der Wind inne, sodass ein Vakuum blieb, durch das ihr Name wie ein Peitschenhieb knallte.

»Lindsay.«

Sie blickte sich um und entdeckte Adrian neben dem Maybach, der im Leerlauf vorn in der Einfahrt stand. Sofort umfing ihn der Wind wie eine Geliebte und zauste an seinem Haar, das mindestens zwei Zentimeter länger geworden war, seit Lindsay ihn zuletzt gesehen hatte. In seinem langärmeligen schwarzen Henley-Shirt und der maßgeschneiderten blauen Hose sah Adrian verwegen und wunderschön aus. Seine Miene war ernst und gefasst, seine Haltung entspannt. Dennoch spürte Lindsay, dass in ihm ein Sturm wütete. Sein Blick fiel auf ihren Koffer, und Lindsay überkam eine eisige Trostlosigkeit, die sie erschaudern ließ. Solch eine Verzweiflung, solch herzzerreißende Schuld und solch einen Schmerz hatte sie noch nie empfunden. – Seine und ihre Regungen.

Tränen brannten in ihren Augen, und sie bekam kaum noch Luft.

Oh Gott! Warum musste sie ausgerechnet ihn aufgeben? Sie würde eher alles andere aufgeben. Sogar Schokolade.

Wenn sie nur ihn haben könnte, ganz und gar, wenigstens für eine gewisse Zeit, egal wie kurz.

Adrian löste sich aus seiner Starre und kam eilig auf sie zu.

Der Koffer entglitt ihr und landete knirschend im Kies. »*Adrian!*«

Sie hatte erst wenige Schritte gemacht, als er sie packte und hochhob, sodass ihr endgültig der Atem stockte.

Seine Flügel, alabasterfarben mit roten Federspitzen, breiteten sich explosionsartig aus, und sie rauschten gen Himmel.

17

Als Elijah die Kaserne der Lykaner betrat, wurde er von einer bedrückenden Stille begrüßt, wie sie in Räumen herrschte, in denen jemand starb. Die Reihen von Etagenbetten zogen sich endlos hin, und der Saal schien immer länger zu werden, während Elijah ihn mit großen Schritten durchmaß.

Er folgte dem Klang eines piependen Herzmonitors, wusste jedoch auch so, wohin er wollte. Micah hatte eines der Zimmer am Ende des Saals, wie sie eigens für Paare reserviert waren. Die Tür zu seinem Zimmer stand offen, und eine Handvoll Lykaner waren drinnen, einschließlich Esther und Jonas, die zu beiden Seiten des Eingangs standen.

Sie blickten Elijah ängstlich und flehend entgegen. Er senkte den Blick, um ihre Erwartungen zu dämpfen, denn er hasste es, dass sie ihn für eine Art Messias hielten. Nur weil er das Tier in sich vollkommen kontrollieren konnte, hatte er nicht automatisch dieselbe Kontrolle über das Schicksal der Lykaner, wie es so viele von ihnen erhofften und glaubten.

In dem Zimmer lag Micah mit zahlreichen Infusionsschläuchen, umsorgt von Rachel. Sie stand auf, als Elijah hereinkam, und trat ihm entgegen, blass und dünn wie ihr Gefährte.

Elijah schluckte und fragte: »Wie geht es ihm?«

Zitternd fuhr sie sich durch ihr dunkles Haar und bedeutete ihm stumm, mit ihr nach draußen zu kommen. In dem

Schlafsaal antwortete sie: »Er stirbt, El. Es ist ein Wunder, dass er überhaupt noch lebt.«

Er rieb sich die Augen mit den Fäusten, um das Brennen zu vertreiben.

»Er hat auf dich gewartet«, fuhr sie fort. »Ehrlich, ich denke, das ist das Einzige, worauf er noch gewartet hat.«

Elijah sah sie hilflos an.

Sie wischte sich die Tränen von den Wangen. »Er liebt dich wirklich.«

In seiner Verzweiflung schob Elijah sie beiseite und ging wieder in das Zimmer, wo er sich auf den Stuhl setzte, auf dem sie zuvor gesessen hatte. Er rückte ihn näher an das Bett und ergriff die kalte Hand seines Freundes.

Micahs Augen öffneten sich ein wenig. Er wandte Elijah den Kopf zu. »Hey«, flüsterte er. »Du hast es geschafft.«

»Das ist eigentlich mein Text.«

Ein mattes Lächeln verwandelte die Züge des Lykaners für einen kurzen Moment, dann war es wieder fort. »Ich musste dir sagen … Vash …«

»Vash hat dir das angetan?«

»Sie sucht … nach dir.«

»Mir? Warum?«

»Eine Vampirin wurde in Shreveport … entführt. Dein Blut war dort.«

»Ich war noch nie in Shreveport.«

Ein heftiger Schauer ließ Micahs geschwächten Leib erbeben. »Ja, na ja … dein Blut war's.«

»Red nicht weiter. Ruh dich aus. Wir unterhalten uns später.«

Micahs einst klare Augen waren von Schmerz und Müdigkeit umwölkt. »Keine Zeit. Ich gehe, Alpha. Das war's.«

»Nein!«

»Pass auf. Das Blut … an diesem Stück Stoff … war deins.«

Elijah sah zu Rachel, die an der Tür stand, und sie nickte ernst. *Sein Blut,* gefunden am Schauplatz einer Entführung, in einem Ort, in dem er noch nie war.

Ein pfeifendes Keuchen lenkte seine Aufmerksamkeit auf Micah zurück.

»Mir passiert schon nichts«, sagte Elijah. »Mach dir keine Gedanken um mich. Sorg lieber dafür, dass du wieder auf die Beine kommst.«

Micahs Hand umklammerte Elijahs erstaunlich fest, und seine Krallen fuhren weit genug aus, um seine eigene und Elijahs Hand zu verletzen. Warmes, glitschiges Blut sammelte sich zwischen ihren Händen. »Hör zu. Du bist der Eine. Hörst du? Du bist es. Hol Rachel hier raus … Hol sie alle raus.«

Elijah wich erschrocken zurück. »Bürde mir das nicht auf, Micah.«

»Sie vertraut dir …« Ein schrecklicher Hustenanfall überkam ihn und hinterließ Blutflecken auf seinen Lippen und auf der weißen Bettdecke.

»Rachel wird es gut gehen. Das verspreche ich dir.«

»Nicht Rach …«, keuchte er. »Adrians Frau … vertraut dir. Du kannst sie entführen … als Druckmittel.«

Elijah zog wütend seine Hand zurück. Es machte ihn krank, dass ihm sein bester Freund jetzt mit diesem Mist kam. Auf seinem verfluchten Sterbebett! »Tu das nicht«, fauchte er. »Bitte mich nicht darum. Sie hat ihr Leben für mich riskiert.«

Micah hob den Kopf ein wenig vom Kissen, und in seinem

Blick war noch eine Spur seiner alten Entschlossenheit zu erkennen. »Für sie wird Adrian nachgeben. Versprich es mir. Lehn dich auf. Mach es wahr. Du kannst sie alle befreien. Nur du.«

Elijah sprang auf und stolperte aus dem Zimmer.

»Blutschwur, El«, flüsterte Micah und hielt seine blutige Hand in die Höhe. Dann sank er zurück auf das Kissen. Sein Atem ging rasselnd.

Elijah verließ den Raum und sah die Lykaner an, die draußen warteten. Es waren inzwischen noch mehr. Ein Dutzend vertraute Gesichter, die ihn alle ernst und erwartungsvoll anstarrten.

»Ihr alle habt ihn dazu angestachelt«, warf Elijah ihnen vor. »Ihr habt ihm gesagt, wo ich die letzten paar Wochen war.«

Esther trat vor. »Elijah …«

»Ihr egoistischen Mistkerle!«

Er blickte auf die Schnitte in seiner Hand, die bereits zu heilen begannen. Laut brüllend nahm er Wolfsgestalt an. Seine Kleidung riss, und mit einem einzigen Satz durchquerte er beinahe den ganzen Saal.

Er sprang zur Tür hinaus und rannte.

Lindsay rang noch nach Luft, als Adrian mit ihr auf der anderen Seite des Hauses landete. Sie hörte, wie hinter ihr eine Glasschiebetür aufglitt, dann wurde sie in einen Raum mit einem großen Schreibtisch und einer Wand voller überquellender Bücherregale getragen.

Sie lehnte sich in Adrians Umarmung zurück und sah ihn an. Seine Züge waren streng, angespannt vor Entschlossenheit. Eine andere Tür – eine, die ins Innere des Hauses führte – schloss sich, und Lindsay wurde von Adrians hartem, heißem Körper mit dem Rücken gegen das Türblatt gedrückt. Die Vorhänge glitten automatisch mit der Glasschiebetür zu und tauchten den Raum in Stille und Dunkelheit.

»Adrian …«

Sein Mund bedeckte ihren. Gleichzeitig umfasste er ihre Handgelenke und zog sie eines nach dem anderen über ihren Kopf. Seine Zunge tauchte mit einem Stoß in ihren Mund ein, sodass Lindsay sofort erregt war.

Der warme Duft seiner Haut erfüllte ihre Sinne. Diesmal war das Aroma wilder, als Lindsay es in Erinnerung hatte. Erotischer.

Sie wollte sich seinem Griff entwinden und stellte fest, dass ihre Handgelenke an einen Kleiderhaken innen an der Tür gefesselt waren. Während seine Hände an ihren Armen herabglitten, zog und zerrte Lindsay vergebens. Dabei ertastete sie Seide und stellte fest, dass er sie mittels seiner Gedanken halb ausgezogen und mit ihrem eigenen Slip gefesselt hatte. Ein vorsichtiges Wiegen der Hüften bestätigte ihr, dass sie nun nichts mehr unter ihrer Jeans trug. »Mach mich los.«

»Du verlässt mich nicht.« Seine Stimme war tief und trügerisch ruhig, denn seine Anspannung war ebenso deutlich spürbar wie der Tanga an Lindsays Handgelenken.

Lindsay zog wieder. Die Seide riss, und sogleich band sie etwas Festeres an die Tür. Als Adrians Hände unter ihr T-Shirt glitten und ihre nackten Brüste umfingen, wurde Lindsay klar, dass es sich um ihren BH handelte. Ein Schauer überlief sie. Das einzige Mal, dass sie gegen ihren Willen irgendwo festgehalten worden war, war der Tag gewesen, an dem ihre Mutter starb. »Mach mich los, Adrian.«

Sein Mund war seitlich an ihrem Hals, und seine Finger kneteten ihre Nippel, sodass sie hart wurden. »Nein.«

Unwillentlich bog sie sich seinen Händen entgegen. Ihre Brüste wurden schwer und empfindlich. »Du bist aufgebracht. Wir sollten r-reden. Wir *müssen* reden!«

»Nicht jetzt.« Er packte ihre Hüften, und ihr wurde bewusst, dass sie nun vollkommen nackt war. Als sich ein behaarter Oberschenkel zwischen ihre Beine schob, bemerkte sie, dass auch Adrian nackt war.

In dem ansonsten stillen Zimmer mutete Lindsays Atem sehr laut an. Ihr Herz raste in einer Mischung aus Furcht und verbotenem Verlangen. Hätte jemand anders sie gefesselt, wäre sie durchgedreht; aber dies hier war Adrian, und seine Hände auf ihrer Haut zu fühlen hielt jede Panik, die sie hätte empfinden können, im Zaum.

»Denk doch nach!«, keuchte sie und versuchte, sich seiner Berührung zu entwinden. »Du willst dies hier nicht. Du willst nicht, was mit dir geschieht, wenn du das hier tust.«

Sein Schwanz glitt zwischen ihre feuchten Schamlippen, und Lindsay erstarrte. Er war heiß und hart, köstlich lang und dick.

»Fühlt sich das an«, raunte er, »als wollte ich es nicht?«

Sie zuckte, als sich seine Lippen um ihre Brustwarze schlossen. Der Kleiderhaken knarzte, hielt aber. Adrian hatte keine hohlen Spanplattentüren, die ihr eine Chance zur Flucht gelassen hätten. Das massive Holz, das sein Architekt verwendet hatte, hielt mühelos ihrem Gewicht und allem Gezerre stand.

Adrian saugte voll sündiger Hingabe an ihrer Brust, und Lindsays gute Vorsätze verflüchtigten sich zusehends.

»Ich habe Angst«, log sie in der Hoffnung, ihn abzulenken.

»Weiß ich. Du brennst vor Angst.« Er öffnete ihre Schamlippen und strich mit einer Fingerspitze durch die seidige Feuchtigkeit ihres Verlangens. »Du bist immer so furchtlos, aber du vertraust mir nur so weit, dass du jetzt Angst hast.«

Ihr Stöhnen hallte durchs Zimmer. Sie war sich schmerzlich bewusst, dass der Korridor auf der anderen Seite der Tür hinter ihr sein musste, nebst einem Dutzend oder mehr Engeln, die sie aus exakt diesem Grund ablehnten und ihr misstrauten: Weil sie ihren Anführer auf einen bloßen Mann mit allen Schwächen, Begierden und Bedürfnissen reduzierte, die für Sterbliche so typisch waren. »Hör auf!«

»Kann ich nicht.« Er küsste sie wieder. Es war ein heißer, feuchter, inniger Kuss, und er kündete von einem Mann, der irgendwann in den Tagen, da sie getrennt gewesen waren, seine Grenzen überschritten hatte. »Will ich nicht.«

»Mein Gott, Adrian.« Sie wand sich, als er die zweite Brust mit seinem Mund einfing und die Spitze mit seiner Zunge neckte und kitzelte. »Warum lässt du mich dich nicht retten?«

Er gab sie mit einem leisen »Plopp« frei, hob den Kopf und rieb seine Schläfe an ihrer. »Es gibt nichts zu retten. Alles bricht auseinander.«

Die Pein, die sie aus seinen Worten heraushörte, brach ihr das Herz. Sie sehnte sich danach, ihn in die Arme zu schließen und zu trösten. Aber sie konnte sich nicht rühren, also blieb ihr nur ihre Stimme. »Erzähl mir, was passiert ist.«

»Später.« Er glitt an ihrem Körper nach unten. Seine Lippen strichen zunächst zwischen ihren Brüsten entlang, dann fühlte sie seine Zunge in ihrem Nabel. Als er ihre Schamlippen erreichte, biss Lindsay sich auf die Unterlippe, um nicht laut aufzuschreien. Trotz ihres Unbehagens, weil sie in der Dunkelheit gefesselt war, und ihrer Sorge wegen Adrians unberechenbarer Stimmung war sie unglaublich erregt. Und in einer unhaltbaren Lage. Sie konnte nicht verdrängen, wie viele Leute – *Engel* – in der Nähe waren.

»Tu das nicht. Du wirst es bereuen.«

»Ich bereue, es *nicht* getan zu haben.« Er hielt sie mit seinen Daumen offen und ließ seine Zungenspitze über ihre Klitoris flattern. Als sich ihr Geschlecht gierig zusammenzog, entfuhr Adrian ein heiserer Laut. »Ich hätte beenden sollen, was wir in Las Vegas anfingen. Ich hätte die verdammte Türklingel ignorieren müssen und dich vögeln sollen, bis du nicht einmal mehr auf die Idee gekommen wärest, mich zu verlassen.«

Seine raue Stimme verriet seine Angst und traf Lindsay mitten ins Herz. Sie wollte die Finger in sein Haar tauchen und ihn dicht an sich ziehen. Sie wollte ihn besänftigen, indem sie zart über seinen Rücken strich. Und sie wünschte, er könnte sich für einen Moment in vollkommener Sicherheit von seiner Last befreien, weit weg von all jenen, für die er immerzu stark sein musste. Aber dann wäre er gezwungen, sich dem zu stellen, was an ihm nagte, und jetzt gerade wollte er all das mit Hilfe ihres Körpers vergessen.

Doch das durfte sie nicht zulassen; nicht bei dem Preis, den er dafür bezahlen würde.

Adrian legte die Hand in ihre rechte Kniekehle und hob ihr Bein über seine Schulter. Plötzlich stieß seine Zunge in ihre Scham. Lindsay bog den Rücken durch, wobei ihr Kopf gegen die Tür schlug. Der dumpfe Knall hallte durchs Zimmer und wahrscheinlich auch durch den Korridor jenseits der Tür. Entweder hörte Adrian es nicht, oder es war ihm gleich. Sein Mund war in ihrer feuchten Scham vergraben, und er drang mit der Zunge in sie ein, so weit er konnte. Unersättlich bearbeitete er sie, als wollte er sie in sich aufsaugen. Sie verschlingen. Ihren Körper mit seinem heißen, intimen Kuss brandmarken. Lindsay zitterte und keuchte, und ihre Zehen krümmten sich so fest zusammen, dass sie zu krampfen begannen. Sie klammerte sich an diesen leichten Schmerz und kämpfte gegen den Orgasmus an, den Adrian ihr unbedingt bescheren wollte.

Sein abruptes Stöhnen trieb Lindsay Tränen in die Augen, so verloren und desolat klang es.

»Es ist noch n-nicht zu spät«, brachte Lindsay atemlos heraus. Heiße Tränen tropften ihr auf die Brüste, und es zerriss sie innerlich, denn sie wusste, dass es bereits zu spät war. Für sie beide gab es kein Zurück mehr. Diesen Punkt hatten sie in dem Moment überschritten, in dem Lindsay vor Adrians Augen den Drachen tötete. Sie hätte das eine Mal verzichten können, einfach weggehen, doch das hatte sie nicht getan. Stattdessen hatte sie ihm ihr persönlichstes Geheimnis offenbart, und das, nachdem sie ihn erst wenige Stunden kannte. Als hätte sie ihm zeigen müssen, wer sie wirklich war.

Trotzdem kämpfte sie gegen das Unvermeidliche, weil er ihr nicht gleichgültig war. Ganz im Gegenteil. Er bedeutete ihr sogar viel. So viel, dass sie der Gedanke an sein Leiden wahnsinnig machte. »Du kannst damit aufhören, Adrian. Bevor es zu weit geht.«

Sein tiefes Knurren klang aggressiv und entschlossen, und er widmete sich noch inbrünstiger ihrer Klitoris. Rhythmisch sog er an ihr in einem steten Tempo, das Lindsay in einen explosiven Orgasmus katapultierte. Ihr schweißbenetzter

Körper erbebte unter dem Höhepunkt, der sie mit einem brennenden Verlangen erfüllte, gegen das sie sich nicht wehren konnte.

Adrian drehte den Kopf und wischte sich den Mund an der Innenseite ihres Schenkels ab. Dann schob er ihr Bein von seiner Schulter und richtete sich auf.

»Was bezeichnest du als ›zu spät‹ und ›zu weit‹?«, fragte er gefährlich leise. »Ich war schon in dir. Mit meinen Fingern, meiner Zunge und meinem Schwanz.«

Sie kniff die Augen zu und ließ den Kopf hängen. Es fiel ihr schwer, richtig zu atmen und wenigstens ein bisschen Kontrolle über ihren Körper zu bekommen. Obwohl sie im Dunkeln waren, fühlte Lindsay sich bloßgestellt und erhitzt von Adrians emotionalem Aufruhr. »T-technisch, ja«, sagte sie zwischen zwei angestrengten Atemzügen. »Aber du hast aufgehört. Du konntest dich einmal bremsen, und du kannst es auch wieder.«

»Technisch, sagst du.« Seine Hände spreizten sich auf ihrem Hintern und drückten grob zu, während seine Zähne über die Wölbung ihrer Brust schabten, über ihrem Herzen, und das fest genug, dass es schmerzte. Die Selbstbeherrschung, die sie sonst immer an ihm wahrnahm, war fort. Er war rücksichtslos, wild und entschlossen, ihren Körper wie ihren Geist zu dominieren. »Keiner von uns ist gekommen, und deshalb zählt es nicht?«

Er hob sie hoch und schlang ihre Beine um seine Hüften. Einen Sekundenbruchteil später drang er mit seiner brutal harten Erektion in sie ein. Lindsay erschauerte und versuchte, sich an seine Größe anzupassen, doch Adrian trat bereits einen Schritt vor und versank vollständig in ihr.

Der köstliche Schmerz entlockte ihr ein Wimmern. Obwohl sie ein halbes Dutzend Nächte voller erotischer Träume darauf eingestimmt hatten, brauchte sie Zeit, sich an seine Größe zu gewöhnen.

»Bitte«, flüsterte sie, wusste allerdings nicht, worum sie bitten wollte. Dass er aufhörte? Anfing? Niemals aufgab, egal, wie sehr sie ihn anflehte? Sie konnte nicht Ja sagen – nicht, wenn sie wusste, was er riskierte. Aber sie konnte auch nichts gegen ihr egoistisches Sehnen tun, er möge sich weigern, ihr Nein zu akzeptieren. Nirgends wäre sie lieber als genau hier, nur ging es bei ihrer Weigerung ja nicht um sie. Es ging um ihn und was das Beste für ihn war.

Sie hörte das Rascheln von Adrians Flügeln und spürte den sanften Windhauch, den sie verursachten, als sie sich entfalteten. Dieser luftige Kuss verriet jene Gefühle, die Adrian unbedingt verbergen wollte.

»Nein«, stöhnte sie in einem letzten, vergeblichen Versuch, ihn zu retten.

Eine seiner Hände tauchte in ihr Haar und hob ihren Kopf, sodass er sie küssen konnte. Seine Lippen strichen über ihre, während er jeden ihrer zittrigen Atemzüge in sich einsog. Er wiegte die Hüften und grub sich tief in sie, wobei er gerade genug Reibung und Druck ausübte, um ihre geschwollene Klitoris zu reizen. Lindsays Körper verspannte sich in hitziger Erwartung, und ihr Schoß umschloss seinen pulsierenden Schwanz gierig.

Adrian stockte der Atem. Seine Iris loderte hell genug, um das Weiße in seinen Augen und die dichten Wimpern zu erleuchten. Er atmete in Lindsays Mund aus. »Keine technischen Feinheiten mehr.«

Dann kam er mit einer solchen Wucht, dass es sich wie ein Stoß in Lindsay anfühlte. Das heftige Zucken seines Schwanzes … und der Schwall seines heißen Ergusses hatten zur Folge, dass ihr der Schweiß zwischen den Brüsten ausbrach.

Ihr Orgasmus traf sie vollkommen überraschend.

Sie erzitterte unter der unerwarteten Welle von Hochgefühl, und ihr Puls rauschte in ihren Ohren, sodass sie kaum hörte, wie Adrian ihren Namen stöhnte.

Sie wollte schluchzen und aufschreien. Stattdessen biss sie Adrian in den Hals, um ja keinen Laut zu machen, den jemand anders hören könnte.

»Ja«, stöhnte er und stieß weiter in sie hinein. »Verdammt, ja!«

Ihre Handgelenke waren frei, und ihre Arme fielen auf Adrians Schultern. Die Muskeln zuckten und kribbelten vom vielen Ziehen.

Adrian drehte sich mit Lindsay in den Armen von der Tür weg und trug sie durch die Dunkelheit, noch während er weiter in ihr kam. Dann setzte er sich, und Lindsay fühlte Polster an ihren Knien. Ein kleines Sofa vielleicht? Oder ein Sessel ohne Armlehnen? Lindsay nahm den Mund von Adrians Hals und hob den Kopf. Hinter ihr ging eine kleine Lampe an, die, wie von einem Dimmer gesteuert, langsam heller wurde, bis Lindsay alles im Zimmer sehen konnte.

Sie blickte zu Adrian auf, und ihr Herz schlug schneller vor Freude. Seine Wangen waren gerötet, seine Augen glänzten fiebrig, und seine Lippen waren geschwollen von den wilden Küssen. Was Lindsay jedoch richtig schaffte, war das feuchte Glitzern in seinen Wimpern.

Tränen. Bei ihrem unbezwingbaren, unerbittlichen Engel.

»Es ist schon zu spät«, sagte er heiser und wischte sanft mit den Daumen die Tränen von Lindsays Wangen. »Verstehst du?«

Sie nickte.

Er küsste die Fesselmale an ihren Handgelenken. »Ich weiß, dass du mich hiervor schützen wolltest, und ich habe versucht, dich zu lassen, aber ich kann nicht.«

»Es tut mir leid. Es tut mir so verflucht leid, dass ich …«

»Nicht.« Sein Kopf sank nach hinten. Das schwarze Wildleder des schmalen Sofas umrahmte Adrian und betonte seinen olivbraunen Teint. »Entschuldige dich nicht, weil du stark sein wolltest, als ich schwach war. Bedaure nicht, dass du das Einzige bist, was mich glücklich macht.«

»Für wie lange?«, fragte sie.

»Solange wir können. Weise mich nicht ab. Ich brauche dich. Ich brauche *dies* – deine Berührung, deine Wonne, deine Liebe. Ohne dich kann ich nicht denken, nichts fühlen. Und ich muss beides, um den Mist durchzustehen, in dem ich gerade stecke. Wenn du mich retten willst, musst du bei mir sein.«

»Was ist mit den anderen Hütern?«

»Was soll mit ihnen sein? Es gibt keinen einzigen da draußen, der nicht weiß, dass ich dich gerade an meiner Bürotür genommen habe.«

»Oh Gott …« Vor Scham wurde sie feuerrot.

»Ich *wollte*, dass sie es hören«, sagte er vehement. »Ich hätte dich meilenweit wegbringen können, aber du und ich … das sollen sie wissen. Ich schäme mich meiner Gefühle für dich nicht. Ich schäme mich nicht, dass ich nicht aufhören kann, dich zu wollen. Es ist nun mal so.«

»Sie hassen mich sowieso schon.« Lindsay graute davor, das Zimmer zu verlassen und all den vorwurfsvollen Blicken zu begegnen. »Jetzt …«

»Sie haben gehört, dass du Nein gesagt hast. Was geschehen ist, können sie dir nicht anlasten.«

Lindsay umfing sein Gesicht mit den Händen. »Ich bin das nicht wert. Ehrlich nicht. Ich bin nur eine verrückte Sterbliche ohne Selbsterhaltungstrieb.«

»Und ich bin ein Engel, der für dich sterben würde. Siehst du, wir sind ein ideales Paar.«

Ihr plumpste das Herz in die nicht vorhandene Hose. »*Adrian.*«

Er umfasste ihre Handgelenke, und in seinem Gesicht spiegelte sich eine solche Vielfalt von Emotionen, dass Lindsay vor Entzücken weinte. »Bleib bei mir, Lindsay. Sei bei mir.«

»Wie kann ich Ja sagen, wenn ich weiß, was es für dich bedeutet?«

»Sag es einfach.«

Sie waren alle beide zu dickköpfig. Lindsay hatte bekommen, was sie sich gewünscht hatte, und wieder einmal bereute sie es. Sie konnte nicht Ja sagen, und er wollte kein Nein hören. »Ich gehöre eigentlich nirgendwo anders hin. Zu den ›normalen‹ Leuten habe ich nie gepasst. Und ich passe auch nicht zu deinen Leuten. Aber ich passe zu *dir*. Das weiß ich. Ich kann es fühlen. Trotzdem ist es egal, weil es verboten ist. Ich will verdammt sein, wenn ich der Grund für deinen Niedergang bin und du deine Flügel verlierst. Lieber sterbe ich, als mit anzusehen, wie du dich in einen seelenlosen Blutsauger verwandelst.«

Er rieb seine Nasenspitze an ihrer. »*Ani ohev otach,* Lindsay.«

Oh Gott … Jetzt, da sie wusste, was die Worte bedeuteten …

»Liebe mich«, flüsterte er, zog ihren Kopf näher und neckte ihre Lippen mit seiner Zungenspitze. »Zeig mir, dass du es genauso sehr willst wie ich.«

Sie packte mit beiden Händen die Rückenlehne des Sofas.

»Nimm mich, *Neshama sheli*«, lockte er sie, und sein harter Schwanz in ihr zuckte. Wie er so in all seiner umwerfenden Pracht unter ihr lag und diese erotische Aufforderung raunte, war er durch und durch ein sündiger, dekadenter, unverfrorener gefallener Engel. »Ich bin dein.«

Lindsay schüttelte den Kopf. »Nein.«

Ein herrliches Lächeln erstrahlte auf Adrians Gesicht. Er machte eine rasche Bewegung, und Lindsay fand sich unter ihm wieder, von ihm ausgefüllt.

»Ich weiß, was es bedeutet, wenn du das sagst«, murmelte er, hakte einen Arm unter ihr Bein und zog es nach oben, sodass sie sich ihm weiter öffnete.

Keuchend vor köstlicher Qual, brachte sie gerade noch heraus: »Es heißt ›Flieh, so schnell du kannst. Rette dich!‹«

»Nein, es heißt eher ›Ich verliebe mich in dich, Adrian‹.«

Seine Zunge glitt träge über seine Unterlippe, bevor er sie mit den Zähnen einfing. Mit schweren Lidern beobachtete er Lindsays Reaktion, als er seine Hüften bewegte. Die Spitze seines Penis rieb an all den erogenen Zonen in ihr – ein bewusster sinnlicher Angriff.

Lindsay wimmerte, als er sich langsam zurückzog, ehe er erneut tief in sie hineinstieß. Geschmeidig und leicht. Er hatte seine wilde Lust hinter sich und machte sich nun zu einem langsamen, genussvollen Akt bereit, wie Lindsay begriff. Ihre Fingernägel bohrten sich in seine Hüften. »Adrian.«

Er neigte den Kopf und stöhnte an ihrem Mund: »Ich verliebe mich auch in dich, Lindsay.«

18

»Sie muss es sein.«

Syre schob den schmalen weiblichen Arm von seiner Brust und stieg aus dem Bett. Er rang mit der wachsenden Hoffnung, die schon so oft in Enttäuschung geendet hatte. »Bist du sicher?«

»Zuerst war ich es nicht«, antwortete Torque. »Nicht einmal, nachdem ich sie gesehen hatte, konnte ich es mit Sicherheit sagen. Diesmal ist sie anders.«

»Inwiefern?«

»In vielerlei Hinsicht. Zum einen bin ich ziemlich sicher, dass sie etwas an mir bemerkt hat. Ein paar Mal sah sie mich komisch an, als würde sie mich kennen, mich aber nicht einordnen können.«

»Das ist kein Beweis.«

»Nein, aber zwei Stunden nach unserem Treffen ist sie nach Angels' Point gefahren. Und kurz darauf kam Adrian dort an.«

Rastlos lief Syre in seinem Schlafzimmer auf und ab. »Wie wirst du an sie herankommen?«

»Sie muss zur Arbeit in die Stadt.« Aus den Worten seines Sohnes war ein Lächeln herauszuhören. »Und sie hat mich eingestellt, also habe ich einen Vorwand, um mich die meisten Nächte im Hotel aufzuhalten. Es wird nicht lange dauern, bis sich die perfekte Gelegenheit ergibt.«

»Das klingt zu schön, um wahr zu sein.«

»Es ist die beste Chance, die wir je hatten.«

Syre rieb sich die schmerzende Brust. »Ich sollte zu dir kommen.«

»Nein!«, erwiderte Torque scharf. »Vash ist jetzt hier, mit Raze und Salem. Mehr Verstärkung brauche ich nicht. Wenn du herkommst, bietest du Adrian bloß einen Vorwand, dich auszuschalten. Du musst in Raceport bleiben und dich vorerst so wenig wie möglich sehen lassen.«

»Ich verstecke mich nicht!«

»Aber du liebst Shadoe und willst sie wiedersehen. Ich kann mir nicht vorstellen, dass es länger als ein paar Wochen dauert, bis es so weit ist.«

Syre blickte aus dem Fenster zum Mond. Diese Aussicht hatte er schon zu oft gesehen, um die Male noch zählen zu können. Zu oft ohne Shadoe. Trauernde Eltern bekamen keine Chance, mit ihren verlorenen Kindern wiedervereint zu werden, aber Syres Fluch war auch sein Segen. Er war in Ungnade gefallen, weil er Torque und Shadoe gezeugt hatte. Nephalim wurden sie genannt – Engel-Halblinge. Doch genau diese besondere Mischung hatte Shadoes Seele gerettet, als er damit begann, sie in einen Vampir zu verwandeln, um ihr Leben zu retten. Alle aus Nephalim entstandenen Vampire waren diesbezüglich einzigartig – ihre Seelen überlebten die Verwandlung, weil sie stark wie die der Engel waren, auch ohne dass sie Flügel hatten.

»Nimm dir so viel Zeit, wie du brauchst, mein Sohn«, sagte er leise und entfernte sich weiter vom Bett, als sich eine der beiden Frauen darin mit einem verärgerten Seufzer auf die Seite drehte. »Es nützt mir nichts, wenn ich ein Kind verliere, weil ich das andere wiederhaben will. Ich brauche euch beide.«

»Dad.« Torque lachte leise. »Würde ich zu dummen Fehlern neigen, wäre ich nicht so alt geworden. Keine Sorge. Bereite schon mal alles für Shadoes Rückkehr vor. Ehe du dich's versiehst, sind wir wieder zusammen.«

»Micah sagt, dass Vash irgendein Tuch oder einen Lappen hatte … irgendein Stück Stoff mit meinem Blut daran.«

Adrian blickte von der Treppe, die ins Wohnzimmer führte, zu Elijah herab. Der Lykaner wirkte ungewöhnlich aufgebracht. »Und sie behauptet, dass es vom Schauplatz der Entführung in Shreveport stammt?«

Elijah nickte. Seine Arme waren verschränkt, seine Füße leicht ausgestellt, als wappnete er sich gegen einen plötzlichen Angriff. »Vom Flughafen dort. Aber ich war zu der Zeit mit dir in Phoenix. Die Vampirin wurde ein paar Tage vor dem Hubschrauberabsturz entführt.«

»Wie kann das sein?«, fragte Jason, der am Kamin stand. »Wie konnte dein Blut mehrere Bundesstaaten entfernt landen?«

»Wenn ich das wüsste«, sagte der Lykaner. »Damit es so klar zu identifizieren war, kann es nicht älter als einen Monat gewesen sein. Und in den dreißig Tagen, bevor wir das Nest in Utah ausgehoben haben, hatte ich bei keiner Jagd so viel Blut verloren, dass es für solch ein Beweisstück gereicht hätte.«

»Verzeihung …«, begann Lindsay, und Adrian blickte zu ihr. Sie saß auf einem der Sofas und wirkte klein und zierlich in dem riesigen Raum.

Seit sie frisch geduscht aus seinem Schlafzimmer gekommen war, hatte sie geschwiegen. Sie duftete nach seiner Seife und seinem Shampoo, doch beides konnte den Geruch nach

Sex mit ihm nicht übertönen. Allerdings war sie so unglücklich gewesen, dass jeder seine Lust an ihr riechen könnte, dass er versucht hatte, sie auf die einzige Art zu beruhigen, die ihm einfiel: Er hatte ihr erzählt, dass es den anderen nicht auffallen würde, solange sie auch nach seinen Pflegeprodukten roch.

»Ja, *Neshama*?«, fragte er. Er war voller Energie, seine Seele wie aufgeladen von seiner wachsenden Zuneigung zu ihr. Nach dem stundenlangen Sex mit ihr fühlte er sich zu allem bereit. Die Hüter glaubten, seine Liebe zu einer Sterblichen würde ihn schwächen, dabei war das Gegenteil der Fall. Lindsay gab ihm auf eine Weise Kraft, die er nicht erklären konnte.

»Sicher ist es wichtig, das *Wie* zu ergründen«, sagte sie. »Aber mich würde interessieren, *warum*. Warum sollte irgendjemand Elijah belasten wollen? Was haben diejenigen davon?«

Sie sah den Lykaner an und lächelte ihm aufmunternd zu. Anscheinend mochte sie ihn, weshalb Adrian beschloss, ihn um ihretwillen in der Nähe zu behalten und auf ihn aufzupassen. Was immer er ihr an Stabilität in der gegenwärtig extrem angespannten Lage bieten konnte, sollte sie haben.

»Vielleicht geht es nicht um ihn persönlich«, sagte Jason. »Möglicherweise muss nur *irgendein* Lykaner als Mittel zum Zweck herhalten. Alles, was die Lykaner tun, fällt auf Adrian zurück.«

Lindsay schürzte nachdenklich die Lippen. »Also stellt es jemand so dar, als wäre die Vampirin von Adrian geschnappt worden? Was ist daran neu? Das macht er doch nun mal. Das tut ihr alle, Lykaner wie Engel.«

Adrian lächelte innerlich und freute sich über ihre Anteilnahme und ihren wachen Verstand. Sie war eine Bereicherung für ihn, eine Kämpfernatur, so wie er. Und wie es Shadoe gewesen war. Nur ging Lindsay es rationaler an, analytisch, während Shadoe früher ihre Sexualität als Waffe eingesetzt hatte.

»Vash würde sich nicht wegen des Todes irgendeiner x-beliebigen Vampirin rächen«, sagte er. »Hat sie erwähnt, wer entführt wurde?«

Ein Schatten huschte über Elijahs Züge. »Sie nannte keinen Namen, sagte nur, dass es eine Frau war. Eine Pilotin, eine Freundin von ihr.«

»Eine Pilotin.« Adrian sah zu Jason und fragte sich, ob sein Stellvertreter zu demselben Schluss kam wie er.

Jason stieß einen leisen Pfiff aus. »Kann ich nicht sicher sagen, Captain. Ich habe sie nicht besonders gut gesehen.«

»Sie war krank und nicht zu erkennen. Krank wie der Vamp, den wir in Hurricane gefangen haben.«

Aaron betrat den Raum. Der kürzlich zurückgekehrte Hüter hatte bereits den Wunsch nach Vergeltung geäußert. Nicht nur Micah rang mit dem Tod, sondern Aaron hatte auch noch einen zweiten Lykaner bei Vashs Angriff verloren. »Vash hatte Salem und Raze bei sich. Sie griffen uns am helllichten Tag an.«

Drei Gefallene gemeinsam auf der Jagd. Das kam sehr selten vor. Sie hatten nicht oft Gelegenheit, eine solche Macht zu demonstrieren.

Adrian erinnerte sich an sein Gespräch mit Syre. *Nikki war die netteste Frau, die mir je begegnet ist …*

Mist! Er blickte zu Damien, der hinter dem Sofa stand, auf dem Lindsay saß. »Torques Frau. Nicole, oder?«

Der Hüter nickte. »Ja, gut möglich. Und sie war Pilotin in der Army.«

»Wer ist Torque?«, fragte Lindsay, die von einem zum anderen sah.

Dein Bruder. Dein Zwillingsbruder.

Adrian sah zu Jason, der fragend die Brauen hochzog. *Wie viel willst du ihr erzählen?*

Elijah antwortete: »Syres Sohn.«

»Und Syre ist …«, fragte sie.

»Der Anführer der Vampire«, erklärte Adrian seelenruhig, obwohl sich in ihm alles verkrampfte. Sie war noch nicht bereit, alles zu hören. Er würde es sogar vorziehen, wenn sie es niemals erfuhr. Falls der Schöpfer gütig war, würde er es Adrian ermöglichen, Syre zu töten. Dann wäre Lindsay von Shadoes Naphil-Gaben befreit, und Shadoes Seele käme aus dem Fegefeuer frei. Und Adrian würde abberufen, weil er gegen den Befehl verstoßen hatte, die Gefallenen am Leben zu halten. Näher könnte er einer Wiedergutmachung seines Fehlers nicht kommen.

»Der Wächter, dessen Fall dir die roten Federspitzen eintrug?«, fragte Lindsay.

Er nickte kurz.

»Na gut. Was sollen eigentlich diese Superheldennamen? Syre, Torque, Vash, Raze …«

»Die meisten Gefallenen haben ihre Engelsnamen abgelegt, als sie fielen. Syre hieß früher Samyaza; Raze war einst Ertael. Als Vampire benutzen sie eine Vielzahl von Namen, die sie hin und wieder wechseln, und daraus wurde schnell ein Wettbewerb um die ausgefallensten Namen.«

»Okay … Verstehe ich das richtig? Vash – eine wichtige Vampirin – steckt mit drin, weil die entführte Vampirin die

Schwiegertochter des Anführers der Vampire und folglich auch wichtig war?«

»Ja.«

»Warum haben sie dich dann nicht einfach angerufen und über eine Übergabe verhandelt? Es ist ja nicht so, als könnten sie dich nicht finden.«

»Haben sie.«

»Und sie haben dir nicht geglaubt, dass du unschuldig bist?«

»Ich habe sie getötet. Und das erzählte ich Syre«, sagte Adrian, ohne mit der Wimper zu zucken, denn er wusste, dass sie seine Gründe dafür verstand.

Lindsay blinzelte allerdings schon. »Wann?«

Er ging die Stufen hinunter ins Wohnzimmer. »Wann ich es ihm erzählt habe? In Phoenix, am Flughafen, direkt nachdem ich dich getroffen hatte.«

»Also weiß Vash, dass sie Syres Schwiegertochter nicht mehr retten kann. Sie will Blut sehen und sich für deren Tod rächen. Sie hat Aaron und seine zwei Lykaner in die Enge getrieben. Aber statt Aaron als Geisel zu nehmen oder ihn anzugreifen, weil er in der Hierarchie über den Lykanern steht, hat sie ihn laufen lassen. Mich verwirrt, dass eine Vampirin, die normalerweise die dicken Fische jagt, auf einmal den dicksten wieder ins Wasser wirft.« Sie sah Elijah an. »Ist nicht persönlich gemeint.«

Der Lykaner erwiderte ihren Blick. »So nehme ich es auch nicht.«

Jason verschränkte die Arme. »Einen Hüter zu töten würde eine Eskalation bedeuten, die Syre nicht gutheißen würde.«

»Die Frau seines Sohnes ist tot, dank Adrian. Aber er ist dagegen, dass einer der Hüter attackiert wird?«

Damien sah Adrian an. »Red weiter, Lindsay. Jetzt wird es interessant.«

Lindsay drehte sich auf dem Sofa in seine Richtung. »Ich versuche nur zu verstehen, was hier vor sich geht. Die Schwiegertochter des Vampir-Oberbosses wird von Elijah entführt – *angeblich*«, ergänzte sie schnell, als Elijah den Mund öffnete. »Der Vampir-Oberboss ruft Adrian an, weil er sie zurückhaben will, und Adrian erzählt ihm, dass er sie getötet hat. Trotzdem bleibt Vash auf die Lykaner fixiert, nicht auf die Hüter. Wie kommt das?«

Adrians Flügel entfalteten sich. »Ich beschuldigte Syre, Nikki auf mich gehetzt zu haben. Und er reagierte nicht so, wie ich es erwartet hätte. Ebenso wenig bei meiner Erwähnung von Phineas' Tod, weshalb ich mich frage, ob er die Kontrolle über seine Vampire verliert.«

»Könnte er glauben, dass du die Kontrolle über die Lykaner verlierst? Ich meine, dasselbe gilt ja auch umgekehrt. Du hast wahrscheinlich nicht so reagiert, wie er es erwartet hatte. Er rief dich an, weil er um seine Schwiegertochter besorgt war, und du wusstest nicht mal, wer sie war. Du hattest sie nicht erkannt. Aber die Lykaner, die sie entführten, wussten es … vorausgesetzt, dass sie da noch nicht krank war. Er muss es doch wohl für ziemlich unwahrscheinlich halten, dass die Lykaner jemanden entführt hatten, der ihm so wichtig war, ohne dass du es wusstest.«

»Was habe ich gesagt?«, fragte Jason und sah Adrian an.

»Worauf willst du hinaus?«, fragte Aaron.

Jason zog eine Braue hoch. »Es ist möglich, dass die Lykaner auf eigene Faust gehandelt haben.«

»Aber«, mischte Lindsay sich wieder an und warf Elijah, dessen Miene völlig regungslos blieb, einen Blick zu, »warum hätten sie auf einen von sich hinweisen sollen, indem sie Elijahs Blut am Schauplatz zurückließen?«

Aaron schnaubte. »Ergebnis ist jedenfalls, dass Luke starb, mein anderer Lykaner. Sie haben nicht mal versucht, ihn gefangen zu nehmen oder zu befragen. Und Micah ist so gut wie tot.«

»Sie hatten ihn gefangen genommen und dann gehen lassen.«

»Weil sie ihn für praktisch tot hielten«, sagte Aaron. »Das ist etwas anderes.«

»Ach ja?«, fragte Lindsay. »Offen gesagt, habe ich das noch nie verstanden. Entweder jemand ist tot oder nicht, und wenn er es nicht ist, man ihn aber tot sehen will, überlässt man es nicht dem Zufall. Warum sollte Vash …«

Stille trat ein, als Lindsay abrupt abbrach, und alle sahen sie an, bis sie mit den Schultern zuckte. »Egal. Mir ist das zu kompliziert. Mein Kopf tut mir schon weh.«

Sie stand auf und ging zu den großen Verandatüren. Als eine der Glasscheiben beiseiteglitt, trat sie hinaus auf die Veranda.

Adrian widerstand dem Wunsch, seine Flügel auszubreiten. Er entließ Jason und Aaron mit der Anweisung, ihm am nächsten Morgen in seinem Büro Bericht zu erstatten. Dabei gab er sich gelassen, obwohl er im Geiste die unzähligen Gründe durchging, warum Elijah, dem ersten Alpha seit vielen Jahren, Nikkis Entführung angehängt werden sollte. Er wusste, dass Lindsay auf dieselbe Frage hinausgewollt, sie jedoch nicht ausgesprochen hatte, da ihr klar war, wie gefährlich sie für Elijah wäre.

Adrian betrachtete den Lykaner, als die anderen gingen, und bemerkte, wie Elijah Lindsay bis zur Glastür folgte. Er bewachte sie, achtete aber bewusst darauf, ihr nicht so nahe zu kommen, dass Adrians Eifersucht geweckt würde. Der Lykaner und Lindsay hatten sich eindeutig angefreundet, und deshalb vertraute Adrian darauf, dass Elijah Lindsay schützte. Was allerdings nichts an der Tatsache änderte, dass Elijah als Alpha eine Gefahr darstellte. Ob er nun an der Entführung beteiligt gewesen war oder nicht – anscheinend hatte sich jemand große Mühe gegeben, die Vampire auf den Alpha-Lykaner aufmerksam zu machen …

Der Feind meines Feindes ist mein Freund.

Eine Verschwörung von Lykanern und Vampiren würde zur Vernichtung der Hüter führen. Sie wären ihnen zahlenmäßig haushoch überlegen.

Elijahs Loyalität zu prüfen war daher wichtiger denn je. Adrian nahm an, dass seine Treue am ausgeprägtesten im Verband mit anderen Lykanern war, doch sie könnte auch Lindsay gegenüber stark genug sein, um einen Bruch schwierig zu machen.

Elijah sah ihn an, als Adrian Lindsay folgte.

An der Schwelle blieb Adrian stehen. »Was denkst du, Elijah?«

»Vash hat von Micah nichts erfahren. Also blieb ihr nur, einen anderen Lykaner zu befragen, bevor der Blutgeruch an ihrem Beweisstück verblasste, oder sich von dem nichts ahnenden Micah zu mir führen zu lassen. Ich denke, deshalb ließ sie ihn am Leben.«

»Und was hast du vor, wenn sie hier auftaucht?«

»Ich werde die Schlampe ausweiden«, knurrte er, und ein grünes Feuer loderte in seinen Augen. »Micah ist mein Freund. Er ist wie ein Bruder für mich, so wie Phineas es für dich war. Und sie hat ihn getötet. Ich könnte damit leben, wenn sie gegen ihn gekämpft hätte. Aber so zu sterben, krank und gebrochen in einem Bett … Kein Lykaner sollte so sterben müssen.«

Adrian legte Elijah eine Hand auf die Schulter und prüfte den Geist des Lykaners. Ein roter Nebel aus Zorn und Trauer umwaberte jeden Gedanken; von denen aber befasste sich keiner mit Meuterei oder Verrat. Adrian war fürs Erste beruhigt und murmelte: »Mögen wir alle im Kampf untergehen.«

Er ließ den Lykaner los und ging nach draußen, wo er Lindsay in sicherem Abstand von der Brüstung vorfand. Sie blickte auf die Silhouette der Stadt in der Ferne. Adrian näherte sich ihr von hinten und umfing sie mit seinen Armen und seinen Flügeln.

»Deine Anregungen haben enorm geholfen«, sagte er mit den Lippen an ihrem Ohr. »Danke.«

»Ich finde es furchtbar, dass so viel Mist auf einmal auf dich einprasselt.« Sie lehnte sich an ihn und legte ihre Arme auf seine. »Du hattest noch gar keine Zeit zu trauern. Und dass ich hier bin, macht alles nur noch schlimmer.«

Adrians Arme umschlangen sie fester. »Dass du hier bist, macht sie erträglich.«

»Du bist darauf versessen, jemanden zu bestrafen«, murmelte sie. »Er ist dir übrigens treu, Elijah, meine ich. Und er ist ein guter Kerl.«

»Was ihn nicht zwangsläufig weniger gefährlich macht.«

»Was bedeutet es, ein Alpha zu sein? Was macht ihn anders?«

»Das Tier im Lykaner ist stark. Die Lykaner wurden mit Dämonenblut geschaffen – dem Blut von Werwölfen –, und das ähnelt einer Besessenheit. In ihnen liegen permanent zwei gegensätzliche Wesen im Wettstreit.«

»Oh Gott«, hauchte sie. »Ich kann mir nur ungefähr vorstellen, wie es für sie sein muss. Manchmal ist mir, als würde ich mit mir selbst im Krieg liegen. Vor allem in Bezug auf dich. Ich weiß, was ich tun muss, aber es ist schwer, die Stimme in meinem Kopf auszuschalten, die sagt ›Zum Teufel mit den Konsequenzen‹.«

Angesichts ihres verblüffend akkuraten Geständnisses schloss er die Augen und fuhr fort: »Manchmal übernimmt die Bestie. Ein Lykaner kann den Drang zum Gestaltwandel und die Gewalt, die mit ihm einhergeht, nicht kontrollieren. Die Alphas sind anders. Sie haben die Kraft zu entscheiden, welche Hälfte ihrer Natur dominanter ist, ungeachtet aller Auslöser oder Provokationen. Und diese Macht scheint auch nach außen zu wirken, sodass sie die Tiere in den anderen Lykanern um sie herum beruhigen und unterdrücken können. Die anderen werden von dieser Willensstärke angezogen, und ihre Bestien unterwerfen sich willentlich dem Alpha. Allerdings muss ihre Treue eigentlich in erster Linie den Hütern gelten.«

Sie legte den Kopf an seine Schulter, und ihre seidigen goldenen Locken streiften sein Kinn. »Was macht ihr mit den Alphas?«

»Wir trennen sie von den anderen und setzen sie bei Aufträgen ein, die einen einzelnen Jäger erfordern. Die anderen Lykaner müssen in Teams arbeiten.«

»Wer beaufsichtigt das für dich? Oder machst du es selbst?«

»Die Einteilung der Alphas ist Reese übertragen. Ich kann euch miteinander bekannt machen, wenn du willst. Er kann dir deine Fragen ausführlicher beantworten.«

Seufzend drehte sie ihren Kopf zur Seite. Ihre weichen Lippen streiften sein Kinn. »Ich weiß nicht, wie du die Bürde all dessen trägst, wofür du verantwortlich bist, und ich habe große Hochachtung vor dir, weil du den schwierigsten Job aller Zeiten hast.«

In Utah hatte er bemerkt, dass Lindsay es vermied, ihm vor anderen zu widersprechen, und damit einen Respekt und eine Zurückhaltung bewies, die einzigartig waren. Obwohl sie so willensstark und leidenschaftlich wie Shadoe war, trat sie weit weniger ungestüm auf und wägte die Folgen ihrer Worte und ihrer Taten sorgfältig ab. Sie interagierte gut mit anderen, auch wenn sie zugleich ihre spürbare Gegenwart und Beteiligung auf ein Minimum reduzierte. Während Shadoe in jeder Konstellation herausstach, konnte Lindsay sich vollkommen zurücknehmen, wenn sie wollte. Es war eine Verteidigungstaktik, die sie sich angeeignet haben musste, um mit ihrem Gefühl der Andersartigkeit fertig zu werden. Wer würde merken, dass sie seltsam war, wenn sie überhaupt nicht auffiel?

Adrian bewunderte ihre Fähigkeit, vorsichtig zu sein, und sie machte ihn umso entschlossener, Lindsay vor weiteren Erfahrungen zu schützen, die ihr Selbstvertrauen beschädigten. Lindsay Gibson war eine wahrhaft außergewöhnliche Frau. Und Adrian wollte nicht, dass sie ihren Wert auch nur für einen Moment infrage stellte.

Dennoch hatte er sie in eine Lage gebracht, in der sie von lauter Leuten umgeben war, die ihr misstrauten und sie ablehnten. Ließ er sich selbst unberücksichtigt und dachte nur an sie, wurde ihm klar, was zu tun war. Je eher er Syre tötete, umso früher wäre Lindsay frei von Shadoes Seele und diesem Leben im Kampf, das ihr nicht bestimmt war. Aber mit jeder

Stunde, die verging, verliebte er sich mehr in sie und nagte die Angst davor, sie zu verlieren, hartnäckiger an ihm.

Zwar musste er diesen Verlust auch früher schon sehr gefürchtet haben, nur erinnerte er sich beim besten Willen nicht, wann ihn diese Furcht je mit derartiger Vehemenz gepackt hatte.

Lindsay sank auf einen Diwan in Adrians Schlafzimmer und streckte sich aus. Sein Privatgemach war erstaunlich spartanisch, verglichen mit dem Zimmer, das man ihr bei der Ankunft hier zugeteilt hatte. An den Wänden hing keine Kunst, und alles war in schlichtem Shaker-Stil möbliert.

Was, wie sie fand, zu ihm passte. So heimisch er sich auch umgeben von massivem Wohlstand zu fühlen schien, entsprach dieses Zimmer eher seinem Wesen. Und während sie sich umblickte, wuchs ihre Zuneigung zu ihm. Sie wusste allzu gut, wie es sich anfühlte, immerzu eine Maske zu tragen. Es war ermüdend und zehrte an einem.

Adrian war damit beschäftigt, seine Taschen auszupacken. Lindsay entging nicht, dass er es auf Art der Sterblichen tat – von Hand. Und das wiederum deutete darauf hin, dass er entweder sehr unruhig war oder sie mied.

Lindsay verschränkte die Hände hinterm Kopf und blickte hinauf an die Zimmerdecke. Das hatten ihr Vater und sie sehr oft getan – auf dem Rücken gelegen und zum Himmel aufgeblickt, während der Wind sacht über sie hinwegstrich. Eddie Gibson hatte nie bezweifelt, dass Lindsay Stimmen im Wind hörte, auch wenn er es nicht konnte. Sie war so dankbar für seine bedingungslose Liebe. Die hatte es ihr möglich gemacht, andere zu lieben, die außergewöhnlich waren, so wie Adrian.

»Übrigens, danke«, sagte sie, »dass du deine Leute auf

meinen Dad aufpassen lässt. Ich weiß, dass du im Moment jeden brauchst, aber ich werde dir nicht ausreden, ihn bewachen zu lassen. Er ist mein Fels in der Brandung, und ohne ihn wäre ich aufgeschmissen.«

»Gern geschehen.«

Gedankenverloren rieb sie sich die Brust, denn ihr war das Herz schwer vor Heimweh. »Du bist sehr still. Einen Penny für deine Gedanken.«

»Ich denke über die Fragen nach, die du heute aufgeworfen hast«, antwortete er und sah sie an. »Du bist auch still. Woran denkst du?«

»An meinen Dad. Was mich zu der Frage führte, welche Lykaner ihn beschützen. Und ich versuche immer noch diese Ihr-arbeitet-für-mich-oder-sterbt-Regel zu begreifen. Die kann ich nicht mit dir in eins bringen. Kommandant der Streitkräfte, ja. Arbeitgeber, ja. Sogar Engel – kein Problem. Aber jemand, der Leute zwingt, unter Todesandrohung gegen ihren Willen zu handeln? Nein.«

Er atmete hörbar aus. Obwohl sich seine Miene nicht veränderte, spürte Lindsay die Unruhe in ihm.

»Sind sie Sklaven?« Sie sah ihn wieder an. »Adrian?«

Er hielt mit beiden Händen in seiner Reisetasche inne und runzelte die Stirn. »Ich habe immer eher den Ausdruck ›verpflichtet‹ benutzt.«

»Das ist eine Form von Dienen.«

»Ich misshandele sie nicht. Vielmehr tue ich alles, damit sie es möglichst gut haben. Und ich bemühe mich, sie fair zu behandeln.«

»Aber sie können nicht kündigen? Oder gehen?«

Seine Brust hob und senkte sich nach einem tiefen Atemzug. »Nein.«

»Tja … da sehe ich ein Problem.«

»Das können die Hüter genauso wenig. Oder die Vampire. Wir sind alle in unseren Rollen gefangen, und die wurden vor Äonen verteilt. Dieses konstante Hauen und Stechen zwischen uns ist unvermeidbar. Die grausame Wahrheit ist, dass es ohne die Hilfe der Lykaner keine Welt mehr geben würde, in der man frei leben könnte.«

Lindsay strich sich das Haar aus der Stirn. »Ich verstehe, was du sagst, aber es gefällt mir immer noch nicht.«

»Denkst du, mir gefällt es?«

»Nein, das glaube ich nicht. Ich glaube sogar, dass es dir im Grunde widerstrebt, weshalb ich mich frage, wie du es so lange ausgehalten hast.«

»Ich bin ein Soldat, Lindsay. Ich bekomme Befehle, und die befolge ich. Mehr kann ich nicht tun.«

Etwas an seinem Tonfall sagte ihr, dass er furchtbar einsam war. So einsam, wie sie sich schon oft gefühlt hatte. Sie streckte eine Hand nach ihm aus. »Ich möchte, dass du mir erzählst, was die letzte Woche über passiert ist.«

Er kam zu ihr. Seine Lippen formten lautlos die Worte »Nicht hier«, und er ergriff ihre Hand. Dann zog er sie hoch und mit hinaus auf die Veranda.

Sie schmiegte sich in seine Arme und sagte: »Warte kurz, ehe du abhebst.«

»Hast du immer noch Angst?«

»Im Moment nicht, aber garantiert gleich.« Sie lächelte, denn nirgends wäre sie lieber als bei Adrian. All die Rastlosigkeit, die sie seit einer Woche umtrieb – und die meiste Zeit während ihres bisherigen Lebens – war fort und einer Gelassenheit gewichen, die nicht bloß vom großartigen Sex kommen konnte. Nein, sie kam von ihm. Er erdete sie. »Ich liebe es einfach nur, wie sich dein Körper an meinem anfühlt, wenn du dich anstrengst. Und da es so ziemlich die einzige Art ist, wie ich es ohne Schuldgefühle genießen kann, möchte ich jede Minute genießen.«

Seine Hände glitten zu ihren Hüften, und er zog sie näher an sich. »Wann immer du willst, dass ich mich auf Tuchfühlung mit dir anstrenge, sag es einfach, und ich tue es.«

Lindsay schmiegte sich vollständig an ihn. »Du weißt, dass ich das nicht kann.«

Seine Augen glühten vor Verlangen und Zuneigung. »Ja, ich weiß, *Neshama*. Bereit?«

Sie nickte.

Seine Flügel entfalteten sich knallend, und er sprang über die Brüstung. Bald flogen sie im leise säuselnden Wind über die dunklen Hügel. Ein Stück unter ihnen glitzerten die Lichter der Stadt wie eine bunte Sternendecke.

Der Flug endete zu schnell. Adrian landete einige Meilen entfernt vor einem Wellblechbau, der unbeleuchtet auf einem kahlen Plateau stand.

»Wo sind wir?«, fragte Lindsay atemlos.

»In einem der Trainingslager. Wenn du willst, darfst du es morgen genießen.«

Er öffnete die Tür, woraufhin Neonlampen flackernd angingen und eine Art große Lagerhalle erleuchteten, in der ein halbes Dutzend Etagenbetten und zwei Sofas standen. An den Wänden hingen so ziemlich alle Waffen, die Lindsay kannte, sowie mehrere, die sie noch nie gesehen hatte. Es hatte etwas von einem riesigen Männerspielzimmer, nur eben von der tödlichen Art.

»Warum brauchen Lykaner und Hüter, die solche irren natürlichen Kräfte besitzen, solche Sachen?«, fragte sie.

»Weil Vampire sie benutzen. Wir müssen wissen, wie wir Angriffe mit diesen Waffen abwehren und sie selbst einsetzen können, sollte uns eine von ihnen in die Hände fallen.«

Lindsay bewunderte eine sensenähnliche Waffe und blickte über die Schulter zu ihm. »Ich fürchte, den anderen Hütern wird es nicht gefallen, wenn ich mit ihnen trainiere.«

Adrian stand in der Nähe und musterte sie stolz. »Die lass ruhig meine Sorge sein.«

»Ich möchte dir keine Probleme machen, Adrian. Und momentan sieht es so aus, als würde ich nichts anderes tun. Das gefällt mir nicht.«

»Heute Morgen beim Aufwachen habe ich gebetet, das Ende möge schnell kommen. Jetzt, da ich dich habe, ist es das Letzte, was ich will.«

Lindsay konnte nichts gegen die Träne tun, die ihr über die Wange rann. Bei einer Menge Sachen konnte sie stark sein, doch Adrians Zärtlichkeit schaffte sie, schon von Anfang an. Er gab ihr das Gefühl, kostbar zu sein. Und es brachte sie um, dass er versuchen wollte, sich ihr ganz zu geben, obwohl sie nur einen Teil annehmen durfte. Daran konnte sie nichts ändern. Sie konnte ihm lediglich Trost spenden und nichts im Gegenzug verlangen. »Rede mit mir. Sag mir, warum du bereit warst aufzugeben.«

Seine Flügel zuckten rastlos. Der perlmuttglänzende Hintergrund verlieh seiner dunklen Schönheit eine atemberaubende Wirkung.

Nach dem Tod ihrer Mutter war Lindsay unbeschreiblich wütend gewesen. Sie hatte jene höhere Macht verflucht, an die andere Leute glaubten, den Gott, von dem sie behaupteten, er wäre so gütig und liebevoll. In ihrem Leben hatte sie wenig gefunden, was ihren verlorenen Glauben an solch eine höhere Macht hätte wiederherstellen können. Adrians Existenz jedoch milderte ihre Skepsis. Wenn dasselbe Wesen, das den brutalen Mord an ihrer Mutter zuließ, auch Adrian erschaffen hatte, dann gab es tatsächlich etwas Magisches und Anbetungswürdiges irgendwo da draußen, auch wenn ihr davon bisher so nichts bekannt gewesen war.

»Die Hüterin, die ich verloren habe, war eine Freundin«, sagte Adrian leise, wobei er nicht ahnen konnte, dass sein Schmerz Lindsay verletzte. »Aber vor allem war sie ein vorbildlicher Seraph. Sie war rein im Geiste und ganz auf unseren Auftrag fokussiert.«

Lindsay ging zu ihm und nahm seine Hand. So viele Tode. Er musste schon zu viele Verluste verkraften. »Wieder ein Vampirangriff?«

»Der wäre gnädiger gewesen als die Realität.«

Lindsay trat noch näher. Adrian nahm sie in die Arme und legte sein Kinn auf ihren Kopf. Ihre Nähe zu ihm in diesem Moment war erschütternd. Auf diesem abgelegenen Hügel, umgeben von Werkzeugen der Zerstörung und den Waffen eines Engels, empfand sie einen Frieden, wie sie ihn vorher nicht gekannt hatte. »Du sagtest, dass du jemanden verletzen musstest, der dir wichtig war.«

»Sie hatte sich verliebt«, murmelte er. »In einen Lykaner.«

»Ist das schlimm?«

»Es ist ausgeschlossen.«

»Warum? Lykaner sind keine Sterblichen.«

Er stieß ein verbittertes Lachen aus. »Helena sagte dasselbe, aber Seraphim sollen keine sterbliche Liebe erfahren. Wir dürfen keine Partner haben. Und Helena wollte meinen Segen. Sie hatte auf ihn gehofft, weil ich dich habe. Doch es steht mir nicht zu, eine solche Entscheidung zu treffen. Meine Aufgabe ist es, die Hüter auf dem rechten Pfad zu halten.«

Lindsay merkte, wie ihre jüngsten Fortschritte, was die Wiedergewinnung ihres verlorenen Glaubens betraf, eine jähe Umkehr erfuhren. Wie konnte Liebe, in welcher Form auch immer, falsch sein? »Was hat sie getan?«

Bei seiner Schilderung von Helenas Tun gefror Lindsay das Blut in den Adern, und sie bekam eine Gänsehaut. Sie durchlebte den Horror und entsetzlichen Schmerz jener Nacht noch einmal mit ihm. Ihre Schultern sackten unter dem Gewicht von Adrians Verzweiflung herab. Es gab keinen schlagkräftigeren Beweis für die Unmöglichkeit, Adrian zu lieben, als den Selbstmord Helenas und ihres geliebten Lykaners.

»Mein Gott«, flüsterte sie, als er ausgeredet hatte. »Ich kann mir das nicht mal vorstellen.«

»Ich schon.« Seine Brust weitete sich unter einem tiefen Atemzug. »Ich habe das Ergebnis mit eigenen Augen gesehen.«

Ihr blieb das Herz stehen, bevor es mit doppelter Geschwindigkeit weiterpochte. Sie wich zurück und blickte zu Adrian auf.

»Ich schwöre dir …« Ihre Stimme brach, und sie musste sich räuspern. »Solltest du je so etwas versuchen, sorge ich dafür, dass du es bereust.«

Adrian presste seine Lippen auf ihre Stirn. »Du machst dir zu viele Gedanken um mich.«

»Ich meine es ernst.« Ihre Finger gruben sich in seine Seiten. »Was uns blüht, weil wir zusammen sind, liegt schon nicht in unserer Hand. Wir müssen uns nicht noch zusätzliche Probleme schaffen.«

»Und das werden wir auch nicht.« Für einen Moment sah er so ernst und entschlossen aus, dass sie das Gefühl hatte, er würde dazu noch mehr sagen. Aber dann kam nur: »Wir sollten wieder zurück. Dein Tag morgen fängt früh an, und ich muss herausfinden, wie Elijahs Blut nach Louisiana gelangen konnte.«

»Hast du schon irgendeinen Verdacht?«

»Wir lagern von jedem Lykaner Blutproben ein, zu Identifikationszwecken. Falls eine Probe von Elijah fehlt, haben wir einen Verräter in den eigenen Reihen. Die Alternative wäre, dass jemand bei einer früheren Jagd etwas von seinem Blut einsammeln und aufbewahren konnte, was für eine langfristige Planung spräche. In dem Fall wäre es noch schwieriger, der Sache auf den Grund zu gehen. Doch so oder so – irgendjemand hat ein eigennütziges Motiv, das mir eine Menge Ärger beschert.« Sein Daumen strich über Lindsays Wange. »Ich weiß, wie du zu den Lykanern stehst, und dem widerspreche ich nicht. Aber ohne ihre Hilfe können einhunderteinundsechzig Hüter unmöglich Tausende von Vampiren im Zaum halten.«

»Lass mich dir helfen, mit dir überlegen. Ich möchte dich unterstützen …«

»Ja, *Neshama*. Ich freue mich darauf.« Er bugsierte sie zur Tür. »Doch zuerst brauchst du ein bisschen Schlaf.«

»Das dürfte kein Problem sein.« Sie trat vor ihm aus dem Gebäude. »Seit Las Vegas habe ich nicht gut geschlafen, und es war ein langer Tag.«

Sein Mund verzog sich zu einem verhaltenen Lächeln, das Lindsay bezauberte. »Deine Definition eines langen

Tages könnte nach dem Training morgen eine andere sein.«

Lindsay blickte ihn durch eine Locke an, die der Wind ihr ins Gesicht wehte. »Du machst mir keine Angst.«

Adrian ließ die Lampen ausgehen und kam nach draußen zu ihr. Auch ihn küsste der Wind und wisperte über seine Flügel. »Du bist furchtlos, was einer der vielen Gründe ist, weshalb ich dich will.«

Der Gedanke an Sex durchfuhr sie und erhitzte ihr Blut.

Wieder auf der Veranda angekommen, ging sie nicht ins Haus hinein, weil sie es für besser hielt, jede Versuchung zu meiden. »Ich fahre zum Hotel zurück. Sind meine Sachen noch in der Diele?«

Adrian blieb an der Glasschiebetür zu seinem Schlafzimmer stehen. »Ich möchte, dass du bleibst.«

»Das ist keine gute Idee. Außerdem«, fuhr sie hastig fort, als seine Augen funkelten, »muss ich eine zweiwöchige Kündigungsfrist einhalten, und je eher ich die einläute, umso besser.«

Adrian überlegte einen Moment. »Sobald du aus dem Job ausscheidest, wohnst du hier.«

»Adrian …«

Er trat einen Schritt auf sie zu.

Sie wusste, was geschehen würde, sollte er sie anfassen. »Können wir das später besprechen? Ich bin erledigt.«

Nach kurzem Zögern nickte er. »Morgen. Lass deinen Koffer hier.«

»Ich habe …«

»… keine Ahnung, was es in mir auslöst, dich dein Gepäck in den Wagen laden zu sehen.« Er ergriff ihre Hand und strich mit dem Daumen über ihren Handrücken. »Lass ihn hier.«

»Na gut.« Sie drückte seine Finger, und es war wie ein vages Echo des Drucks auf ihrem Herzen.

Lindsay konnte die Worte nicht aussprechen, doch sie konnte ihm zeigen, was sie nicht sagte. Das musste für sie beide genügen.

19

»Ich wusste, dass sie sich damit schwer tun würden«, murmelte Lindsay Elijah zu, als immer mehr Hüter auf dem Feld beim Trainingslager landeten.

Die Sonne war gerade aufgegangen. Adrian hatte darauf bestanden, dass Elijah Lindsay für die Nacht zum Hotel fuhr, und behauptet, Lindsay wäre zu müde, um selbst zu fahren. Da ihr Prius ein bisschen klein für einen großen Lykaner war, hatten sie einen der Jeeps des Anwesens genommen. Vermutlich war es Adrians Art gewesen, noch mehr von ihr dort zu behalten, damit sie zurückkommen musste; also hatte sie nicht widersprochen.

»Für die Hüter war sehr lange Zeit immer alles gleich«, sagte Elijah. »Wahrscheinlich ist es eine ganze Weile her, dass ihnen jemand ins System gepfuscht hat.«

Sie wandte sich ihm zu. »Wie geht es für dich weiter, El? Ich meine, mit dieser ganzen Alpha-Geschichte und dem Blut von dir, das die Vampire angeblich in Shreveport gefunden haben … Kann ich irgendwas für dich tun?«

Er blickte zu ihr herab. Da seine grünen Augen hinter einer dunklen Sonnenbrille versteckt waren, konnte sie nicht erkennen, was er denken mochte. »Bleib einfach nahe bei mir. Ich soll für deine Sicherheit sorgen, und wenn ich das vermassle, bin ich tot.«

»Ich kann mir nicht vorstellen, dass du irgendwas vermasselst.«

Er schnaubte.

»Willst du darüber reden?«, fragte sie.

»Nein, ich will nicht mal daran denken.«

»Okay. Ich bin da, wenn du mich brauchst.«

Damien kam. Obwohl der Morgen kühl war und Frühnebel auf dem Boden waberte, trug der Hüter wie die anderen eine weite Hose und Ledersandalen. Die Frauen hatten Sport-BHs an, doch ansonsten hatten alle freie Oberkörper. Allein bei dem Anblick fröstelte Lindsay schon. Sie hatte einen Jogginganzug an, und trotzdem klapperten ihr fast die Zähne vor Kälte.

»Ich habe dich mit Messern und einem Gewehr gesehen«, sagte der Hüter und musterte sie kritisch. »Mit beidem warst du recht geschickt. Wie steht es mit Nahkampf?«

Sie zog die Brauen hoch. »Ganz ehrlich? Ich bin ein Mensch. Die Messer und Waffen sind dazu da, die Übernatürlichen weit genug auf Abstand zu halten, damit sie mich nicht in Fetzen reißen. Und Messerwerfen und Zielen sind Einzelübungen. Das habe ich mir selbst beigebracht. – Hey!«

Lindsay wich zurück, als Damiens Faust auf ihr Gesicht zuschoss. Ein Klatschen von Haut auf Haut zerriss die Luft. Lindsay landete auf dem Hintern und starrte mit großen Augen hoch.

Elijah hatte Damiens Schlag mit der flachen Hand blockiert. Nun standen beide Männer da, und ihre Arme zitterten bei ihrer brutalen Variante eines bizarren Armdrückens.

»Was soll das denn?«, fragte Lindsay verärgert.

Die beiden Männer stemmten sich voneinander ab und

machten jeweils einen Schritt rückwärts, bevor sie sich gleichzeitig umdrehten und ihr jeder eine Hand reichten, um ihr aufzuhelfen. Sie packte beide und ließ sich hochziehen.

»Adrian sagte, dass du schnell bist«, sagte Damien ruhig, als hätte er nicht gerade einen Hieb gegen sie ausgeführt, der ihr garantiert einige Knochen gebrochen hätte. »Ich hatte keine Gelegenheit, dich in Hurricane zu sehen, also musste ich deine Schnelligkeit prüfen.«

Lindsay sah ihn mit offenem Mund an, dann blickte sie zu Elijah. Ein Muskel in seiner Wange zuckte. Vielleicht hatte der Test nicht nur ihr gegolten. Gut möglich, dass auch der Lykaner getestet werden sollte.

Die übrigen Hüter, etwa zehn männliche und weibliche, standen auf dem Feld verteilt und beäugten Lindsay skeptisch. Sie kam sich wie ein Stück rohes Fleisch vor, das man einer Meute von Raubtieren hingeworfen hatte.

Sie ließ die Schultern kreisen.

»Wenn du mich in Form bringst«, sagte sie zu Damien, »hat Adrian eine Sorge weniger und kann sich besser um den Mist kümmern, der gerade auf euch einprasselt. Das wollen wir sicher alle.«

Der Hüter starrte für einen Moment stumm auf sie herab, und Lindsay erwiderte den Blick, ohne mit der Wimper zu zucken.

Schließlich nickte er. Sie alle wollten gewiss am liebsten Hackfleisch aus ihr machen, doch Damien würde aufpassen, dass sie sich auf das Wesentliche konzentrierten. Hoffte sie.

Elijah trat näher zu Lindsay. »Ich rühre mich hier nicht weg«, versprach er in einem Ton, der wie eine Warnung klang. Als würde er den anderen den Fehdehandschuh hinwerfen.

Damien bedeutete Lindsay, sich zu den anderen Hütern auf dem Feld zu gesellen. »Fangen wir an.«

Lindsay wurde klar, dass Adrian nicht gescherzt hatte, was ihre Definition eines langen Tages betraf. Dieser hier würde endlos werden. Und dabei hatte er noch nicht mal richtig angefangen.

»Es fehlt etwas von Elijahs Blutprobe beim Navajo-Lake-Rudel.«

Adrian blickte statt aus dem Seitenfenster des Maybachs zu seinem Stellvertreter. »Mist.«

»Ja.« Jason steckte sein Mobiltelefon wieder ein. »Nicht die ganze Probe, nur ein Teil. Sie mussten den Beutel wiegen, um es zu merken.«

Das goldene Haar des Hüters reflektierte die Sonne, die durchs Panoramadach hineinfiel, und verlieh ihm beinahe einen Heiligenschein. Für einen Moment überkam Adrian ein schmerzliches Heimweh.

Blutproben konnten höchstens zehn Jahre eingelagert werden, ehe die Kryokonservierung die Qualität der Blutprobe beeinträchtigte. Jemand hatte sich Zugang zu den Proben verschafft, sich abgezapft, was er brauchte, und die Probe wieder zurückgepackt.

»Ich möchte, dass du, wenn wir den Flugplatz erreicht haben, zum Navajo Lake reist und den Verantwortlichen ausfindig machst. Einzig Hüter haben Zugriff auf die eingelagerten Blutproben.«

»Denkst du, es ist einer von uns?«

»Wer kann da noch sicher sein ... nach der Sache mit Helena? Ich brauche Gewissheit.«

Jason seufzte. »Ich hätte nie gedacht, dass ich mal Verständnis für das aufbringen würde, was Syre und die Wächter taten. Doch anscheinend werden wir menschlicher, je länger wir hier sind. Wir wünschen uns Dinge … fühlen … Na, du weißt schon.«

Adrian betrachtete seinen Stellvertreter eine Weile so gründlich wie schon lange nicht mehr. Wie es schien, hatte seine Aufmerksamkeit generell nachgelassen, während er sich zu sehr in Apathie, ausgelöst durch Kummer und Schuldgefühle, verloren hatte.

»Spürst du irgendein Verlangen, Jason?«

»Nicht in dem Maße wie du und nicht nach Sex. Meine innere Unruhe entspringt mehr einer tiefen Frustration. Ich bin es leid, mich unter ein Joch zu beugen, das ich nie abschütteln kann.«

»Ich würde es dir leichter machen, wenn ich könnte.«

»Ach, schon gut«, sagte Jason achselzuckend. »Ich werd's überleben. Und ich hoffe, dass diese Vampirkrankheit das Ende unseres Auftrags ankündigt. So Gott will, tötet sie sie alle, und wir können zurück nach Hause.«

Adrian sah wieder aus dem Seitenfenster.

Nach Hause. Für ihn war das inzwischen da, wo Lindsay war.

Sie erreichten Ontario und den Hangar von Mitchell Aeronautics. Dort warteten sie kurz, bis sich die riesigen Metalltore geöffnet hatten; dann fuhren sie mit dem Maybach hinein. Jason ging, um seinen Flug nach Utah zu arrangieren, während sich Adrian tiefer in das Gebäude und zu den Lagerräumen im Untergeschoss begab. Je weiter er nach unten kam, desto klarer war das Knurren und Fauchen zu hören. Unverständliche Laute mischten sich mit gebrüllten Drohungen und Schimpftiraden derjenigen Gefangenen, die noch nicht infiziert waren.

Es fühlte sich ganz ähnlich an, wie in die Tiefen der Hölle hinabzusteigen.

»Captain.«

Eine zierliche Frau mit braunen Haaren kam auf ihn zu. Sie trug ein Klemmbrett unter dem Arm, und in ihrem Tarnanzug und mit der kurzen Igelfrisur wirkte Siobhán außergewöhnlich zart, was ihr im Kampf enorm half. Ihre Gegner unterschätzten sie regelmäßig, was mit ein Grund war, warum Adrian ihr die Aufsicht über die infizierten Vampire anvertraut hatte. Ein anderer Grund war Siobháns Begeisterung für die Wissenschaft. Bei dieser Jagd war jemand vonnöten gewesen, der begriff, dass die Gefangennahme erst der Anfang war.

Ohne sich die Latexhandschuhe abzustreifen, zog sie ihren Mundschutz herunter. »Wir haben schon zwei von den sechs verloren, die ich fangen konnte. Vier sind sehr wenige Untersuchungsobjekte, also muss ich bald wieder jagen.«

»Haben von den Nichtinfizierten welche Informationen, wann die Krankheit zuerst bemerkt wurde? Oder wie sie sich ausbreiten könnte?«

»Einer war bereit zu reden.« Sie griff in eine ihrer Taschen und holte einen Mundschutz und Handschuhe hervor, die sie Adrian reichte.

»Sind die nötig?« Hüter waren immun gegen Krankheit.

»Weiß ich nicht.« Sie bedeutete ihm, ihr zu folgen, und ging voraus in einen Raum mit einem Dutzend silberverstärkter Käfige. »Aber du willst bestimmt nicht deren Rotz im Gesicht, schon weil das eklig ist.«

Ohne weitere Fragen zu stellen, legte Adrian den Schutz an. »Was wissen wir?«

»Die Krankheit ist erstmals vor ungefähr drei Wochen

aufgetaucht. Und der Verlauf variiert. Bei einigen zeigen sich die Symptome innerhalb von wenigen Tagen und führen dann zum Tod; bei anderen treten sie erst später auf, und die leben bis zu zwei Wochen mit der Infektion. Dieser Gruppe war nicht bewusst, dass es noch andere Fälle in anderen Bundesstaaten gab, daher frage ich mich, wie viel Syre tatsächlich weiß.«

Adrian schritt die Käfige ab und betrachtete die Infizierten mit morbider Faszination. Sie alle hatten rote Augen, Schaum vor dem Mund und wirkten wie von Sinnen. Immer wieder warfen sie sich gegen die Metallgitter und griffen mit ihren Klauenhänden nach Adrian und Siobhán, bösartig und verzweifelt. Ihre Blicke waren wild und zugleich leer. »Zeigen sie irgendwelche Anzeichen von Intelligenz?«

»Nein. Die sind wie schlechte B-Movie-Zombies. Abgesehen von ihrer Gier nach Blut, scheint da im Oberstübchen nichts mehr zu laufen.«

Adrian atmete langsam aus. »Testen wir ihr Blut?«

»Wir haben Proben von den Infizierten und den Gesunden genommen, solange sie für den Flug ruhiggestellt waren. Allerdings …«

Als sie mittendrin abbrach, sah Adrian von der makabren Freak-Show zu ihr. »Was?«

Sie verschränkte die Arme. »Ihr Stoffwechsel ist extrem beschleunigt. Während das Narkosemittel bei den nicht infizierten Vampiren für den ganzen Flug reichte, kamen die Kranken schon kurz nach dem Start wieder zu sich. Malachai wurde von einem gebissen, dem er gerade Blut abnahm.«

»Ist mit ihm alles okay?«

»Bisher ja, aber ich habe ihn in Quarantäne gesteckt, bis

ich mir sicher bin. Der Vampir, der ihn gebissen hat, war der erste Todesfall. Ich musste ihn umbringen, um ihn von Malachai wegzubekommen.«

Siobhán ging weiter und blieb vor einem Käfig stehen, in dem ein Vampir in einer Ecke kauerte, die Arme um seine angewinkelten Knie geschlungen. »Dies hier ist der Redselige.«

»Du bist also der berühmte Adrian«, sagte der Vampir mit bebender Stimme. »Mit dem Mundschutz siehst du gar nicht so beängstigend aus. Eher ängstlich.«

Adrian hockte sich hin. »Wie heißt du?«

»Spielt das eine Rolle?«

»Für mich schon.«

Der Vampir hob seine zittrige Hand und strich sich eine schwarze, fettige Locke aus der Stirn. »Singe.«

»Und was verbrennst du gern?«, fragte Adrian, der die Entzugserscheinungen erkannte und wusste, dass die Spitznamen der Vampire oft etwas über sie verrieten.

»Crystal.«

Adrian sah zu Siobhán. »Kann die Droge von Bedeutung sein? Immunisiert die sie vielleicht bis zu einem gewissen Grad?«

»Derzeit dürfen wir noch gar nichts ausschließen.«

Sie verließen den Raum und gingen den langen Korridor hinunter.

»Ich habe eine Frage«, sagte Adrian leise.

»Ja, Captain?«

»Lindsay Gibson erwähnte, dass ihr Blut eine negative Wirkung auf einige der Wesen hatte, die sie gejagt hat. Da sie sowohl hinter Vampiren als auch hinter Dämonen her war, vermute ich, es bezieht sich eher auf Letztere.« Er dachte an die Vampirin, die er in Hurricane befragt hatte. Da hatte er Lindsays Blut an seinen Händen gehabt, und es hatte keinerlei Reaktion bei ihr ausgelöst. »Kannst du dir erklären, warum ihr Blut es ermöglicht, dass ein Wurfmesser durch einen Drachenpanzer dringt?«

Sie runzelte die Stirn. »Interessant. Darüber müsste ich nachdenken. Auf jeden Fall würde ich gern mal eine Probe testen.«

»Wäre es denkbar, dass die zwei Seelen in ihr diesen Effekt haben?«

Siobhán verlangsamte ihre Schritte vor einer Metalltür mit einem Fenster auf Augenhöhe. »Ja, das könnte sein. Du weißt ja, wie mächtig Seelen sind. Zwei in einem Körper sorgen wahrscheinlich für eine einzigartige Kraft, die wir nie ganz verstehen werden.«

Adrian blickte durch die Scheibe und sah Malachai, der mit seinem Mobiltelefon in der Hand auf einer Pritsche lag. Auf Adrians Klopfen hin blickte er auf und strahlte, sobald er seinen Besucher erkannte.

»Mir geht es gut, Captain!«, rief er.

»Freut mich.« Adrian wollte mehr sagen, als ein wildes Wummern vom Ende des Korridors zu hören war. Er blickte sich um. »Was ist das?«

Siobhán stutzte. »Weiß ich nicht. Aber es gefällt mir nicht.«

Einige andere Hüter erschienen, als das Poltern weiterging. Sie alle sahen Adrian an, der an ihnen vorbei und auf die Lärmquelle zuging.

Als offensichtlich war, woher der Krach rührte, sagte Soibhán: »Das ist unsere Behelfsleichenhalle.«

»Wer ist da drinnen?«

»Abgesehen von den Leichen der zwei infizierten Vampire? Keiner.«

Glas klirrte, gefolgt von einem Brüllen: *»Lasst mich hier raus!«*

Sie bogen um eine Ecke in einen kleinen Korridor ein, der auf eine einzelne Tür zuführte. Ein männliches Gesicht starrte durch die zerbrochene Scheibe in der Tür. Die braunen Augen glühten vor Zorn. »Fickt euch, Hüter«, fauchte der Mann. »Entweder bringt ihr mich um, oder ihr lasst mich gehen. Aber lasst mich hier verdammt noch mal nicht eingesperrt mit einer verdammten Leiche!«

»Er war selbst eine Leiche«, flüsterte Siobhán. »Ich hatte ihn erschossen, nachdem er Malachai gebissen hatte.«

Adrians Blick wich nicht von dem Vampir vor ihnen. »Da hat er sich aber erstaunlich gut erholt.«

»Und der andere ist noch tot?«

»Würde ich so sagen.« Er betrachtete den anscheinend geheilten Vampir aufmerksam, und sein Herz schlug schneller, als ihm durch den Kopf ging, was das bedeuten könnte. »Etwas an dem ist anders als bei den anderen«, murmelte er. »Und der einzige Unterschied ist … welcher? Dass er Hüterblut getrunken hat?«

Siobhán gab einen erstickten Laut von sich. »Scheiße.«

Oh ja, und was für eine.

»Geht es dir besser?«, fragte Elijah, als Lindsay durch die Durchgangstür zwischen ihren Zimmern kam.

Er saß an dem kleinen Schreibtisch in seiner Suite, arbeitete an seinem Laptop und versuchte, sich nicht zu fühlen, als würde er zusehends in die Enge getrieben. Das fiel ihm allerdings schwer, denn während ihn die Hüter ausnahmslos misstrauisch beäugten, sah ihn jeder Lykaner, dem er begegnete, voller Erwartungen an. Jeder wartete, dass er etwas tat, um das gut geölte System zu torpedieren, dank dessen die Sterblichen in seliger Unwissenheit lebten. Eine Seite von ihm wollte diese fragwürdige Macht entschärfen, während die andere forderte, dass er hochging wie ein Pulverfass. So oder so war seine Lage denkbar bescheiden.

»Oh Mann.« Lindsay schüttelte ihre nassen Locken mit den Händen aus. »Hast du das Vitaminwasser besorgt?«

»In dem Minikühlschrank, Eure Hoheit.«

»Wow!« Sie starrte ihn übertrieben erschrocken an. »Hast du gerade einen Witz gemacht?«

Er verkniff sich ein Grinsen. »Nein.«

»Ich glaube aber doch.«

Elijah blickte wieder auf seinen Laptop-Bildschirm. Er mochte Lindsay. Und nachdem sie mehrfach einiges unternommen hatte, um seinen erbärmlichen Hintern zu retten, betrachtete er sie als Freundin. Er hatte nicht allzu viele Freunde, weshalb es ihn sprachlos gemacht hatte, als sie sagte, sie wären Freunde. Irgendwann im Laufe der Tage, die er sie bewachte, hatte er aufgehört, an sie als Chefin zu denken, und begonnen, sie schlicht als Lindsay zu sehen. In ihrer Gegenwart war er so entspannt wie schon lange nicht mehr, denn ihre Freundschaft war nicht an Verpflichtungen oder Erwartungen geknüpft. Sie war verrückt, witzig und absolut ungekünstelt. Zudem war Lindsay gerade schräg genug, um keinen Hehl daraus zu machen, dass sie früher nicht viel mit anderen zu tun gehabt hatte. Wie bei ihm gab es bei ihr wohl auch nur eine sehr kleine Gruppe von Leuten, denen sie vertraute. Elijah fragte sich, ob sie je anderen von ihren Gaben erzählt hatte. Und wieso besaß sie die überhaupt? Lindsay war ein riesiges Fragezeichen, und jeder wollte ein Stück von ihr. Elijahs Job aber war es, dafür zu sorgen, dass keiner außer Adrian sie bekam.

Einen Moment später tauchte sie wieder auf und schwenkte die Flasche mit der neonfarbenen Flüssigkeit, die angeblich sehr nahrhaft war. »Übrigens … ich fühle mich, als wäre ich von einem Güterzug überrollt worden, während ich unter einem hammermäßigen Kater litt.«

Die Hüter hatten sie den ganzen Vormittag heftig in die Mangel genommen, so schlimm, dass Elijah ein paar Mal einschreiten musste. Das hatte ihnen zwar nicht gefallen, aber sie wussten, dass sie es sonst mit Adrian zu tun bekämen. Unterdessen hatte Lindsay sich ohne Widerworte in das brutale Training gefügt, einige üble Schläge eingesteckt und eisern weitergemacht.

Die Hüter hatten offensichtlich nicht verstanden, was Adrians Demonstration sexueller Dominanz am Vortag hatte heißen sollen, sonst wären sie vorsichtiger mit ihr gewesen. Vielleicht verstand nicht mal Adrian selbst, warum er Lindsay unbedingt als seinen Besitz markieren musste und wieso dieser Drang durch ihren Fluchtversuch noch stärker geworden war. Weibliche Lykaner waren nicht so dumm, fliehen zu wollen. Die Bestie in einem Lykaner zu wecken, indem sie ihm die Gefährtin vorenthielten, war keine gute Idee. Früher hatte Elijah geglaubt, der Dämon in den Lykanern machte sie so primitiv in Bezug auf ihre Partnerinnen, doch vorsichtshalber war er bei Lindsay von Anfang an auf der Hut gewesen. Was, wie er sich selbst lobend eingestehen musste, schlau gewesen war. Nun hatte er den Beweis, dass Engel durchaus zu demselben Besitzdenken und derselben wilden Körperlichkeit fähig waren. Womöglich war es der Engelanteil im Lykaner, der hauptsächlich für diese beinahe aggressive Begierde verantwortlich zeichnete.

So oder so dürften die Lykaner allmählich begriffen haben, wie wichtig Lindsay für Adrian war. Leider machte das Lindsay selbst umso verwundbarer. Die Aufrührer unter Elijahs Leuten suchten schon lange nach einer Schwachstelle bei dem übermächtigen Anführer der Hüter, und genau die war Lindsay.

Mist! Er rieb sich übers Gesicht. Warum hatte er nicht früher bemerkt, wie fanatisch die anderen geworden waren? Wie lange hatte Micah ihnen schon dieses Hirngespinst von der süßen Freiheit eingeredet?

»Ich kann die Rädchen in deinem Kopf arbeiten hören«, sagte Lindsay und stellte die leere Flasche auf die Kommode, damit der Zimmerservice sie recyceln konnte. Ja, Lindsay war definitiv auch ein Ökofreak.

Elijah musste denjenigen finden, der ihn belastet hatte, aber er konnte Lindsay nicht verlassen, und es gab niemanden, dem er sie anvertrauen wollte.

Sie ging zum Wandschrank und holte ihre Umhängetasche. Ihr war kein bisschen unwohl dabei, mit einem Waffenarsenal an ihrer Hüfte umherzuschlendern. »Ich muss einkaufen gehen.«

Er rückte seinen Stuhl vom Schreibtisch ab. »Was?«

»Richtig kitschigen Touristenkram. Einen Hut, ein Sweatshirt, ein paar Schnapsgläser und so.«

Sein Mangel an Begeisterung musste ihm anzusehen sein, denn Lindsay lachte.

»Ich muss meinem Dad ein paar Sachen schicken, bei denen ihm die Augen aus dem Kopf fallen«, erklärte sie.

»Aber du kannst beruhigt sein, denn es wird nicht lange dauern. Ich habe um drei ein Bewerbungsgespräch.«

Elijah blickte zur Uhr. Es war eins. Eines musste er ihr lassen: Sie hatte den Vormittag über ganz schön was einstecken müssen und machte trotzdem unverdrossen weiter. »Hast du heute Abend etwas vor?«

»Ich muss meinen Wagen vom Anwesen holen, doch ansonsten kannst du dir freinehmen.«

Er nickte. »Prima, danke.«

Sobald sie sich für die Nacht in ihre Suite zurückgezogen hatte, könnte Elijah mit Rachel telefonieren. Er musste herausfinden, wie weit Micahs Pläne für einen Aufstand gediehen waren. Und dann musste er diesen Irrsinn im Keim ersticken – was sehr schwierig werden dürfte, wenn er die meiste Zeit weit weg vom Rest des Rudels war.

»Warum hast du keine Freundin?«, fragte Lindsay ihn, als sie im Erdgeschoss aus dem Aufzug stiegen. Normalerweise nahmen sie die Treppe – über alle siebzehn Stockwerke – aber Lindsay brauchte heute wahrlich nicht noch mehr Sport.

»Zu kompliziert, zu zeitraubend, zu viel Arbeit.«

»Aber du magst Frauen, oder nicht?«

Als er zu ihr sah, funkelten ihre dunklen Augen amüsiert. »Na, wenigstens siehst du mich an.«

Er schnaubte, anstatt zu lachen, auch wenn es knapp war.

Abrupt blieb sie draußen vor der Drehtür stehen, direkt im markisenüberdachten Eingang. Vor ihnen eilten Pagen umher, während Gärtner noch letzte Korrekturen an dem Blumenbeet vornahmen, das die geschwungene Einfahrt säumte. Das Leben, wie die Sterblichen es kannten, ging weiter wie immer, doch Lindsays Körperhaltung war die eines Jagdhundes, der Beute in der Nähe witterte.

Sofort merkte Elijah auf und blickte sich wieder in ihrer unmittelbaren Umgebung um, gerade so, wie er es automatisch getan hatte, ehe sie die Hotel-Lobby verlassen hatten. Der unheimliche Wind, der Lindsay ständig zu folgen schien, blies Elijah ins Gesicht und trug ihm den blutgeschwängerten Geruch eines Vampirs zu. Das Tier in Elijah machte sich sprungbereit und wartete leise knurrend auf den Angriffsbefehl.

Der Auslöser ihrer instinktiven Reaktionen erschien einen Moment später. Es war eine Vampirin, die vom Gehweg auf den Parkplatz einbog und anscheinend umgekehrt nichts von ihrer erhöhten Wachsamkeit bemerkte.

Ihr Aussehen haute Elijah beinahe um. Sie war groß, mit kurvigen Hüften und großen, vollen Brüsten. Das Haar hing ihr bis zur Hüfte, vollkommen glatt und blutrot. Sie war wie eine Domina gekleidet, trug Stiefel mit hohen Absätzen, eine enge schwarze Hose und eine Lederweste mit einem tiefen V-Ausschnitt, der einiges von ihrem Dekolleté freigab.

Elijah wurde von dem wahnwitzigen Drang gepeinigt, ihren Oberkörper auf die Motorhaube des Mercedes zu zwingen, an dem sie vorbeiging, sich ihr Haar um den Unterarm zu schlingen und diese üppige Schönheit zu vögeln, bis er brüllend kam.

Er hasste Vampire, ganz besonders weibliche, die viel boshafter waren als die männlichen. Dennoch schwoll sein Schwanz vor Lust an.

Ihr plötzliches Zucken riss ihn jäh in die Wirklichkeit zurück. Die Vampirin wirbelte wild herum, als wäre sie von einem Schlag getroffen worden. Dann wandte sie sich wieder nach vorn und bleckte die Reißzähne.

Erst als er sah, wie Sonnenlicht von etwas Metallischem an

ihrer Schulter reflektiert wurde, begriff Elijah, was geschehen war.

»Scheiße«, murmelte er und konnte Lindsay gerade noch an der Schulter festhalten, als sie nach vorn preschen wollte.

»Lass mich los, El«, fuhr sie ihn an und wollte sich von ihm befreien.

»Was machst du denn?«, brüllte er. »Es ist helllichter Tag! Und das ist eine von den Gefallenen!«

Lindsay fuhr ihm mit ihrem Messer über den Unterarm, und mit einem Aufschrei ließ er sie los.

Sie war schon halb bei der Vampirin, als sie antwortete: »Die Schlampe hat meine Mutter umgebracht!«

20

Vash starrte hinunter auf ihre Schulter, in der ein brennender Schmerz wütete, und stellte fest, dass sie von einem silberlegierten Wurfmesser getroffen worden war. Sie riss die Klinge heraus und sah gerade rechtzeitig auf, um das nächste Geschoss zu sehen, unmittelbar bevor es in ihrem Oberarm landete.

»Scheiße!«, fauchte sie. Auf einen Angriff mitten am Tag war sie nicht vorbereitet gewesen.

Eine blonde Frau rannte auf sie zu und warf noch ein Messer. Diesmal konnte Vash knapp ausweichen, und der Geruch ihres eigenen Bluts kurbelte den Hunger in ihr an.

Eine *Sterbliche*. Wie konnte das sein?

Vash stürmte los, um die Verrückte fertigzumachen, da roch sie einen Lykaner. Er kam unter der Hotelmarkise hervor und jagte der lebensmüden Blonden hinterher.

Und dann ging es ihr auf: *Shadoe*. Gefolgt von ihrem Wachhund …

Dem verfluchten Mistkerl, der Nikki entführt hatte.

Schockiert blieb Vash stehen, was ihr eine weitere Klinge in ihrem Oberschenkel eintrug.

Ausgerechnet die beiden Leute, die sie in der Stadt schnappen wollten, kamen direkt auf sie zu, und sie konnte rein gar nichts tun. Nicht, solange sie allein war. Nicht ohne ihre Waffen. Nicht vor lauter Zeugen.

Noch eine Klinge durchbohrte ihre Schulter, verflucht nahe der Stelle, an der sie das erste Messer getroffen hatte.

Sie hatte Shadoe beigebracht, so zu werfen. Sie hatte sie gelehrt, zu jagen und zu töten. Und Vash wurde klar, dass Shadoe es absichtlich vermied, lebenswichtige Organe oder Hauptschlagadern zu treffen. Die irre Blonde dachte, sie würde eine Vampirin fangen!

Vash zerrte das Messer aus ihrer Schulter und warf damit nach dem Lykaner, bevor sie die Klinge aus ihrem Schenkel herausriss und sich der Blonden entgegenwarf. Sie stieß Shadoe mit den flachen Händen vor die Brust, sodass sie mehrere Schritte rückwärts und gegen den Lykaner stolperte. Beide gingen zu Boden, und Vash floh, sprang auf die Motorhaube eines Jaguars und von dort auf das Wagendach. Mit einem Satz war sie über eine Mauer, die den Parkplatz des Belladonna von dem des Restaurants und Cabarets nebenan trennte. Vor Wut war sie halb blind.

Sie rannte nie weg. Sie kassierte nie mehrere Treffer. Sie ließ nie jemanden leben, der ihr Blut vergossen hatte. Aber sie durfte Syres Tochter nicht umbringen. Shadoe zu töten war ausgeschlossen.

»Verdammt! Scheiße! Mist!«, schrie sie.

Auf der anderen Seite der Mauer trafen ihre Stiefel auf einen Geländewagen, bei dem der Alarm losging, was ein ohrenbetäubendes Hupen zur Folge hatte. Vashs rechter Absatz brach ab. Sie verlor die Balance und purzelte über die Windschutzscheibe und die Motorhaube hinunter auf den Asphalt.

Sie hatte sich kaum wieder aufgerappelt, als sie hörte, wie etwas auf dem Wagen hinter ihr aufschlug. Die blonde Frau war ihr dicht auf den Fersen. Noch ein Messer traf Vash am

Schulterblatt, und das Silber brannte wie Feuer in ihren Adern. Da sie das Messer nicht erreichen konnte, um es herauszuziehen, konnte sie nur weiterlaufen und hoffen, dass sich irgendwo ein Fluchtweg auftat. Vor ihr war eine belebte Straße, was Shadoe jedoch nicht abzuhalten schien. Was immer in Syres Tochter gefahren sein mochte, es machte sie völlig wahnsinnig.

Ein großer weißer Pick-up raste mit Karacho auf den Parkplatz und auf Vash zu. Sie kalkulierte bereits, wie viel Schwung sie bräuchte, um sich über den Wagen zu rollen, als der schlitternd drehte. Salems Kopf lugte aus dem Fahrerfenster. »Rein mit dir!«

Ohne zu zögern, sprang sie auf die Ladefläche, und Salem trat das Gaspedal durch, sodass hinter ihnen eine Staubwolke aufstob, die nach verschmortem Gummi stank. Mit einem scharfen Klirren traf ein Messer auf die Heckklappe. Vash duckte sich fluchend.

Der Pick-up bog unter einem wilden Hupkonzert in den dichten Verkehr ein, und hinter ihnen war ein Geräusch wie von einem Unfall zu hören. Sie waren gut zwei Meilen gefahren, ehe Vash sich traute, sich wieder aufzurichten.

»Du wolltest Berichte über Entführungen.«

Syre blickte von den Zahlentabellen auf seinem Monitor auf und sah die Vampirin an, die in seiner Bürotür stand. »Ja, Raven.«

Die dunkelhaarige Schönheit betrat den Raum mit ihrem von Natur aus sinnlichen Gang. Sie hatte hohe schwarze Stilettos an, einen knielangen Bleistiftrock und eine Bluse, die sich über ihren vollen Brüsten spannte. Anscheinend spielte sie die Rolle der verruchten Sekretärin – eines der vielen Spiele, die sie veranstaltete, um keine Langeweile aufkommen zu lassen.

»Letzte Nacht gab es eine Razzia in Oregon«, sagte sie. »Eine Gruppe von Hütern drang in ein Nest ein und nahm mehrere Minions mit.«

Syre lehnte sich auf seinem Stuhl zurück. Ihn erstaunte Adrians zunehmende Dreistigkeit. Minions mit einer Krankheit zu infizieren war untypisch für ihn. Adrian war ein Krieger, der im Gefecht brillierte. Biologische Kriegsführung war keine Taktik, die Syre vom Anführer der Hüter erwartet hätte. Etwas hatte sich verändert oder war im Begriff, sich zu verändern.

Zum ersten Mal seit vielen, vielen Jahren hatte Syre das Gefühl, die Uhr würde mit brutaler Ungeduld ticken. Torque drängte ihn mittlerweile seit Jahren, aktiv zu werden, statt nur zu reagieren. Und wie es aussah, war die Zeit gekommen.

»Danke«, murmelte er. »Schick ein Team nach Oregon. Ich will sämtliche Einzelheiten über die Razzia erfahren. Und halte mich auf dem Laufenden, was andere Berichte angeht.«

»Ja, Syre.«

Raven verließ das Büro. Syre versuchte sich wieder auf die Zahlen auf dem Bildschirm zu konzentrieren, doch vergebens. Als das Telefon läutete, griff er erleichtert nach dem Hörer. Seine Gedanken waren immer noch bei Adrians offensiven Aktionen.

Du hast keine Ahnung, wozu ich befugt bin, hatte der Anführer der Hüter erst vor wenigen Wochen gesagt. Vielleicht hatte er es viel ernster gemeint, als Syre bewusst gewesen war.

Es tönte bereits eine laute Stimme aus dem Hörer, noch ehe Syre ihn an sein Ohr gehoben hatte.

»Beruhige dich, Vash«, sagte er. »Langsam. Ich kann nichts …«

Er erstarrte, als sich ihre Worte weiterhin überschlugen. Und ein Gedanke verfestigte sich in seinem Kopf. *Agieren statt reagieren.*

Es war wirklich Zeit.

»Was zum Teufel hast du dir dabei gedacht?«, fragte Adrian in diesem kühlen Ton, bei dem Lindsay mit den Zähnen knirschte.

So angespannt, wie sie war, hätte sie es lieber gehabt, wenn er sie angebrüllt oder zumindest die Stimme erhoben hätte, auf und ab gelaufen wäre oder finster dreingeblickt hätte – *irgendwas.* Stattdessen stand er lässig vor seinem Schreibtisch und sprach so ruhig, als würde er über das Wetter plaudern. Einzig der entfernt grollende Donner verriet ihr, dass Adrian die Nachricht von ihrem rücksichtslosen Angriff auf eine Gefallene alles andere als gelassen nahm.

»Ich habe praktisch mein ganzes verfluchtes Leben nach dieser Vampirin gesucht«, sagte sie verbissen. »Und da war sie, wollte einfach an mir vorbeischlendern. Ich musste etwas tun!«

»Es war mitten am Tag. Um dich herum waren Dutzende Touristen.«

Sie verschränkte die Arme. »Mir bleibt nicht ewig Zeit, sie zu jagen. Wenn ich noch mal zwanzig Jahre warten muss, bin ich vielleicht körperlich nicht mehr imstande, irgendwas gegen sie auszurichten. Eventuell bin ich nicht mal mehr am Leben! Es hieß jetzt oder nie.«

Adrians flammenblaue Augen versengten sie mit ihrer Hitze. »Jetzt hast du dich den Gefallenen zu erkennen gegeben. Sie werden Jagd auf dich machen.«

»Ich hoffe, die schicken *sie*«, konterte Lindsay trotzig. »Das nächste Mal spiele ich nicht erst mit ihr. Da mache ich sie gleich fertig.«

Damien gab einen Laut von sich, sodass Lindsay zu ihm sah. »Wenn du sie hättest töten können, wieso hast du es dann nicht getan?«

»Weil ich wissen muss, wer die anderen beiden Arschlöcher waren. Sie war allein, als ich sie zuerst sah. Und ich konnte keinen sonst bei ihr entdecken, bis sie gerettet wurde. Übrigens hatte der Typ, der den Fluchtwagen fuhr, die gleiche grellbunte Stachelfrisur, die ich von dem Tag erinnere, als sie meine Mutter angriffen. Wenn sie immer noch mit dem Schwein abhängt, dürfte der andere auch nicht weit sein.«

»Die Folgen dessen, was du heute getan hast, werden wir noch lange zu spüren bekommen. Wir jagen die Gefallenen nicht. Das dürfen wir nicht, denn ihre Strafe ist, mit dem zu leben, was sie sind.«

»Sie litt nicht darunter, als sie meine Mom quälte; sie hat sich sogar glänzend amüsiert. Diese blutsaugende Schlampe verdient es nicht, zu leben!« Sie sah wütend zu Adrian, dessen ausdruckslose Miene nichts preisgab. Lindsays Eingeweide zogen sich zusammen. Gott, sie wollte ihm nicht noch mehr Schwierigkeiten machen, aber was hätte sie tun sollen? Ihr ganzes Leben war darauf ausgerichtet, ihre Mutter zu rächen. »Sie ließ mich am Leben, also ist es ihr dämlicher Fehler, dass ich sie jetzt jage. Vermutlich dachte sie, dass ich als Sterbliche nie eine Bedrohung für sie sein würde. Womit ihr sowieso aus dem Schneider seid. Ich bin keine von euch, folglich gelten auch nicht dieselben Regeln für mich. Was ich tue, sollte sich überhaupt nicht auf euch auswirken.«

»Du hattest einen Lykaner bei dir«, erinnerte Adrian sie. »Damit stecken wir mit drin.«

»Dann lass mich einfach in Ruhe.« Sie hasste das Flehen, das in ihren Worten mitschwang. »Ich kann dir sowieso nichts als Ärger bereiten. Und das bringt mich um, Adrian. Es bricht mir das Herz.«

Adrian lehnte sich seufzend an den Schreibtisch und umklammerte die Tischkante mit beiden Händen. »Als Vash dich gegen Elijah stieß, hätte sie dir leicht mit der Faust den Brustkorb einschlagen und das Herz herausreißen können. Du atmest nur noch, weil sie dich entkommen lassen wollte.«

»Warum hätte sie das tun sollen? Wie damals? Ich habe sie zigmal mit den Messern getroffen. Das kann ich wieder.«

»Das war Vash?« Elijahs Knurren vibrierte durch den Raum. »Ich will diese Jagd.«

Lindsay nickte ihm zu. Vash hatte ihnen beiden Leute genommen, die sie liebten, und es war Zeit, dass sie dafür bezahlte.

Dann sah sie wieder zu Adrian und sagte: »Du hast mir gesagt, dass du mir helfen würdest, sie zu finden. Und du hattest meine Erinnerungen gesehen, wusstest also, wer sie war. Hast du mich belogen?«

»Nein. Aber wir müssen sie zu einem Angriff provozieren, nicht von uns aus einen Krieg anzetteln. Wir dürfen uns verteidigen, nicht aber von uns aus angreifen. Es gibt Regeln, und es gibt Wege, sie zu umzugehen ...« Sein Mobiltelefon klingelte auf dem Schreibtisch. »Entschuldigt mich.«

Er meldete sich mit einem schroffen »Mitchell«.

Während Lindsay ihn beobachtete, verhärteten sich Adrians Züge. Sie konnte hören, dass jemand am anderen Ende sehr schnell sprach, verstand jedoch nicht, was gesagt wurde. Elijah atmete hörbar aus und kam näher zu Lindsay, als wollte er ihr beistehen. Sie unterstützen. Und sie bekam ein ungutes Gefühl.

Es verging eine Weile, bis Adrian schließlich nickte. »Bleib da. Ich arrangiere alles.«

Er legte sein Blackberry viel zu behutsam wieder hin und sah von Damien zu Elijah. Es folgte eine stumme Verständigung, und dann gingen die beiden aus dem Zimmer, nachdem Elijah kurz Lindsays Schulter gedrückt und Damien sie mit einem mitleidigen Blick bedacht hatte, bei dem Lindsay noch mulmiger wurde.

»Was ist los?«, fragte sie, als die Tür sich schloss und sie mit Adrian allein war.

Er kam auf sie zu und umfing sanft ihre Oberarme. »Es geht um deinen Vater, Lindsay. Er …«

»Nein!« Der Boden schien unter ihren Füßen nachzugeben, und sie schwankte. Ihre Brust fühlte sich an, als hätte man ihr soeben tatsächlich das Herz herausgerissen. Es war ein solch entsetzlicher Schmerz, dass Lindsay in sich zusammengesunken wäre, hätte Adrian sie nicht gehalten.

»Er war mit dem Wagen unterwegs und ist von der Straße abgekommen. Er ist gegen einen Baum geprallt.«

»Schwachsinn!« Tränen strömten ihr übers Gesicht. »Ich glaube das nicht! Mein Dad ist ein Profi, was Autos betrifft. Das ist Vashs Schuld! Sie ist Syres Stellvertreterin. Sie kann das befohlen haben!«

Womit es teils ihre Schuld war.

Adrians Flügel legten sich schützend um sie. Er zog sie in

seine Arme, drückte sie mit einer Hand in ihrem Nacken und einer an ihrer Hüfte fester an sich. »Das kann ich nicht ausschließen. Ich gehe dem nach.«

Ein brüchiges, abgehacktes Schluchzen erfüllte den Raum, und Lindsay stellte fest, dass es ihr eigenes war. Es erschütterte ihren ganzen Leib.

Adrian hielt sie, und seine Wärme schien in sie hineinzufließen. Nein, *er war* in ihr, in ihrem Geist, wie schon einmal. Ihr Kummer begann zu schwinden, und ein seltsames Gefühl von Trost erfüllte sie.

Lindsay entwand sich Adrian und stolperte rückwärts, bevor sie auf den Boden sackte. »Was zur Hölle tust du da?«

Adrian hockte sich zu ihr und strich ihr das Haar aus dem Gesicht. Eine unwirkliche Flamme loderte in seinen Augen, die vor Tränen glänzten. »Ich nehme dir deinen Schmerz, weil ich ihn nicht ertrage.«

»W-was? Wie ...«

»Ich kann dir die schmerzlichen Erinnerungen nehmen, *Neshama*, und die glücklichen verstärken.«

»Wag es ja nicht!« Sie stemmte sich hoch und stieß seine Hand weg, als er sie stützen wollte. »Solltest du mir jemals eine Erinnerung nehmen, ob gut oder schlecht, verzeihe ich dir das nie!«

»Du kannst nicht den Verlust von etwas bedauern, woran du dich nicht erinnerst.«

Wie sie aufrecht stehen konnte, während es sich anfühlte, als würde ihr ein glühendes Eisen die Brust durchbohren, war ihr ein Rätsel. »Wenn dir irgendwas an mir liegt, nimmst du mir nicht, was mich zu der Frau machte, die ich heute bin. Oh Gott!« Sie vergrub ihren pochenden Kopf in den Händen, denn ihre Gedanken purzelten in einem wilden

Chaos durcheinander. Ihr Atem ging schwer, und ihr Schluchzen hörte sich sogar in ihren eigenen Ohren irre an. »Ich muss weg. Ich kann hier nicht bleiben.«

»Bleib heute Nacht«, sagte er leise. »Kannst du das für mich tun? Du bist nicht in der Verfassung, jetzt allein zu sein.«

»Adrian ...« Durch ihre Tränen konnte sie ihn nicht mehr sehen. In diesem Raum hatten sie sich geliebt, einander über Stunden gehalten. Wie passend, dass sie die Strafe für jene Verfehlung am selben Ort heimsuchte. »Wir bringen einander um. Jeder Moment, den wir zusammen verbringen, rächt sich fürchterlich an Leuten, die wir lieben. Wir müssen uns voneinander fernhalten.«

»Ja«, stimmte er ruhig zu. »Ich lasse dich gehen. Aber nicht heute Abend. Nicht so. Verbringe diese Nacht in meinem Haus, wo ich dich in Sicherheit weiß. Ich belästige dich nicht. Kannst du mir das gewähren?«

»Und du versprichst, mich dann gehen zu lassen?«

»Ja, *Neshama sheli*. Versprochen.«

Sie wollte nicht mehr wissen, was das bedeutete. Alles war zu schmerzlich, die süße, heiße Intimität, die sie geteilt hatten. Sie nickte nur, denn ihr Mund war zu trocken, als dass sie hätte sprechen können.

Er neigte den Kopf ein wenig. »Danke.«

Etwas an seinen versteinerten Zügen beunruhigte sie – ein Anflug von grimmiger Entschlossenheit. Aber momentan hielt sie mehr nicht aus. Sie stand unmittelbar vor einem Zusammenbruch, getroffen von einem Schlag, von dem sie sich nie erholen würde.

Daddy ...

Wortlos verließ Lindsay das Büro und schloss die Tür hinter sich. Sie war eine wandelnde Katastrophe. Ihr Leben war eine Katastrophe. Und sie ruinierte das Leben aller um sich herum.

Lindsay zog sich in ihr Gästezimmer zurück, stieg ins Bett und weinte sich in einen unruhigen Schlaf.

Adrian packte sich eine kleine Reisetasche. Er steckte genügend Sachen für eine Woche ein, von denen er allerdings nicht annahm, dass er sie brauchen würde. So Gott wollte, würde Syre in den nächsten achtundvierzig Stunden sterben.

Es blieb so wenig Zeit. Vash hatte Lindsay als Shadoe erkannt; kein anderer Grund wäre vorstellbar, weshalb sie Lindsay am Leben ließ. Jetzt wusste Syre, dass seine Tochter zurückgekehrt war. Der Anführer der Gefallenen würde seine Möglichkeiten abwägen und sich mit seinen Vertrauten beraten, Fakten sammeln und entscheiden, was er mit ihnen anfing. Adrian musste zu ihm, bevor er diese Entscheidung fällte.

Danach musste er sich Vashti vornehmen. Der Angriff damals auf Lindsays Mutter war so ungewöhnlich für Syres rechte Hand, dass er nur als Botschaft an Adrian gemeint gewesen sein konnte. Vash musste klar gewesen sein, dass Lindsay Shadoe war, und sie hatte offenbar einkalkuliert, dass er von dem Mord erfahren würde, wenn sie sich unweigerlich begegneten. Die paar Jahre dazwischen waren nichts für eine Unsterbliche, das Warten unerheblich.

Die Frage war nur: Warum? Wenn sie schon so lange wusste, wer Lindsay war, warum hatte sie Syre nichts gesagt? Die Antwort hierauf würde sich Adrian direkt von Vash holen.

Verdammt! Er hasste es, so zu jagen – zu wenig durchdacht, zu überstürzt. Deshalb hatte er bei allen vorherigen

Inkarnationen Shadoes immer gewartet, bis Syre zu ihm kam. Er wollte dem Gegner lieber auf seinem eigenen Grund und Boden entgegentreten, wo er im Vorteil war. Manchmal aber war ein schneller, tollkühner Schlag vonnöten, um die Verteidigung des Feindes zu durchbrechen. Adrian betete, dass dies nun der Fall sein würde, denn genau darauf legte er es an. Weil es diesmal anders war. Weil Lindsay anders war und weil *er* in ihrer Gegenwart anders war. Das allein war jeden Preis wert, den er zahlen würde.

Sein Blick huschte zur Uhr auf seinem Nachttisch. Kurz vor Mitternacht. Zum Glück hatte Lindsay gegen zehn aufgehört zu weinen und war eingeschlafen. Jeder ihrer Schluchzer hatte Adrian mitten ins Herz getroffen, bis es förmlich blutete. So war es nie zwischen ihnen gewesen. Früher hatte sie sich immer sehr schnell in sein Bett gestohlen und war dort geblieben. Wäre sie wie die anderen Inkarnationen, hätte er jetzt in ihren Armen gelegen, hätte sie gehalten, sie geliebt und sich entschieden, die Konfrontation mit Syre aufzuschieben, damit er noch einen Tag mit der Frau hatte, die er liebte.

Nun aber hatte er einen Flug gebucht, der ihn in wenigen Stunden nach Raceport bringen würde. Er würde allein einen Linienflug nehmen und kurz nach Sonnenaufgang dort sein. Die Tageszeit hatte keinerlei Einfluss auf Syre, würde aber die Zahl der Minions mindern, mit denen Adrian es aufzunehmen hatte.

Er stopfte noch ein Henley-Shirt in seine Tasche, als er ein Wimmern hörte. Er erstarrte, und seine Sinne konzentrierten sich auf die Frau, die nebenan schlief. Die Matratze seufzte, als sie sich bewegte; dann wehte ihm ein leises, sinnliches Stöhnen zu.

Adrian bekam eine Gänsehaut und trat näher an die

Wand, obwohl es überhaupt nicht nötig war. Selbst von der Kaserne der Lykaner aus hätte er ihren Atem noch so deutlich gehört, als wäre sein Ohr gegen ihre Brust gepresst.

Sie begann zu keuchen und sich unruhig auf dem Bett zu wälzen. Noch ein Wimmern erschütterte Adrian.

Unfähig, ihr so kurz vor dem Ende ihrer gemeinsamen Zeit zu widerstehen, ging Adrian aus seinem Zimmer und das kurze Stück den Flur hinunter zu ihrem. Mit einem Gedanken entriegelte er das Schloss und trat ein.

Drinnen war alles dunkel. Die geschlossenen Vorhänge nahmen ihm die Sicht auf die Stadt in der Ferne. Adrian schloss die Tür hinter sich und bewegte sich lautlos auf das Bett zu. Seine übernatürlichen Sinne machten es möglich, dass er sie so deutlich sah, als herrschte helles Tageslicht.

Lindsay hatte die Bettdecke beiseitegetreten. Sie wand sich sinnlich auf dem Laken, und der üppige Duft ihres Verlangens berauschte Adrian. Ihre Hände kneteten ihre Brüste durch die Seide ihres Trägerhemds, das zu dem Tanga passte, den sie trug.

Sie bog den Rücken durch, als würde sie Adrian ihre Brüste anbieten.

»*Adrian …*«

Die erotische Aufforderung verschlug ihm den Atem. Er griff nach unten und rieb seine schmerzende Erektion durch den Hosenstoff. Sein Blut pulsierte heiß in seinen Adern. Er war so erregt von der Willigkeit, die sie im Schlaf demonstrierte, weil sie ihm genau die im wachen Zustand verwehrte, um ihn zu schützen. Er verstand die Zuneigung, die sie motivierte. Hätte sie ihn nicht geliebt, hätte sie ihm nicht verweigert, was sie sogar bis in ihre Träume verfolgte.

Obwohl er es nicht sollte, ließ Adrian seine Kleidung verschwinden, die sich im nächsten Moment unordentlich auf dem Fußboden neben ihm häufte. Die kühle Nachtluft war eine Wohltat auf seiner erhitzten Haut, beinahe wie ein Streicheln ihrer Hände. Wieder stöhnte Lindsay leise. Adrian stützte ein Knie aufs Bett.

Als die Matratze unter seinem Gewicht einknickte, schlug Lindsay die Augen auf.

»Adrian«, flüsterte sie und rollte sich in seine Arme.

Er stöhnte, als sie ihre Lippen leidenschaftlich auf seine presste und ihre Zunge mit einer Gier in seinen Mund drang, bei der seine Eichel feucht wurde vor Begehren. Lindsay stieß ihn auf die Matratze, schwang ein Bein über ihn und griff mit ihrer zarten Hand nach seinem Schwanz. Er warf vor Genuss den Kopf in den Nacken, weil sie ihn berührte, es sie nach ihm verlangte und sie erstmals vorbehaltlos ihrer Lust nachgab.

Sie senkte die Hüften herab, und die warme Feuchtigkeit ihres Geschlechts sickerte durch den Tanga und benetzte die empfindliche Haut seiner Eichel. Er musste ihre bloße Haut spüren, deshalb zerriss er den Tanga. Ein Schauer durchfuhr ihn, als er fühlte, wie bereit sie war. Dass ihre weichen Schamlippen sanft über seinen Schwanz strichen, brachte ihn fast schon zum Orgasmus.

»*Ani rotza otha*, Adrian«, schnurrte sie und rieb sich an ihm.

Ich will dich.

Er erstarrte, und ihm wurde eiskalt. Diesen verführerischen Ton kannte er allzu gut. »Shadoe?«

Sie bäumte sich auf, tauchte ihre Hände in ihre blonden Locken und wiegte ihren Körper, um ihren sinnlichen Zauber auf ihn zu wirken.

Doch Adrian empfand keine Lust mehr, als ihm Shadoes Seele aus Lindsays wunderschönem Gesicht entgegenstarrte.

Zitternd atmete er aus.

Genauso hatte sie ihn das allererste Mal verführt. Es begann mit einem geraubten Kuss. Dann einer Kostprobe ihrer Brüste, die sie ihm mit beiden Händen dargeboten hatte, die dunkelbraunen Spitzen ganz hart. Er hatte sie angefleht, ihn in Ruhe zu lassen, jenes Gesetz zu achten, nach dem er ihren Vater bestrafen musste. Er hatte sie gebeten, um seinetwillen stark zu sein, weil er vor ihr so schwach war.

Stattdessen war sie mit jedem Monat, der verging, kühner geworden. Sie hatte vor ihm mit ihrem Körper gespielt, war absichtlich überall aufgetaucht, wo er war, und hatte ihn mit dem Anblick ihrer glänzenden Finger geneckt, die zwischen ihre geschwollenen Schamlippen stießen, bis sie, seinen Namen schreiend, kam. Er hatte ihr widerstanden, bis sie drohte, sich einen anderen zu nehmen; und sie hatte dafür gesorgt, dass er zufällig sah, wie sie den Schwanz eines anderen durch dessen Hose rieb. Wütend, besitzergreifend und bis zur Besinnungslosigkeit in Versuchung geführt, hatte Adrian ihr gegeben, was sie von ihm wollte, und sie wie ein brünstiges Tier auf dem Boden genommen. Und nachdem er einmal gefallen war, hatte es kein Zurück mehr gegeben.

»*Ani rotza otha*«, wiederholte sie, wiegte die Hüften beinahe brutal auf ihm und ritt ihn zum Orgasmus.

»Nein, *Tzel.*«

Er packte sie bei den Hüften, hob sie von sich herunter und rückte auf Abstand. Nachdem er aufgestanden war, fuhr er sich mit den Händen durchs Haar. Er war schmerzlich erregt von Lindsay, ihrem Duft und dem Klang ihrer Stimme.

Nur war es nicht Lindsay, die ihn zu sich ins Bett rief.

»*Ani ohevet otchah*«, flüsterte Shadoe und räkelte sich lüstern auf dem Laken.

Ich liebe dich.

Adrian kniff die Augen zusammen. Seine Flügel breiteten sich aus und zuckten wütend. Er hätte es besser wissen sollen. Lindsay würde ihn niemals verführen. Sie würde versuchen, ihn hiervon abzuhalten, so wie sie es von Anfang an getan hatte. Um seinetwillen. Weil sie ihn liebte.

Im nächsten Moment hatte er seine Sachen wieder an. Als Shadoes Hand seine nackte Schulter berührte, packte er sie und drehte sich zu ihr um.

»Nimm mich«, flüsterte sie. Sie stand nackt vor ihm, in dem Körper, der so wunderbar zu seinem passte und ihn auf solch süße Weise halten konnte, dass er weinen wollte vor Wonne.

Doch dieser Körper war nur eine Hülle ohne die Frau darin, die er liebte.

Adrian umfing Lindsays Gesicht mit den Händen und blickte in ihre Augen, die Fenster zu einer Seele, die nicht Lindsays war. Er neigte den Kopf und küsste sie zart, zurückhaltend, während sein Herz sich nach der Frau sehnte, die er vor langer Zeit liebte. Einer Frau, die so schön, willensstark und verführerisch gewesen war, dass sie einen Engel zu Fall brachte. Sie hatte er mit heißer, unersättlicher Hingabe geliebt.

Aber Shadoes Zeit war vorbei, und er hatte sich in eine andere verliebt – eine Sterbliche, die ihm selbstlos ihre Liebe schenkte. In eine Frau, die ihn akzeptierte, wie er war, einschließlich der Regeln und Gesetze, die ihn prägten und ihm zugleich verboten, mit ihr zusammen zu sein.

Seine Daumen strichen über ihre Wangenknochen, und er

lehnte seine Stirn an ihre. »Ich werde dich befreien, Shadoe. Ich werde dich gehen lassen.«

»Ich will dich«, sagte sie wieder und streckte ihre Hand nach seiner Erektion aus.

Adrian nahm die Hüften zurück, entzog sich ihrer Berührung und sandte eine Welle von Gleichgültigkeit in Lindsays Körper. Er fing sie auf, als sie bewusstlos zusammensackte, hob sie hoch und trug sie zu ihrem Bett. An dem Tanga, den er in der Hitze seines Begehrens zerrissen hatte, konnte er nichts mehr ändern, also deckte er Lindsay zu. Er strich ihr das Haar aus der Stirn und küsste sie.

»Lindsay.« Er liebkoste ihre schweißklamme Haut. »Bald ist alles vorbei.«

Dann richtete er sich wieder auf und verließ ihr Zimmer mit festem Schritt. Sein Herz schlug schnell und schwer, aber sein Kopf war zum ersten Mal seit einer halben Ewigkeit vollkommen klar.

Die Last der Vergangenheit verschwand genauso wie seine Flügel.

Als er sich wieder auszog und unter die kalte Dusche stieg, wurde alles weggespült – die Schuld und der Schmerz, der Kummer und die Reue.

Warum lässt du mich dich nicht retten?, hatte Lindsay gefragt. Dabei hatte sie ihn bereits auf die fundamentalste Weise gerettet. Sie hatte ihm die Kraft gegeben, an der es ihm mangelte, und eine süße, kostbare Liebe. Es gab so vieles, was sie ihm über die Liebe beibringen konnte, die von innen nach außen wirkte. Deshalb bedauerte er am allermeisten, dass er nie die Chance haben würde, ihrem Beispiel zu folgen.

Doch zumindest konnte er sie von ihrer Vergangenheit

befreien. All die Furcht und Unentschlossenheit, die ihn über Jahrhunderte geplagt hatten, waren fort. Er haderte nicht mehr mit seiner Entscheidung, als Erster zuzuschlagen und überdies auf feindlichem Territorium. Lindsay war unglücklich, das ertrug er nicht. Er hielt es nicht aus, die Ursache ihres Schmerzes zu sein. Sofern es in seiner Macht stand, ihr Leid zu beenden, musste er es versuchen.

All die Jahre hatte er sich weitere Selbstvorwürfe ersparen wollen. Statt Shadoe den Frieden eines ehrbaren Todes in der Schlacht zu gönnen, hatte er selbstsüchtig versucht, sie mit Unsterblichkeit an sich zu binden. Es stand ihm nicht zu, sich einzumischen, wenn der Schöpfer beschlossen hatte, dass für jemanden die Zeit zum Sterben gekommen war. Und dafür war Adrian lange und qualvoll bestraft worden. Nun würde er diesen Kreislauf für sich wie für Shadoe durchbrechen.

Er würde allein für Lindsay handeln, um ihr das Leben zurückzugeben, das immer schon ihres hätte sein sollen. Ein Leben in Normalität. Eine Chance zum Glück. Die Gelegenheit, einen Mann zu finden, der sie ohne jene Ketten lieben konnte, die Adrian an seine Pflicht banden.

Es war ein Geschenk, das er ihr uneingeschränkt machen konnte. Auch wenn es nicht annähernd dem gleichkam, was sie ihm geschenkt hatte, würde er es ihr selbstlos machen und aus einer so tiefen Liebe, wie er sie nie zuvor gekannt hatte.

21

In dem Moment, in dem Lindsay aufwachte, wusste sie, dass Adrian fort war. Die Leere in ihr war so durchdringend, dass sie förmlich an ihr nagte. Lindsay wollte aufstehen, als sie bemerkte, dass sie nackt war. Noch während sie sich fragte, warum, stürzten die Erinnerungen auf sie ein.

Ich werde dich gehen lassen.

Bald ist es vorbei …

Mit einem stummen Aufschrei beugte sie sich vor, denn ihr Herz wurde von einem mörderischen Schmerz gepackt. Ihr Vater war tot. *Daddy.*

Und sie wusste, wie es nur eine liebende Frau wissen konnte, dass Adrian nicht vorhatte, sie jemals wiederzusehen.

So fest sie die Augen auch zusammenkniff, schafften die Tränen es doch noch heraus. Lindsay hatte die beiden wichtigsten Leute in ihrem Leben verloren, und das zur selben Zeit. Während sie sich vor Schmerz wiegte, hallte das Echo ihrer Träume durch ihren Kopf. Sie fühlte das brennende Verlangen in sich, so heiß und übermächtig, dass sie ihm nicht widerstehen konnte. Und das hatte sie auch nicht, sondern sie hatte es noch weiter angefacht und es genossen, wie Adrian unter der Wucht ihrer Begierde einknickte. Die Macht, die sie empfand, weil er gegen seinen Willen vor ihr kapitulierte, war schwindelerregend und berauschend gewesen. Und widerwärtig. Es war fast, als hätte sie sich von außen beobachtet, unfähig, ihre wilden Impulse zu kontrollieren. Als Adrian sich von ihr abwandte, war sie um ihrer beider willen erleichtert gewesen. Und unendlich dankbar, dass er die Kraft besaß, die sie nicht aufbrachte.

Aber er hatte sich nicht nur für einen Moment abgewandt. Er hatte sich für immer von ihr verabschiedet. Seine Stimme in ihren Träumen hatte nichts von der Zärtlichkeit besessen, die sie sonst in ihr wahrgenommen hatte.

Ein halb hysterisches, halb schluchzendes Lachen entfuhr ihr.

Lindsay stand auf, streckte sich und sagte sich, dass sie einen klaren Kopf bekommen musste. Sie musste nach Raleigh zurück, und wahrscheinlich würde sie eine Weile dort bleiben. Sie musste sich wieder fangen und überlegen, wie es weitergehen sollte. Und dann konnte sie planen, wie sie Vash am besten erledigte. Ihr Wunsch nach Vergeltung war so übermächtig, dass sie kaum an etwas anderes denken konnte. Was in gewisser Weise ein Segen war. Die Rache gab ihr ein Ziel trotz ihrer lähmenden Trauer.

Lindsay duschte und zog sich an. Als sie ihr Bett machte, fand sie ihren zerrissenen Tanga. Ob sie ihn nun selbst im Feuer des erotischen Traums zerfetzt hatte oder Adrian tatsächlich hier gewesen war und es getan hatte – am Ende lief es auf dasselbe hinaus: Zwischen ihnen war es vorbei.

»Sei vorsichtig mit deinen Wünschen«, murmelte sie und fragte sich, warum sie nicht einfach aufhörte, sich irgendwas zu wünschen.

Sie trat hinaus auf die Veranda, und die Stellung der Sonne verriet ihr, dass es spät am Morgen war. Es flogen keine Engel über ihr; Wolken waren auch keine da. Der Tag war wunderschön, einer von der Sorte, wie sie Südkalifornier die meiste Zeit des Jahres über genießen konnten.

Benommen von ihrem Elend, ging Lindsay eine lange Treppe hinunter, die zu einer kleineren Veranda ein ganzes Stück weiter unten führte. Von dort war die Stadt nicht mehr zu sehen, sodass der Eindruck entstand, das Anwesen läge fernab von allem.

Lindsay lehnte die Ellbogen auf die Brüstung und begann, die Kontaktliste in ihrem Mobiltelefon durchzugehen. Es gab so viele Anrufe zu erledigen, so vieles zu regeln. Sie zwang sich, alles Nötige zu tun, egal, wie leer und kalt sie innerlich war. Wie tot.

Ein riesiger Schatten zog über sie hinweg.

Der Schatten eines Engels, mit Flügeln, gefolgt vom Rascheln der Federn, als der Hüter hinter ihr landete. In der verzweifelten, blödsinnigen Hoffnung, dass es Adrian sein könnte, zögerte sie kurz, bevor sie sich umdrehte – sie wollte ihre Enttäuschung noch ein wenig hinauszögern.

Eine Hand berührte ihre Schulter.

»Guten Morg …«, begann sie.

Ehe sie den Gruß beenden konnte, wurde sie ohnmächtig.

Adrian fuhr auf einer Harley nach Raceport hinein, die er erst eine Stunde zuvor gekauft hatte. Es war früher Nachmittag, und die meisten Minions würden irgendwo in der Dunkelheit versteckt sein, wo sie schliefen. Leider gab es in Raceport im Verhältnis zur Einwohnerzahl so ziemlich die meisten Gefallenen im ganzen Land. Nach all der Zeit schwirrten sie immer noch um Syre herum wie die Motten ums Licht.

Hätte Adrian einige Hüter oder ein Rudel Lykaner bei

sich gehabt, wäre er in einer deutlich besseren Position gewesen. Doch so dringend diese Mission auch erfolgreich sein musste, weigerte Adrian sich doch, jemand anderen in seinen persönlichen Rachefeldzug zu verwickeln. Dies war seine Schlacht, und die Folgen dessen, was er vorhatte, sollten allein ihn treffen.

Er setzte das Motorrad rückwärts in eine Parklücke vor einem Supermarkt. Über dem Laden war Syres Büro, wie Adrian wusste, weil er die Gegend ständig überwachen ließ – genau wie Angels' Point von Syres Leuten beobachtet wurde. Es gehörte zu dem sorgsam choreographierten Tanz zwischen ihnen, der auch dann noch das Gleichgewicht wahren sollte, wenn sich um sie herum alles veränderte und verschob.

Adrian stieg ab und schnappte sich das Gewehr, das er mitgebracht hatte. Er trug außerdem eine Pistole und einen Dolch bei sich, und sein Rücken kribbelte, weil er seine mächtigste Waffe würde einsetzen müssen. Der Zorn eines Engels pulsierte heiß durch seine Adern.

Noch bevor er die Außentreppe erreichte, die hinauf zum Büro führte, wusste Adrian, dass etwas nicht stimmte. Raceport war so belebt wie immer, weil es in dem Ruf stand, ein Mekka für Motorradfans zu sein, aber die wenigsten Leute würdigten Adrian eines zweiten Blicks. Als eine Gruppe von Frauen in Biker-Hosen von der anderen Straßenseite nach ihm rief und pfiff, reagierte kaum jemand sonst. Wäre Syre in der Nähe gewesen, hätten die Vampire diesen Zugang genauso gesichert, wie Adrian es in Angels' Point tat.

Nun stieg er unbehelligt die Treppe hinauf und betrat den Korridor oben.

Dort erst kamen zwei schemenhafte Gestalten auf ihn zugestürmt. Er erschoss sie, weil er in dieser Enge seine Flügel nicht benutzen konnte. Zwei weitere kamen von hinten, als er gerade bei Syres Bürotür war. Adrian stieß die Tür auf und schoss hinein, wobei er einen seiner Verfolger schreien hörte, als Sonnenlicht den Flur hinter ihm flutete.

Adrian warf die Tür zu und klemmte einen Stuhl unter die Klinke, ohne die Augen oder den Pistolenlauf von der Vampirin abzuwenden, die an Syres Schreibtisch saß.

»Hallo Adrian«, murmelte sie mit einem Lächeln, das ihre Augen nicht erreichte. Sonnenlicht fiel auf ihre nackten Arme und das schokoladenbraune Haar. Ihre hellbraunen Augen blitzten wie die einer Tigerin, doch Adrian erinnerte sich noch, wie sie so blau wie seine gewesen waren.

»Raven.«

»Er ist nicht hier.«

»Das sehe ich.«

»Er ist nicht mal in Virginia.«

Adrian ging zu dem einzigen Schrank im Raum, öffnete die Tür und sah kurz hinein.

»Hier sind nur du und ich«, versicherte sie ihm. »Und ich habe den Befehl, dich nicht zu töten.«

»Ah, dann spielen wir nach denselben Regeln.«

Mit einer geschmeidigen Bewegung stand sie auf, sodass Adrian ihren ultrakurzen Jeansrock sah, in dem sie sich unmöglich bücken könnte, ohne alles zu entblößen. Dazu trug sie eine Karobluse, die unter ihrem üppigen Busen verknotet war. Dieser Country-Girl-Look war bei den Männern in der Gegend zweifellos beliebt.

Raven kam um den Schreibtisch herum und strich sich mit den Fingerspitzen der rechten Hand über den linken Arm, während sie durch ihre langen dichten Wimpern zu ihm aufsah. »Du siehst gut aus, Adrian. Wirklich gut. Sex zu haben bekommt dir eindeutig.«

Er war dieses Spiel gewohnt und lächelte. Die Gefallenen provozierten die Hüter gern mit ihrer Sexualität, als wollten sie mit dem Grund ihres Niedergangs prahlen und die für ihre Abstinenz berühmten Hüter verhöhnen. »Wo ist er?«

»Wozu die Eile?« Sie kam näher und fuhr sich mit der Zunge über die Unterlippe.

Adrian ließ einen Flügel hervorschnellen, sodass Raven sich rasch wegdrehen musste, um nicht aufgeschlitzt zu werden. Sie landete bäuchlings auf dem Schreibtisch, und Adrian hatte ihr die Hände auf dem Rücken fixiert, ehe sie reagieren konnte.

Er beugte sich über sie und fauchte: »Wo ist er?«

»Du musst nicht gleich über mich herfallen«, erwiderte sie und versuchte sich zu befreien. »Er will ja, dass ich es dir verrate.«

Adrian wusste sofort, warum, und sein Bauch verkrampfte sich. »Er ist auf dem Weg nach Kalifornien.«

»Genau genommen«, schnurrte sie mit einem boshaften Grinsen, »ist er schon da.«

Syre wandte sich von dem Bett ab, in dem seine Tochter schlief, und verließ das Schlafzimmer der Hotelsuite, die er in Irvine gebucht hatte. Torque saß im Wohnzimmer auf der Couch, die Ellbogen auf die Knie gestützt, die Fingerspitzen unter dem Kinn aneinandergelegt. Vash lief unruhig auf und ab.

»Sie wurde einer Gehirnwäsche unterzogen«, zischte sie. »Ich weiß nicht, wie lange Adrian sie hatte, aber er hat sie gut trainiert. Sie wollte mich umbringen!«

Torque sah achselzuckend zu Syre auf. »Ich habe sie nicht in Aktion gesehen, aber ich habe Vashs Wunden versorgt. Shadoe hat sie wirklich ganz schön erwischt.«

Vashs langes Haar schwang bei ihren rastlosen Bewegungen hin und her. »Ich glaube nicht, dass dir Zeit bleibt, sie wieder zur Vernunft zu bringen. Es dauert Jahre, sie zu deprogrammieren, und der Lykaner, der bei ihr war, war der, der Nikki entführt hatte.«

Torque knurrte.

Syre fuhr sich mit der Hand durchs Haar. Vor einer Stunde hatte er eine SMS bekommen, dass Adrian in Raceport gewesen war. Inzwischen wusste der Anführer der Hüter, dass Lindsay Gibson nicht mehr in seiner Obhut war, und die Suche nach ihr würde bereits begonnen haben. Ihnen blieb wirklich nicht mehr lange, bevor es unmöglich wurde, den Bundesstaat zu verlassen, ohne dass Adrian es mitbekam. Falls Syre seine Tochter bis dahin nicht fertig in einen Vampir verwandelt hatte, würde sie alle nichts mehr retten können.

»Vielleicht solltest du sie erst verwandeln und es ihr hinterher erklären«, sagte Torque. »Wenn sie erst wieder Shadoe ist, hat sie keinen Grund mehr, uns zu hassen. Sie wird sich erinnern, was wir ihr bedeuten.«

Syre ging zur Verbindungstür und winkte die beiden weg. »Geht. Alle beide. Lasst mich mit ihr allein.«

»Das ist keine gute Idee«, entgegnete Vash. »Sie könnte versuchen, dich umzubringen.«

»Ohne den Lykaner, der ihr sagt, was ich bin – wie soll sie es wissen?«

»Du unterstellst, dass sie es nicht erkennt. Aber ich habe sie rennen sehen – und über eine verdammte Mauer springen, die zweieinhalb Meter hoch war! Sie ist nicht rein menschlich, auch wenn ich keinen Schimmer habe, was das ist, wonach sie riecht.«

Sie roch wie Adrian, was bei Syre Übelkeit auslöste. Er fand, dass sie erfahren sollte, warum sie all die Jahre gelitten hatte. Sie sollte sich daran erinnern, wie viel Adrians Verlangen sie gekostet hatte.

»Dann ist Shadoe kurz vor dem Durchbruch in Lindsay Gibson«, sagte er. »Und ich bin weit weniger gefährdet, als du vermutest. Jetzt geh. Hilf Torque, diesen Lykaner zu finden. Wo wir schon mal hier sind, sollten wir so viele Dinge erledigen, wie wir können.«

Die beiden gingen ins Nebenzimmer, allerdings nicht, ohne dass Vash ihm noch einen verärgerten Blick zugeworfen hatte. Lächelnd verriegelte Syre die Tür hinter ihnen. Vash hasste es, übertroffen zu werden. Und dass sie von ihrer eigenen Schülerin geschlagen wurde, wurmte sie enorm. Wäre Lindsay Gibson nicht der Körper, in dem die Seele seiner Tochter wohnte, wäre sie jetzt tot.

Er hörte das sanfte Quietschen der Matratze im Schlafzimmer und drehte sich zu der Tür um. Sein Herz pochte wie wild. Nie war er so kurz davor gewesen, sie endlich wiederzuhaben, denn Adrian hatte sie stets in seiner Nähe behalten und gewartet, dass Syre schwach wurde und kam, um sie sich zu holen. Der Hüter hatte ja keine Ahnung, wie viele Versuche Syre über die Jahre unternommen hatte. Doch immer war es praktisch unmöglich gewesen. Diesmal jedoch war es anders. Etwas hatte den Hüter dazu veranlasst, übereilt zu handeln, sie in die Öffentlichkeit, ja, sogar allein zu lassen ... Es musste an Lindsay Gibson selbst liegen und daran, wie dicht unter der Oberfläche Shadoe in ihr war. Vielleicht hatte Adrian die ganze Zeit exakt darauf gewartet.

Sie erschien in der Tür, ihr Blick so wachsam wie der eines Adlers. Der Blick einer Jägerin. Zunächst fixierte sie ihn, dann sah sie sich in dem relativ kleinen Raum um. »Was bist du?«

»Wie sehr soll ich ins Detail gehen?«

Für einen Sekundenbruchteil schien sie verwirrt. Sie sah ihm kein bisschen ähnlich, ebenso wenig ihrer Mutter oder ihrem Bruder, deren asiatische Herkunft unübersehbar war. Aber etwas in ihr erkannte ihn, und das verblüffte sie.

»Sehr«, sagte sie.

»Ich bin Syre. Ein Vampir.« Vor lauter Zuneigung musste er lächeln. »Und dein Vater.«

Lindsay starrte den unglaublichen scharfen Mann an, der nur wenige Schritte entfernt von ihr stand …

… und brach in ein hysterisches Gelächter aus, das aus dem Wirrwarr von Gefühlen in ihr aufstieg. Sie lachte, bis ihr Tränen über die Wangen liefen, ihr die Brust wehtat und das Lachen in ein scharfes, hicksendes Schluchzen überging.

Syre, dem es tatsächlich gelang, erschrocken auszusehen, machte vorsichtig einen Schritt auf sie zu. Lindsay hob eine Hand, um ihm Einhalt zu gebieten.

Er blieb stehen. Der Anführer der Vampire, der sie irgendwie von Angels' Point entführt hatte, ließ sich von ihr bremsen.

Er fügte sich ihren Wünschen. Und sie *kannte* ihn.

Dessen war sie sich aus unerfindlichen Gründen sicher. Sie kannte den gefallenen Engel, der ihr gegenüberstand und viel zu jung aussah, um ihr Vater zu sein. Er war umwerfend:

groß und elegant wie ein Hüter, nur viel dunkler. Und eindeutig gefährlich. Was sich nicht bloß auf sein Aussehen bezog, das definitiv auch gefährlich war. Sein schwarzes Haar und die karamellfarbene Haut ergaben zusammen mit toffeebraunen Augen einen exotischen Look, der einem den Atem raubte.

Die Vorstellung, dass er gegen Adrian antreten sollte, kam Lindsay wahnwitzig vor, denn sie schienen einander ebenbürtig.

»Wo sind wir?«, fragte sie. Um welche Hotelkette es sich handelte, hatte Lindsay bereits an den Logos erkannt, doch verrieten die den Ort nicht.

»Irvine.«

»Warum?«

Er bedeutete ihr, sich zu setzen. Wie Adrian zog sie auch der höfliche Vampiranführer aus unerfindlichen Gründen an. Und diesem Gefühl traute sie so wenig wie ihm. Vampire lockten ihre Opfer mittels ihrer Verführungskünste an und wiegten sie in trügerischer Sicherheit.

Lindsay ging stattdessen zu der kleinen Bar und nahm einen Korkenzieher aus der Schublade. Als Behelfswaffe war das Ding lachhaft, aber in der Not durfte man nicht wählerisch sein.

»Es besteht kein Anlass, dich zu verteidigen, *Tzel*«, murmelte er und setzte sich scheinbar völlig unbekümmert an den kleinen Esstisch.

»Nenn mich nicht so«, sagte sie, weil sie es hasste, Adrians Kosenamen aus dem Munde eines anderen zu hören.

»Warum nicht? Es ist dein Name.«

Sie schluckte, als sie eine neue Welle von Schwindelgefühl und befremdlichem Déjà-vu überkam. Nach den letzten paar Wochen war ihr das beinahe schon vertraut, was es jedoch nicht minder verstörend machte. »Mein Name ist Lindsay Gibson. Und mein Vater ist – war – Eddie Gibson.«

»Das trifft zu … für deinen sterblichen Körper.« Seine braunen Augen betrachteten sie ein bisschen zu intensiv. »Aber du trägst die Seele meiner Tochter Shadoe in dir.«

Lindsay merkte, wie sie blass wurde.

»Dachtest du, es wäre nur ein Spitzname, den Adrian für dich hatte?« Syres leicht raue Stimme war faszinierend. »Ein Kosewort vielleicht?«

Sie war sprachlos, denn er hatte ins Schwarze getroffen.

»Ah, wie ich sehe, hast du das gedacht.« Sein Lächeln wurde arrogant. »Ich wette, er hat dich einmal angesehen, und es gab kein Entkommen mehr. Er hat sich sofort voll und ganz auf dich gestürzt, nicht wahr? Hat dich geschickt und mit einer Entschlossenheit umworben, der du dich nicht entziehen konntest. Er hat dich behandelt, als wärst du das Kostbarste auf der Welt. Und wenn ein Seraph wie Adrian sich etwas in den Kopf gesetzt hat, bekommt er es auch.«

Lindsay lehnte sich an die Bar und legte eine Hand auf ihren Bauch. Ihr war schlecht, und das Atmen fiel ihr schwer.

»Du bist eine wunderschöne Frau, Lindsay. Sicher fand er die Verpackung ehrlich anziehend. Aber die Frau, die er begehrt, ist in dir – meine Tochter –, und er hält uns schon seit Anbeginn der Zeit voneinander getrennt.«

»Das ist nicht möglich«, flüsterte sie. Ihre Lippen waren ausgetrocknet. »Ich bin nicht von irgendeinem Geist besessen.«

Er hob sein Kinn. »Und wie erklärst du dir deine Schnelligkeit? Wie erklärst du dir, dass die erste Frage, die du mir beim Betreten des Zimmers stelltest, war ›*Was* bist du?‹ und nicht ›Wer bist du?‹? Du hast die Macht in mir mit Sinnen wahrgenommen, die denen deines sterblichen Körpers haushoch überlegen sind.«

Während sie ihn ansah, begann ihr rechtes Bein vor wachsender Beunruhigung zu zucken und zu zittern.

»Du fragst dich, wie das möglich ist«, fuhr er in diesem ruhigen, verlockenden Tonfall fort. »Du musst wissen, dass Shadoe tödlich verwundet wurde. Du warst damals schon eine Jägerin. Adrian liebte dich so sehr, dass er es nicht ertrug, dich zu verlieren. Ich hatte bereits entdeckt, dass ich meine Unsterblichkeit an andere weitergeben konnte, und er brachte dich zu mir, an der Schwelle des Todes, und bat mich, dich zu retten.«

Lindsay wurde erst bewusst, dass sie weinte, als ihr Tränen auf die Brust tropften.

»Ich zögerte nicht«, erzählte er weiter. »Ich setzte sofort den Verwandlungsprozess bei dir in Gang.«

»In einen Vampir?« Bei dem Gedanken wurde ihr übel.

Er lachte leise. »Adrians Reaktion war dieselbe. Er dachte, ich könnte dich heilen, ohne dich zu verwandeln. Du warst schon zu geschwächt, als dass sein Blut noch etwas hätte ausrichten können, aber er hatte gehört, dass die Verwandlung Einzelne bis an den Rand des Todes bringt, und er dachte, ich könnte dich von dort zurückholen. Was ich auch konnte, allerdings als Vampirin. Als ihm klar wurde, wozu du werden würdest, beendete er es, indem er dir einen Dolch ins Herz trieb.«

Sie krümmte sich innerlich bei der Vorstellung, was es Adrian gekostet haben musste, die Frau zu töten, die er liebte, um sie zu retten. Aber sie verstand es. Wie bei ihr waren auch in seinem Leben die schlimmsten Verluste durch Vampire verursacht worden. Natürlich wollte er seine Liebe eher verlieren, als dass sie zu einer seelenlosen, blutsaugenden Kreatur wurde.

»Aber es war zu spät. Du warst ein Naphil, eine der Nephalim, das Kind einer Sterblichen und eines Engels. Deine Seele war stärker als die eines bloßen Menschen. Sie hatte die Kraft eines Engels, jedoch ohne die Schwäche der Flügel. Ich hatte dir gerade genug Blut gegeben, um den nicht menschlichen Teil von dir unsterblich zu machen, bevor Adrian deinen Leib tötete. Und so kehrtest du wieder und wieder zurück, jeweils in anderen Hüllen, aber immer als meine Tochter.«

Immer als die Frau, die Adrian liebte. Eine Frau, die nicht sie war.

Lindsay straffte ihre Schultern. »Eine hübsche Geschichte, doch ich glaube sie nicht.«

»Warum sollte ich lügen?«

»Um mich gegen Adrian aufzuhetzen.«

Er schnalzte leise mit der Zunge. »Im Gegenteil. Ich kann ihn dir wiedergeben. Ganz und gar. Ich weiß, dass du das willst. Ich sehe doch, wie sehr du ihn liebst.«

»Was soll das heißen?«

Er stand auf und kam etwas näher. »Ich kann die Verwandlung abschließen, Lindsay. Ich kann dir Unsterblichkeit verleihen und die Seele in dir wiedererwecken, die Adrian liebt. Ich kann dir die Sterblichkeit nehmen, die dich für ihn zur verbotenen Frucht macht. Alles kann so sein, wie es von Anfang an hätte sein sollen.«

Sie lachte, was sich leider mehr wie ein schmerzlicher Aufschrei anhörte. »Ja, klar! Nimm Adrians Frau und mach sie zu einer Vampirin. Die ultimative Rache für den Verlust deiner Flügel. Es muss dich umbringen, diese roten Spitzen seiner schönen Federn zu sehen. Was für eine quälende Erinnerung daran, wie er dich verstümmelte.«

Syre nahm ihren Ausbruch ungerührt hin. »Ich hatte nicht erwartet, dass du mir glaubst. Würdest du ihm glauben?«

Ihr Herz setzte kurz aus. »Was?«

»Ruf ihn an.« Syres schöne Augen funkelten wie Edelsteine. »Frag ihn selbst.«

22

Elijah beobachtete das Eingangstor zur Anlage des Navajo-Lake-Rudels durch die Rückfenster des schwarzen Geländewagens, in dem er saß. Er hatte eine dunkle Vorahnung, die er einfach nicht abschütteln konnte. Obwohl Damien ihm versichert hatte, dass man ihm keine Schuld an Lindsays Entführung gab – sie war de facto in der Obhut der Hüter gewesen –, hatte man ihn umgehend hierher zurückgeschickt, statt ihn bei der Suche nach ihr helfen zu lassen. Genauer gesagt, war Adrians gesamtes Rudel hergeschickt worden, und für Adrian wurde ein neues zusammengestellt.

Allein die Extremität dieses Vorgehens sprach Bände, was das tiefe Misstrauen der Engel betraf. Lindsay war von Angels' Point aus verschleppt worden, was bedeutete, dass jemand dort in die Entführung verwickelt sein musste. Die Lykaner zu isolieren schien der erste Schritt, um die Schuldigen ausfindig zu machen.

Auch wenn Elijah erkannte, wie prekär seine eigene Lage war, galt seine Angst vor allem Lindsay. Als er erfuhr, welche Vampirin sie angegriffen hatte, war ihm speiübel geworden. Vash jagte ihn bereits wegen des Bluts, das sie in Shreveport gefunden hatten; dann wurde Lindsay mit ihm gesehen – wie sie von sich aus angriff. Egal, wie man es drehte und wendete, für seine Freundin sah es schlecht aus. Richtig beschissen. Elijah bezweifelte, dass Lindsay den Tag überleben würde, sofern sie nicht schon tot war.

Und er war weit weg, außerstande, ihr zu helfen. Das Tier in ihm knurrte nervös, weil es von der Leine gelassen werden wollte. Wäre er kein Alpha, hätte er schon vor Stunden die Kontrolle verloren. So hingegen erwog er zum ersten Mal im Leben, sich gegen einen Befehl zu stellen. Er hatte nicht genug Freunde, als dass er es ruhig hinnehmen könnte, einen zu verlieren, und Lindsay war etwas Besonderes. Sie hatte schon bewiesen, dass sie sterben würde, um ihn zu retten. Und er war ihr diesen Beweis umgekehrt noch schuldig.

Der Geländewagen hielt mitten in dem Außenposten an. Elijah stieg aus. Ein halbes Dutzend Vans reihte sich hinter ihnen ein, und der Rest von Adrians Rudel stieg aus.

Jason kam auf Elijah zu. »Du warst schnell hier. Gut. Ich habe die Zahl der Verdächtigen auf sechs einengen können. Einer von ihnen hat dein Blut gestohlen. Ich dachte, dass du sie vielleicht befragen willst.«

Elijah starrte den Hüter durch seine Sonnenbrille an. Diese Zurschaustellung von Kameradschaft machte ihn sofort misstrauisch, denn Jason hielt die Lykaner für wenig wertvoll. Gelegentlich waren sie nützlich, aber letztlich entbehrlich – und bisweilen behandelte er sie schlechter als Hunde.

Der Hüter klopfte ihm auf den Rücken und lächelte. »Ich dachte, das freut dich. Was guckst du mich so mürrisch an?«

Elijah trat zur Seite, wich der Berührung des Hüters aus. Er sollte hier als Lykaner ausgestellt werden, der enger mit den Engeln verbunden war als mit seinen eigenen Leuten. Deshalb hatte er in dem Geländewagen mitfahren müssen. Und deshalb wurde er jetzt von Jason herausgepickt. Elijah hatte gedacht, sie behielten ihn in der Nähe, weil sie seine Bestrafung vorbereiteten.

Und er hatte recht, nur nicht so, wie er es erwartet hatte.

Er ging zu den anderen Mitgliedern von Adrians Rudel und stellte fest, dass sie ihn trotzig und abweisend beäugten.

Rachel kam und zischte ihm zu: »Denkst du, du bist einer von ihnen?«

»Du bist sehr klug, Rachel. Du begreifst gleich, dass sie dich und mich gegeneinander ausspielen. Sie spielen uns alle gegeneinander aus.«

Jonas trat näher. »Du bist ein Alpha, Elijah. Was willst du dagegen tun?« Der rebellische junge Lykaner wies zu dem zehn Meter hohen Holzzaun, der die gesamte Anlage umgab. »Wäre ich ein Alpha, würde ich diesen Laden auseinandernehmen.«

»Und wohin dann?«, fragte Elijah.

Rachels Augen funkelten. »Ich verstehe nicht, wovor du Angst hast, El. Aber du musst dich entscheiden, auf welcher Seite du stehst. Lass Micah nicht umsonst gestorben sein.«

»Das kannst du mir nicht aufbürden.«

»Es liegt *alles* bei dir«, erwiderte sie frostig. »Auch wenn du nicht so denkst.«

Er wollte etwas entgegnen, doch sie wechselte ihre Gestalt und heulte. Auch der Rest des Rudels nahm geschlossen Wolfsgestalt an und umkreiste ihn, unterwarf sich ihm ganz offensichtlich.

Die Hüter in der Nähe entfalteten ihre Flügel. Ihre Augen loderten.

Jason kam näher, die Flügel in kampfbereiter Pose nach vorn gebogen. »Elijah …«

Das Rudel reagierte auf die angedeutete Bedrohung ihres

Alphas – die es selbst provoziert hatte –, indem es geschlossen nach vorn stürmte.

Schreie hallten durch die stillen Berge. Engel stiegen in die Luft auf, und eine endlose Schar von Lykanern in Wolfsgestalt krachte durch berstende Türen und Fenster ins Freie. Schüsse knallten, und lautes Heulen zerschnitt die Luft.

Elijah stand mitten im totalen Chaos und sah schockiert zu, wie alles, was er kannte, sich in Lachen von Blut, Fell und Federn auflöste. Die Schreie bohrten sich in seinen Verstand und hallten durch seine entsetzten Gedanken.

Eine Kugel schlug in seine Schulter ein, und die winzigen Silberpartikel verätzten sein Fleisch wie Säure. Die Lykaner wurden noch wilder, als sie sein Blut rochen. Da ihm keine andere Wahl blieb, wechselte Elijah seine Gestalt und stürzte sich in der Hoffnung, so viele Leben zu retten, wie er konnte, mitten ins Getümmel.

Adrian sah durch Syres Bürofenster auf die Straße hinunter. Vor Angst war ihm eiskalt. Mit jeder Sekunde, die verging, fühlte er, wie er tiefer in einem Strudel aus primitivem Zorn versank.

Sein Mobiltelefon klingelte. Er spürte Ravens misstrauischen Blick, als er es an sein Ohr hob. »Mitchell.«

»Adrian.«

Sein Atem explodierte fast in seiner Brust. »Lindsay! Wo bist du? Bist du verletzt?«

»Möchtest du mich nicht lieber *Tzel* nennen?«, fragte sie leise.

Er sackte auf Syres Stuhl. »Was hat er dir erzählt?«

»Eine lange Geschichte, aber die Quintessenz ist, dass ich die Frau, die du liebst, in mir trage. Ist das wahr?«

Er zögerte einen Moment, denn er hatte den unterschwelligen Schmerz in ihrer Stimme gehört. »Du trägst Shadoes Seele in dir, ja.«

Raven beobachtete ihn aufmerksam von ihrem Stuhl in der Ecke aus, und ihre Augen funkelten boshaft.

»Deshalb hast du mich am Flughafen angesprochen.«

»Zuerst war es ihretwegen«, gestand er. »Aber das hat sich geändert. Was zwischen uns entstanden ist, ist deinetwegen, Lindsay.«

»Du bist innerhalb weniger Wochen über die Frau hinweggekommen, die du seit Jahrhunderten liebst, und hast dich in mich verknallt?« Sie gab einen erstickten Laut von sich, der so unglücklich klang, dass es Adrian das Herz brach. »Nimm's mir nicht übel, aber das glaube ich nicht.«

»Ich kann es dir beweisen. Sag mir, wo du bist, wie ich dich finde. Wenn ich Syre töte, ist Shadoes Seele frei. Dann gibt es nur noch dich und mich.«

»Aber du hast dich gestern von mir verabschiedet, Adrian. Nicht wortwörtlich, doch es war ein Abschied. War es deshalb?«

»Nein, verdammt!« Er ballte die Hand um einen Füllfederhalter auf dem Schreibtisch zur Faust. »Es war, weil dein Körper und deine Seele wieder dir gehören, wenn ich Syre töte. Dann fühlst du das Böse um dich herum nicht mehr. Du wirst es nicht mehr spüren, wenn Leute in Wirklichkeit keine Menschen sind. Du wirst keine physischen Eigenschaften mehr haben, die du verbergen musst, und kannst normal sein. Ein normales Leben führen. All die kostbaren Erfahrungen der Sterblichen machen, für die du bisher keine Zeit hattest.«

Eine längere Zeit herrschte Stille, in der nur ihrer beider

Atmen zu hören war. Dann wurde am anderen Ende eine Tür geschlossen. »Syre sagt, er kann das regeln. Er kann es richten.«

Adrian beugte sich vor. »Hör nicht auf ihn! Er wird dir alles erzählen, nur damit er bekommt, was er will.«

»Er sagt, wenn er die Verwandlung abschließt, kannst du Shadoe wiederhaben. Und diesmal für immer. Unsterblich.«

»Scheiße, nein!« Der Raum drehte sich um ihn. »Das will ich nicht!«

»Nicht? All die Jahrhunderte … all die Inkarnationen … Du hast sie immer gefunden und immer geliebt. Und sie verloren … wieder und wieder. Jetzt gibt es die Chance, das zu beenden.«

»Er irrt sich, Lindsay.« Adrian hörte, dass er vor Verzweiflung heiser klang, und wunderte sich, dass sie es nicht merkte. »Er denkt, dass Shadoes Naphil-Seele – die teils Engel ist – stärker als deine wäre. Als sie noch lebte, mag das zugetroffen haben. Aber das ist sie nicht mehr. Sie ist ein blinder Passagier in *deinem* Körper. Deine Seele hat mehr Macht über deinen Körper als ihre. Du bist nicht wie ihre Inkarnationen vorher. Du fühlst ihre Impulse, aber du kannst sie ignorieren. Die ganze Zeit über, seit wir uns begegnet sind, bist du immer *du* geblieben. Wenn du Syre die Verwandlung vollenden lässt, wird ihre Seele frei sein, deine aber stirbt, und was übrig bleibt, ist eine Blutsaugerin. Das willst du nicht. Und ich will es auch nicht.«

Er hörte ein leises Schluchzen.

»Lindsay.« Seine Augen brannten, und seine Lunge stand in Flammen. »Bitte, bitte tu das nicht. Lass mich zu dir kommen, mit dir reden. Du hast die letzten vierundzwanzig Stunden eine Menge durchgemacht. Verständlicherweise hast du noch nicht einmal den Tod deines Vaters verarbeitet, und du brauchst Zeit zum Nachdenken. Um dich zu erholen. Lass mich für dich da sein, so wie du es für mich warst.«

»Hierfür brauche ich keine Zeit zum Nachdenken. Egal, wie die Verwandlung ausgeht, du wärst endlich frei. Ob du mit oder ohne sie frei bist, dieser entsetzliche Kreislauf deines Leids wäre endlich durchbrochen.«

Der Füllfederhalter in seiner Hand zerbrach, und schwarze Tinte spritzte über den Schreibtisch. »Ich kann dasselbe bewirken, indem ich Syre töte. Er hat die Verwandlung in Gang gesetzt, und er ist der Einzige, der sie abschließen kann. Lass mich das regeln.«

»Adrian …«

»Ich liebe dich, Lindsay. *Dich*, nicht sie. Ich habe sie mal geliebt, aber jetzt nicht mehr. Nicht wie früher, und zwar schon lange nicht mehr. Das ist mir letzte Nacht klar geworden. Und ich habe sie nie so geliebt wie dich. Ich flehe dich an … tu das nicht.«

»Ich glaube dir, dass du mich liebst«, flüsterte sie so leise, dass er sie kaum hören konnte. »So gut du kannst. Und das ist noch ein Grund, es zu beenden. Solange ich irgendwo auf der Welt existiere, wirst du mich nie loslassen können. Das höre ich an deiner Stimme. Du wirst dich zermartern, bis du völlig gebrochen bist. Und das kann ich nicht zulassen. Wenigstens wirst du von mir ablassen, wenn ich verwandelt bin. Denn als Vampirin willst du mich sicher nicht.«

Adrian sprang auf, und sein Blackberry knackte ein bisschen, so fest umklammerte er es. »Lindsay!«

»Ich liebe dich, Adrian. Lebe wohl.«

Lindsay kam frisch geduscht aus dem Schlafzimmer und fühlte sich innerlich wie äußerlich gereinigt. Am Esstisch saß Syre, geduldig wartend. Lindsay hatte den Eindruck, dass er der Typ Mann war, der über Stunden vollkommen stillsitzen und mit unendlicher Geduld abwarten konnte. Er strahlte dieselbe Selbstbeherrschung und Macht aus wie Adrian. Adrian, dessen Stimme unter der Wucht seiner Gefühle mal schneidend, mal brüchig geworden war. Lindsay machte ihn mit jedem Tag mehr zu einem Menschen und schwächte ihn dadurch in einer Zeit, in der er besonders stark sein musste. Syres Anblick machte ihr das umso deutlicher. Der oberste Vampir war eine Kraft, die man nicht unterschätzen durfte, und seine Stellvertreterin war eine mordende Irre. In nächster Zeit musste Adrian frei von Ablenkungen sein, wenn er das hier überstehen wollte.

»Bist du bereit?«, fragte Syre und richtete sich mit einer bemerkenswert anmutigen Bewegung auf.

Sie nickte. »Ja, ich bin bereit.«

Er bedeutete ihr, ins Schlafzimmer zurückzugehen.

»Kannst du mir erklären, was geschieht?«, fragte sie, während sie sich, seiner wortlosen Anweisung folgend, aufs Bett legte. Ihr Herz raste so sehr, dass sie fürchtete, einen Infarkt zu bekommen.

Der Anführer der Vampire setzte sich neben sie auf die Bettkante und nahm ihre Hand. Er sah ihr direkt in die Augen, und seine Züge wurden weich vor Zuneigung. Allein sein Aussehen verriet ihr schon, was für eine Augenweide Shadoe gewesen sein musste. Eine exotische Schönheit, deren Liebe Adrian auf ewig versklavte.

»Ich werde von dir trinken.« Seine Stimme war so wohlig berauschend wie gewärmter Kognak. »Ich werde dich bis an den Rand des Todes leer trinken. Dann fülle ich deine Adern wieder mit meinem Blut, und das wird dich verwandeln.«

»Meine Seele stirbt?«

Er sah sie einen Moment lang an, als erwöge er, sie zu belügen. Dann nickte er. »Sterbliche Seelen überstehen die Verwandlung nicht. Aber falls es dir ein Trost ist: Ich glaube, dass Shadoe über die Zeit einiges von dir absorbiert hat. Vielleicht existiert ihr auf die Weise gemeinsam weiter, du also auch. Ich denke nicht, dass du vollends verloren gehst.«

»Aber du weißt es nicht.«

»Nein. Weil du einzigartig bist.«

Sie atmete zittrig aus. »Okay. Ich bin so weit.«

Syre strich ihr das Haar aus der Stirn. »Du liebst ihn wahrhaftig. Ich wünschte, ich könnte verstehen, warum. Jedes Mal, wenn du zurückkehrst, liebst du ihn wieder.«

Sie schloss die Augen. »Bitte, bringen wir es einfach hinter uns.«

Sie fühlte die Feuchtigkeit seines würzigen Atems auf ihrem Handgelenk, dann seinen Biss.

Lindsay trieb in einem seltsam warmen Zwischenstadium dahin. Als würde sie auf dem Rücken schwimmen, ohne jedes Gefühl für Zeit und Raum.

Um sie herum wallten Wogen von Erinnerungen auf. Einige waren ihre, die meisten jedoch nicht. Fasziniert betrachtete sie die Bilder, die Ereignisse wie im Film. So viele Versionen ihrer selbst, als wäre sie nur eine Darstellerin mit einer Vielzahl von Rollen in einem unendlichen Schauspiel. Die Orte und Epochen wechselten rasant.

Vage nahm sie ein fernes Brennen war. Rauch und Flammen züngelten an den Rändern ihrer Erinnerungen, erhitzten das Wasser, bis es sich an ihrer nackten Haut unangenehm anfühlte. Sie versuchte wegzuschwimmen, dann unterzutauchen, doch unter der Wasseroberfläche war nichts als eine endlose Leere und das eigenartig verlockende Gefühl eines Abgrunds, der sie zu verschlingen drohte.

Lindsay durchbrach die Oberfläche wieder und kehrte in die Horizontale zurück, um ihre Beine von dem verführerischen Sog fernzuhalten.

Es gab kein Entkommen aus der zunehmenden Hitze.

»Bald ist es vorbei.«

Sie drehte sich nach der Stimme um und entdeckte eine Frau, die ganz in der Nähe trieb. Eine exotische, atemberaubend schöne Frau. Eine Frau, deren maßlose Schönheit unglaublich gut zu Adrians dunkler Pracht passen würde.

»Shadoe.«

Shadoes Mundwinkel hoben sich. »Hallo Lindsay.«

Sie streckte die Hand aus und verwob ihre Finger mit Lindsays. Sogleich floss eine wohltuende Kälte Lindsays Arm hinauf. In ihrem Kopf erschienen lauter Bilder von Syre mit einer schönen Asiatin. Sie lachten, spielten, jagten zwei kichernde Kinder durch das hohe Gras einer Wiese. Syre hatte Flügel, große, herrliche Flügel von einem Azurblau, das perfekt zur Farbe seiner Augen passte. Sie breiteten sich aus und zeigten Syres Freude, als er das kleine Mädchen hochhob und auf die Stirn küsste. Lindsay spürte den Druck seiner Lippen auf ihrer Haut, fühlte die väterliche Liebe, als gälte sie ihr.

Syre setzte Shadoe wieder ab und lief seinem Sohn nach, einem bezaubernd tapsigen kleinen Jungen. Shadoe ging zu ihrer Mutter, die ein Picknick vorbereitete. Sie saß auf einer Decke und warf kleine Stücke irgendeines Gemüses bis zum Rand der Lichtung, wo das Gras endete und der Wald begann.

Eine kleine Kreatur erschien, anscheinend ein Kaninchen mit flauschigem weißem Fell. Es folgte der Gemüsespur zu Shadoe, die ihm mit den Fingerspitzen den Kopf streichelte. Als die Kreatur wagemutiger wurde und die Vorderpfoten auf Shadoes Bein legte, lachte Shadoe verzückt und hob das Tier hoch, wie Syre es eben mit ihr getan hatte. Sie stupste ihre sommersprossige Nase gegen die des niedlichen Tiers, dann vergrub sie ihr Gesicht an seinem Hals.

Der Schrei des Tiers erschreckte Lindsay so sehr, dass sie zusammenzuckte und unter die Welle sank. Die Erinnerung entglitt ihr, erfasst von der brodelnden Strömung nahe dem brennenden Ufer, doch zuvor nahm Lindsay noch den schweren Geruch von Blut wahr und das satte Rot, das in das reine Weiß sickerte. Wie bei Adrians Flügeln.

Sie strampelte zurück an die Oberfläche und keuchte vor Angst, Faszination und wachsendem Hunger. Der Blutgeruch machte sie rasend, und ihr wurde der Mund wässrig vor Verlangen, es ebenso gierig zu trinken wie Shadoe.

Shadoe grinste über Lindsays Prusten und Keuchen. Der weibliche Naphil trieb anmutig auf dem Rücken, die Hände unter dem Kopf verschränkt. Ihr dunkles Haar aufgefächert, ebenso wie die hauchdünnen, durchscheinenden Röcke ihres Kleids. Sie sah wie eine Nymphe aus, schön und verführerisch.

»Du warst schon als Kind ein Vampir«, sagte Lindsay vorwurfsvoll.

»Nein. Die Nephalim dürstete bereits vor dem Fall der Wächter nach Blut. Unsere Engelhälften brauchten die Lebensenergie anderer.« Da war kein Anflug von Entsetzen oder Reue in ihrer Stimme. Keine Scham, keine Verlegenheit.

Lindsay bemühte sich, dem Ganzen einen Sinn abzuringen. Die enorme Hitze ebbte langsam ab, und sie empfand wieder eine träge Ruhe. Ihr war nach einem Nickerchen, danach, in der seidigen Umarmung der Erinnerungen um sie herum zu versinken.

»Er liebt mich schon ewig«, sagte Shadoe gelassen. »Wie besessen.«

»Weiß ich.«

Neue Erinnerungen schwappten über sie hinweg. Einige von ihnen kannte sie aus ihren Träumen, und nun ergaben sie einen Sinn. Jedes Bild, jede Szene fing Adrian in Momenten der Lust und Leidenschaft ein. Lindsay beobachtete sie voller Eifersucht. Sie schloss die Augen, doch das nützte nichts. Die Erinnerungen waren in ihrem Kopf, flüsterten, lockten, flehten. Lindsay wollte schon wieder unter die Wellen tauchen, um ihnen zu entkommen, als sie sich selbst sah. Prompt hörte sie auf zu strampeln und nahm die Bilder in sich auf, durchlebte die zärtlichen Augenblicke mit Adrian erneut.

Ich brauche dich, Tzel.

Schmerz durchzuckte sie, als sie begriff, was das bedeutete: Während er mit ihr schlief, hatte er an eine andere gedacht.

Die Erinnerungen flossen weiter, gönnten ihr keine Ruhe.

Nimm mich, Neshama sheli.

Sie schrie unter der Hitze der Gefühle, die Adrian ausstrahlte, als er sie bat, alles zu nehmen, was er ihr anbot.

»Was heißt das?«, fragte sie Shadoe. Ihre Stimme war heiser vor Herzschmerz und Sehnsucht. »*Neshama sheli*?«

»Es heißt ›meine Seele‹. Es ist eine Koseform.«

Lindsay überlegte. Während die Erinnerungen um sie herum wirbelten, immer schneller zu einem Strudel wurden, der nach unten driftete, bemerkte sie, dass sich seine Kosenamen für sie geändert hatten, je weiter ihre Beziehung fortschritt. Am Ende hatte er sie nur noch seine Seele genannt. Nicht Shadoes. Seine.

Nein, Tzel. *Ich werde dich befreien. Ich lasse dich gehen …*

Er hatte sich von Shadoe verabschiedet, nicht von Lindsay.

Sie stieß sich wieder nach oben, kämpfte gegen den enormen Sog des Strudels. Lindsay schrie, rief nach Hilfe und ertrank in der plötzlichen Erkenntnis, wie falsch sie ihre Träume der letzten Nacht gedeutet hatte.

Adrian liebte sie. Und sie war verrückt genug nach ihm, um für sein Glück zu sterben. Dabei schien es, als wäre sie die Frau, die ihn glücklich machte.

Sie würde ihn nicht aufgeben. Sie weigerte sich, das zu tun. Er kannte sie in- und auswendig. Von Anfang an hatte er ihr erlaubt, ihren Weg selbst zu bestimmen, und was sie auch wählte – das Hotel oder die Jagd, mit oder ohne ihn –, er hatte dafür gesorgt, dass sie es tun konnte und sicher war. Bei ihm durfte Lindsay sie selbst sein, und so würde er sie lieben. Sie ehren.

Mit aller Kraft kämpfte Lindsay gegen den erbarmungslosen Sog des nun schimmernden Abgrunds unter ihr, aber die Erinnerungen um sie türmten sich höher und höher auf, und die Bilderfolgen am Himmel über ihr schienen in immer weitere Ferne zu treiben.

»Shadoe!«, brüllte sie. »Du wirst ihn nie ganz haben. Nie wieder!«

Eine Hand schnellte herab und packte Lindsays Handgelenk. Shadoe beugte sich über den Rand des Abgrunds; ihr langes schwarzes Haar fiel, einem seidigen Vorhang gleich, um ihr liebreizendes Gesicht.

»Ein Teil von ihm gehört jetzt mir.« Lindsay wimmerte, als ihr der Arm ausgerenkt wurde, weil es sie in zwei entgegengesetzte Richtungen zog. »Du kommst mir nicht wie eine Frau vor, die gern teilt.«

»Und du bist eine?«

Lindsay biss vor Schmerz die Zähne zusammen. »Ich nehme, was ich von ihm haben kann«, sagte sie angestrengt. »Wenn er manchmal an dich denkt, kann ich damit leben. Kannst du damit leben, dass er meinen Körper liebt, wenn er mit dir zusammen ist?«

Shadoes Augen verengten sich. Dann verzogen sich ihre vollen roten Lippen zu einem Lächeln. Sie ließ Lindsays Arm los, und Lindsay fiel dem gleißenden Licht unter ihr entgegen.

»*Shadoe!*«

Ihre Rivalin machte einen Kopfsprung in den Abgrund, rauschte mit ausgestreckten Armen an Lindsay vorbei, die Hände wie zu einer schmalen Klinge zusammengelegt. Sie durchschnitt das Licht und verschwand in ihm.

Sofort kehrte sich die Richtung des Strudels um, und er trug Lindsay empor. Sie hielt den Atem an, als ihr die bewegten Bilder entgegenschossen, und schloss die Augen.

Sie wurde aus dem Wirbel herausgeschleudert und rang nach Luft, als ihr klar wurde, was soeben passiert war.

Lindsay setzte sich erschrocken auf und fand sich in einem fremden Bett wieder. Blinzelnd stellte sie fest, dass Kent Magus auf einem Stuhl neben ihr saß.

»Kent?«, fragte sie. Sie war schweißgebadet, so sehr, dass die Decke und das Laken unter ihr auch durchnässt waren. Etwas Hartes klapperte in ihrem Mund. Sie spuckte es aus. Dann noch einen Brocken. Angewidert sah sie ihre beiden Eckzähne in ihrer Handfläche an. »Was tust du in meinem Traum?«

Kent starrte sie an und runzelte die Stirn. »Lindsay? Wo ist Shadoe?«

»Bist *du* auch scharf auf sie?« Sie stutzte. Kents schöne Züge hatten eine befremdliche Ähnlichkeit mit denen der Frau, von der Lindsay sich gerade in ihren Gedanken verabschiedet hatte – oder mit ihrer Seele. Wo oder wie auch immer. »Sie ist fort und kommt nicht mehr zurück. Sie ist … nun an einem besseren Ort.«

»Scheiße«, flüsterte er und fuhr sich so mit der Hand durchs Haar, dass sich die kurzen Strähnen aufstellten.

»Was machst du hier?«

Er rieb sich die verweinten Augen. »Ich bin dein … Ich bin Shadoes Bruder Torque.«

»Oh. Und ich dachte, du wärst mein Nachtbuchhalter.« Stöhnend sank sie zurück auf das klamme Laken. Sie war verrückt und starb. Keiner konnte sich so mies fühlen wie sie und es überleben. Heftige Schauer schüttelten sie, als würde sie erfrieren. Dabei verbrannte sie. Ihr Mund fühlte sich wie mit Watte gestopft an, die nach Aschenbecher schmeckte. Ihr Magen grummelte vor Übelkeit, und in ihrem Schädel hämmerte es so gnadenlos, als wollte sich etwas aus ihm herauskämpfen.

Doch die Erkenntnis der grundlegenden Realität war nun, da sie aufgewacht war, noch schlimmer: Sie war nach wie vor Lindsay, immer noch verrückt nach Adrian, und sie war eines von den Wesen, die sie beide hassten und jagten – ein Vampir.

23

Adrian sah den Rauch von den Überresten der Gebäude des Navajo-Rudels aufsteigen, noch ehe er dort ankam. Als Damien den Geländewagen durch das Tor lenkte, bot sich ihnen der Anblick einer wahren Kampfzone. Die Anlage war größtenteils zerstört, überall brannte es. Wo einst das Lager für Kryokonservierung gewesen war, klaffte ein verkohlter, mehrere Meter tiefer Krater im Boden. Keine einzige Fensterscheibe war mehr heil. Federn sprenkelten den Boden zwischen Dutzenden nackter Leichen.

Zum ersten Mal seit zwei Tagen schaffte es ein Gefühl durch die dichte Wolke von Kummer in Adrians Kopf.

Er stieg aus dem Geländewagen und betrachtete die Verwüstung. Während er sich die dumpf schmerzende Brust rieb, fragte er: »Wie viele Hüter haben wir verloren?«

»Fünf, einschließlich Jason.«

Mehr Verluste innerhalb von Stunden, als sie über Jahrhunderte hatten hinnehmen müssen, sowie zwei Stellvertreter, die sie in einem Monat verloren hatten. »Wie viele Lykaner wurden getötet?«

»Fast dreißig.« Damien sah blass und verhärmt aus. »Wobei wahrscheinlich einige von ihnen auch geflohen und anderswo ihren Wunden erlegen sind. Es gibt einige, die uns treu geblieben sind, allerdings weiß ich nicht, wie nützlich sie uns sein können. Die anderen Lykaner werden sie töten wollen, sobald sie welche von ihnen erwischen.«

Adrian schritt durch den zerstörten Außenposten. Dies war der bisher schlimmste Schlag und höchstwahrscheinlich der Auftakt zur Vernichtung der Hüter.

Ausgerechnet jetzt war er in schlechter Verfassung. Alles wirkte grau und verschwommen, als würde er die Welt durch eine gesprungene, verdreckte Glasscheibe betrachten.

Wo war Lindsay? Wie ging es ihr? Hatte sie die Verwandlung durchgemacht? Genoss Syre in diesem Moment die Rückkehr seiner Tochter nach Jahrhunderten, in denen sie getrennt gewesen waren?

Der Gedanke, Shadoe in Lindsays Körper zu begegnen, fühlte sich wie tausend Rasierklingen an, die ihn schnitten; doch er wusste, dass es so kommen würde, wenn die Verwandlung, wie von Syre prophezeit, stattgefunden hatte. Adrian hatte keine Ahnung, ob er solch eine Begegnung überstehen würde. Er konnte nur beten, dass der Schöpfer ihm diese Qual ersparte.

Er zwang seinen verstörten Geist, sich auf das Entsetzliche zu konzentrieren, mit dem sie konfrontiert waren. »Hat sich die Nachricht schon zu den anderen Rudeln herumgesprochen?«

»Nicht zu allen«, antwortete Damien ernst. »Aber wir konnten die Rudel in Andover und Forest River seit gestern Morgen nicht mehr erreichen.«

Adrian kehrte zu dem Geländewagen zurück, um die Geräte und Werkzeuge hinten aus dem Laderaum zu holen. »Dem Protokoll entsprechend, werden wir die Leichen verbrennen und alles hier einebnen. Es dürfen keine Spuren bleiben, die Neugierige entdecken könnten.«

»Ja, Captain.«

Ihn fröstelte, weil er mit Dienstgrad angesprochen wurde. »Wenn wir wieder in Angels' Point sind, solltest du mit Oliver zusammen überlegen, wie jetzt weiter verfahren werden soll. Bis übermorgen müsstet ihr einen Ersatz für mich gefunden haben.«

»Adrian!«

Er spürte Damiens Blick, und die anderen Hüter, Malachai und Geoffrey, kamen näher.

»Es tut mir leid«, sagte er grimmig. Seine Kehle war eng vor Reue. Es war seine Pflicht, seine Männer zu unterstützen, ihnen Mut zu machen und sie zu motivieren, wenn die Moral ins Wanken geriet. Aber er war ja selbst verloren. »Ich habe euch alle enttäuscht. Ich hätte schon zurücktreten sollen, als ich fiel. Vielleicht hätte dann all dies verhindert werden können.«

Lindsay, wo bist du?

»Ich dachte immer, deine Fähigkeit zu menschlichen Emotionen wäre ein Zugewinn für uns«, sagte Damien.

Malachai neben ihm nickte.

Geoffrey, ein wortkarger Seraph, zuckte mit den Schultern. »Ich würde lügen, wenn ich behauptete, dass ich noch nie eine Sterbliche attraktiv fand.«

Adrians Flügel zuckten ungeduldig, während er einen Moment brauchte, um zu entscheiden, was er sagen sollte. »Eventuell sollten wir alle Hüter nach Angels' Point rufen. Ein gemeinsames Nachdenken könnte uns die Antworten und die Kraft geben, die wir brauchen.«

»Ich schöpfe Kraft aus dir, Captain«, sagte Malachai mit stiller Überzeugung.

Wie konnte das sein, fragte Adrian sich, wo er doch nichts

mehr zu geben hatte? Er wusste nicht, ob es noch verborgene Reserven in ihm gab, denn er fühlte sich vollkommen ausgelaugt.

Lindsay, wo bist du?

Die Ader pulsierte und pochte vor Leben, pumpte nährstoffreiches Blut durch den Körper des Zimmermädchens.

Lindsay hörte jeden Herzschlag der Frau, als hätte sie ein Stethoskop im Ohr. Ihre Eckzähne wurden länger, und ihr lief das Wasser im Mund zusammen. Sie ballte die Fäuste, um gegen den Drang zu kämpfen.

Unweit von ihr saß Syre auf einem kleinen Sofa, die Ellbogen auf die gespreizten Knie gestützt und den Kopf in die Hände. Auch wenn er sein Gesicht gesenkt hielt, wusste Lindsay, dass sein Blick leer war. Er trauerte, und sein Schmerz war in dem Hotelzimmer deutlich zu spüren.

Torque stand vor dem kleinen Kühlschrank der Minibar, wo noch die Blutbeutel lagen, die sie geleert hatten, während sie ihr bei der Verwandlung zusahen. Er beobachtete sie zu aufmerksam, suchte wohl nach seiner Schwester in ihr oder nach irgendeinem anderen Wunder.

Und Lindsay saß an dem kleinen Esstisch und wartete, dass die rothaarige Mörderin aufkreuzte. Ungeduldig und nervös ließ sie ihr Mobiltelefon auf dem Tisch kreiseln. Das rote Blinklicht oberhalb des Displays sagte ihr, dass sie Mailboxnachrichten von Adrian und Elijah hatte, aber die wollte sie sich nicht anhören. Sie war viel zu ausgehungert, wie ein Junkie, der nach seinem nächsten Schuss gierte, zittrig und von Übelkeit geplagt. Ihr Körper lechzte nach Nahrung, aber alles in ihr sperrte sich gegen die Vorstellung, Blut zu trinken.

»Das ist nur psychisch«, hatte Torque ihr erst morgens gesagt. »Probier mal, und wart's ab.«

Er war nett und rücksichtsvoll, genau wie Syre. Trotzdem kam Lindsay sich wie eine Betrügerin vor. So wohl sie sich bei Adrian gefühlt hatte, so unbehaglich fühlte sie sich bei den Vampiren. Sie wussten nicht, dass sie einen Großteil ihres Lebens Jagd auf sie gemacht hatte. Und noch weniger war ihnen bewusst, dass sie nicht aufhören würde, ehe sie Vashti getötet hatte.

Mit jener Tötung würde ihr Leben enden, dessen war Lindsay sich sicher. Die anderen würden sie umbringen, was ein Segen wäre. Sie hatte ja nichts mehr. Ihre Eltern waren tot, sie musste Blut trinken, um zu überleben, und Adrian würde sie hassen, falls er sie sah. Er hatte Shadoe getötet – die Frau, die er obsessiv geliebt hatte und für die er in Ungnade gefallen war –, weil er es nicht ertragen hatte, sie zum Vampir werden zu sehen.

Draußen stöhnte der Wind den Laubengang entlang, der den Innenhof umgab. Der Klagelaut brach Lindsay das Herz – auch Adrian trauerte.

Das Zimmermädchen verließ fluchtartig die Suite, als wären die Höllenhunde hinter ihr her. Natürlich war ihr die Anspannung im Zimmer nicht entgangen. Lindsay fragte sich, was die Frau tun würde, wenn sie wüsste, dass sie als Nachmittagssnack in Betracht gezogen worden war.

Gerade schloss sich die Tür, da wurde sie plötzlich wieder nach innen aufgestoßen. Vash trat in ihren hochhackigen Stiefeln ein, als gehörte ihr die Welt.

Lindsay spürte, wie Blutgier und Aggressivität in ihr explodierten. Ihre Nasenflügel bebten, und ihre Augen fixierten die Frau, die sie schon ewig töten wollte. Ihre Sinne waren nun so geschärft, dass es sie überwältigte, aber sie würde keine Gelegenheit haben, sich an sie zu gewöhnen. In ungefähr dreißig Minuten dürfte sie es hinter sich haben.

Vash warf sich ihr langes Haar über die Schulter, sah Lindsay und erstarrte, als sich ihre Blicke begegneten.

»Oh, Scheiße«, murmelte Vash in dem Moment, in dem Lindsay schon quer durchs Zimmer schoss.

Sie schleuderte die Vampirin auf das kleine Sofa und verfehlte dabei Syre nur knapp, der unglaublich schnell auf- und aus dem Weg sprang. Das Sofa brach in der Mitte durch und klemmte die beiden Frauen ein wie ein Taco, sodass Vash wenig tun konnte, um ihre Halsschlagader zu schützen. Mit ausgefahrenen Reißzähnen biss Lindsay tief hinein. Ihre Faust durchschlug die Polster des Sofas, und sie tastete nach einem abgebrochenen Stück Holz des Rahmens. Vash wand sich unter ihr und fluchte gurgelnd.

Die Erinnerungen der Vampirin prasselten mit der Wucht eines Wasserfalls auf Lindsay ein – Vashs Geschichte, die in ihrem Gefallenenblut bewahrt wurde. Die Lebenskraft, die Hüter wie Gefallene zum Überleben brauchten.

Lindsay gab die Vampirin mit einem Stoß wieder frei und stolperte rückwärts, um sich auf den Couchtisch zu setzen. Mit dem Handrücken wischte sie sich den blutigen Mund ab und merkte, wie der Raum sich zu drehen begann, weil ihr vom Rausch des Nährens und der überraschenden Entdeckung, dass Vash unschuldig war, schwindlig wurde.

»Du warst es nicht!« Sie griff sich an den pochenden Schädel, benommen von den unzähligen Erinnerungen, unter denen sie keine an den Tod ihrer Mutter gefunden hatte.

Vash rappelte sich auf, eine Hand an ihren blutenden Hals gepresst. »Das war dein zweiter Freibrief, du irre Schlampe.

Das nächste Mal wird es dich was kosten, wenn du mich anfällst.«

»Und wenn schon«, murmelte Lindsay. Es war erdrückend, dass sie wieder einmal vor der Aufgabe stand, die Nadel im Heuhaufen zu finden. Und sich dabei über Jahre von Blut ernähren zu müssen war alles andere als reizvoll. Sie würde zu einem jener Monster werden, die sie jagte, und während der Suche nach dem Mörder ihrer Mutter wäre es der Gipfel der Verlogenheit, anderen anzutun, was ihr angetan wurde. »Tu mir einen Gefallen, und erlöse mich aus meinem Elend.«

»Einen Scheiß werde ich«, sagte Vash, bevor sie Lindsay einen Roundhouse-Kick gegen den Kopf verpasste.

Lindsay sah nicht mehr, wie ihr der Teppichboden entgegenrauschte.

Adrian warf seine Reisetasche aufs Bett und breitete seine Flügel aus, um ein wenig von der wahnwitzigen Spannung aus seinen Schultern zu nehmen. Er wollte ins Bad gehen, um zu duschen, als an die offene Tür seines Schlafzimmers geklopft wurde.

Adrian blieb stehen und blickte zu Oliver, dessen Miene genauso ernst war wie die aller anderen in den letzten drei Tagen. »Ja?«

»Darum wirst du dich kümmern wollen, Captain.«

Bei Olivers Tonfall verspannte Adrian sich noch mehr. »Was gibt's?«

»Am Tor sind drei Vampire.«

Wütend ging Adrian hinaus auf die Veranda und flog zum Ende der Auffahrt, wo er direkt vor dem Tor landete. Das Wachhaus war leer, weil keine Lykaner mehr auf dem Anwesen waren. Dass Adrian allein herkam, war waghalsig und unvernünftig. Es bewies nur, wie wenig Wert er gegenwärtig auf sein eigenes Leben legte.

Ein Wagen mit dunkel getönten Scheiben wartete draußen auf der Straße, bereit, den Hügel hinunter davonzufahren. Torque stand auf der anderen Seite des Tors, Raze neben ihm.

»Wo sind deine Hunde, Adrian?«, knurrte Raze. Seine dicken Vampirlippen kräuselten sich, als er sich umsah. Seine Augen waren von einer Sonnenbrille verdeckt.

»Die brauche ich nicht, um mit euch fertig zu werden.«

Torque wippte mit dem Fuß. »Ich habe ein Geschenk für dich.«

Adrian wurde eiskalt. Dennoch gab er sich gelangweilt und sagte ruhig: »Solange es nicht Lindsay Gibson ist, interessiert es mich einen Dreck.«

»Sie ist es. Und sie stirbt.«

Erstmals seit Tagen setzte Adrians Puls kurz aus. Torque würde Shadoe niemals herbringen, sondern nur Lindsay, die Frau, zu der Syre keine Verbindung hatte. Aber Adrian musste sich sicher sein. »Shadoe?«

Torque schüttelte den Kopf. »Sie ist weg. Und Lindsay will sich nicht nähren. Abgesehen von dem, was sie bei dem Biss in Vashs Hals abbekommen hat, hat sie keinen Tropfen getrunken. Ihr Herzschlag ist so langsam, dass ich schon dachte, wir kriegen sie gar nicht lebend bis hierher.«

Adrian flog über das Tor und riss die Wagentür auf, ehe Torque mehr sagen konnte. Lindsay lag auf der Rückbank, ihre einst goldene Haut blass wie Alabaster. Mit seinen Flügeln schirmte Adrian sie von der Sonne ab und verschwendete keinen Gedanken daran, was für ein leichtes Ziel er mit dem Rücken zu zwei Vampiren abgab. Lindsay war totenstill, und ihre Brust bewegte sich kaum.

»Syre gibt sie dir zu Ehren von Shadoes Andenken zurück«, erklärte Torque leise. »Sie trug Shadoes Seele. Dafür schulden wir ihr etwas, und du kannst es ihr geben.«

Adrian griff in den Wagen, hüllte Lindsay in die Decke ein, die lose über ihrem schlaffen Körper lag, und hob sie heraus. Er hielt sie dicht an sich gedrückt, als er mit ihr aufstieg und über das Tor flog.

»Gern geschehen!«, brüllte Raze ihm nach, doch Adrian rauschte bereits ins Haus.

Er brachte Lindsay in sein Schlafzimmer, legte sie ins Bett und schloss die Vorhänge, um die Sonne auszusperren. Lindsay war kalt wie Marmor und genauso leblos. Kraft seiner Gedanken entkleidete er sie beide und legte sich zu ihr. Dann zog er sie an sich, um sie mit seinem Körper zu wärmen. Ein heftiger Schauer überlief ihn, als er ihre kalte Gestalt an sich presste.

»Lindsay«, flüsterte er und vergrub die Lippen in ihrem Haar. Sie roch wunderbar. Zittrig atmete er ihren Duft ein. Tränen benetzten sein Gesicht und ihr Haar, und die Stille im Zimmer wurde von den abgehackten Lauten durchbrochen, die aus seiner schmerzenden Kehle drangen.

Er löste sich gerade so weit von ihr, dass er sie ansehen konnte. Mit zitternden Fingern strich er das Haar aus ihrem Gesicht. Ihre blutleeren Lippen waren leicht geöffnet, sodass er die kleinen Spitzen ihrer Eckzähne sehen konnte. Sein Herz krampfte sich in seiner Brust zusammen. »*Neshama*, verlass mich nicht.«

Adrian schob seinen Finger in ihren Mund und schlitzte die Kuppe an einem der scharfen Zähne auf. Dann strich er mit der blutigen Fingerspitze über ihre Zunge. »Trink«, raunte er. »Trink, oder du stirbst und ich mit dir.«

Endlose Momente wartete er. Als sie sich nicht rührte, zog Adrian die Hand zurück und schob einen zweiten Finger in Lindsays Mund, um die Spitze ebenfalls aufzuschneiden, bevor er beide blutenden Finger auf ihre kalte Zunge legte.

Ihre Lippen bebten.

»Ja, *Neshama sheli*, trink. Komm zurück zu mir.«

Ein leises Stöhnen entfuhr ihr, und ihr Hals bewegte sich, da sie zart schluckte.

»Trink von mir«, drängte er. »Nimm dir, was du brauchst.«

Noch ein leichtes Zucken an ihrem Hals. Ihre Lider, deren Haut so durchscheinend war, dass Adrian die zarten blauen Adern sehen konnte, flatterten. Lindsay öffnete die Augen, und die bernsteinfarbene Iris eines Vampirs kam zum Vorschein. Ihr Blick war unruhig und ihre Atmung immer noch viel zu flach. Adrian begann seine Finger zurückzuziehen, doch ihre Zunge drückte sie gegen den Gaumen. Aber sie war zu schwach, um ihn zu halten, und so nahm er die Hand ganz zurück. Ein trauriges Lächeln trat auf seine Züge, als Lindsay leise wimmerte.

Adrian drehte den Kopf ein wenig und fuhr mit den blutigen Fingern über die Schlagader an seinem Hals. Lindsays Mund folgte blind, wobei er sich öffnete und schloss wie der eines hungrigen Säuglings. Adrian legte die Hand an ihren Hinterkopf und dirigierte sie.

Lindsay leckte an seinem Hals, sodass die Ader anschwoll und Adrian erregt wurde. Als ihre Reißzähne seine Haut durchbohrten, wurde sein Schwanz prompt hart. Sie saugte in gleichmäßigen Zügen an ihm, und Lust und Verlangen strömten von der Stelle aus, an der sie sich nährte. Ihre Haut wurde wärmer. Mit jedem Schluck schöpfte ihr Körper neue Kraft, und als ihr Stöhnen an seinem Hals vibrierte, zuckte Adrian unter dem übermächtigen Gefühl zusammen.

Lindsay begann, sich summend an ihm zu reiben, ergab sich dem sexuellen Vergnügen, das für Vampire mit dem Nähren einherging. Sie legte ein Bein über Adrians und rieb ihr Geschlecht an seinem Oberschenkel, wo es eine feuchte Spur hinterließ.

Adrian griff nach ihren Hüften. Er war umso erregter, als er sich die Jahre ausmalte, die vor ihnen lagen, die endlosen Tage mit der Frau, die er liebte, für immer an seiner Seite. »Nimm mich in dich auf, Linds. Reite mich, bis du kommst.«

Ihre Reißzähne lösten sich aus seiner Haut. »Bis *du* kommst«, hauchte sie und setzte sich auf ihn.

Ihre Zunge glitt über die beiden Wunden und verschloss sie. Dann legte sie eine Hand um seinen Schwanz und führte ihn zu ihrer Öffnung. Mit einem festen Stoß ihrer Hüften nahm sie ihn in sich auf, und Adrian bog seinen Rücken mit einem leisen Stöhnen durch.

»Mein Gott … Adrian.« Sie streifte seine Schläfe mit ihrer, sodass ihr Atem heiß über sein Ohr wehte. »Ich habe dich so vermisst.«

Dann erstarrte sie.

Als sie sich nicht rührte und kaum noch atmete, hob Adrian ihren Oberkörper an, damit er sie ansehen konnte. »Lindsay? Was ist?«

Sie bedeckte ihren Mund mit einer Hand, und ihre Augen verdunkelten sich vor Schreck und Entsetzen. »Oh! Tut mir leid, Adrian. Ich …«

Er legte die Hände an ihre Wangen. »Was tut dir leid?«

Sie schüttelte den Kopf, während rosa getönte Tränen aus

ihren Augen rannen. Schamvoll bedeckte sie ihre Brüste – eine für Adrian unerträgliche Geste. Sie hob ihr Becken, wollte von ihm absteigen. »Ich habe mich verändert. Ich bin nicht …«

Adrian rollte sich herum, sodass er auf ihr lag. »Ich will dich mehr denn je.«

»Du kannst nicht …«

»Oh doch, ich kann. Und ich werde.« Er fing ihre Arme über ihrem Kopf ein und spreizte ihre Beine mit seinem Knie. Dann glitt er langsam aus ihr heraus, womit er sie beide quälte, bevor er mit einem schnellen Stoß wieder tief in ihr versank.

Sie rang nach Luft und riss die wunderschönen Augen weit auf. Es waren Vampiraugen, doch in ihnen schien Lindsays reine, selbstlose Seele. Diese Augen sahen ihn in der Dunkelheit ebenso klar und deutlich wie er sie.

Adrian zog sich abermals zurück, um gleich wieder in sie hineinzustoßen. »Das Gefühl, wie du dich an meinem Hals nährst, hat mich so verdammt scharf auf dich gemacht. Fühlst du, wie hart ich bin? Wie du mich erregst? Du machst mich vollständig verrückt.«

Ihre Schenkel spannten sich an seinen Hüften, hielten ihn fest.

Vor Dankbarkeit schloss Adrian die Augen. Das Verlangen drohte ihn zu überwältigen, und er stöhnte. Lindsay zu spüren war so großartig, dass es ihn wie ein Feuer durchfuhr und ihn innerlich wieder zum Leben erweckte, wie es sein Blut mit ihr getan hatte. »*Was* du bist, ist mir egal. Das wird es immer sein. Ich liebe, *wer* du bist.«

Ihre Finger bohrten sich in seine Handrücken, wo ihre neu geformten Krallen einen scharfen Schmerz verursachten. Auch der erregte Adrian. Sein Schwanz schwoll weiter an, füllte Lindsay aus, bis sie sich unter ihm wand. Adrian war angekommen, seine Seele durch die Nähe ihrer vervollständigt. Durch die Seele der tapferen, selbstlosen Lindsay.

Berauscht von dem Gefühl, sie unter sich zu haben, drang er mit kräftigen Stößen in sie ein. Er beobachtete, wie ihre Lider schwerer und ihre Lippen schlaffer wurden vor Lust. Adrians Flügel spreizten sich zitternd vor rasendem Verlangen, das mit jedem Stoß größer wurde.

»Ich kann nicht ohne dich leben«, flüsterte er. »Und ich lasse nicht zu, dass du mich dazu zwingst.«

Sie bog sich seinen Hüften entgegen, und ihr geschmeidiger Körper war noch kräftiger als zuvor. Stark genug, um alles aufzunehmen, was er ihr geben konnte, und immer noch mehr zu fordern. »Ich liebe dich.«

Adrian zog sie mit sich empor, hockte sich hin und drängte sie, sich auf ihm zu wiegen. »Vögel mich, Linds. Bring mich zum Kommen.«

Sie schlang ihre Arme um seinen Hals und drückte ihre Knie gegen die Seiten seiner Schenkel. Dann ritt sie ihn, nahm ihn schnell und fest mit fließenden Bewegungen.

Sie war eindrucksvoll und überwältigte ihn mit reinem Wohlgefühl. Wie ihr Schamhügel rhythmisch gegen seinen prallte, war so erotisch, dass Adrian sich auf die Lippe biss, um seinen Orgasmus noch ein wenig hinauszuzögern. *Noch nicht … nicht so schnell … lass es länger dauern …*

»Halt dich nicht zurück«, stöhnte sie. »Ich warte auf dich.«

Er legte eine Hand in ihren Nacken und zog sie zu sich. Ihre Lippen vereinten sich, und ihrer beider schwerer Atem vermengte sich, als sie gemeinsam den Höhepunkt erreichten. Sie erbebten unter der Wucht ihres Orgasmus, durchgeschüttelt von der tiefen, unverfälschten Verbindung zwischen ihnen. Ohne Hemmnisse.

Endlich.

»Elijah auch?«, fragte Lindsay, während sie Adrians Brust streichelte. »Ist er mit ihnen gegangen?«

»Seine Leiche war nicht unter den Toten, also nehme ich es an, ja.«

Das verletzte sie. Elijahs Handeln könnte ihn durchaus zum Gegner des Mannes machen, den sie liebte. Sie dachte an die Nachricht, die ihr der Lykaner auf die Mailbox gesprochen hatte. Sein Anruf war *nach* dem Aufstand eingegangen. Er wollte sie sehen und bat sie um Hilfe. Und weil er ihr Freund war, wollte sie ihm helfen. Doch sie war in einem schrecklichen Zwiespalt, denn so ziemlich alle, Engel, Vampire und Lykaner, hatten ihr in letzter Zeit irgendwie mal das Leben gerettet. »Was sollen wir tun?«

Adrian drehte den Kopf und küsste sie auf die Stirn. »Wir müssen uns erholen, den Schaden einschätzen und mit dem Wiederaufbau beginnen.«

»Aber es gibt nur noch so wenige von euch.«

»Wir schaffen das.« Er klang sehr sicher.

»Wie sehr vertraust du deinen Hütern?«

»Ich vertraue ihnen mein Leben an.«

Lindsay atmete langsam aus. »Die Person, die mich von der Veranda in Angels' Point entführte und zu Syre brachte …«

»Ja?«

»… hatte Flügel.«

Adrian fuhr zusammen vor Schreck.

»Tut mir leid.« Sie versuchte, ihn mit ihrem sanften Streicheln zu trösten. »Ich konnte nicht sehen, wer es war, weil ich mit einer Art Vulkanier-Nackengriff von hinten attackiert wurde und nichts mehr mitbekam.«

Eine lange Zeit schwieg Adrian, doch die Unruhe in ihm war deutlich am Wind vor dem Haus zu spüren.

»Du verbirgst deine Gefühle so gut«, sagte sie leise. »Aber das Wetter verrät dich.«

Er sah sie mit großen Augen an. »Woher weißt du das?«

»Ich fühle die Stimmung in dir. Irgendwie konnte ich das immer schon, Emotionen im Wind fühlen. Es ist, als würde er mit mir reden. Früher hat er mich auch vor Übernatürlichen gewarnt, aber jetzt bemerke ich die Unterschiede von allein. Ich schätze, mein Wetterradar ist schlicht meiner und kein Echo von Shadoes Gaben.«

Nun zeigte Adrian ein seltenes, echtes Lächeln.

»Was?«, fragte Lindsay, die von seinem Lächeln geblendet war und neugierig, was es ausgelöst haben mochte.

»Ich habe um ein Zeichen gebetet, irgendeines, dass der Schöpfer mich von der Schuld erlöst, mich verliebt zu haben. Als das Wetter anfing, auf meine Stimmungen zu reagieren, dachte ich, es solle mich an meine Fehlbarkeit erinnern. Aber vielleicht war es das Zeichen, um das ich gebeten habe, eine Gabe, um dich zu mir zu führen.«

»Das ist wunderschön.«

»Und es lässt hoffen, was ich im Moment gut gebrauchen kann. Wir alle.«

Sie umarmte ihn. »Als ich noch kleiner war, dachte ich, mein sechster Sinn würde mich zu einem Freak machen.«

»Nein, er macht dich mein.«

Eine Weile lagen sie stumm da. Lindsay nickte beinahe ein,

eingelullt von Adrians regelmäßigem Herzschlag und seinem warmen, festen Körper an ihrem.

»Vermisst du sie?«, fragte sie schließlich.

Seine Brust hob sich unter einem tiefen Atemzug. Er gab nicht vor, sie nicht zu verstehen. »Das sollte ich – das bin ich ihr schuldig –, aber es ist so lange her, und ich brauche dich so sehr. Es fällt mir schwer, etwas anderes zu sehen als dich. Und offen gesagt, bemühe ich mich eigentlich auch nicht, denn mir gefällt dein Anblick.«

»Es ist okay, wenn du an sie denkst. Ich habe ihr gesagt, dass ich es dir nicht verübeln würde, wenn du es tust.«

»Hast du mit ihr gesprochen?«

Lindsay legte ihre Hände auf die strammen Muskeln an seinem Bauch und stützte ihr Kinn darauf. »Sie wollte dich behalten. Sie war richtig gut darin, mit all den früheren Leben und den Erinnerungen umzugehen, während ich in ihnen ertrank. Ich musste um dich kämpfen.«

Seine blauen Augen loderten vor Emotionen. »Das hast du?«

»Ja, komisch, nicht? Nach den vielen Malen, die ich dich wegstoßen wollte, wurde mir endlich klar, dass ich nicht ohne dich leben – oder sterben – könnte. Also habe ich ihr gesagt, wenn sie dich behält, hätte ich immer noch einen Teil von dir, und sie müsste dich mit mir teilen. Anscheinend beschloss sie, dich lieber mir zu überlassen, wobei du an sie denkst, als mit dir zusammen zu sein, während du an mich denkst.«

Bei Adrians Lächeln krümmten sich ihre Zehen zusammen. »Das klingt sehr nach ihr.«

»Ich bin ihr dankbar«, gestand Lindsay. »Sie gab ihre Seele auf, damit ich meine behalten kann.«

»Dafür werde ich sie immer lieben. Mein Herz und meine Seele aber gehören dir, Lindsay.«

»Ich weiß.«

Nach einer längeren Pause atmete er laut aus. »Vielleicht war diese … Erfahrung auch für sie gut. Shadoe war kein böses Wesen, doch sie war nie bereit, auf die Erfüllung ihrer Wünsche zum Wohl anderer zu verzichten.«

»Denkst du, sie ist im Laufe der unzähligen Leben reifer geworden?«

»Das möchte ich um ihretwillen gern glauben.«

Lindsay blickte hinab auf ihre Finger, als sie die feine Haarlinie nachmalten, die seine Bauchmuskeln trennte und zu den verführerischen Stellen weiter unten führte. Nach allem, was er durchgemacht und was er verloren hatte, suchte Adrian immer noch nach dem Lichtstreif am Horizont. Deshalb und aus zahlreichen anderen Gründen liebte sie ihn. »Ich sagte ihr, was dich betrifft, nehme ich alles, was ich kriegen kann.«

Er rollte sich schwungvoll herum, sodass Lindsay unter ihm gefangen war. Umrahmt von seinen sich ausbreitenden Flügeln, war er auf dunkle Art schön. Atemberaubend. »Dann mach dich bereit, mich ganz zu nehmen.«

»Ja, *Neshama.*« Sie legte die Arme um seinen Hals. »Alles von dir. Immer.«

24

»Wie ich befürchtet hatte«, sagte Damien, »haben wir das Andover- und das Forest-River-Rudel verloren. Vorerst haben wir die anderen unter Kontrolle, aber wenn wir von außen angegriffen werden, während wir die nächste Meuterei niederschlagen müssen, wird es noch mehr Opfer geben.«

Adrian stand an der Verandabrüstung und beobachtete, wie die Hüter über ihm ihre Flügel trainierten. Das Rosa und Grau des Morgenhimmels wich einem pudrigen Blau. »Wir müssen uns etwas einfallen lassen, wie wir unsere Schlagkraft verstärken. Unterdessen breitet sich die Krankheit unter den Vampiren wie ein Lauffeuer aus. Vielleicht brauchen wir letztlich nur abzuwarten, bis sie uns die Arbeit abgenommen hat. Ich will zwar nicht darauf zählen, aber möglich wär's.«

»Heute geht es dir besser«, bemerkte Damien.

»Ja, ich fühle mich stärker und glücklicher«, stimmte Adrian ihm zu. »Ich bin bereit, es mit der Welt aufzunehmen.«

»Da spricht der Sex aus dir.«

Adrian drehte sich zu Lindsays Stimme um und stellte fest, dass sie nur wenige Schritte entfernt von ihm stand. Sie reckte die Arme in die Höhe, stellte sich auf die Zehenspitzen und streckte ihren wundervollen Körper – sehr zu Adrians Entzücken.

Dann rümpfte sie die Nase und sah zu Damien. »Entschuldige. Ich will ehrlich keine Regeln verletzen oder mich respektlos zeigen. Es ist nur so eine klassische Männernummer, am Morgen danach zu erzählen, die Freundin hätte keinen Schlaf bekommen.«

Am Morgen danach ...

Adrian blickte hinauf zur Sonne und dann zu Damien, dem der Mund offen stand. Lindsay schien nicht mitzubekommen, dass sie sich in der prallen Sonne befand.

»Ich möchte gern wieder zum Training gehen«, fuhr sie fort. »Das werde ich brauchen, damit ich dir den Rücken freihalten *und* die Vampire finden kann, die meine Mutter getötet haben. Ich gebe es nicht auf, diese Dreckskerle zu jagen, damit sie bezahlen. Und ich muss genau wissen, was mit meinem Dad passierte. Falls es da noch eine Rechnung zu begleichen gibt, will ich es erfahren. Auch wenn es tatsächlich ein Unfall war, muss ich es wissen.«

»Was immer du wünschst, *Neshama*«, versicherte Adrian ihr, ohne sich seine Verwunderung anmerken zu lassen.

Damien neigte sich näher zu ihm und flüsterte: »Bei so viel Sonne müsste sie eigentlich in Flammen aufgehen. Wie kommt es, dass sie es nicht tut?«

Adrian setzte sich auf die Brüstung und sah zu, wie Lindsay ihre komplizierten und unbeabsichtigt sehr erotischen Frühübungen machte. »Ich weiß es nicht, aber ich vermute, dass mein Blut etwas damit zu tun hat. So wie das Gefallenenblut für vorübergehende Immunität sorgt.«

»Es haben auch früher schon Vampire Hüter gebissen, und die konnten hinterher keine Yogaübungen in der prallen Sonne machen.«

»Aber nur Lindsay hat praktisch ausschließlich Hüterblut

getrunken, seit sie verwandelt wurde. Jede Zelle ihres Körpers ist von Blut genährt, das sie schützt. Solange sie weiterhin von mir trinkt, könnten ihr diese Vorteile erhalten bleiben.«

»Ein Minion mit den Gaben der Gefallenen.« Damien fasste sich an die Stirn, als bekäme er Kopfschmerzen. »Sollte sich herumsprechen, dass Hüterblut diese momentan unter den Vampiren grassierende Krankheit heilt und gesunde Vampire gegen Sonnenlicht immun macht …«

»Wird man uns jagen und ausrotten, ich weiß.«

»Ohne die Lykaner sind wir wehrlose Ziele.«

»Siobhán prüft, ob Lykanerblut eine Alternative ist. Sie waren auch einst Seraphim.«

Damien schwieg einen Moment. »Ich bete um ein Wunder.«

»Bete für uns alle.« Adrian stützte die Hände auf die Brüstung und ließ sein Gesicht von der Sonne bescheinen. Die Morgenbrise wehte über seine Flügel, als wollte ihn der neue Tag begrüßen. »Wir werden es brauchen.«

Ein neues sinnliches Abenteuer
erwartet Sie in:

Danksagung

Mein Dank geht an Danielle Perez, Claire Zion, Kara Welsh, Leslie Gelbman und alle bei NAL für den Enthusiasmus, mit dem sie meine abtrünnigen Engel vom Exposé bis zur Veröffentlichung begleitet haben.

Und Danke an Beth Miller für all die kleinen Dinge.

Ein großes Hallo an Erin Galloway für ihre Anregungen und dafür, dass sie einfach sie ist.

Ich danke der Kunstfakultät, dass sie es mir ermöglichte, dass Tony Mauro mein Cover entwarf. Ich finde Tony Mauro und seine Arbeiten total umwerfend und irre und bin froh, dass er es mir gestattete, sein Werk zu benutzen, um Adrians Geschichte zu erzählen.

Monique Patterson, ich danke dir, dass du meine Muse genährt hast.

Ein riesiges Dankeschön an Shayla Black und Cynthia D'Alba, dass sie meine ersten Entwürfe gelesen und mir geholfen haben, alles auf die Reihe zu bringen.

Herzliche Grüße an meine Freundin Lora Leigh, an die Lindsay und Shadoe eine Hommage sind.

Lara Adrian, Larissa Ione, Angela Knight und Cheyenne McCray sind schwer beschäftigte Frauen. Trotzdem haben sie ihre kostbare Zeit geopfert, um Adrians und Lindsays Geschichte zu lesen. Habt tausend Dank, Mädels! Ich bin froh, euch zu haben.

Glossar

GEFALLENE – in Ungnade gefallene *Wächter*. Ihnen wurden die Flügel und die Seele genommen, wodurch sie zu unsterblichen Bluttrinkern wurden, die sich nicht fortpflanzen können.

HÜTER – eine Eliteeinheit von *Seraphim*, deren Aufgabe die Bestrafung und Überwachung der *Wächter* ist.

LYKANER – eine Untergruppe der *Gefallenen*, denen der Vampirismus erspart blieb, weil sie sich bereit erklärten, den *Hütern* zu dienen. Ihnen wurde Dämonenblut übertragen, das ihre Seelen erhielt, sie jedoch sterblich machte. Sie können die Gestalt wechseln und sich fortpflanzen.

MINION – ein Sterblicher, der von einem *Gefallenen* in einen *Vampir* verwandelt wurde. Die meisten Sterblichen tun sich schwer mit der Anpassung und verrohen. Im Gegensatz zu den *Gefallenen* vertragen sie kein Sonnenlicht.

NAPHIL – Singular von *Nephalim*.

NEPHALIM – Kinder von Sterblichen mit *Wächtern*. Dass sie Blut trinken, war mit ein Anlass für die Bestrafung der *Gefallenen* und Vorbild für deren Vampirismus.

(»Sie wandten sich gegen die Menschen, um sich von ihnen zu nähren«, Buch Henoch 7,13)
(»Sie werden keine feste Nahrung zu sich nehmen, sondern es wird sie ewig dürsten«, Buch Henoch 15,10)

SERAPH – Singular von *Seraphim.*

SERAPHIM – die höchsten Engel in der Engelshierarchie.

VAMPIRE – unter diesem Begriff werden die *Gefallenen* und deren *Minions* zusammengefasst.

VERWANDLUNG – der Prozess, den ein Sterblicher durchläuft, um zum Vampir zu werden.

WÄCHTER – zweihundert *Seraphim*, die zu Anbeginn der Zeit auf die Erde gesandt wurden, um die Sterblichen zu beobachten. Sie verstießen gegen das Gesetz, indem sie sich mit Sterblichen einließen, und wurden zu einem Dasein auf Erden als *Vampire* verdammt, ohne Aussicht auf Vergebung.

Werkverzeichnis der im Heyne Verlag erschienenen Titel von Sylvia Day

> Bonusmaterial

HEYNE <

Die Autorin

Die Nummer-1-Bestsellerautorin Sylvia Day stand mit ihrem Werk an der Spitze der New York Times-Bestsellerliste sowie 23 internationaler Listen. Sie hat über 20 preisgekrönte Romane geschrieben, die in mehr als 40 Sprachen übersetzt wurden. Weltweit werden ihre Romane millionenfach verkauft, die Serie *Crossfire* ist derzeit als TV-Verfilmung in Planung. Sylvia Day wurde nominiert für den *Goodreads Choice Award* in der Kategorie BESTER AUTOR.

»Die unangefochtene Königin des erotischen Liebesromans«
Teresa Medeiros

»Wenn Sie noch nie ein Buch von Sylvia Day in Händen hatten, haben Sie was verpasst.« *Romance Junkies*

»Wenn es darum geht, prickelnde Sinnlichkeit zu erzeugen, können nur wenige Autoren Sylvia Day das Wasser reichen. *Stolz und Verlangen* ist die perfekte Melange aus betörenden Figuren, einer cleveren Geschichte und prickelnder Sinnlichkeit.« *Booklist*

»Eine wundervolle Geschichte. Dieser Roman wird Sie zum Lachen wie zum Weinen bringen.«
Love Romances über ›Eine Frage des Verlangens‹

»Diese brillante Kombination aus heißer Leidenschaft, Spannung und Intrigenspiel ergibt eine unglaublich ergreifende Geschichte.« *Romance Divas über ›Spiel der Leidenschaft‹*

Crossfire

Pressestimmen zu *Crossfire*

»Der Sex-Roman des Jahres« *Cosmopolitan*

»Sexuelle Spannung, heiße Liebesszenen und eine äußerst tiefgründige Liebesgeschichte sorgen für begeisterte Leser-Reaktionen.« *bild.de*

»Noch saftiger und mit besser gezeichneten Helden als *Shades of Grey*!« *Joy*

»Ich liebe ihren Stil, die sexuelle Spannung, die heißen Liebesszenen und die spannende Story.« *Carly Phillips*

»Unser absoluter Redaktionsliebling!« *Petra*

»Ein Stoff voll Schmerz, Hoffnung und Gefühlen.« *Abendzeitung*

Crossfire – Versuchung

Die Uniabsolventin Eva Tramell tritt ihren ersten Job in einer New Yorker Werbeagentur an. In der Lobby des imposanten Crossfire-Buildings stößt sie mit Gideon Cross zusammen – dem Inhaber. Er ist mächtig, attraktiv und sehr dominant. Eva fühlt sich wie magisch von ihm angezogen, spürt aber instinktiv, dass sie von Gideon besser die Finger lassen sollte. Aber er will sie – ganz und gar und zu seinen Bedingungen. Eva kann nicht anders, als ihrem Verlangen nachzugeben. Sie lässt sich auf eine Liebe ein, die immer ernster wird, und entdeckt ihre dunkelsten Sehnsüchte und geheimsten Fantasien.

Crossfire – Offenbarung

Seit ein paar Wochen sind die junge attraktive Eva Tramell und der erfolgreiche Geschäftsmann Gideon Cross ein Paar. Eva liebt seine dominante Art. Noch nie konnte sie einem Mann so vertrauen. Doch dann verändert Gideon sich, er will sie immer stärker kontrollieren, und auch die Dämonen aus seiner Vergangenheit belasten sie. Eva weiß: Ihre Beziehung hat nur eine Zukunft, wenn es keine Geheimnisse und keine Tabus zwischen ihnen gibt …

Crossfire – Erfüllung

Seit ihrer ersten Begegnung sind Eva Tramell und der faszinierende Geschäftsmann Gideon Cross einander verfallen. Nur Eva weiß, was Gideon für sie aufs Spiel gesetzt hat. Doch dieses Wissen wird immer mehr zur Bedrohung und ängstigt Eva, die sich nichts sehnlicher wünscht, als eine vertrauensvolle Beziehung und eine dauerhafte Bindung. Zudem wird ihre Liebe immer wieder auf harte Proben gestellt, denn Neid und Missgunst machen ihnen das Leben schwer, und die Schatten der Vergangenheit lasten auf ihnen. Doch das Wissen um die Geheimnisse des anderen verbindet Eva und Gideon unlösbar miteinander. Gemeinsam wollen sie sich ihren Dämonen stellen und ihre leidenschaftliche Liebe retten.

Crossfire – Hingabe

Eva und Gideon haben sich das Ja-Wort gegeben. Sie waren überzeugt, dass nichts sie mehr trennen kann. Doch seit der Hochzeit sind ihre Unsicherheiten und Ängste größer denn je. Eva spürt, dass Gideon ihr entgleitet und dass ihre Liebe in einer Weise auf die Probe gestellt wird, wie sie es niemals für möglich gehalten hätte. Plötzlich stehen die Liebenden vor ihrer schwersten Entscheidung: Wollen sie die Sicherheit ihres früheren Lebens wirklich gegen eine Zukunft eintauschen, die ihnen immer mehr wie ein ferner Traum erscheint?

Einzeltitel

Geliebter Fremder

Als Gerald Faulkner Isabel vor vier Jahren um ihre Hand bat, war er ein schöner und lebenslustiger Mann. Dann verschwand er spurlos. Nun, da er wieder auftaucht, ist er nicht mehr jung und sorglos, sondern eine gequälte Seele mit dunklen Geheimnissen. Er spricht nicht darüber, was in der Zwischenzeit geschehen ist, und verhält sich wild und hemmungslos. Allerdings ist da nun auch eine neue, glühende Leidenschaft zwischen ihnen. Hat Isabel genug Vertrauen, um sich diesem Fremden auszuliefern?

Sieben Jahre Sehnsucht

Lady Jessica Sheffield erwischt den attraktiven Alistair Caulfield dabei, wie er im Wald eine verheiratete Gräfin befriedigt. Seitdem herrscht eine verstörende Spannung zwischen ihnen, und sie vermeidet jede weitere Begegnung. Sieben Jahre später treffen die beiden wieder aufeinander und kommen sich näher. Das anfängliche Knistern lässt bald wilde Funken der Leidenschaft sprühen, und die beiden ergeben sich ihrem starken Verlangen …

Stolz und Verlangen

Eliza Martin ist eine reiche Erbin. Das hat nicht nur Vorteile. Heiratsschwindler und Kuppler belagern sie, und in letzter Zeit fühlt sie sich beobachtet. Aber Eliza lässt sich nicht einschüchtern und beschließt, jemanden zu engagieren, der sich unter ihr Gefolge mischt und den Schuldigen findet. Jemand, der nicht auffällt. Jasper Bond ist zu groß, zu gut aussehend, zu gefährlich. Doch Eliza reizt ihn. Und so ist es ihm ein Vergnügen, ihr zu beweisen, dass er genau der richtige Mann für diese Aufgabe ist …

Spiel der Leidenschaft

Lady Maria Winter ist jung, reich und schön. Trotzdem wird sie die »eiskalte Witwe« genannt, denn ihre beiden Ehemänner starben einst unter mysteriösen Umständen. Es hält sich das hartnäckige Gerücht, dass Lady Winter an ihrem Tod nicht ganz unschuldig ist. Tatsächlich treibt aber ihr Stiefvater Lord Welton ein perfides Spiel mit ihr. Als er Lady Winter auf den Piraten Christopher St. John ansetzt, der die Todesfälle undercover aufklären soll, stimmt sie widerwillig ein. Doch schon bei ihrer ersten Begegnung spürt sie ein nie gekanntes Verlangen …

Eine Frage des Verlangens

Lady Elizabeth Hawthorne und Marcus Ashford, Earl of Westfield, verbindet eine leidenschaftliche, aber auch leidvolle Vergangenheit. Sie waren einst verlobt, bis Elizabeth Marcus der Untreue verdächtigte und ihn verließ. Nun, vier Jahre später, kreuzen sich die Wege der beiden erneut. Marcus, der Agent im Dienste der Krone ist, soll Lady Elizabeth beschützen, da ein Unbekannter sie bedroht. Beide fühlen sich erneut magisch voneinander angezogen. Aber können sie die alten Verletzungen vergessen?

Ihm ergeben

London, 1780. Die junge und schöne Amelia Benbridge ist verlobt mit Lord Ware. Auf einem festlichen Ball sieht sie einen Mann mit weißer Maske, der sie fasziniert, und wider besseren Wissens folgt sie ihm in den dunklen Park des Anwesens. Er stellt sich als Graf Montoya vor, und die Anziehung zwischen den beiden ist unmittelbar und überwältigend. Doch er scheint ein dunkles Geheimnis vor ihr zu verbergen. Und Amelia ist vergeben ...

Die Dream Guardians-Serie

Verlangen

Aidan ist ein Dream Guardian: Er verhindert, dass das Tor zwischen der Traumwelt und der Realität geöffnet wird. Er bewahrt seine Schützlinge vor Albträumen, indem er sie in ihrem Schlaf als Liebhaber besucht. Bei der schönen Lyssa erlebt er eine sexuelle Leidenschaft wie nie zuvor und er verliebt sich zum ersten Mal in seinem Leben. Muss er fürchten, dass Lyssa das Tor zwischen den Welten öffnet?

Begehren

Als Stacey Daniels dem attraktiven Bad Boy Connor begegnet, kann sie es kaum glauben: Noch nie hat sie einen so schönen Mann gesehen! Sie ahnt nicht, dass Connor ein Dream Guardian ist, der Frauen in ihren Träumen beglückt. Schnell findet Stacey heraus, dass Connor auch im wahren Leben ein Meister der sündigen Sinnesfreuden ist, und sie erlebt die aufregendste Zeit ihres Lebens. Doch Connor kommt aus einer gefährlichen Traumwelt, mit der nun auch Stacey in Berührung kommt …

Die Marked-Serie

Verbotene Frucht

Evangeline Hollis, genannt Eve, ist eine ganz normale junge Frau – bis ihr eines Tages ein heißer One-Night-Stand mit einem attraktiven Fremden zum Verhängnis wird: Eve wird mit dem Kainsmal gezeichnet und muss künftig auf Dämonenjagd gehen. Ihr neuer Boss, Reed Abel, ist unglaublich penibel und verboten sexy. Als wäre es noch nicht genug, dass Eve sich nun tagtäglich mit ihrem lästigen Chef und mordlustigen Dämonen herumschlagen muss, taucht auch der geheimnisvolle Alec Cain auf – Abels Bruder und der Mann, der einst Eves Herz gestohlen hat …

Geliebte Sünde

Nachdem Eve ihren ersten Einsatz als Dämonenjägerin überstanden hat, wird sie von ihren Vorgesetzten in eine Art Trainingscamp für Gezeichnete gesteckt. Doch dann geraten Eve und die anderen Gezeichneten in Schwierigkeiten. Und es scheint, als könnte Eve diesmal nicht mit der Hilfe von Cain und Abel rechnen …

Teuflisches Begehren

In Eves Privatleben geht es drunter und drüber: Abel ist verliebt in sie, doch ihr Herz gehört Cain, der - seit er zum Erzengel befördert wurde - für niemanden mehr Liebe empfinden kann außer für Gott. Zwar kann auch er der verführerischen Eve nicht widerstehen, doch sie will mehr als nur körperliche Leidenschaft. Als ob das noch nicht genug wäre, gerät Eve auch auf der Dämonenjagd in Turbulenzen …

Die Dark-Nights-Serie

Ewiges Begehren

Adrian Mitchell ist ein Getriebener. Als Anführer einer Elite-Einheit von Seraphim jagt er Vampire und führt sie ihrer gerechten Strafe zu. Doch einst geriet Adrian selbst in Versuchung: Er verliebte sich leidenschaftlich in die schöne Shadoe, und wurde dazu verdammt, sie auf ewig zu begehren – nur um sie wieder und wieder zu verlieren. Als er eines Tages der hübschen Vampirjägerin Lindsay Gibson begegnet, weiß Adrian sofort, dass er in ihr Shadoe wiedergefunden hat. Und dieses Mal ist er nicht bereit, sie gehen zu lassen …

Gefährliche Liebe

Elijah Reynolds ist ein Werwolf wie er im Buche steht: dominant, aggressiv und loyal. Schon lange kämpft er an der Seite der Seraphim gegen die Vampire, ohne jemals Fragen zu stellen. Doch als er der Vampirin Vashti begegnet, wird seine Treue auf eine harte Probe gestellt: Vashtis Schönheit und Anmut verzaubern ihn vom ersten Augenblick an, und Elijah wird verzehrt von einem Feuer der Leidenschaft – einem Feuer, das alles verschlingt, was ihm einmal wichtig war …